KB076416

# 책벌레의 하극상

사서가 되기 위해서라면 뭐든지 할 수 있어

### 제 5 부 **여신의 화신 III**

## 카즈키 미야
miya kazuki

길찾기

# 등장인물 4부 줄거리

귀족원에서 로제마인은 최우수인 동시에 문제아. 축복으로 마술구의 주인이 되기도 하고 대영주와 디터를 하고, 왕에게 사랑에 대해 조언을 하고, 검은 마물을 쓰러트리고, 채집 장소를 치유하고……. 그러던 중에 페르디난드의 출생 비밀을 알고 있는 중앙 기사단장의 진언 때문에, 페르디난드에게 결혼하라는 왕명이 내려왔다. 그 명령을 받고, 페르디난드는 아렌스바흐로 떠났다.

## 로제마인
주인공. 조금 성장해서 외모는 9세 정도. 정신은 딱히 달라지지 않았다. 귀족원에서도 책을 읽기 위해서라면 수단을 가리지 않는다. 귀족원 3학년생.

## 에렌페스트 영주 일족

### 질베스타
로제마인을 양녀로 삼은 에렌페스트 영주이자 로제마인의 양아버지.

### 플로렌치아
질베스타의 아내이자 세 아이의 어머니. 로제마인의 양어머니.

### 빌프리트
질베스타의 아들. 로제마인의 오빠이자 귀족원 3학년생.

### 샤를로테
질베스타의 딸. 로제마인의 여동생이고 귀족원 2학년생.

### 멜키오르
질베스타의 아들. 로제마인의 남동생.

### 보니파티우스
질베스타의 숙부. 칼스테드의 아버지. 로제마인의 할아버지.

### 페르디난드
에렌페스트 영주 일족. 왕명을 받고 아렌스바흐로 갔다.

## 리카르다
수석 시종. 보호자 세
명의 어린 시절을 알고
있는 상급 귀족.

## 리젤레타
중급 견습 시종. 6학년
생. 안게리카의 동생.

## 브륀힐데
상급 견습 시종. 5학년
생.

## 그레티아
중급 견습 시종. 4학년
생. 이름을 바쳤다.

## 뮤리엘라
중급 견습 문관. 5학년생.
이름을 바쳤다.

## 로데리히
중급 견습 문관. 3학년생.
이름을 바쳤다.

## 필린느
하급 견습 문관. 3학년
생.

## 레오노레
상급 견습 호위기사. 6학
년생.

## 마티아스
중급 견습 기사. 5학년
생. 이름을 바쳤다.

## 라우렌츠
중급 견습 기사. 4학년
생. 이름을 바쳤다.

## 유디트
중급 견습 호위기사. 4학
년생.

## 테오도르
중급 견습 호위기사. 1학
년생. 귀족원 한정 측근.

로제마인의 측근

| | |
|---|---|
| 힐쉬르 ····· | 에렌페스트의 사감. 문관 코스 교사. |
| 오즈발트 ····· | 빌프리트의 수석 시종. |
| 이지도르 ····· | 빌프리트의 상급 견습 시종. 6학년생. |
| 이그나츠 ····· | 빌프리트의 상급 견습 문관. 4학년생. |
| 알렉시스 ····· | 빌프리트의 상급 견습 호위기사. 6학년생. |
| 바르톨트 ····· | 빌프리트의 중급 견습 문관. 5학년생. 이름을 바쳤다. |
| 마리안네 ····· | 샤를로테의 상급 견습 문관. 4학년생. |
| 나탈리에 ····· | 샤를로테의 상급 견습 호위기사. 5학년생. |
| 트라우고트 ····· | 상급 견습 기사. 5학년생. 로제마인의 전 측근. |

| | |
|---|---|
| 하르트무트 ····· | 상급 문관이자 신관장. 오틸리에의 아들. |
| 코르넬리우스 ····· | 상급 호위기사. 칼스테드의 아들. |
| 안게리카 ····· | 중급 호위기사. 리젤레타의 언니. |
| 다무엘 ····· | 하급 호위기사. |
| 오틸리에 ····· | 상급 시종. 하르트무트의 어머니. |

에렌페스트 기숙사

**한넬로레**
단켈페르거의 영주
후보생. 3학년생.

**레스티라우트**
단켈페르거의 영주
후보생. 6학년생.

클 라 리 사 …… 단켈페르거의 상급 견습 문관.
6학년생.

오 르 트 빈 …… 드레반헬의 영주 후보생.
3학년생.

마 르 티 나 …… 아렌스바흐의 상급 견습 시종.
5학년생.

파 티 에 …… 아렌스바흐의 상급 견습 시종.
6학년생.

라 이 문 트 …… 아렌스바흐의 중급 견습 문관.
4학년생. 힐쉬르의 제자.

뤼 라 디 …… 요스브레너의 상급 견습 문관.
3학년생.

**다른 영지의 학생**

루 펜 …… 단켈페르거의 사감.
기사 코스 교사.

군 돌 프 …… 드레반헬의 사감.
문관 코스 교사.

프 라 우 렘 …… 아렌스바흐의 사감.
문관 코스 교사.

**그 외의 귀족원 관계자**

**디트린데**
아렌스바흐의 영주
후보생. 6학년생. 게
오르기네의 딸.

**에그란티느**
영주 후보생 코스의
교사. 제2 왕자의 첫
째 부인.

트 라 오 크 발 …… 왕. 첸트라고 불린다.

지 기 스 발 트 …… 중앙의 제1 왕자.

힐 데 브 란 트 …… 중앙의 제3 왕자.

라 오 블 루 트 …… 중앙 기사단장.

오 스 빈 …… 아나스타지우스의 수석 시종.

지 크 린 데 …… 단켈페르거의 첫째 부인.

코 르 돌 라 …… 한넬로레의 수석 시종.

하 이 스 히 체 …… 단켈페르거의 상급 기사.

아 돌 피 네 …… 드레반헬의 영주 일족. 제1 왕자의 약혼자.

게 오 르 기 네 …… 아렌스바흐의 첫째 부인. 질베스타의 누나.

레 티 치 아 …… 아렌스바흐의 영주 후보생.

젤 기 우 스 …… 페르디난드의 시종.

콘 스 탄 체 …… 프뢰벨타크의 첫째 부인. 질베스타의 누나.

**아나스타지우스**
중앙의 제2 왕자

**다른 영지의 귀족**

**에렌페스트의 귀족**

칼 스 테 드 …… 기사단장.
로제마인의 귀족으로서의 아버지.

엘 비 라 …… 칼스테드의 첫째 부인.
로제마인의 어머니.

에 크 하 르 트 …… 페르디난드의 호위기사.
칼스테드의 아들.

유 스 톡 스 …… 페르디난드의 시종 겸 문관.
리카르다의 아들.

토 르 스 텐 …… 빌프리트의 문관.
리젤레타의 약혼자.

베 로 니 카 …… 질베스타의 어머니.
현재 유폐 중.

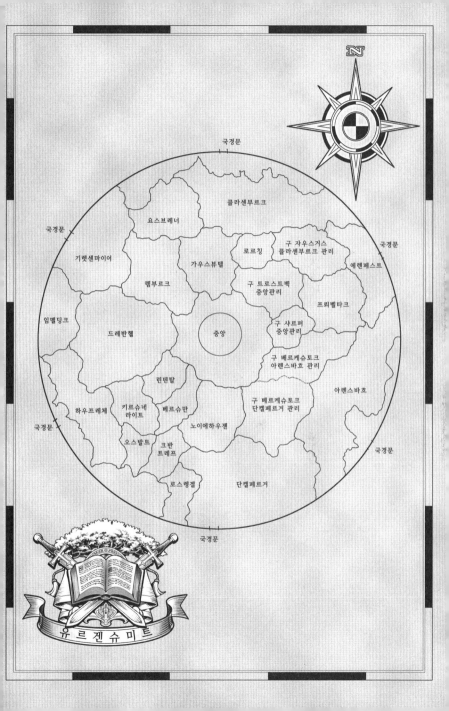

## 제5부 **여신의 화신 III**

**일러스트** 시이나 유우   **지도제작** 후지시로 요   **번역** 김정규

**디자인** 백진화   **편집** 정성학 김일철   **교정** 김보람   **마케팅** 이수빈

제 5 부

**여신의 화신 Ⅲ**

# 프롤로그

단켈페르거와의 디터는 끝났다. 중앙 기사단의 난입과 왕족에 의한 사정 청취 등 예상치 못한 일이 일어났지만, 에렌페스트의 승리로 끝났고 로제마인이 단켈페르거로 시집가는 일은 없다. 자신의 주인을 지켰다는 사실에 마티아스는 안도의 한숨을 쉬었다.

하지만 모든 일이 끝났다고 안도할 수는 없다. 그 사정 청취 자리에서, 아마도 마티아스만이 알 수 있는 냄새를 맡았기 때문에.

"사정 청취까지 포함해서 이번 디터에 대해 상담하고 싶습니다. 지금부터 회의실로 모여주실 수 있겠습니까?"

저녁 식사 때, 마티아스는 식당에서 라우렌츠, 레오노레, 유디트, 그리고 이번 디터에 참가했던 브륀힐데에게 그렇게 말했다.

"저는 괜찮은 건가요?"

아직 어려 보이는 얼굴로 그렇게 물은 테오도르는 귀족원에서만의 호위기사다. 원래 주인이 기베 퀼른베르거다 보니 중요한 상담은 할 수 없다. 하지만 자주 '저만 따돌리는 건가요?!'라면서 한숨을 쉬는 걸 알고 있기에, 그렇게 정면으로 지적하면 마티아스도 조금 망설이는 기분이 들었다.

"이번에는 디터에 참가한 이들만······."

"관객석 시점에서의 의견은 필요 없으신 건가요?"

마티아스가 어떻게 말을 해야 그에게 상처를 주지 않고 멀리할 수 있을지 고민하고 있는데, 레오노레가 어쩔 수 없다는 것처럼 천천히 한숨을 쉬었다.

"테오도르. 당신이 귀족원 한정 호위기사인 이상, 선을 그어야 할 필요가 있습니다. 이쪽의 정보를 기베 퀼른베르거에게 흘릴 가능성이 있으니까요. ……로제마인 님의 호위기사가 될 생각은 있으신가요?"

테오도르는 기사로서 소질이 좋다. 로제마인의 호위기사는 인원이 부족하고 정보 관리 측면을 생각해봐도 정식으로 측근이 돼주면 고맙겠다고, 측근들은 그렇게 생각하고 있다. 하지만 테오도르는 잠시 생각한 뒤에 레오노레의 권유를 거절했다.

"……제 목표는 퀼른베르거의 기사니까요."

저녁 식사를 마치고, 디터에 참가했던 로제마인의 측근 다섯 명이 회의실에 모였다. 문이 잘 닫혔는지 확인했다.

"브륀힐데, 로제마인 님의 상태는 어떠신가요?"

제일 먼저 마티아스는 견습 시종 브륀힐데에게 로제마인의 상태를 물었다. 남성인 마티아스는 주인의 방이 있는 3층에 들어갈 수 없다. 그래서 얼굴이 흙빛이 돼서 지시를 내리며 끌려나간 로제마인의 얼굴이 계속 머릿속에 남아서 떠나질 않았다. 조금이나마 좋아졌는지, 방에서 나오지는 못하더라도 정신이 돌아오기는 했는지, 어떻게든 상황을 알 수 있는 말이 듣고 싶었다.

하지만 브륀힐데의 입에서 나온 말은 기대했던 것과 완전히 반대의 말이었다.

"……좋지 않습니다. 회복약을 너무 많이 드신 것이 원인 중에 하나다 보니 약을 드시게 할 수도 없다고, 리카르다가 그렇게 말했습니다. 로제마인 님이 눈을 뜨시길 기다리는 수밖에 없습니다. 실은 저희가 식사를 하는 사이에도 열이 올랐고…… 호흡도 엄청 힘들어 보였습니다."

지금은 리카르다가 식사하러 자리를 비웠고, 리젤레타와 그레티아가 이마에 차가운 천을 대고 땀을 닦아주고 있다. 로제마인의 상태를 말하는 사이에 브륀힐데의 얼굴이 새파래져 갔다.

"제가 디터 도중에 정신을 잃지만 않았다면, 로제마인 님이 허용량을 뛰어넘는 회복약을 사용하시는 일을 막을 수 있었을 텐데……."

후회와 고뇌로 가득한 목소리였지만, 브륀힐데를 책망할 일이 아니다. 전투 훈련도 제대로 받지 않은 상급 견습 시종이 단켈페르거의 견습 기사 중에서도 가장 강한 라르타르크의 공격을 받았다. 두려움에 정신을 잃었어도 이상하지 않았을 것이다. 브륀힐데는 로제마인의 방패 안에 있는 것이 전제인 입장이기 때문에, 막는 방법도 피하는 방법도 거의 훈련하지 않았다. 디터에 참가한 견습 시종에게 요구된 것은 회복약 관리와 공격용 마술구의 종류를 기억하는 것이다.

"그렇게 따지자면 레스티라우트 님이 침입하도록 허락하고 로제마인 님을 지키지 못한 호위기사의 책임입니다. 그때 제가 무기를 손에 쥐지 않았다면 방패에서 튕겨 나가는 일도 없었을 텐데……."

마티아스의 말을 듣고 라우렌츠도 고개를 끄덕였다.

"그리고 만약 무기를 쥐지 않고 레스티라우트 님으로부터 지켜드릴 수 있었다고 해도, 로제마인 님은 회복약을 드셨을 거라고 생각해. 난입자의 공격을 막고, 기사들이 회복할 틈을 유지하기 위해서는 로제마인 님의 방패가 필요했으니까."

유디트를 위로하려는 라우렌츠의 말에, 브륀힐데가 눈살을 찌푸렸다.

"라우렌츠, 우린 그걸 막아야만 했습니다. 페르디난드 님이 계셨다면 측근 실격이라고 야단치셨겠죠."

마티아스도 라우렌츠도 그 의미를 이해하지 못했다. '측근 실격'이라는 말을 들을 정도의 일이었을까. 작년에 있었던 영지 대항전에서 타니스베팔렌으로부터 학생들을 지켰던 때도 슈첼리아의 방패를 사용했는데, 딱히 주의를 받은 기억은 없었다.

난입한 자들의 공격을 막기 위해, 디터에서 다친 기사들이 회복에 전념하기 위해, 그리고 비전투원들을 관객석에서 피난시키기 위해서는 슈첼리아의 방패가 반드시 필요했다.

"어째서죠? 슈첼리아의 방패가 없었다면 전부 큰일이⋯⋯."

"단켈페르거는 슈첼리아의 방패가 없습니다. 로제마인 님의 방패가 없으면 회복도, 비전투원을 지키는 것도 제대로 못 하다니, 에렌페스트의 견습 기사들은 너무 어설픈 게 아닙니까."

브륀힐데는 진지한 눈빛으로 에렌페스트의 견습 기사들을 비난했다. 하지만 그 방패의 유지는 로제마인 자신이 원했고, 스스로 만들어서 행한 것이다. 마티아스로서는 브륀힐데의 말이 사람들을 지키고 싶다는 로제마인의 생각을 무시하는 것처럼 여겨졌다.

"로제마인 님이 사람들을 구하고 싶다고 바라는 마음으로 만들었던 방패입니다. 로제마인 님의 마음과 그 행동은 존엄한 것이 아닐까요."

"맞습니다. 하지만 로제마인 님의 안전과 건강이 최우선입니다. 저희 측근은 그 부분을 잘못 생각해선 안 됩니다."

강한 힘이 담긴 갈색 눈동자가 마티아스와 라우렌츠에게로 향했다.

"마력이 넘쳐나고 멈추지 않으니까, 라는 이유로 잉여 마력을 다른 이들에게 나눠주던 때와는 다릅니다. 로제마인 님께서 주치의 페르디난드 님이 정하신 한도를 넘은 양의 회복약을 사용하실 정도로 무리하게 만든 건, 저희 에렌페스트 학생 모두입니다. 다과회에서도 쓰러질 만큼 허약하시다는 걸 알고 있으면서, 여러분은 어째서 로제마인 님이 무리를 하시게 만든 겁니까? 어째서 그것을 후회하지도 반성하지도 않고 당연한 일이라도 되는 양 받아들이고 있는 것입니까?"

마티아스는 브륀힐데의 지적을 듣고 뒤통수를 세게 얻어맞은 것 같은 충격을 받았다. 브륀힐데의 말이 맞았다. 로제마인이 허약하다는 것은 이미 알고 있는 사실이다. 그리고 누구보다 많은 마력을 가지고 있기는 해도 무한한 것은 아니다. 마력을 대량으로 소비하면 없어진다.

하지만 회복약을 써야만 방패를 유지할 수 있는 상태였는데도, 마티아스는 주인이 축복과 마력을 쓰는 것에 대해 전혀 걱정하지 않았다. 얼굴이 흙빛이 된 주인의 상황을 걱정하기는 했지만, 그런 상황인 주인에게 의지하는 것에 대해 전혀 의문을 품지 않았다.

"미안해요, 브륀힐데. 승리를 위해서는 로제마인 님의 방패가 필요하다고, 전략을 세울 때 제가 그렇게 생각해서……."

"로제마인 님 본인이 그렇게 하실 생각이었고, 승리를 위해서는 필요한 일이었습니다. 그 방패가 없었다면, 저는 디터에 참가할 생각도 안 했습니다. 하지만…… 한넬로레 님이 진에서 나온 시점에서 승패가 정해지지 않았습니까? 그렇다면 그 시점에서 방패를 끄고 로제마인 님의 몸을 최우선으로 생각하시도록 제안해야 했습니다. 저는 시종으로서, 그러지 못했다는 것 때문에 후회하고 있습니다."

승패만 정해지면 견습 기사들은 훈련장 밖으로 나가도 문제가 없으니까, 공격이 미치지 않는 곳에서 회복하면 된다. 관객석에 있는 사람들도 기본적으로 자기 한 몸은 지킨다. 그러려고 공통 실기에서 게티르트 연습도 하는 것이다. 샤를로테의 일은 승부를 마친 샤를로테의 호위기사가 구조하러 달려가면 된다. 시종인 브륀힐데 입장에서 본 디터의 반성점은, 기사의 시점에서 본 것과 너무나 달랐다.

"브륀힐데, 저도 후회하고 있습니다. 추락한 단켈페르거 쪽 견습 기사의 치유를 용납해서는 안 됐습니다. 로제마인 님 쪽이 훨씬 심각한 상황으로 보였으니까요."

레오노레가 걱정된다는 것처럼 로제마인의 방이 있는 쪽을 바라봤다. 호위기사인 그녀가 브륀힐데에게 공감하는 것을 보고, 마티아스는 눈을 깜박거렸다. 주인의 바람을 이뤄주는 것이 측근의 역할일 텐데.

……어째서 그렇게 생각할 수 있는 걸까?

레오노레도 유디트도 브륀힐데의 의견에 공감하고 있다. 시종과 기사라는 직책에 따른 차이가 아니다. 보다 근본적인 곳에서. 섬기는 자세의 차이는, 언젠가 서로 간의 엇갈림과 불화로 이어질 수도 있다. 이 기회에 상대의 의도를 알아두고 싶다. 목구멍 깊은 곳이 찌릿찌릿 하는 것만 같은 초조함을 맛보며, 마티아스는 입을 열었다.

"하지만, 그것은 로제마인 님이 바라신 일이고, 그 기사에게도 치유가 필요했습니다. 주인의 바람을 이뤄드리는 것이 측근이 할 일이 아닙니까?"

"반드시 그런 것만은 아닙니다."

딱 잘라서 말한 사람은 브륀힐데였다. 레오노레는 잠깐 생각한 뒤에 "이름을 바친 측근인 이상, 당신들도 알아두는 쪽이 좋겠지요"라고 중얼거렸다.

"저희가 측근이 되기 전의 일이라서, 코르넬리우스에게 들었습니다. ……4년 전, 호위기사들이 주인의 마음에 따르는 것만을 생각하고서 움직인 적이 있었습니다."

죠이소타크 자작에게 잡혀간 샤를로테를 구하기 위해, 로제마인이 뛰쳐나갔다. 호위기사들은 주인의 뜻을 이루기 위해 명령받은 대로 움직였고, 주인에게서 떨어졌다. 그리고 그 잠깐 사이에, 다른 이가 로제마인을 납치했다.

"호위기사가 주인의 뜻을 가장 우선해서 움직인 결과, 주인은 2년 동안 유레베에서 잠들게 되고 말았습니다."

샤를로테와 그 측근, 영주 부부가 아무리 감사해봤자 자신의 주인은 깨어나지 않는다. 시간이 지나면서 점점 존재감이 희박해지고 잊혀 간다.

"눈을 뜬 주인이 2년 치의 성장 부족과 지식 부족, 시간의 흐름에서 뒤처졌다는 정신적인 불안정을 보였지만, 귀족 사회는 기다려주지 않습니다. 의식과 현재 상황을 맞춰볼 여유도 없이 귀족원으로 보내지는 로제마인 님을 보고, 그분을 지켜내지 못했던 호위기사들이 무슨 생각을 했는지 알고 있습니까?"

그들의 고뇌를 상상하기만 해도 마음속에서 괴로움 생각이 치밀어 올라온다. 마티아스도 라우렌츠도 아무 말도 못 했다.

"두 번 다시 같은 일을 되풀이해서는 안 됩니다. 그러기 위해서는 무조건 주인의 뜻에 따르는 것만이 다가 아니라고 생각해 주세요. 특히 로제마인 님은 발상이 풍부히고 의욕과 실행력이 상당히 뛰어나지만, 체력이 도저히 따라가지 않습니다. 신전에서 자란 탓에 귀족으로서의 상식이 부족한 것도 있어서, 의사소통이 되는 것 같으면서 안 되는 경우도 많습니다."

로데리히에게서 들은 '구 베로니카 파벌 귀족을 모시는 데 있어서의 주의사항'보다 훨씬 근본적인 '로제마인이라는 주인을 모시는 데 있어서의 마음가짐'이다. 마티아스와 라우렌츠는 진지하게 그 이야기를 들었다.

"그리고 빌프리트 님을 주의해 주세요. 그분은 항상 로제마인 님을 멸시하고 있으니까요."

거기서부터 브륀힐데의 노도와도 같은 투덜거리는 소리가 쏟아져 나왔다. 측근이 아닌 사람에게는 보이지 않는 부분에서, 빌프리트가 로제마인의 측근들을 상당히 화나게 하고 있다. 하나하나만 보면 사소한 일이지만, 티끌 모아 태산이 되는 것처럼, 측근들의 짜증이 커져서 혐오감을 자아내는 악순환이 벌어지고 있는 것 같았다.

……중간 중간 마음에 걸리는 부분이 있었다.

"디터를 받아들였을 때는 조금 다시 봤는데, 디터 후반부터 왕족과의 대화는 한넬로레 님 이야기뿐이지 않았습니까."

"아니, 그건…… 적진에 홀로 계셨던 한넬로레 님을 진에서 내보낸 것으로 에렌페스트의 승리가 됐지만, 다소의 배려는 필요하니까……."

"배려하는 건 좋지만, 그만큼 로제마인 님의 안색도 배려해주셨으면 합니다. 홀로 진에 남겨져 있던 다른 영지의 영주 후보생은 걱정해도, 혼자서 에렌페스트의 모든 이를 지키려 하는 약혼자를 걱정하지 않았다는 사실에 분개하고 있습니다."

"걱정하지 않았던 건 아니라고 생각하는데……."

빌프리트를 감싸는 라우렌츠를 브륀힐데가 매섭게 노려봤다. 그런 브륀힐데를 달래려는 것처럼 어깨를 두드리며, 레오노레가 라우렌츠와 마티아스를 번갈아서 쳐다봤다.

"빌프리트 님은 저녁 식사 자리에서 사람들에게 디터에서 승리했다는 사실을 전하면서 기뻐하셨죠? 왕족으로부터 부조리한 트집을 잡히지도 않고 사정 청취가 끝나서 다행이라고 하셨죠? 그런데, 모두를 위해 방패를 쳤던 로제마인 님에 대한 감사와 무리까지 했던 약혼자를 걱정하는 말은 없었습니다. ……늘상 있는 일이라고, 하면서."

새삼 생각해보니 맞는 말이었다. 분명히 마티아스도 로제마인을 걱정했다. 하지만 왕족 앞에 서보지도 못하고 퇴장당한 주인의 모습을 봤는데도 어째선지 '항상 그랬으니까' '조금 있으면 깨어나겠지'라고, 마음속 한구석에서 생각했다. 어느새 그런 생각이 머릿속에 자리 잡아버렸다는 것을 깨닫고, 마티아스는 깜짝 놀랐다.

"다른 이들이 너무 걱정하지 않도록 빌프리트 님 나름대로 배려하신 게 아닌가 싶습니다. 그건 저도 이해합니다. 로제마인 님이 누워계실 때의 상태를 소상히 보고할 수도 없고……."

유디트가 말하자, 브륀힐데가 그 말이 끝나기도 전에 끼어들었다.

"하지만, 에렌페스트를 위해 무리까지 하신 로제마인 님에 대해, 빌프리트 님은 약혼자가 된 지 일 년이 넘게 지났는데도, 병문안을 오신 적이 단 한 번도 없지 않습니까. 저는, 너무나 화가 나서……. 특히 이번에는 디터에서 마력과 회복약을 너무 많이 써서 쓰러졌는데, 항상 있는 일이라고 하는 건 아니지 않나요? 그렇게 생각하지 않으십니까?!"

또다시 브륀힐데가 뜨겁게 달아오르기 시작했다. 주인을 정말 소중

하게 여기고 있다. 평소에는 딱히 그런 기색을 보이지 않았던 브륀힐 데가 이런 상태니, 그 하르트무트가 지금 주인이 어떤 상태인지를 알 게 되면 대체 얼마나 화를 낼까.

……생각하고 싶지도 않다.

마티아스는 바로 하르트무트에 관한 생각을 치워버리고, 빌프리트 와의 관계 개선에 대해 제안해봤다.

"그렇다면, 시종을 통해서 빌프리트 님이 병문안을 오시는 것이 어 떠냐는 뜻을 전하면……."

"병문안은 그렇게 재촉해서 하는 것이 아닙니다. 그리고, 브륀힐데 는 화를 내고 있지만, 저는 병문안 여부 따위는 상관없습니다. 남성분 은 기숙사 3층에 올라갈 수가 없고, 정략결혼 상대에게 약해진 모습을 보이고 싶지도 않겠죠?"

브륀힐데와 다른 방향으로 화가 난 기색이 느껴지는 목소리에 라우 렌츠가 움찔하고 놀란 기색이 마티아스에게도 전해져왔다.

"제가 마음에 안 드는 것은, 빌프리트 님이 난입자 때문에 디터가 어중간하게 결판났다고 고민하고 계시다는 점입니다. 그분은 단켈페 르거가 패배를 받아들였는데도 불구하고 그런 상태로 승패를 결정하 는 것은 아닌 것 같다고…… 왕족 앞에서 다시 하도록 요구하려고 했 습니다. 정말 믿을 수가 없어요."

레오노레의 남색 눈동자에 화난 기색이 드리웠다. 그 의견에는 동 의한다. 마티아스는 말없이 살짝 고개를 끄덕였다. 빌프리트는 평소 부터 '이의를 제기하고 싶지 않다' '위에 있는 자에게는 따라야 한다' 라고 말했으니까, 이럴 때일수록 그냥 조용히 따라줬으면 좋겠다고 생각했다.

"디터에 참가했는데도 불구하고, 적과의 전력 차이를 알아차리지 못한 어리석은 분이라고 생각하지 않으시나요. 그분에게 정말로 로제마인 님을 지키겠다는 생각이 있기는 하나요? 어떤 수단을 써서라도 이기기만 하면 그만입니다. 그것이 무엇보다 우선이라는 거죠."

"하지만, 기사로서는 그런 혼잡한 상황에서 승리는……."

……이 바보야. 그만해, 라우렌츠!

마티아스의 마음의 소리는 전해지지 않았다. 라우렌츠가 아주 조금이나마 빌프리트를 옹호하는 발언을 한 그 순간, 레오노레가 빙긋 미소를 지었다.

"라우렌츠, 당신은 호위기사에 어울리지 않으니까, 보니파티우스 님께 부탁드려서 훈련을 더 강화해야겠군요."

"예?"

레오노레는 그 말의 의미를 모르겠다는 것처럼 눈을 깜박거리고 있는 라우렌츠에서 유디트 쪽으로 시선을 옮겼다.

"유디트, 호위기사의 마음가짐!"

"어떤 상황에서도 주인의 안전을 우선할 것! 어떤 수단을 쓰더라도 주인을 지켜내라!"

유디트가 진지한 얼굴로 말했다. 그것이 말로만 끝나는 게 아니라는 것은, 라르타르크가 공격해왔을 때 유디트가 망토를 펼쳐서 끝까지 주인을 지켰던 모습을 보면 알 수 있다.

"호위기사의 마음가짐은 매일 소리 내서 말하도록 하세요. 어떻게 승리할지보다 로제마인 님을 지키는 쪽이 더 중요하다고 뼛속 깊은 곳까지 배기도록. 아무리 이름을 바쳤다고 해도 명령하지 않으면 주인을 지키지도 못하는 호위기사 따위는 아무짝에도 쓸모가 없으니

까요."

빙긋 웃는 얼굴이었지만, 말하는 내용은 진검으로 베어버리는 것처럼 신랄했다. 레오노레의 분노를 한몸에 받은 라우렌츠는 몸을 움츠려가며 사죄했다.

"호위기사로서의 마음가짐이 부족했습니다. 정말 죄송합니다. ……그런데, 빌프리트 님은 로제마인 님의 호위기사가 아니시니까……."

"호위기사는 아니지만, 약혼자가 아닌가요. 그것도 빌프리트 님을 위한 약혼입니다. 로제마인 님과의 약혼이 없으면 차기 아우브가 될 수도 없고, 흠이 있는 구 베로니카 파벌의 영주 후보생으로서, 이번 숙청에서 얼마나 큰 영향을 받게 됐을지도 모르는 처지입니다. 그걸 이해는 하고 계신 건가요?"

"예, 그러게 말이죠. 정략결혼 상대일수록 심증이 중요한 법입니다. 문안 편지나 책이라도 한 권 보내시면 간단히 로제마인 님의 호의를 얻을 수 있을 텐데……."

약혼 덕분에 라이제강 계 귀족을 자기편으로 만들 소지가 생겼고 그 덕분에 빌프리트가 차기 영주가 됐다고 할 수 있는데, 구 베로니카 파벌에서 이야기하던 것과는 꽤나 다른 내용이다. 파벌에 따른 의식의 괴리가 눈앞에서 벌어지는 모습을 보고, 마티아스는 자기도 모르게 입을 열었다.

"라이제강 계 귀족에게는 그렇겠지만 말입니다. 이쪽 파벌에서는 힘이 너무 약화된 베로니카 파벌과의 균형을 유지하기 위해서 빌프리트 님이 차기 영주가 됐다고 하고 있습니다만……."

파벌에 따른 의식 차이를 생각했으면 한다는 발언에, 레오노레와 브륀힐데가 실망했다는 한숨을 쉬었다.

"어머나……. 정말 어설픈 생각이군요. 구 베로니카 파벌 귀족들이 정말로 그렇게 생각하고 계신다면, 빌프리트 님의 그 태도가 고쳐지는 일은 없겠군요."

"그 태도라면……?"

"빌프리트 님은 왕족의 사정 청취에서도 오즈발트 쪽이 시키는 대로, 저희 의견은 묵살하고 아주 얌전히 따르셨잖아요? 그걸 말하는 겁니다."

"본인 측근의 의견만 듣고 저희 의견은 전혀 듣지도 않으셨죠. 하다못해 이유를 묻거나 로제마인 님의 의견도 들은 이후에 대답한다든지, 뭔가 조금이나마 이쪽에 대한 배려가 있었다면…… 이라고 생각하는 게 잘못된 걸까요?"

두 사람의 의견을 듣고 마티아스는 침을 꿀꺽 삼켰다. 그 사정 청취 자리에서, 레오노레는 단켈페르거의 요구에 편승해서 난입자에 대한 조사에 동석하기를 희망했었다. 마티아스도 마음속에서는 동의했었고. 하지만 빌프리트는 '윗사람에게 쓸데없는 말은 하지 않는 쪽이 좋다'는 오즈발트의 말을 우선했다.

아……. 그때, 나도 레오노레나 브륀힐데와 다른 부분에서, 빌프리트의 언동이 왠지 마음에 걸렸다. 떠올려보려고 열심히 생각하고 있는데, 유디트가 마티아스와 레오노레 사이에 끼어들었다.

"브륀힐데도 레오노레도 진정하세요! 마티아스와 라우렌츠가 곤혹스러워하고 있잖아요. 이름을 바쳤다고 해도 마티아스는 구 베로니카 파벌이니까, 빌프리트 님을 대놓고 비난하면 기분이 좋지 않겠죠. 안 그런가요?"

"유디트, 그렇게 동의를 요구하면 곤란한데."

라우렌츠의 떨떠름한 표정을 보고 마티아스는 씁쓸하게 웃었다. 분위기를 제대로 파악하지 못한 유디트 덕분에 마음이 누그러지면서 입을 열었다.

"나도 지금 막 레오노레 쪽과 다른 부분에서 빌프리트 님의 언동에서 뭔가 마음에 걸리는 부분이 있었다는 생각이 들었다. 나라고 그냥 곤혹스러워하고 있었던 건 아니라고."

"어머나, 마티아스는 뭐가 마음에 걸렸던 건가요?"

의외라는 것처럼 눈을 반짝거리며 묻는 브륀힐데에게, 마티아스는 자기 마음에 걸린 점에 대해 말했다.

"레스티라우트 님의 요구에, 빌프리트 님이 심각하게 생각할 필요는 없다고 말씀하셨던 부분에……."

중앙 기사단이 왕명도 없이 멋대로 움직였다. 어째서 기사단이 폭주하게 됐는지, 일개 기사인 마티아스도 원인을 밝혀야 한다고 생각했다. 그런데도 빌프리트는 각하했다. 차기 영주인데, 에렌페스트의 기사단이 아우브의 명령도 없이 같은 일을 저지를 가능성을 생각하지 못한 걸까. 그것이 얼마나 심각하고 위험한 일인지 상상하지 못하는 걸까, 이상하다는 생각이 들었다.

"그리고 사정 청취 때, 뭔가 달콤한 냄새가 나지 않았나요?"

이렇게 모인 이유, 마티아스는 이번 회의에서 가장 묻고 싶었던 말을 입에 담았다. 마티아스의 진지한 눈빛에 이끌린 것처럼, 참가자들 모두가 잠시 생각에 잠겼다. 제일 먼저 고개를 든 사람은 라우렌츠였다.

"……마티아스, 혹시 달콤한 냄새라는 게 여성의 린샴 냄새 얘기인가? 누구 냄새인지가 신경 쓰였던 거야?"

"라우렌츠, 이런 자리에서 그런 얘기를 할 리가 없잖아."

농담인지 진지하게 생각하고 한 말인지는 모르겠다. 라우렌츠의 입을 다물게 하고, 마티아스는 다른 사람들 쪽으로 시선을 돌렸다. 눈이 마주친 브륀힐데는 고개를 저었다.

"저는 딱히 아무 냄새도 못 맡았어요. 만약에 뭔가 냄새가 났다고 해도, 어지간히 강한 게 아니라면 모르는 냄새를 군이 신경 쓰지도 않을 것 같고요."

"……설마……."

고개를 숙인 채 생각하고 있던 레오노레가 깜짝 놀란 것처럼 고개를 들었다. 그리고 레오노레의 시선 앞에서, 마티아스는 고개를 끄덕였다.

"중앙 기사단에서 토루크를 사용하고 있을 가능성이 큽니다."

"뭐라고요?!"

"아나스타지우스 왕자님께 물러나겠다고 인사를 드리러 갔을 때, 저는 달콤한 냄새를 맡았습니다. 어디서 풍겨왔을까 생각해보니, 그 자리에는 누워 있던 기사들이 있었습니다. 그때는 무슨 냄새인지 확실하지 않았지만, 기숙사로 돌아와서 난로를 본 순간, 갑자기 게오르기네 님의 웃는 얼굴이 머릿속에 떠올랐습니다."

그렇게 해서 마티아스의 머릿속에 달콤한 냄새라는 기억이 새겨졌다. 하지만 다른 사람은 알아차리지 못했다. 그 위험성을 생각하니 등 줄기가 오싹해왔다. 브륀힐데와 유디트도 얼굴이 굳어졌다.

"숙청을 거치면서 에렌페스트에서는 토루크가 위험한 식물이라는 게 알려져 있습니다. 하지만 냄새나 실물을 알고 있는 사람이 없죠. 마티아스 말고는 아무도 알아차리지 못했을 정도니까."

"설령 눈앞에서 태우고 있었다고 해도, 저는 알아차리지 못했을 겁니다. 이 얼마나 위험한 것인지…….'

"마티아스, 그쪽이 수상하다고 생각했던 여름 끝 무렵하고 달리, 지금 계절에는 당연하다는 것처럼 난로를 피워놨다. 토루크를 태우는 건 아주 간단한 일이라는 뜻이지?"

라우렌츠의 말에 마티아스가 고개를 끄덕였다. 수상하게 보이지 않고 토루크를 태울 수 있다.

"저도 토루크에 대해서는 지식이 없습니다. 그 기사 세 명을 조사하는 중앙 쪽 사람들이 알아차렸다면 좋겠지만…….'

마티아스는 구 베로니카 파벌에 대한 엄한 언동을 보고서 자기 말을 그다지 믿어주지 않을지도 모른다고 생각했었는데, 레오노레는 신기할 정도로 의심하는 기색을 보이지 않았다. 중앙 기사단에서 토루크를 사용했다는 것을 전제로 이야기를 진행했다.

"토루크는 제 착각일지도 모릅니다."

오히려 착각이었으면 좋겠다고, 마티아스는 생각했다. 중앙 기사단에 토루크가 만연하고 있을 가능성 따위는 생각하고 싶지도 않다. 하지만 레오노레는 마티아스보다 훨씬 현실적이었다.

"로제마인 님을 해하려 했던 게오르기네 님 쪽이 사용했고, 로제마인 님의 결혼이 걸린 디터에 대한 수상한 난입에서도 사용됐습니다. 어떤 꿍꿍이인지는 모르겠지만, 로제마인 님께 적대하는 자들이 어느 선에선가 이어져 있다고 해도 이상한 일은 아니겠죠."

레오노레는 중앙 기사단에서 토루크를 사용하는 것 이상으로, 자기 주인인 로제마인과 관련된 일에서 사용됐다는 점에 주목하고 있었다.

이것이 호위기사에게 요구되는 위기관리 능력인지도 모른다.

"마티아스가 그 자리에서 토루크에 대해 말하지 않았던 것은 정답이라고 생각합니다. 왕족이나 단켈페르거 쪽에서 에렌페스트가 관여했을지도 모른다고 의심했을 가능성도 있으니까요. ……주인의 판단도 없이 멋대로 행동해서는 안 됩니다. 지금은 로제마인 님의 눈을 뜨시고 회복하시길 기다리도록 하죠."

귀족원에서의 필두 견습 호위기사는, 제 나름의 기준으로 주인의 바람을 이뤄드리는 것을 최우선으로 생각하고 있다. 레오노레의 결정에, 마티아스는 고개를 끄덕였다.

# 깨어남, 보고

눈을 떴더니, 안심한 표정을 지은 리카르다의 얼굴이 보였다.

"공주님, 몸은 좀 어떠신가요? 뭔가 드실 수 있으시겠다면 과일을 준비시키도록 하겠습니다."

나는 리카르다의 부축을 받으며 일어나서는 물을 마셨고, 그리고는 다시 누웠다. 물은 마실 수 있었지만, 아직 열 때문에 머리가 멍해서 식욕은 없다.

"정말 안심했습니다. 이번에는 회복약을 쓸 수 없다 보니 공주님이 깨어나시기를 기다리는 수밖에 없었기에, 상당히 마음고생을 했습니다."

의식이 없는 동안에 열이 많이 났고, 시종들은 할 수 있는 일이 없어서 그저 안절부절못하고 있었다. 할 수 있는 게 아무것도 없었다고 했지만, 조금이라도 열을 내려 보려고 분투한 흔적들이 주위에 남아 있었다.

"리카르다, 걱정하게 해서 미안해요."

"앞으로는 무슨 일이 있어도 허용량을 넘어서까지 약을 드시지는 말아주세요."

그렇게 말한 리카르다한테 고개를 끄덕여 보여서 대답을 했는지 아닌지도 모르겠다. 차가운 물이 몸속에서 퍼져나가는 기분 좋은 느낌을 맛보면서, 나는 다시 한 번 눈을 감았다.

그다음에 눈을 떴을 때는 누군가가 내 손을 잡은 감촉이 느껴졌다. 리카르다겠지. 아직 온몸이 나른해서 당장은 움직일 수가 없다. 머리만 조금 움직여보니 리카르다가 아니라 브륀힐데가 있었다. 고뇌와 후회가 깊이 새겨진 표정으로 무릎을 꿇고 내 손을 잡고 있었다. 귀족다운 귀족인 브륀힐데가 이렇게까지 얼굴에 감정을 드러내다니, 별일이다. 리카르다처럼 안심하게 해주고 싶어서, 나는 천천히 움직이면서 "저는 괜찮아요"라고 말했다.

하지만 브륀힐데는 안도하지 않았다. 눈을 꼭 감고서 사죄하기 시작했다.

"로제마인 님, 정말 죄송합니다. 제 책임입니다. 제가 디터 도중에 정신을 잃지만 않았어도 이런 일은 일어나지 않았습니다. 로제마인 님이 회복약을 과도하게 드시는 걸 막지 못한 저는 시종 실격입니다."

설마 회복약을 너무 마신 것 때문에 브륀힐데가 이렇게까지 책임을 느낄 줄은 생각도 못 했다. 나는 디터에 지고 싶지 않다는 생각만 했었는데…… 힘을 줘서 몸을 돌리고 브륀힐데와 눈을 마주쳤다.

"브륀힐데 책임이 아니잖아요? 내가 필요하다고 판단해서 먹은 거니까요."

"로제마인 님의 건강을 최우선으로 생각하고 그런 일을 막는 것이 제 역할이었습니다. 중요한 때에 정신을 잃고 시종으로서의 책무를 다하지 못했습니다."

그렇게 따지자면 디터 훈련은 받지도 않은 브륀힐데를 마력이 많다는 이유만으로 참가시킨 내 책임이겠지.

"몇 번이고 말할게요. 브륀힐데 책임이 아닙니다. 저는 제가 디터에 지기 싫어서 먹었어요."

아직도 받아들이지 못한 것 같은 브륀힐데가 "하지만……"이라고 한 것과 동시에 리젤레타가 커튼 안으로 들어왔다.

"브륀힐데, 그 정도로 하세요. 당신이 원통해하는 기분은 이해하지만, 이제 막 정신이 드신 로제마인 님을 피곤하시게 할 뿐이에요."

브륀힐데가 깜짝 놀란 것처럼 손을 놓더니, 표정을 다잡고 일어났다. 마음속에는 아직 후회가 소용돌이치고 있겠지. 하지만 그런 감정을 얼굴에는 드러내지 않고 나한테 물을 마시게 해준 뒤에, 땀으로 끈적한 온몸을 바셴으로 깨끗하게 해줬다.

"브륀힐데는 우수한 시종입니다. 저는 실격이라고, 전혀 생각하지 않아요. 오히려 저 때문에 브륀힐데에게 오점을 남기게 된 건 아닌지 걱정이네요."

"오점이라니, 말도 안 됩니다. 제가 멋대로 후회했을 뿐입니다. ……하지만, 앞으로는 허용량을 넘을 정도로 약을 드시는 건 자제해 주세요."

브륀힐데의 초췌해진 기분이 전해져서, "허용치를 넘길 정도로 약을 마셔서 죄송합니다"라는 말로 그러지 않겠다고 약속했다. 나도 내 측근들이 이런 표정을 짓게 하고 싶지는 않으니까. 그런 생각을 하는 사이에 다시 의식이 멀어져갔다.


정신은 또렷해졌어도 열이 완전히 내려갈 때까지는 침대 밖으로 나가지 못하는 건 항상 있는 일이다. 이번에는 꽤나 걱정을 끼쳤는지, 시종들이 평소보다 훨씬 바지런했다. 내가 "책을 읽고 싶어"라고 고집을 피우지 않고 시중과 주의하는 말을 얌전히 받아들이고 있었더니, 리젤레타가 스밀 인형을 가지고 왔다. 남색 털에 금속 눈동자가 달렸고,

배에는 마석이 보인다.

"로제마인 님, 이건 어떠십니까? 귀엽게 만들었다고 생각합니다."

"정말 훌륭해요 리젤레타!"

라이문트가 설계한 녹음 마술구가 들어간 인형이다. 여기에 페르디난드에게 전할 말을 담아서 보낼 생각이다. 나는 레서 판다가 더 좋았지만, 리젤레타의 스밀 사랑을 이길 수 없었다. 나는 제대로 만들지 못해서 리젤레타한테 맡겼지만, 이렇게 빨리 만들 줄은 몰랐다.

나는 누운 채, 리젤레타가 건네준 스밀 인형을 받아서 안아봤다. 안았을 때 정말 기분이 좋아지는 크기와 폭신함이다. 얼굴도 귀여운 게, 리젤레타의 스밀 사랑이 담뿍 담겨 있다는 걸 잘 알 수 있었다.

"이 마석이 녹음 마술구군요."

나는 남색 스밀의 배에 있는 마석에 마력을 등록하고, 바로 말을 녹음해봤다.

"페르디난드 님, 잘 지내시고 계시는지요? 일은 쉬엄쉬엄하세요."

"아무리 바쁘시더라도 식사를 안 하시면 힘이 안 난답니다. 약에 너무 의존하지 마시고 식사를 꼭 챙겨 드세요."

녹음한 뒤에, 스밀한테서 말이 제대로 재생되는지 확인해봤다. 완벽하다. 훌륭해. 이렇게 하면 아렌스바흐에서도 규칙적인 생활을 할 거야.

……아냐, 페르디난드 님은 안 쓰겠지.

신전에 있던 무렵, 시종들과 내가 말을 해도 기본적으로는 '방해하지 마라'고 말할 뿐이었다.

"페르디난드 님께 보내도 상자에 던져 넣으실 뿐일 테니까, 유스톡스한테 보내서 필요한 때에 사용하게 하는 쪽이 좋으려나?"

내가 스밀 인형을 안고서 진지하게 생각에 잠겨 있었더니 필린느가 편지를 몇 통 가지고 왔다.

"로제마인 님. 에렌페스트에서 온 편지와 함께 아렌스바흐의 레티치아 님이 보내신 편지가 왔습니다. 영지 대항전 전까지 읽어보시는 편이 좋으실 것 같습니다."

리젤레타와 브륀힐데가 조금 물러나고, 대신에 필린느가 침대로 다가왔다. 나한테 전하기 전에 견습 문관으로서 먼저 내용을 확인한 필린느가 살짝 웃었다.

"이쪽은 페르디난드 님이 레티치아 님께 내리신 과제 중 하나인 것 같습니다."

개인에게 직접 보내는 것이 아니라 경계문을 거쳐서 다른 영지의 귀족에게 보내기 위한 편지를 쓰는 연습인 것 같다. 영지 안에 있는 다른 파벌 귀족이나 경계문, 다른 영지의 문관 등, 여러 단계의 검열을 상정하고 자신의 주장을 상대에게 전하는 기술을 연마하는 것이 목적인 과제인 것 같다.

……흐음, 보통 영주 후보생은 귀족원에 들어가기 전에 이런 과제를 하는 건가.

나도 유레베에서 잠들어 있지 않았다면 틀림없이 이런 과제를 받았겠지. 그러면서 귀족다운 화법이나 어휘를 배웠을 거야.

"이 편지는 로제마인 님을 위한 과제이기도 한 모양입니다. 귀족다운 어휘로 레티치아 님께 모범이 될 수 있는 답장을 하도록, 이라고 적혀 있습니다."

"큰일이네요, 필린느. 저, 열이 오르는 것 같아요."

……이렇게 몸이 안 좋을 때 페르디난드 님이 보낸 과제라니, 너무

해! 게다가 '귀족다운 어휘로 답장을 하도록'이라니, 내가 제일 못하는 거잖아!

둘을 한꺼번에 교육하겠다는, 페르디난드의 고맙지만 하나도 기쁘지 않은 배려가 아주 잘 전해져왔다. 갑작스러운 과제 때문에 골머리를 썩이는 내 모습을 본 측근들이 쿡쿡 웃었다.

"레티치아 님께 보낼 답장은 귀족원이 끝난 뒤에 하셔도 괜찮을 것 같습니다."

"어머나, 약혼자가 에스코트하러 오시는 졸업식에서 페르디난드 님께 직접 건네 드릴 생각이시라면, 일찌감치 쓰시는 쪽이 좋지 않을까요?"

내 컨디션을 걱정하느라 하나같이 책임감으로 굳어 있던 측근들의 표정이 풀어지면서 말투도 가벼워졌다. 그게 너무 기뻐서, 나는 제일 먼저 레티치아가 보낸 편지를 집었다. 부스럭, 소리를 내면서 펼치고, 나는 종이와 잉크 냄새를 살짝 즐기면서 편지를 읽기 시작했다.

"페르디난드 님의 과제를 빨리 끝내기 위해서라도, 이걸 먼저 읽을게요. 그러니까…… 로제마인 님께."

【로제마인 님이 이 편지를 읽으실 무렵에는 귀족원 강의가 끝났을까요.

며칠 전 공부 시간에, 페르디난드 님께서 일찌감치 강의를 마친 것 같다고 하셨습니다. 슬슬 몸이 안 좋아질 때가 됐다고 페르디난드 님께서 걱정하셨는데, 몸은 괜찮으신지요?

로제마인 님은 정말 우수하시다는 것 같더군요. 저는 페르디난드 님이 내주는 과제를 해결하면서 공부하는 나날을 보내고 있습니다.】

거기까지는 평범하게 읽을 수 있었다. 그 직후부터 신을 인용한 표현이 들어간 탓에 나도 모르게 눈살을 찌푸리고 고개를 갸웃거렸다.

"페르디난드 님의 과제는 그야말로 에아바클레렌의 인도가 가득한 것들이 많아서……? 아마 인도의 신이었지? 교육자, 지도자 등의 육성에 관여한다는 것 같은데, 이게 대체 무슨 의미지? 페르디난드 님이 찾아오시면서 계절이 바뀌게 됐다는 표현이랑 같이 생각해보면, 레티치아 님은 지금까지 환경과 다르게 페르디난드 님이 내주시는 과제를 해결하는 게 기쁘다는 뜻이려나? 한마디로 이 부분은 에둘러서 하는 자랑? 아냐, 겨울의 권속신 표현에서는 환경 변화 때문에 고뇌하는 것처럼 보이기도 하네요."

내가 레티치아의 편지를 읽으면서 어떻게 해석해야 좋을지 고생하고 있었더니, 어느 사이엔가 리카르다가 내 곁에 와 있었다.

"공주님, 같이 해독하시는 건 어떨까요. 잘못 읽으면 대답하기가 힘들어지니까요."

"……부탁할게요."

나도 내 해독력을 믿지 않으니까. 그래서 바로 리카르다한테 도와달라고 했다. 여러 가지로 해석할 수 있는 귀족 언어를 문맥을 보고서 제대로 읽는 건 정말 힘들다. 대화할 때는 말투나 표정을 통해서 어느 정도 힌트를 찾을 수 있지만, 문자 정보에서는 상대의 감정을 읽는 게 힘드니까.


리카르다, 브륀힐데와 함께 읽은 결과, 페르디난드 본인이 정말 우수하며, 교육자로서 뛰어나다는 것을 아주 잘 알 수 있었다. 그 교육을 따라가지 못하는 자신도 참 대단하더라는 것 같고, 로제마인과 같은 수준을 요구하면 정말 곤란하다는 의미의 내용이었다. 엄한 교육 속에서 유일하게 위안이 되는 건 내가 보내준 과자라는 모양이었다. 그리고 그 과자에 대한 답례도 적혀 있었다.

……세상에, 페르디난드 님이 너무 엄격하다는 내용의 편지였어!

엄청나게 많은 과제와 엄격한 시선 때문에 좌절할 것만 같은 나날을 어떻게 견뎌냈는지 나한테 가르쳐달라고 부탁했다. 이건 공감할 수밖에 없네.

……이해해. 나도 이해한다고. 페르디난드 님의 과제, 정말 많지. 전부 어려운 것들이다. 과제 사이에 독서를 할 수 있어서 열심히 할 수 있었지만, 귀찮아서 포기해버리고 싶어지겠지.

페르디난드 님이 너무 엄격하게 하면 주의를 주겠다고 약속한 이상, 나도 레티치아를 위해서 뭔가 도움을 줘야 하는 걸까.

"브륀힐데, 리젤레타를 불러주세요."

나는 "부르셨습니까?"라고 말하면서 들어온 리젤레타에게 스밀 인형을 하나 더 만들어달라고 부탁했다.

"이 편지를 보면 페르디난드 님이 너무 엄격해서 어떻게 견디면 좋을지 고민하고 계시는 것 같아요. 저는 레티치아 님을 위해서라도 페르디난드 님을 말리기 위한 말을 전할 필요가 있다고 생각해요."

나는 녹음 마술구에 어떤 말을 담으면 좋을지 생각해봤다. '너무 엄한 말은 안 돼요'나 '가끔씩은 잘 했다고 칭찬해 주세요'라든지 '오늘은 정말 열심히 했다는 말을 듣고 싶어요'라고 말하면, 페르디난드도 자기가 너무 엄격했다는 사실을 조금이나마 알아차리지 않을까.

"비밀의 방에서 페르디난드 님의 편지를 읽고 답장을 써도 될까요?"

측근들의 태도가 풀어지기도 했고 이제 힘이 나기도 했으니까, 나는 침대에서 내려오려고 했다. 그 순간, 리카르다가 압력이 담긴 미소를 지었다.

"공주님, 비밀의 방에서 답장을 쓰시는 건 열이 완전히 내려간 다음에 하세요."

"지금은 무엇보다 몸 상태를 우선하세요. 남성 측근들은 이쪽으로 올 수 없다 보니, 계속 걱정하고 있습니다."

결국, 신부 뺏기 디터가 끝난 뒤에 쓰러진 내가 침대 밖으로 나오는 데까지 사흘가량이 걸렸다.

"정말로 괜찮으세요? 조금 더 쉬셔도 된답니다."

"열도 내렸고, 이제 슬슬 평범한 식사를 하고 싶어요. 그리고 여러분은 숨기고 계셨겠지만, 디터와 왕족에 관련된 중요한 보고도 있지 않나요?"

건강해진 모습을 보여주기 위해 식당에서 다른 사람들과 같이 식사를 하고, 누워 있던 동안 있었던 일에 대한 보고를 듣기 위해 측근들과 회의실로 이동했다. 빌프리트와 샤를로테, 그리고 그 측근들도 같이.

"중소 영지와 중앙 기사단의 난입이 있었기 때문에, 에렌페스트는 디터 결과는 무효라고 판단했다. 하지만 단켈페르거는 심판의 지시가 없었기 때문에 시합이 속행 중이라 생각하고 있었던 것 같고, 한넬로레 님이 위험을 피해서 네 방패 안으로 들어가기 위해 진을 벗어난 시점에서 승부가 났다고 주장한다. 이렇게 이기는 건 한넬로레 님을 속인 것 같아서 상당히 마음이 아프지만……."

빌프리트는 불만이라는 것처럼 팔짱을 끼고 있지만, 난 불만이 없다.

"단켈페르거가 패배했다고 생각한다면 그걸로 좋지 않은가요. 에렌페스트는 그런 디터를 두 번 세 번이나 다시 할 수는 없습니다. 하지만 빌프리트 오라버니가 말씀하신 대로 이긴 방법이 너무나 미묘하네요. 한넬로레 님의 결혼은 중지, 저희의 약혼 해소를 확실하게 포기하도록 하면 그만인 문제가 아닌가요?"

내 제안에 빌프리트는 안심했다는 것처럼 굳어 있던 표정이 풀어졌다.

"음. 그게 적절하겠지. 디터의 승패는 신성하다느니, 결정된 일은 실행해야 한다고 레스티라우트 님이 말씀하셨지만, 영지 대항전에서 아우브와 직접 교섭하면 된다고 생각한다."

디터를 신성시하는 단켈페르거와의 교섭은 상당히 귀찮을 것 같지만, 이쪽이 승리한 것으로 되어 있으니까, 교섭하기에 따라서 어떻게든 되겠지.

"그리고, 앞으로 이러한 문제를 일으키지 않도록 아나스타지우스 왕자님이 호되게 말씀하셨다. 다음에 또 이런 일이 일어나면 왕족이 로제마인의 신병을 인수하겠다는 것 같더군……. 너를 지키기에 나는 너무나 무력하다는 걸 느꼈다."

"네?"

빌프리트는 어깨를 축 늘어트리고 있지만, 왜 거기서 갑자기 왕족이 튀어나오는 건지 도무지 모르겠다. 내가 설명해달라는 시선을 이리저리 보내다가, 샤를로테와 눈이 마주쳤다.

"언니께서 잠들어계신 동안 중앙에서 보고가 있었습니다. 실은, 힐데브란트 왕자님께서 중앙 기사단에 이번 디터에 관한 이야기를 하셨다는 것 같습니다."

힐데브란트가, 왕명에 의해 약혼자가 정해진 에렌페스트의 성녀를 단켈페르거가 빼앗으려 했다고 고발했다. 아나스타지우스는 왕명이 아니라 약혼 허가라는 것과, 아우브의 결정에 의한 약혼이니 왕족이 참견해서는 안 된다고 달랬다.

"그럼, 힐데브란트 왕자님의 명령으로……?"

도서관 지하에서 나랑 한넬로레와 이야기를 한 것 때문에, 힐데브란트가 기사단에 명령했다는 얘기인가.

"아닙니다. 힐데브란트 왕자님은 고발한 시점에 중앙 기사단이 잘 구슬렸고, 그래서 디터에는 관여하지 않았다는 것 같습니다. 그것은 측근과 귀족원 교사들도 이미 확인했다는 것 같더군요. 난입한 기사들과도 면식이 없었다고 들었습니다. 하지만, 힐데브란트 왕자님이 제공한 정보를 이용했다는 사실은 틀림이 없는 것 같고, 그 점 때문에 아나스타지우스 왕자님도 꾸짖으셨다는 것 같습니다."

"그럼, 저와 한넬로레 님이 지하 서고에서 이야기를 나눈 것도 원인 중의 하나일지도 모르겠네요."

사소한 발언이나 정의감이 엄청난 결과를 불러왔다는 사실에, 나는 몸이 부르르 떨렸다.

"왕족하고 엮이고 싶지 않다는 기분이 더더욱 커졌는데, 대체 왜 저를 얻으려 하는 걸까요? 귀찮은 일만 저지르는 인간일 텐데……."

그렇게 아나스타지우스 왕자의 별궁으로 불려가서 그렇게 주의를 받았는데, 어째서 왕족이 날 데려가려고 하는 걸까. 영문을 모르겠다.

"귀족원 봉납식에 왕께서 친히 오셨을 정도니까요. 에렌페스트가 언니를 다른 영지로 보낼 결의를 한다면, 그때는 왕족이 거두시겠다고 생각하는 것 같아요."

하지만 단켈페르거가 디터에서 이기려고 했던 나를, 디터에 난입해서 방해한 중앙 기사단의 주인인 왕족이 옆에서 채가는 건 힘든 일이다. 단켈페르거와의 신뢰 관계가 완전히 무너지게 되니까. 그리고 왕명으로 페르디난드를 아렌스바흐로 보냈다. 그래서 영주 일족이 더 줄어들면 이번에는 에렌페스트의 주추 마술에 영향이 생긴다. 이런 일들을 고려해서, 이번에는 날 데려가는 걸 단념한 것 같다.

"하지만, 두 번은 없다. 또 이번처럼 귀족원을 시끄럽게 하는 사태가 벌어지면 왕족이 보호하겠다고, 그렇게 말했다."

지키지 못했다고 풀 죽어 있는 건 빌프리트만이 아니다. 내 측근들도 마찬가지다. 눈을 떴을 때부터 '정말 죄송합니다'랑 '그때, 제가 이렇게 했다면……'이라고 반성하는 말을 들었으니까.

"이번에는 넘어가 주셨으니까, 두 번 다시 그런 일이 벌어지지 않게 하면 된다고 긍정적으로 생각하죠. 그보다 난입했던 기사와 영지는 어떻게 됐나요?"

내가 말했더니 빌프리트가 표정을 다잡고 허리를 곧게 폈다.

"첸트의 이름을 썼기 때문에, 중소 영지에 관해서는 불문에 부치기로 했다. 루펜 선생님이 꽤나 열심히 손써주셨다는 것 같더군. 그리고 중소 영지를 선동해서 디터에 난입한 중앙 기사단의 기사들에게는 첸트께서 엄벌을 내리기로 했다. 왕족의 이름을 사칭해서 학생들을 선동했으니까. 지금까지 충신이라고 믿고 계셨던 첸트의 분노와 낙담이 상당히 심각한 것 같다."

"……충신인 기사들이 왕명도 없이 제멋대로 움직이다니, 정말 이상하다는 생각이 드는데 말이죠."

내가 그렇게 말했더니 마티아스가 손을 들어서 발언 허가를 요청했다. 허가했더니 마티아스는 "확실한 증거는 없습니다만……."이라고 운을 띄우고는 계속해서 말했다.

"토루크가 사용됐을 가능성이 있습니다."

"토루크라면…… 설마?!"

게오르기네 파벌의 집회에서 사용했다고 여겨지는 약으로, 기억을 혼탁하게 만들고 환각을 보게 만드는 강한 작용이 있는 식물이었을 텐데.

"아나스타지우스 왕자님께 물러나겠다고 인사를 드리러 가까이 갔을 때, 묶여 있던 기사들에게서 달콤한 냄새가 났었습니다. 그때는 무슨 냄새였는지 몰랐습니다. 하지만 기숙사로 돌아와서 난로를 보고 생각이 났습니다. ……그렇게까지 자세히 맡아본 건 아니기에 잘못 생각했을 가능성도 있습니다."

"하지만 마티아스는 거의 틀림없다고 생각했으니까 이 자리에서 발언했겠죠?"

마티아스는 신중한 성격이다. 숙고를 거듭한 끝에 자기 나름대로 확신이 서지 않으면 말하지 않을 정도로.

"그들의 기억을 들여다보면 확실하게 알 수 있을지도 모릅니다."

기억을 왜곡시키는 토루크를 사용했다면, 세 명의 기사는 조종당했을 가능성이 크다. 왕족이 심문하는 중에 그 정보를 포착했을까. 이쪽에서 정보를 흘리는 쪽이 좋으려나.

"……귀족원과 중앙에서는 토루크를 흔히 사용한다고 생각하나요?"

"아닙니다. 흔히 사용된다면 위험한 작용이 있는 식물로서 더욱 널리 알려졌을 거라고 생각합니다. 아마도, 어떤 영지 특유의 식물이 아닐까요."

약학에 관한 강의를 듣고 있는 샤를로테의 견습 문관이 고개를 저으면서 부정했다. 어떤 영지 특유의 것이라면, 왕족이나 중앙이 모를 수도 있다.

"양아버님의 허가를 받아서, 왕족 쪽에 토루크가 사용됐을 가능성을 전하도록 하죠."

내 가슴 속에서 서늘한 불안감이 고개를 들었다. 이렇게 짧은 기간에 토루크 사용이 의심되는 사건이 여러 번 일어난 건 우연의 일치일까. 중앙 기사단의 기사를 조종할 수 있는 위치에 있는 사람과 게오르기네가 연결됐을 가능성도 있지 않을까. 만약 그렇다면 게오르기네가 에렌페스트로 돌아오는 건, 우리가 생각하는 것보다 훨씬 간단한 일이 되지 않을까.

나는 손을 들어서 무지개색 마석 비녀를 건드렸다. 마석이 흔들리는 감촉에 가슴이 술렁거렸다.

# 영지 대항전 준비

게오르기네와 중앙의 어딘가가 연결되어 있을 가능성이 떠오르면서 불안한 마음이 든 내게, 레오노레가 빙긋 미소를 지어 보였다.

"로제마인 님, 불안해하시는 마음은 저도 이해합니다만, 대응은 아우브께서 생각하실 일입니다. 지금 로제마인 님이 생각하셔야 할 일은 영지 대항전이 아닐까요? 주무시는 동안 날짜가 꽤나 가까워졌습니다."

레오노레의 말에 브륀힐데도 가세하는 것처럼 고개를 끄덕였다.

"그렇습니다. 봉납식에서 첸트와 연줄이 생겼고, 세 대영지와의 공동 연구도 있습니다. 작년보다 많은 손님이 오실 테니 준비가 정말 힘들 겁니다."

"로제마인, 그 둘의 말이 맞다. 판단은 아버님에게 맡기고 우리는 영지 대항전 준비를 시작해야 하지 않을까. 아렌스바흐와의 공동 연구는 어떻게 됐어?"

빌프리트의 질문에 나는 살짝 생각을 바꿨다. 지금 들은 대로, 눈앞에 닥친 과제를 해결해야 하니까.

"아렌스바흐와의 공동 연구는 도착한 편지를 읽고, 리카르다에게 외출 허가를 받은 뒤에 움직이겠습니다. 기본적으로는 아렌스바흐에서 전시와 발표를 맡은 것으로 되어 있으니까, 제가 손을 쓸 부분은 얼마 안 되겠죠."

내가 잠들어 있는 사이에 도착한 레티치아가 보낸 편지에, 페르디난드가 보낸 것도 동봉되어 있었다. 그리고 거기에 공동 연구에 관한 내용이 적혀 있었다. 사실은 빨리 비밀의 방에 가서 빛나는 잉크로 적은 부분도 읽고 싶은데, 흥분하면 열도 같이 올라가기 때문에, 몸이 좋아질 때까지 기다리라는 말을 들었다.

"그러고 보니까 드레반헬과의 공동 연구는 어떻게 됐죠?"

"발표 방법은 정해졌다. 에렌페스트 마지(魔紙)의 성질과 품질 향상 방법, 지금까지의 이용방법 등을 공동 연구 내용으로 발표할 예정이다."

"그리고 마지를 마술구에 이용해서 새로운 발명을 하게 된 부분에 대해서는, 각 영지에서 발표하기로 했습니다."

내가 질문했더니 빌프리트와 샤를로테가 진척 상황을 설명해줬다. 단켈페르거와의 공동 연구에 대해 논의했던 빌프리트가 중심이 돼서, 드레반헬과도 발표에 관한 논의를 했다. 어쩐지 발표 방법이 단켈페르거와 똑같더라니. 하지만 대영지가 연구 성과를 전부 빼앗지 않고, 각 영지에서 발표할 수 있다는 건 좋네.

"드레반헬 혼자서 발표하게 되지 않아서 다행이네요. 에렌페스트에는 어떤 새로운 발명이 있나요? 지금까지 보고를 받지 않아서 잘 모르겠거든요."

자동으로 곡을 연주하는 악기의 아이디어를 제안했던 나는, 마리안네 쪽을 봤다. 눈이 마주치자, 마리안네는 떨떠름하다는 것처럼 고개를 숙였다.

"……곡을 연주하는 마술구는 드레반헬이 연구에 착수했습니다. 저희도 연구해보기는 했지만, 그쪽이 더 뛰어납니다."

아무래도 아이디어를 빼앗겨버린 것 같다. 마리안네와 이그나츠가 죄송하다는 것처럼 설명해줬다. 에렌페스트의 연구로 발표할 수 있는 건 하나같이 드레반헬의 열화판뿐인 것 같다고, 두 사람이 어깨를 축 늘어트리고 말했다.

"기껏 로제마인 님이 대영지와의 공동 연구라는 큰 무대를 양보해 주셨는데, 그다지 좋은 결과를 내지 못했습니다. 죄송합니다."

"언니, 두 사람을 너무 나무라지 말아주세요. 대영지와의 공동 연구 자체가 처음이고, 나름대로 열심히 노력한 성과보다 드레반헬이 더 뛰어난 것뿐이니까요."

두 사람을 감싸는 샤를로테에게, 나는 "딱히 나무라는 건 아니에 요"라고 말하면서 고개를 저었다. 마지 품질을 높이거나 에렌페스트 에서 만드는 종이의 가치를 높이고 싶었으니까, 공동으로 발표하는 기본적인 부분에서 목적의 최저치는 충족했다.

"하지만 주목을 모을 발명이 전혀 없는 것도 아쉽군요. 이렇게 됐으 니까 자동으로 책 상자로 돌아가는 책을 만들어요. 난세이브지의 품 질을 가능한 수준까지면 되니까 끌어올려 주세요. 책을 움직일 수 있 는 품질의 난세이브지만 완성되면, 마법진 자체는 이미 있는 걸 사용 하면 되니까요."

라이문트에게 배운 마법진과 조합하면, 다른 영지의 무거운 책은 움직이지 못하더라도 에렌페스트의 얇고 가벼운 책이라면 움직일 수 있겠지. 조금 떨어진 곳에 놓아둔 책이 자동으로 책 상자로 돌아간다 면, 시연에서 눈길을 끌 수 있지 않을까.

"그밖에는, 그렇군요……. 드레반헬이 품질을 높여서 음악을 연주 하는 악기를 만든다면, 이쪽은 평민도 사용할 수 있을 만큼 마력을 절 약한 마술구를 만들어보는 건 어떨까요?"

평민 마을에도 마석 가게가 있고, 질이 낮은 마석이라면 평민들도 손쉽게 구할 수 있다고 들었으니까. 질이 낮은 마석으로 오르골처럼 곡을 연주할 수 있다면, 갑자기 찾아오는 음유시인한테 사용하기 힘든 고급 지향 이탈리안 레스토랑에서도 곡을 연주하게 할 수 있겠지. 뮤직박스처럼 손님이 돈을 넣고 그 자리에서 마석을 사서 원하는 곡을 들을 수 있게 만든다면, 이탈리안 레스토랑 쪽의 수입을 해치지도 않고 음악을 즐기게 만들 수 있겠지.

뭐…… 오르골 같은 건 딱히 마술구가 아니라도 만들 수 있지만, 지금 주문하면 요한이 힘들어서 죽을 것 같으니까.

인쇄 관련 일들이 정리되면 주문해보는 것도 좋을지도 모르겠다. 하지만 일 년의 절반 이상을 다른 지역에서 금속 활자와 인쇄기 만드는 법을 가르치면서 사는 요한한테는 힘들겠지. 무엇보다 난 음악보다 인쇄 보급을 우선하고 싶으니까.

"악보와 마석을 달아서 평민도 사용할 수 있게 하는 거예요. 가능하다면 작은 마석으로 한두 곡 정도는 연주할 수 있게 하고 싶네요."

라이문트와 자크에게 상담할 때 같은 기분으로 생각나는 것들을 차례차례 말하고 있자니, 빌프리트가 살짝 손을 들어서 말을 막았다.

"로제마인, 갑자기 그런 말을 하니까 두 사람이 곤란해 하고 있다."

그 말을 듣고서 보니까, 마리안네와 이그나츠의 안색이 조금 달라져 있었지만, 3학년인 나도 해낼 방법이 몇 가지 생각났다. 상급생에 상급 견습 문관인 두 사람한테 그렇게까지 어려운 말을 한 건 아니다. 나는 자기도 모르게 내 견습 문관들 쪽으로 고개를 돌렸다.

"그렇게까지 어려운 일은 아니죠? 가능한 간단한 마법진을 사용하고 보조 마법진을 추가하면 마력을 절약할 수 있고, 악보 위에 마석을 미끄러트리면 소리가 나온다는 건 알고 있으니까."

내가 시선을 보내자, 판에 메모를 적고 있던 로데리히와 필린느가 잠깐 생각에 잠겼다.

"로제마인 님의 말씀은 라이문트가 가르쳐준 마법진을 응용한다는 것이죠? 그걸 에이폰지와 조합하고? 평민이 사용하는 물건이라서 너무 어렵게 생각하게 될 수도 있겠지만, 구조 자체는 단순하다고 생각합니다."

"악보를 적기 위한 잉크의 품질을 높이면 마석의 마력을 절약할 수 있지 않을까요?"

힐쉬르 연구실에서, 라이문트와 내 연구를 가까운 곳에서 봤던 로데리히와 필린느가 각자 생각난 것을 말했더니, 마리안네와 이그나츠의 안색이 완전히 달라져 버렸다.

"······해보겠습니다."

이게 완성되면 오리지널 발견이나 발명이 전혀 없는 연구는 아니게 되겠지. 어떤 결과가 될지 기대된다.

"언니, 단켈페르거와의 공동 연구는 어떻게 됐을까요? 잠들어계신 동안에 언니의 문관들이 진행하고 있었던 것 같은데······."

샤를로테의 질문에 필린느와 뮤리엘라가 앞으로 나섰다. 먼저 필린느부터 설명을 시작했다.

"단켈페르거와의 공통부분은 정리를 마쳤습니다. 남은 건 에렌페스트의 의식에 대한 것, 이군요. 샤를로테 님이 다과회에서 모아주신 의식 참가자들의 감상도 추가할 예정입니다. 그리고 어제도 보고를 드렸습니다만, 의식 참가자 중에 새로운 권속으로부터 가호를 받은 상급 견습 문관이 있었는데, 그쪽도 서둘러서 연구 발표에 추가하겠습니다."

"봉납식 때부터 지금 사이에 가호를 받은 분이 계신가요?"

샤를로테의 놀란 목소리가 뮤리엘라가 빙긋 미소를 지었다.

"요스브레너의 뤼라디 님이십니다. 봉납식에 출석한 시점에서, 아직 가호를 받기 위한 의식을 마치지 않은 3년은 뤼라디 님뿐이셨다고 하더군요. 주위의 권유를 받아서 최종시험 때까지 계속 기도하셨다는 것 같습니다."

상급 귀족은 비교적 일찍 강의를 마친다. 그래서 봉납식에 참가할 수 있는 수준의 상급 견습 문관은, 뤼라디만 빼고 전부 의식을 마쳤다. 아직 의식을 치르지 않았던 뤼라디는 아슬아슬한 때까지 계속 기도해보기로 했던 것 같다.

"드레반헬에서도 그랬던 것처럼, 뤼라디 님도 부적을 만들어서 진지하게 기도를 올렸던 것 같습니다. ……발아의 여신 블루앙파께."

"……꽤 보기 드문 여신께 기도를 바쳤네요. 드레반헬이 전부 부적을 준비했던 것처럼, 문관이라면 지혜의 여신 메스티노오라께 기도할 거라고 생각했는데 말이죠."

엘비라의 사랑 이야기에서는 상당히 좋은 활약을 보여주고 있는 발아의 여신 블루앙파지만, 가호를 받기 위한 기도를 바치는 대상으로서는 아주 마이너한 쪽이라고 생각한다. 내 감상을 들은 뮤리엘라가 쓴쓸하게 웃으면서 가르쳐줬다.

"훌륭한 사랑 이야기를 만날 수 있도록, 이라고 열심히 기도하셨다는 것 같습니다."

……자기한테 사랑이 싹트게 해달라고 기도한 게 아니었구나.

자기 사랑보다 사랑 이야기를 바라는 뤼라디에게 왠지 모르게 동료 의식을 가지게 됐다. 아마도 뤼라디는 나처럼 사랑보다 책을 더 좋아하는 특이한 사람이겠지.

"자기 욕구에 충실…… 아니, 한 점에 집중해서 기도를 올린 덕분일까요. 아니면 상급 귀족이라서 기도할 때 담은 마력이 많았던 덕분일까요. 원래 물의 속성을 가지고 있어서 가호를 받기 쉬웠던 건지도 모릅니다. 뤼라디 님은 이 짧은 기간에 발아의 여신 블루앙파의 가호를 받게 됐습니다. 이건 정말 훌륭한 성과라고 생각합니다."

마력을 마치면서 진지하게 기도를 올리면 다른 영지의 상급 귀족이라도 가호를 받을 수 있다는 게 증명됐다. 이건 틀림없이 에렌페스트의 연구에 크나큰 성과가 된다. 뤼라디한테 자세한 이야기를 듣고 연구 성과에 추가해야겠지.

"주위 분들은 다른 신들의 가호를 받았으면 했던 것 같지만, 본인은 정말 만족하고 있습니다. 기뻐하면서 로제마인 님께 꼭 고맙다는 말씀을 드리고 싶다고 하셨습니다."

좀 특이하다는 생각도 들지만, 책 좋아하는 사람 중에 나쁜 사람은 없으니까. 틀림없이 뤼라디도 착한 사람일 거야. 다과회에서 잠깐 이야기를 나눴을 뿐이라서 얼굴은 잘 생각나지 않지만, 빌려준 책은 기억이 난다. 오래된 언어로 적은 사랑 이야기였다. 엘비라가 말했던 것보다 신들이 많이 나왔고, 남성이 여성을 칭찬하는 형용사도 신에 비유하는 것들을 사용했다. 행동을 가리키는 건지 형용사로 사용하는 건지, 해독하기가 상당히 어려웠던 기억이 있다.

……정말 뼛속까지 사랑 이야기를 좋아하나 보다. 어쩌면 뮤리엘라하고 마음이 맞을 지도 몰라 라고 생각했지만, 이미 좋은 사이일게 분명했다. 그래서 뮤리엘라가 새롭게 가호를 받았다는 정보를 얻었을

테다.

"로제마인 님, 저희 연구에 협력해주신 답례로, 뤼라디 님께 새로운 귀족원 사랑 이야기를 빌려드려도 괜찮을까요?"

뮤리엘라가 쭈뼛쭈뼛 말을 꺼냈다. 아마 다과회에서 뤼라디에게 빌려줬던 책이, 신작 귀족원 사랑 이야기였을 텐데. 신작 책은 아무래도 상위 영지의 영주 후보생들을 우선해서 빌려주기 때문에, 중위 영지의 상급 귀족인 뤼라디는 신작을 구하기가 쉽지 않았다. 아마 귀족원 사랑 이야기 신작을 엄청나게 기대하고 있겠지.

신작을 기대하는 마음은 정말 이해해. 책을 읽고 친구와 서로 감상을 이야기하면서 흥분하는 즐거움도 알고. 우라노 시절에는 너무나 흔했던 광경이니까. 문득, 뮤리엘라와 뤼라디가 같이 책을 보면서 서로 미소를 짓는 풍경이 머릿속에 떠올랐다. 그건, 책을 만들어온 나한테 너무나 행복한 광경이었다. 뭉클, 하고 마음이 따뜻해지는 기분이 들었다.

"요스브레너도 영지 대항전 준비로 바쁜 와중에 협력해주셨잖아요. 물론, 괜찮습니다. 틀림없이 블루앙파의 가호를 실감하실 거예요."

공동 연구에 관한 이야기를 마친 뒤에, 토루크에 관한 질문 편지는 빌프리트가 쓰기로 했다. 논의를 마친 나는 방으로 돌아갔다.

"필린느, 아렌스바흐에서 온 페르디난드 님의 편지를 주시겠어요."

……영지 대항전 준비로 바쁜데, 귀족 언어로 답장을 보내라는 귀찮은 과제를 내주다니…….

살짝 삐치기는 했지만, 오랜만에 온 편지라서 일단은 살짝 흥분됐다. 누워 있는 동안에는 비밀의 방에 틀어박히지 못해서, 보통 잉크로 적은 부분만 필린느한테 읽어달라고 했다. 그래서 표면적인 내용은 알고 있고. 연구 발표에 관한 그래프의 취급과 라이문트에게 내린 지시, 그리고 영지 대항전부터 졸업식까지의 예정에 대해 적혀 있었다. 영지 대항전 날 밤, 페르디난드는 에렌페스트의 다과회실에서 묵을 예정이다.

"리카르다, 양아버님께서 다과회실을 사용 허가를 내려주셨나요?"

필린느가 편지를 가지러 간 사이에, 나는 리카르다와 이야기했다. 페르디난드, 유스톡스, 에크하르트, 아렌스바흐의 측근, 총 네 명이 다과회실에서 묵을 예정이다.

"에렌페스트에서 일단 검열을 했고, 그러면서 동시에 아우브의 허가도 내려졌습니다. 질베스타 님은 기숙사에 방을 준비하면 좋겠다고 생각하셨지만, 아렌스바흐의 측근이 같이 있다 보니 어쩔 도리가 없으니까요. 장의자를 준비하는 게 힘들겠어요."

페르디난드는 아렌스바흐에서 지내지만, 아직 결혼하지 않은 상태라서 엄밀히 따지면 에렌페스트에 소속된 복잡한 상태다. 그래서 에렌페스트의 기숙사에서 묵을 수 있게, 라고 디트린데가 지시했다.

……진짜 이유는 어머님의 귀족원 사랑 이야기에 관한 이야기를 들은 디트린데 님이, 졸업식 당일 아침에 에스코트 상대가 맞이하러 와주는 상황을 동경해서 그랬다나.

이미 집무에 관여하고 있는 페르디난드가 정보를 유출할지도 모른다고 우려한 아렌스바흐의 귀족들은 반대했다던가. 하지만 디트린데는 '페르디난드 님은 제 바람을 이루어주시겠다고 말씀하셨죠?'라고 밀하고 약혼 미석까지 슬쩍 보여주면서, 고집스레 물러나지 않았다나.

"……페르디난드 님이 이쪽으로 오시는 건 대환영이지만, 다과회실 장의자에서 주무시면 과연 피로가 풀리실까요?"

"정보 유출 의혹 때문에 아렌스바흐에서의 입장이 안 좋아지는 걸 피하기 위한 일이니까, 어쩔 수 없습니다."

아렌스바흐의 측근도 출입할 수 있는 건 다과회실뿐이다. 참고로 에렌페스트에서 허가를 내주지 않으면 힐쉬르 연구실에서 하룻밤을 묵게 된다. 그렇게 되면 틀림없이 힐쉬르랑 연구 이야기를 하면서 밤을 새우게 될 테니까, 가능하다면 그런 일은 피하고 싶다는 내용이 적혀 있었다.

……연구 이야기를 하다가 신이 나서 오랜만에 연구를 시작해버리면, 졸업식 에스코트 같은 건 머릿속에서 완전히 날아가 버릴 것 같으니까.

"장의자 말고 또 뭐가 필요할까요? 다과회실 장의자에서 하룻밤을 지내야 하잖아요. 페르디난드 님이 조금이나마 편하게 지내실 수 있도록 해드리고 싶어요."

내가 생각하고 있는데, 리카르다가 씁쓸하게 웃었다.

"칸막이와 짐을 넣어두기 위한 나무 상자 준비도 필요할 텐데, 그런 일들은 시종에게 맡겨두세요. 그보다 공주님은 답장을 적으실 때, 요리를 추가하기 위한 보존 상자를 가지고 오시라는 내용을 적는 걸 잊지 말아주세요. 성의 요리사에게 만들게 해서 가져가도록 할 테니까요."

리카르다도 아들 유스톡스와 만날 수 있는 얼마 안 되는 기회가 기대되는 거겠지. 의욕이 넘치는 것처럼 보여. 학생 기숙사는 영지 대항전 준비 때문에 바쁘니까, 페르디난드 님을 맞이할 준비는 리카르다를 시작으로 학생들과 동행한 시종들을 동원하게 된다.

"로제마인 님, 이쪽이 아렌스바흐에서 온 편지입니다."

"필린느 쪽은 연구 발표 준비를 부탁할게요. 저는 당분간 비밀의 방에 들어가 있겠습니다."

"예. 열심히 그래프를 기억하겠습니다."

페르디난드 님이 보낸 편지를 보면, 역시 그래프를 이용하는 발표는 획기적인 것 같다. 그래서 그래프에 관한 질문이 많을 거로 예상되고. 하지만 영주 후보생인 나는 사교가 우선이고, 발표는 견습 문관들한테 맡겨야 한다. 그래서, '그래프를 사용하는 건 상관없다. 하지만 그대의 견습 문관들이 완전히 이해할 수 있는 범위에 있는 것만 사용하도록'이라고 못을 박았다. 그리고 또, 연구 자체보다 그래프가 더 주목받을 위험성도 있다.

……왕족이 참가하는 의식보다 주목받는 일은 없을 것 같지만.

그렇게 생각하면서, 나는 편지를 끌어안고서 서둘러 비밀의 방으로 들어갔다.


필린느가 한 번 읽어주기는 했지만, 앞면에 적혀 있는 답장을 다시 한 번 읽어봤다. 아렌스바흐와의 공동 연구에 관한 내용도 이것저것 적혀 있다. 시간이 오래 걸리기는 했지만, 프라우렘을 경유한 보고서도 페르디난드에게 도착한 것 같다.

……그런데, 공동 연구 내용보다 슈바르츠 쪽 연구에 관한 질문이 더 많은데 말이다.

정말 연구에 굶주려 보인다. 나는 슈바르츠 쪽 연구를 힐쉬르한테 떠넘겼기 때문에 자세한 내용은 모른다. 리카르다가 외출을 허락해주면, 연구 진행 상황을 확인하고 답장을 보내는 게 좋을지도 모르겠다.

그리고 빛나는 잉크로는 '왕족을 도서관으로 안내했나? 너는 들어가지 않았겠지? 그리고 단켈페르거나 드레반헬과의 공동 연구는 어떻게 됐나? 편지가 뚝 끊겼는데, 보고할 수 없는 짓을 하는 건 아니겠지'라고 적혀 있었다. 머릿속에 관자놀이를 손가락으로 톡톡 두드리는 페르디난드의 모습이 떠올랐다.

……큰일 났다.

잘 생각해보니까 왕족을 서고로 안내했던 때부터 편지를 안 보낸 것도 같다. 사소한 일이 점점 큰일이 돼갔기 때문에 뭐라고 써야 할지를 몰랐다.

……솔직히 혼나는 건 싫다는 기분도 아주 조금이나마 있었지만.

"음~ 지금 솔직하게 편지를 보내서 영지 대항전 때 혼날까, 영지 대항전 때 만나서 설명하고 혼날까……. 어느 쪽이건 혼나겠다. 일단 칭찬받을 것 같은 일을 먼저 쓰자."

다시 만나면, 일단 칭찬부터 받아야지. 그다음에 혼날 것 같은 내용을 설명하고. 그러지 않으면 만나서 헤어질 때까지 계속 잔소리만 들을 게 뻔하니까.

나는 빛나는 잉크를 사용하지 않고, 다른 사람들도 알고 있는 내용 중에서 칭찬받을 것 같은 일을 적어나갔다. 귀족원에서 봉납식을 하고 왕족에게 마력을 기부했다든지, 슈타프를 두 개 사용할 수 있게 됐다든지, 단켈페르거와의 디터에서 열심히 했다든지, 아주 무난한 얘기들로. 리카르다가 말한 대로, 영지 대항전 때 지참했으면 싶은 것에 대해서도 적었다.

"이걸로 됐다. 이 정도면 보자마자 혼나지는 않겠지? 그럴 거야."

레티치아한테는 에렌페스트를 거치는, 귀족으로서 마땅한 루트를 통해서 답장을 보내야 하지만, 페르디난드는 영지 대항전 준비가 필요하니까 라이문트를 경유하는 편으로 빠르게 보내고 싶다.

……마침 잘 됐다.

어차피 내일이면 힐쉬르 연구실에 가서 라이문트와 연구 발표에 관한 최종적인 회의를 하거나, 슈바르츠 쪽 연구의 사본을 돌려받고 할 예정이니까.

"이제 얼마 안 남았으니까. 열심히 해야지."

# 라이문트의 연구와 힐쉬르의 주의

   다음 날 아침에 에렌페스트 쪽에서 토루크에 관한 답장이 왔다. 저녁에 보낸 편지의 답장이 아침 일찍 도착했다는 얘기다. 꽤나 무겁게 여기고 있다는 걸 알 수 있다.

   "빌프리트 오라버니, 뭐라고 적혀 있나요?"

   "왕족과의 논의는 아우브가 할 테니까 괜한 짓은 하지 마라. 편지 등을 보내면 검열이 있는 이상 토루크를 사용한 자들에게 정보가 누설될 가능성이 있다. 그리고 에렌페스트의 내정을 어디까지 폭로할지도 모르는 너희들에게는 도저히 맡길 수 없다…… 라고 적혀 있다."

   그렇구나, 라고 이해할 수밖에 없는 이유네. 에렌페스트의 문관들도 토루크가 마음에 걸린 사람들이 있었으니까, 같은 세대 문관이라면 중앙 쪽에는 더 잘 알고 있는 사람이 있을 가능성도 있겠지.

   "무엇보다 중앙의 기사들이 정말로 토루크를 사용했다면 중앙 기사단 내부나 거기에 가까이 다가갈 수 있는 중앙의 중심인물 중에 위험한 자가 있다는 뜻이다. 너희는 절대 위험한 일에 다가가지 마라, 라는군. 영지 대항전 때 로제마인이 성결식을 하는 것 때문에 왕족과 이야기해야 하니까, 그때 직접 얘기하겠다."

   빌프리트가 읽어준 편지 내용에 고개를 끄덕이고, 나는 토루크에 관한 일은 질베스타에게 맡기기로 했다. 하긴, 어디서 어떻게 알게 됐냐고 물어보면 게오르기네에 관한 얘기를 할 수밖에 없을 테니까. 하지만 이번 겨울의 숙청에 대해 자세한 일을 모르고, 지금까지 일어난 일도 뭘 어디까지 말해도 되는지 모른다. 괜히 쓸데없는 것까지 말했다가 여기저기서 혼나게 될 것 같으니까.

"아무튼, 쓸데없는 짓을 하지 말라고, 몇 번이나 적혀 있다. 조심해야 한다, 로제마인."

"저도 알아요. 오늘은 힐쉬르 선생님 연구실에 가서 아렌스바흐와의 공동 연구에 관한 최종 확인을 하고 오겠습니다."

"그래. 난 드레반헬과의 공동 연구를 도울 생각이다. 종이의 품질을 높이려면 마력이 많은 쪽이 좋다는 것 같으니까."

나는 페르디난드에게 보낼 편지를 챙겨서 힐쉬르 연구실로 갔다. 오늘 같이 가는 사람은 리젤레타와 그레티아. 호위기사 테오도르와 라우렌츠.

다른 사람들은 전부 영지 대항전 준비 때문에 매우 바쁘다. 브륀힐데는 견습 시종들의 중심인물이고, 견습 문관들은 단켈페르거와 드레반헬과의 공동 연구에 불려 다니느라 바쁜 데다가, 리카르다는 에렌페스트와 연락을 주고받으면서 페르디난드 일행을 맞이할 준비를 하느라 바쁘다.

"오늘 레오노레와 마티아스는 도서관에 마물을 연구하러 갔습니다. 작년에는 레오노레의 지식 덕분에 간신히 이겼다고 할 수 있으니까요. 유디트는 원거리 사격을 연습하고 있습니다. 그녀의 명중률에 따라 상황이 크게 달라지니 아주 중요합니다."

라우렌츠의 말에 테오도르가 아주 조금 자랑스럽게 웃으며 고개를 끄덕였다. 다들 열심히 하고 있네. 나도 열심히 해야겠다.


"힐쉬르 선생님 계신가요?"

리젤레타가 방문했다는 걸 알리기 위해 그렇게 말했더니, 라이문트가 버석버석해진 검은 머리카락을 급하게 손으로 눌러 다듬으면서 맞이해줬다. 영지 대항전 발표 때문에 계속 연구실에 틀어박혀 있었겠지.

"정말 죄송합니다만 조금만 더 기다려주세요. 지금 보기 흉하지 않도록 단정하게 정리하는 중입니다."

그리고 라이문트의 시선은 내 뒤에 있는 왜건에 못 박혔다. 완전히 먹을 것으로 길들인 것 같다니까. 라이문트가 문을 닫자, 리젤레타가 피식 웃었다.

"로제마인 님이 연구실로 가겠다고 말씀하신 어젯밤과 오늘 아침에 올도난츠를 보냈는데, 아직도 정리를 안 했군요."

아마도 연구를 우선하느라, 오늘 아침에 보낸 올도난츠의 연락을 받고서 서둘러 치우기 시작했지.

다시 문이 열렸을 때는 두 사람 모두 깔끔해져 있었다. 나는 안에 들어가자마자 바로 라이문트에게 진척 상황을 물었다.

"페르디난드 님으로부터 편지를 받았습니다. 라이문트의 연구는 순조로운가요?"

"녹음 마술구와 도서관의 마술구에 대한 발표를 허락받았습니다. 가능하다면 이쪽을 로제마인 님께서 만들어주셨으면 합니다."

설정한 시간이 되면 빛나는 마술구 외에도, 슈바르츠 쪽 연구의 목적으로 책과 자료를 검색하는 마술구가 완성됐나 보다. 슈바르츠네처럼 움직이거나 말하지만 않으면, 마력을 상당히 절약할 수 있다.

"이 부분은 제 연구이기도 하지만, 이번에는 에렌페스트의 연구가 바쁘니까요."

힐쉬르도 예년에는 에렌페스트에서 연구 발표를 했지만, 올해는 공동 연구가 너무 많아서 라이문트의 연구에 편승하기로 했다.

"이 연구가 귀중하기는 하지만, 조금 시시하니까요. 신들의 가호를 얻기 위한 연구와 에렌페스트의 종이를 사용한 새로운 마술구와 비교하면, 사람들을 끌어들이는 힘은 없죠. 도서관에 도움이 되는 마술구를 만들어봤자, 도서관 자체가 얼마 안 되지 않습니까."

자료 자체가 적은 탓에 관리도 그다지 힘들지 않으니까, 책이나 자료를 검색하기 위한 마술구에 관심이 있는 건 연구자들뿐일 것이다, 라고 힐쉬르가 말했다. 난 정말 기쁘지만, 주요 연구로 삼기에는 사람들의 관심을 끌기 힘들다.

"한마디로 도서관을 늘리면 되는 거예요. 지금부터 제가……."

"그것은 시대의 흐름에 맡기면 됩니다. 그보다, 빨리 시제품을 만들어주세요."

……그보다, 라니. 너무해.

내 도서관 증가 계획은 입으로 말하기 전에 힐쉬르가 딱 잘라버렸고, 나는 어깨를 축 늘어트리면서 라이문트 쪽을 봤다.

"라이문트, 에렌페스트에서는 드레반헬과의 공동 연구 중에서 자동으로 책 상자에 돌아가는 책을 제작해볼까 생각하고 있어요. 전에 제가 만들고 라이문트가 첨삭해줬던 마법진을 쓰고 싶은데, 그래도 괜찮을까요?"

"에렌페스트의 종이를 이용하고 로제마인 님의 마법진을 쓰는 것이니까, 제 허가를 받을 필요는 없다고 생각합니다만……."

진심으로 그렇게 생각하는 것 같은 라이문트가 파란 눈을 깜박거렸다. 나는 라이문트가 간략하게 만들어줬다는 점과 그런 기술은 아무나 가지고 있는 게 아니라는 걸 설명해줬다.

"라이문트가 마법진을 개량해줬다고 명기해둘게요. 이런 일을 통해서 이름을 알려줘야 좋은 후원자도 생기고, 연구자로서 크게 성공할 수 있답니다."

중급 귀족이지만 본가와 뜻이 맞지 않고, 그래서 돈이 없는 사람 치고, 라이문트는 자기 기술과 재능에 별 관심이 없다. 벤노였다면 '안이하게 공짜로 뿌려대지 마라!'면서 날벼락이 날아왔을 텐데.

"페르디난드 님은 귀족원에서 연구한 기술과 마술구를 팔아서 상당히 큰돈을 손에 넣으셨다고 들었습니다. 라이문트도 너무 헐값에 넘기지 않도록 조심하는 게 좋을 거예요."

"······조심하겠습니다."

"로제마인 님, 돈 얘기는 이제 됐습니다. 페르디난드 님이나 제가 그러는 것처럼, 연구비 정도는 자신의 연구 성과를 팔아서 얻으면 됩니다. 영지 대항전까지 이제 얼마 남지 않았으니, 그쪽에 집중하시죠."

필요한 때에 필요한 돈을 모을 수 있는 연구 성과를 남긴 힐쉬르는 정말 대단한 것 같다. 상당히 싸게 팔고 있는 것 같아서 너무나 신경이 쓰이지만, 더는 내가 참견할 일이 아니니까.

"프라우렘 선생님께는 어떻게 보고하실 건가요?"

"이미 시제품은 보여드렸습니다. 지금부터는 딱히 보고할 일이 없군요. ······며칠 전에 확인하는 의미로 프라우렘 선생님께 보고했을 때가 정말 힘들었습니다."

라이문트가 생각하고 스승인 페르디난드가 확인하는 연구다 보니, 에렌페스트와의 공동 연구일 필요는 없다는 말을 들었다. 그리고 내

가 연구에 크게 협력하는 건 아니다 보니까, 라이문트한테 공동 연구
가 아니라 협력자로 하는 게 어떠냐는 말도 했다는 것 같고. 내 협력
이 없으면 시제품을 만들지 못했다고 호소하고, '디트린데 님과 페르
디난드 님과도 상담하겠습니다'라고 살짝 협박까지 해서 없었던 일로
했다나.

"제 약혼자 이름으로 하는 연구 발표입니다, 라고 디트린데 님이 편
을 들어주셔서 정말 큰 도움이 됐습니다."

사촌 모임을 한 뒤에, 디트린데는 프라우렘에게 '사감의 보고가 제
대로 전해지지 않은 탓에, 차기 아우브인 제가 창피를 당하지 않았습
니까'라고 화를 냈다. 어쩌면 그것 때문에 페르디난드한테도 급하게
보고가 들어간 건지도 모르겠다.

"저기, 라이문트. 프라우렘 선생님 기숙사에서의 입장은 어떤 느낌
인가요? 그런 횡포 같은 말을 하시는데, 아렌스바흐 사람들은 이해하
고 있나요?"

"에렌페스트나 로제마인 님이 관여하지만 않으면, 그렇게까지 잔
소리를 하시진 않습니다. 아무래도 에렌페스트와 로제마인 님 때문에
여동생분이 큰일을 당하셨다는 것 같더군요. 빈데발트 백작과 연좌제
로 처벌당했다고 들었습니다. 그래서 에렌페스트 출신인 게오르기네
님이 최소한의 속죄라는 의미로, 프라우렘 선생님께 여러모로 편의를
봐주고 있다고 합니다."

……빈데발트 백작이 대체 누구인가 싶었는데, 그 사람이네. 신전
에서 날뛰었던 두꺼비처럼 생긴 귀족. 그 사람 관계자하고는 안 돼. 절
대로 친해질 수 없다.

날 원수로 여기는 이유를 알게 되면, 나도 피하기가 쉬워지니까.

"그래서 에렌페스트에 적개심을 품고 있는 학생과는 아주 잘 어울리는 것 같습니다. 로제마인 님의 슈첼리아의 방패에 가로막혀서 의식에 참여하지 못했던 학생이라든지……."

아렌스바흐의 연습 문관들이 전부 튕겨 나갔던 건 아니고, 아마 두 사람 정도 튕겨 나갔을 거야. 라이문트는 말하기 거북하다는 것처럼 시선을 피하면서 말해줬다.

"그 사람들은 로제마인 님에 대해 상당히 나쁘게 말했습니다. 베르케슈토크 귀족 출신이라서, 마력 원조를 끊어버린 에렌페스트와 로제마인 님께 화가 나 있는 것 같습니다."

게다가 이번에는 왕족 앞에서 창피를 당해서 더 화가 났다는 것 같고. 프라우렘은 내 험담을 하면서 그런 사람들을 위로하고, 그러면서 묘하게 결속을 다져가고 있다.

"물론 안에 들어간 견습 문관이 의식에서 어떤 일이 일어났는지, 신들의 가호를 얻는 데 있어서의 유효성 등을 보고했으니, 아렌스바흐 전체가 그렇게 생각하는 건 아닙니다. 에렌페스트의 전 신관장이고, 신을 섬기는 일을 잘 알고 계시는 페르디난드 님의 가치가 급격히 높아졌으니까요."

"그렇군요. 제가, 조금이나마 페르디난드 님께 도움이 됐나 보네요."

살짝 기뻐진 나는 리젤레타 쪽을 쳐다봤다. 그랬더니 리젤레타가 척, 하고 움직여서 라이문트한테 편지를 내밀었다.

"이것을 페르디난드 님께 전해주세요. 영지 대항전에 오실 때 지참하셨으면 하는 물건에 대해서도 적혀 있으니, 가능한 한 빨리 전해주시면 기쁘겠습니다."

라이문트가 "알겠습니다. 로제마인 님이 조합하시는 동안에 일단 기숙사에 다녀오겠습니다"라고 말하면서 편지를 받았다. 안심한 나와 다르게, 힐쉬르는 신기하다는 것처럼 눈을 깜박이고 있었다.

"어머나, 페르디난드 님이 영지 대항전에 오시는 건가요? 약혼자를 에스코트하는 졸업식 때만 오는 게 아니라? 아렌스바흐에 남을 수 있는 영주 후보생이 없을 텐데 말이죠? 며칠이나 자리를 비울 수 있는 건가요?"

아렌스바흐의 영주 후보생은 디트린데와 레티치아고, 페르디난드는 집무를 맡고 있기는 해도 아직 에렌페스트에 소속돼 있으니까. 병상에 누운 아우브와 첫째 부인 게오르기네가 참가한다면, 페르디난드가 영지 대항전에 참가할 수 있을 리가 없다.

고개를 갸웃거리는 나한테, 아렌스바흐의 학생인 라이문트가 가르쳐줬다.

"아렌스바흐에는 상급 귀족이 된 영주 일족이었던 사람들이 여러 명 있으니까, 부재중에는 그 사람들이 영지를 맡게 됩니다. 밖에서 정치적인 활동을 하려면 영주 일족의 직함이 필요하지만, 영지 안에서라면 꼭 필요하지는 않으니까요. 주추 마술도 하루 이틀 정도 공급하지 않는다고 갑자기 변화가 일어나지는 않는다고 들었습니다. 맞나요?"

"하긴, 며칠 정도 공급하지 않아도 주추 마술에 큰 영향은 없습니다. 하지만 에렌페스트에서는 만약의 때를 대비해서 주추 마술에 마력을 공급할 수 있는 사람이 최소한 한 사람은 반드시 남아 있게 되어 있습니다. 이런 부분에서도 아렌스바흐와 에렌페스트가 다르군요."

……귀족의 상식도 잘 모르는데, 영지마다 차이까지 있는 거

야……. 너무 어렵다.

나가는 라이문트를 배웅하고, 나는 조합을 시작했다. 이번에는 라이문트의 연구에 편승하는 힐쉬르의 마술구. 솔직히 말해서 부탁받았을 때는 '직접 하면 되잖아'라고 생각했다. 하지만 '영지 대항전에서 발표가 끝나면 드리겠습니다. 도서관에서 사용하는 마술구 따위, 제게는 필요 없으니까요'라는 말을 들었으니, 열심히 만드는 수밖에 없겠지.

……내 도서관에 자료 검색 시스템이 도입되는 거니까!

힐쉬르가 준비한 소재들을 조합 솥에 넣고 저어주면서, 가끔씩 힐쉬르와 이야기를 했다. 공통된 화제는 페르디난드 얘기뿐이지만.

"……그래서, 디트린데 님이 귀족원의 사랑 이야기처럼 졸업식 아침에 맞이하러 와줬으면 좋겠다고 말씀하셨다나 봐요. 그래서 아렌스바흐 기숙사에 묵을 수 없게 돼서, 페르디난드 님은 에렌페스트의 다과회실에서 묵으시게 됐어요."

"어머나, 그 페르디난드 님이 그런 소꿉놀이 같은 일에 어울려 주시다니……."

힐쉬르가 씁쓸하게 웃었다. 내가 한숨을 쉬면서 "디트린데 님의 기분을 맞춰드리는 것도 정말 힘든 일이네요"라고 중얼거렸더니, 힐쉬르도 동시에 "그렇게 에렌페스트로 돌아가고 싶은 걸까요?"라고 말했다.

"예?"

"그렇지 않으면 디트린데 님을 말재간으로 구슬려서 아렌스바흐 기숙사에 눌러앉거나, 여기서 연구라도 하면서 천천히 시간을 보냈겠죠. 다과회실 장의자에서 주무시는 한이 있더라도 에렌페스트로 돌아가고 싶다는 뜻이겠죠."

페르디난드에 대해서 나보다 잘 알고 있는 힐쉬르의 말에, 나는 기쁘기도 하고 슬프기도 한 묘한 기분이 들었다. 편지 구석구석에 적혀 있는 '연구 하고 싶다'라는 글자가, 삐딱한 페르디난드 나름대로 '돌아가고 싶다'라는 말이었던 걸까.

"저, 온 힘을 다해서 페르디난드 님을 맞이할게요."

"그럼 이걸 전해주세요. 빌렸던 슈바르츠와 바이스의 연구에 관한 사본과 제가 연구한 추가 자료예요."

힐쉬르 연구실에서 묵으면 연구에 몰두해서 밤을 새울 것 같다고 적었던 페르디난드에게 연구자료를 건네주라는 건 너무한 일이 아닐까.

"힐쉬르 선생님은 페르디난드 님의 수면 시간을 줄여버릴 생각이신가요?"

"그건 로제마인 님 얘기가 아닌가요? 페르디난드 님이 머리를 쥐어뜯을 것 같은 일만 하셨잖아요? 왕족을 초대한 의식에, 로제마인 님의 약혼이 걸린 단켈페르거와의 디터……. 하룻밤 잔소리 가지고는 모자랄 것 같은데요?"

잠도 못 자고 잔소리를 듣는 것보다는 연구에 몰두하는 쪽이 좋을 거라는 말을 듣고, 나는 온몸에서 핏기가 싹 빠져나가는 기분이 들었다.

"영지 대항전과 졸업식에서, 많은 왕족이 참여했던 의식 이야기가 나오지 않을 리가 없겠죠. 참가했던 학생에게 이야기를 들었을 뿐인 선생님들도 자세한 발표를 애타게 기다리고 있어요. 올해 영지 대항전 연구 발표에서 가장 주목받는 연구랍니다. 페르디난드 님은 꽤나 자세히 알고 싶어 하겠죠."

"아으……."

나는 만난 순간부터 계속 혼나는 내 모습이 생각나서 우울해졌다. 어떻게든, 딱 한 마디만이라도 칭찬하는 말을 들어야지.

생각에 잠긴 나를 보고 있던 리젤레타가, 힐쉬르를 위해 차를 준비하면서 물었다.

"힐쉬르 선생님, 주위 영지의 평가와 평판은 어떤지요? 봉납식 이후에 샤를로테 님이 참가하신 다과회에서는 칭찬을 받거나 웃는 얼굴로 다가오는 영지가 많아졌습니다. 원래 다가오는 영지가 있으리라고 예상은 했습니다. 하지만 디터 승부 이후로 기분 나쁠 정도로 갑자기 나쁜 소문이 들리지 않게 됐습니다."

그게 영지 후보생이 참가하는 다과회만이 아니라, 견습 문관이나 견습 시종들이 정보를 수집할 때도 똑같았다. 리젤레타의 그 말을 듣고 그레티아도 고개를 끄덕이면서 말했다.

"의식에 참여하지 않았던 중소 영지는 분명 원망하는 말을 했었는데, 디터 승부를 기준으로 크게 달라졌습니다. 다가오는 중소 영지 중에는 웃는 얼굴 뒤에 악의가 느껴지는 분도 계셨습니다. 사감이라는 입장인 힐쉬르 선생님께서 뭔가 알고 계신 것이 있으시다면 알려주셨으면 합니다."

힐쉬르가 잠깐 생각하려는 것처럼 눈을 감았다.

"첸트께서 친히 말씀하시고, 가호를 받기 위한 정보를 먼저 얻었어요. 참가한 영지에서 대놓고 나쁜 말을 하는 일은 줄어들겠죠. 왕족과 연줄이 있는 에렌페스트에서 조금이라도 이익을 얻으려 드는 건 당연한 일이니까."

힐쉬르는 남의 일이라도 되는 양 어딘가 차갑게 느껴지는 말투로 일반적인 평가를 한 뒤에, "그런데, 웃는 얼굴 뒤에 있는 원망을 느끼셨군요"라고 말하면서 시종들 쪽을 봤다.

"제 귀에 들어온 한에서는 나쁘게 말하는 쪽이 더 많답니다. 지금까지 돌았던 아우브에 관한 소문에 더해, 봉납식에서 에렌페스트가 뭔가 속임수 같은 일을 했잖아요?"

공동 연구에 참여하고 싶다면 디터가 필수였다. 큰 부담이 느껴지는 속에서 디터를 마치고 간신히 참가권을 얻었다 싶었더니, 내가 신구를 이용해서 적개심을 지닌 사람들을 튕겨냈으니까. 왕족 앞에서 튕겨난 사람들은 얼굴이 새파래졌고, 조금이나마 좋은 심증을 얻으려고 중앙 기사단의 요구에 따랐더니, 이번에는 왕명이 아니라 그냥 조종당했을 뿐이다.

"그 모든 일에 단켈페르거와 에렌페스트가 관계돼 있습니다. 당연히 원망을 사기도 하겠죠. 그리고 그것이, 비교적 약한 에렌페스트 쪽으로 향하고 있는 것처럼 느껴집니다."

"그렇군요……. 여러 의미로 경계가 필요하겠습니다."

그레티아의 탄식에 힐쉬르가 고개를 크게 끄덕였다.

"아주 최근의 귀족원밖에 모르는 여러분은 실감이 가지 않겠지만, 몇 년 전까지 에렌페스트는 밑바닥에 가까운 하위 영지였습니다. 정변에서 패배한 영지의 순위가 내려간 결과, 아무것도 안 했기 때문에 순위가 올라갔을 뿐이죠. 그런 에렌페스트가 어느샌가 하위 영지를 벗이니서 왕족과 연줄까지 가지게 됐습니다. 질투하는 영지는, 아마도 여러분이 생각하는 것보다 더 많겠죠."

코르넬리우스가 '저학년 때와 전혀 다르다'라고 말했던 게 생각났다. 난 에렌페스트가 하위 영지였던 때에 어떤 취급을 받았는지 전혀 모른다.

"작년까지는 에렌페스트의 유행 따위는 일시적인 것에 불과하다는 목소리가 더 컸는데, 올해는 로제마인 님 한 사람의 힘으로 영지의 순위가 올라갔다는 목소리가 더 커졌습니다. 계속해서 나오는 유행, 대영지와의 공동 연구, 왕족과의 연줄, 모든 것이 로제마인 님의 행동 때문이라고, 주위에서 그렇게 인식했겠죠."

"……그런 일들 전부, 저 혼자서 할 수 있는 일이 아닌데요."

성적을 올린 것도 인쇄업을 시작한 것도, 나 혼자서는 어떻게 할 수 있는 일이 아니야. 도와준 사람들이 있었기 때문에 가능했던 일이었다. 내 주장을 들은 힐쉬르는 약간 엄한 표정을 지었다.

"맞아요. 당신 혼자 힘으로 한 일은 아니겠죠. 하지만 당신이라는 존재가 없다면 할 수 없었던 일입니다. 다른 영지에서 보는 자신의 모습을 정확히 인식하세요."

마력이 많고 다양한 유행과 기술의 지식을 지녔고, 여러 신의 가호를 얻은 왕족과 연줄이 있는 최우수 학생이고, 약혼했는데도 불구하고 단켈페르거가 힘으로 차지하려고 했던 여성 영주 후보생.

"저는 로제마인 님을 중심으로 단결한 에렌페스트를 보는 것이 좋습니다. 그러니까 부디 주의하세요. 주위를 보는 눈을 잃어버려서는 안 됩니다."

"예."

나는 그렇게 대답하면서도 솥의 내용물을 계속 저었다.

"편지를 보내고 왔습니다."

라이문트가 돌아왔다. 테이블 위를 치우고, 힐쉬르가 음식을 먹는 모습을 본 순간, "으아아아!"라는 한심한 소리를 냈다.

"라이문트한테 내려줄 것은 따로 챙겨뒀어요."

힐쉬르의 말을 듣고 다시 정신을 차린 라이문트가 자리에 앉아서 밥을 먹기 시작했다. 식사를 챙겨주고 있던 리젤레타가 라이문트에게 차를 따라주면서 물었다.

"라이문트 님. 제가 정말 궁금한 것이 있습니다만, 녹음 마술구는 그대로 전시하실 건가요? 스밀 인형으로 만들어서 전시하는 쪽이 예쁠 것 같지 않나요?"

나는 리젤레타가 만들어준 스밀 인형을 떠올렸다. 분명히 마술구 자체보다는 귀여우니까, 전시해두면 사람들 눈길을 끌 것 같다.

……그러고 보니까, 레티치아 님을 위해서 만들려고 했던 인형이 있었지.

"프라우렘 선생님 주도로 고안한 라이문트 님과 첨삭한 페르디난드 님의 이름을 대대적으로 내세우기로 하셨죠? 하지만 스밀 인형 모양이 된 마술구가 있으면 로제마인 님이 공동 연구에 참가하셨다는 걸 한눈에 알 수 있을 겁니다. 마술구를 인형에 넣는다는 발상 자체가 너무나 로제마인 님 답다고 생각하지는 않으십니까? 이쪽 연구실에서는 누구도 생각하지 못할 겁니다. 정말 귀엽습니다."

리젤레타의 주장을 적당히 흘려들으면서, 힐쉬르는 아무래도 좋다는 것처럼 고개를 끄덕였다.

"분명, 마술구를 꾸민다는 발상은 저도 라이문트도 페르디난드 님도 하지 못했으니, 프라우렘에 대한 대책으로는 유효하겠죠. 마술구를 만든 것이 로제마인 님이라고 발표하는 것은 정해져 있습니다. 저희를 번거롭게 하지만 않는다면 좋을 대로 하세요."

힐쉬르한테서 될 대로 되라는 것 같은 허가를 받은 리젤레타는, 기대가 담긴 눈으로 라이문트를 봤다. 차를 타면서 짓고 있는 미소의 압력이 엄청나네. 시종들이 가지고 올 식사를 기대하고 있는 라이문트는 도저히 거절하지 못할 거야.

"저도 상관없지만, 영지 대항전 때까지 마술구를 넣은 인형을 완성할 수 있을까요?"

"이미 거의 다 만들었으니까, 목소리를 넣고 당일에 가지고 가겠습니다. 보통 마술구와 스밀 인형을 같이 두면, 남성들도 여성들도 모두 즐기실 수 있을 거로 생각합니다."

리젤레타가 생기가 넘쳐나는 웃는 얼굴로 말했다. "귀여운 스밀로 로제마인 님이 관여했다는 사실을 선전하도록 하죠"라고 말했는데, 내가 관여한 것보다 귀여운 스밀을 전시하는 쪽이 중요하다는 것처럼 들리는 건 기분 탓일까.


방으로 돌아와서, 리젤레타는 바로 하얀 스밀 인형을 만들었다. 녹음 마술구는 주인의 마력을 등록하고, 등록한 사람이 마력을 불어넣는 동안에 목소리를 녹음하는 물건이다. 레티치아에게 선물할 인형에는 내 목소리를 녹음할 예정이었으니까, 마술구에는 이미 내 마력이 등록돼 있다. 나는 하얀 스밀을 안고서 생각했다.

"뭐라고 녹음하면 좋을까? 아무래도 영지 대항전에서 전시해야 하니까, 페르디난드 님에게 전할 주의사항을 녹음할 수는 없겠죠."

그랬다간 만나자마자 내 볼을 꼬집는 결과가 찾아오겠지. 아무리 나라도 그 정도는 알아.

"로제마인 님, 로제마인 님. 이렇게 귀여운 마술구에 남성분이 사랑의 말씀을 담아서 선물한다면 정말 멋질 것 같지 않으신가요?"

뮤리엘라가 녹색 눈동자를 촉촉하게 적시고서, 황홀한 표정으로 제안했다. 난 이걸로 사랑의 말을 선물한다고 해도 공감하지 못하겠지만, 공감할 수 있는 여성은 가슴이 찡하고 울릴지도 모른다. 그렇게 되면 라이문트의 발상이 아니라는 걸 다들 알아차리겠지.

"좋을지도 모르겠네요. 누군가 남성분께 녹음해달라고 부탁드려 보죠."

"로제마인 님. 제가, 귀족원 사랑 이야기 속에서 훌륭한 사랑의 말을 엄선하겠습니다."

나는 신들의 말이 섞인 사랑의 말이 얼마나 훌륭한 건지 잘 모르니까, 뮤리엘라한테 맡기기로 했다. 같이 다목적 홀에 갔더니, 뮤리엘라가 다른 일을 할 때보다 훨씬 빠르게, 귀족원 사랑 이야기 속에서 사랑의 말을 엄선하기 시작했다.

"마티아스, 라우렌츠. 두 사람 중에 아무나 좋으니까, 뮤리엘라가 고른 사랑의 말을 여기 있는 스밀에게 불어넣어 주시겠어요?"

내가 다목적 홀에 가서 부탁했다. 테오도르와 로데리히는 아직 어린 목소리니까, 가능하다면 마티아스나 라우렌츠에게 부탁하고 싶다. 이럴 때 하르트무트가 있으면 좋을 텐데, 라는 생각이 자꾸만 든다. 하르트무트라면 쑥스러워하지도 부끄러워하지도 않고 녹음해줄 텐데.

내가 부탁했더니 마티아스는 "예?!"라고 말하고는 딱딱하게 굳어버렸고, 라우렌츠는 "알겠습니다"라고 말하면서 간단히 받아들여 줬다.

"그럼 라우렌츠한테……."

"잠깐만 라우렌츠. 너, 이, 이런 자리에서 사, 사랑의 말을, 불어넣을 수 있다는 거야?"

마티아스가 불쌍할 정도로 동요하면서 다목적 홀에 있는 사람들을 가리켰다. 라우렌츠는 이상하다는 것처럼 어깨를 으쓱이더니.

"마음에 둔 여성에게 말하는 것도 아니니까 책을 읽는 것이나 마찬가지잖아? 그렇게까지 당황할 일은 아닌 것 같은데……."

"아니, 그런 말은 상대도 없이 함부로 입에 담을 게 아니라고."

이런 상황에서도 마티아스는 고지식했다. 두 사람이 대화가 재미있기는 하지만, 뮤리엘라가 귀족원 사랑 이야기를 손에 들고서 엄청나게 기대하는 얼굴로 기다리고 있으니까.

"일단 라우렌츠한테 부탁해도 될까?"

"……주인의 바람을 이루어드리지도 못하는 못난 측근이라서, 정말 죄송합니다."

마티아스가 원통하다는 것처럼 그렇게 말하면서 한 걸음 물러났다. 그렇게까지 원통하다고 할 일은 아닌 것 같은데, 마티아스는 풀이 죽었다.

"마티아스가 잘 하는 일로 도와주면 돼요. 각자 잘 하는 일과 못 하는 일이 있으니까."

"……송구스러울 따름입니다."

나는 마술구를 만지면서 라우렌츠의 목소리를 녹음했다. 뮤리엘라가 엄선한 사랑의 말은 신들이 잔뜩 나와서, 역시 잘 모르겠다. 사랑의 말은 모르겠으니까, 마지막에는 내가 책 선전을 녹음했다. 많은 손님들한테 에렌페스트의 책을 어필하는 거야.

"이렇게 다양한 사랑의 말을 듣고 황홀한 기분을 맛보고 싶은 여성분도, 마음에 둔 여성의 마음을 사로잡을 멋진 사랑의 말을 찾고 계신 남성분도, 귀족원 사랑 이야기가 도와드리겠습니다. 귀족원 사랑 이야기는 이번 여름부터 에렌페스트에서 판매합니다. 손에 땀을 쥐게 하는 디터 이야기, 기사 이야기, 단켈페르거의 역사도 동시에 발매합니다. 부디 기대해주세요."

……이걸 듣고 에렌페스트의 책에 관심을 가지는 사람들이 많아지면 좋겠다.

# 영지 대항전 시작(3학년)

"완성했습니다! 이 정도면 어떨까요 로제마인 님?"

영지 대항전을 하루 앞둔 날의 점심시간 직전, 이그나츠와 마리안네가 마술구를 들고 조합실에서 나왔다. 두 사람 뒤로 견습 문관 여러 명이 따라서 나왔다.

"개선하고 싶은 점이 몇 가지 있기는 합니다만, 이게 시제품입니다. 한 번 보시죠."

마리안네가 악보가 그려진 종이를 세팅하고 핸들을 천천히 돌려서 오르골처럼 곡을 연주했다. 이그나츠는 난세이브지와 개량한 작은 전이진을 조합해서 책을 책 상자로 돌아가게 했다. 두 사람 모두 제안한 과제를 클리어했다.

"아쉽게도 이 이상 개선하려고 한다면 영지 대항전 때에 맞추질 못하고, 마력도 소재도 부족합니다."

"시제품으로 전시하는 정도라면 급제점 수준이 아닐까?"

견습 문관들을 도와줬다는 것 같은 빌프리트와 샤를로테도 살짝 피곤한 얼굴이다. 하지만 하나같이 성취감이 가득 찬 표정이다.

"정말 훌륭합니다. 이 짧은 시간에 잘도 만드셨네요."

"예, 그러게 말입니다. 상급 귀족은 대단합니다. 로제마인 님과 라이문트 님의 연구에서 다소의 조언과 제안을 할 수는 있지만, 저는 조합을 할 수가 없으니까요."

같이 조합실에 틀어박혀 있던 필린느가 존경하는 눈빛으로 이그나츠와 다른 사람들을 봤다. 마력량에 따라 할 수 있는 조합에 차이가 나기 때문에, 하급 귀족인 필린느는 할 수 없다는 조합도 많은 것 같다.

"귀족원에 있는 동안에는 강의에서 마력을 잔뜩 쓰니까, 봄부터 가을 사이에 가능한 압축 해두고 싶습니다만……."

"그 사이에 저희는 마력을 더욱 늘리겠습니다."

필린느와 다른 하급 귀족들에게 질 수 없다고, 이그나츠가 도발하는 것처럼 웃었다. 이렇게 계속 절차탁마하면서, 모두가 마력을 늘려가면 좋겠다.

"발표 연습은 잘 되어 가십니까?"

"연습은 지금부터 할 겁니다만, 지금까지와 달리 저희가 고안하고 만들었으니까 괜찮아요."

드레반헬의 학생들이 공동으로 만들고 있는 고도의 조합이나 마술구에 대해서 잘 모르는 채로 발표하는 것과 달리, 처음부터 자신들 손으로 만들어낸 마술구니까 발표 내용도 걱정할 필요는 없을 것 같다.

"저는 로제마인 님께서 에렌페스트지에 대해 조금만 더 자세히 알려주셨으면 합니다. 발표해도 되는 범위 안에서."

마리안네의 부탁을 쾌히 받아들이고, 오후부터는 드레반헬과의 공동 연구의 마무리에 관여했다.

내가 온종일 기숙사에 있다 보니, 견습 기사들도 온종일 훈련을 할 수 있었던 것 같다.

"에렌페스트에서 카트르 카르가 도착했습니다. 회의실에 가져다 두겠습니다."

브륀힐데가 그렇게 말했더니 견습 시종들이 움직이기 시작했다. 오트마르 상회에 부탁했던 카트르 카르와 쿠키가 전이실에 도착하기 시작한 것 같다. 영지 대항전 때는 미리 만들어둬도 되는 구운 과자를 내놓기로 정해뒀다. 하지만 아무래도 손님이 너무 많으므로 기숙사 주방만 가지고는 대응할 수가 없다. 그래서 성과 오트마르 상회에도 대응을 부탁해뒀다.

"지금쯤 성과 신전의 주방도 엄청나게 바쁘겠죠."

성의 요리사에게 페르디난드에게 보낼 음식을 부탁했는데, 성은 겨울 사교계와 영지 대항전 준비 때문에 바쁘다. 그래서 신전 신관장실 전속 요리사들에게 부탁했고. 그 사람들이라면 페르디난드가 좋아하는 음식을 만들어주겠지.

이쪽도 저쪽도 전부 바쁜 축제 전의 흥분된 분위기라서, 마음이 들뜨게 된다.

"로제마인 님, 과자와 함께 페르네스티네 이야기 2권이 도착했습니다. 한넬로레 님과 약속하셨죠? 올도난츠로 알려드릴까요?"

리젤레타가 새로운 책이 든 나무 상자를 들고 왔다. 뮤리엘라가 "어머나!" 소리를 내고 녹색 눈동자를 반짝거렸지만, 견습 문관들은 내일 준비를 우선하지 않으면 곤란하니까.

"제가 보내도록 할게요. 뮤리엘라는 영지 대항전이 끝난 뒤에 보세요. 저도 아직 못 읽었으니까."

"공주님도 영지 대항전이 끝난 뒤에 보세요."

리카르다가 확실하게 못을 박았고, 나는 어쩔 수 없이 "예에"하고 대답했다. "빨리 읽고 싶네요"라고 말하면서 준비를 진행하는 뮤리엘라와는 상당히 마음이 통했다.

한넬로레한테 페르네스티네 이야기가 도착했다는 걸 알렸더니, 신이 난 목소리로 "기대하겠습니다"라는 대답이 돌아왔다.

에렌페스트의 영지 대항전 아침은 달콤한 냄새로 시작됐다. 주방에서는 샌드위치와 수프 같은 미리 만들어두면 되는 식사를 준비한 뒤에 바로 과자 만들기를 시작했다.

평소보다 일찍 아침 식사를 마친 학생들은 각자 영지 대항전을 준비하기 위해 움직이기 시작했다. 견습 시종들은 하인들에게 지시를 내려서, 회의실에 놔뒀던 과자를 차례로 운반했다. 디터에 출장하는 견습 기사들은 마지막 연습을 하러 갔고, 출장하지 않는 저학년 견습 기사들이 영주 후보생의 호위를 맡았다.

"그럼, 우리도 출발하자."

견습 문관들에게 그렇게 말하고, 빌프리트와 샤를로테가 움직이기 시작했다. 나도 행사장 준비를 돕고 싶었지만, "로제마인 네가 움직인다면, 저학년 견습 기사들만 가지고는 불안하다"라는 말을 들었다.

"단켈페르거와의 디터에 난입했던 중소 영지 사람들이 어떻게 움직일지 예측할 수 없다. 올해는 영주 부분의 호위기사로서, 기사단에서 많은 인원을 데려오도록 부탁해뒀다. 그들이 도착할 때까지는 기숙사에서 기다려줘."

그렇게까지 말하면 나도 가고 싶다는 말을 할 수가 없었다. 나는 "알겠습니다. 준비를 잘 부탁드리겠습니다"라고 말한 뒤에, 빌프리트와 샤를로테가 견습 문관들을 데리고 나가는 모습을 지켜봤다. 위험을 피하기 위해서는 어쩔 수 없는 일이지만, 왠지 나만 따돌림당한 것같은 쓸쓸한 기분이 든다.

준비 때문에 바쁘게 기숙사에 드나드는 사람은 있지만, 이제 다목적 홀에 있는 사람은 아무도 없다. 텅 빈 다목적 홀을 보고 있었더니, 리카르다가 위로해주려는 것처럼 내 어깨에 손을 얹었다.

"공주님, 다과회실을 확인해주시겠습니까? 페르디난드 님과 유스톡스가 쉴 수 있도록 준비를 해뒀답니다."

"가볼게요."

나는 리카르다와 같이 다과회실로 갔다. 주방으로 가는 계단과 가장 가까운 문을 통해서 다과회실로 들어갈 수 있다. 찰칵 소리와 함께 자물쇠가 열리고, 리카르다가 문을 열었다. 1학년 때 모든 영지의 대표들을 초대해서 다과회를 열었던 것만 봐도 알 수 있겠지만, 다과회실은 꽤 넓다. 그런 다과회실을 칸막이 병풍으로 대략 세 개의 공간으로 나눠서, 개인의 방처럼 만들어놨다.

"입구에서 가장 먼, 제일 안쪽에 페르디난드 님이 주무시기 위한 장의자를 준비했습니다. 공주님이 말씀하신 대로 에렌페스트에서 보내온 것입니다."

자크한테 주문했던 매트리스 장의자다. 에렌페스트에서 여기까지 보내기 힘들다고 곤란한 기색을 보이기는 했지만, 판자 위에 천만 하나 두른 장의자 위에 쿠션을 올려놓고 자는 것보다는 훨씬 편하게 잘 수 있겠지. 손으로 눌러서 매트리스가 제대로 들어가 있는 걸 확인하고, 만족스레 고개를 끄덕였다.

"이쪽 나무 상자에는 이불을 준비해뒀습니다. 유스톡스에게 설명하면 알아서 준비하겠죠. 아렌스바흐에서 온 측근들 앞에서 이것저것 확인할 수도 있으니까요."

이불이 들어간 나무 상자 외에는 장의자 바로 옆에 짐을 넣어두기 위한 상자와 불을 밝히기 위한 마술구가 설치돼 있고, 장의자 주위는 칸막이 병풍을 둘러놨다.

"커튼까지 두르지는 못했지만, 이렇게 칸막이가 있으면 페르디난드 님도 조금이나마 편히 쉬실 수 있을 겁니다."

불침번 시종이 앉아 있기 위한 장의자 같은 것도 있고, 제일 안쪽은 온전히 쉬기 위한 공간이 돼 있었다. 한가운데에는 테이블과 의자가 있는데, 같이 식사하는 걸 상정해서 놔뒀겠지. 의자 숫자가 참 많았다.

"영지 대항전이 끝난 뒤에 아우브가 학생들과 같이 저녁 식사를 하면서 치하하는 자리가 예정되어 있으니까, 빌프리트 도련님과 공주님은 이쪽에서 페르디난드 님을 대접해주셨으면 좋겠습니다. 식사를 마친 뒤에 질베스타 님도 이쪽으로 합류하신다는 것 같고요."

페르디난드와 같이 저녁 식사를 한다는 말에 잠깐 신이 난 직후에, 식사시간 내내 계속 잔소리를 들을 가능성이 있다는 생각이 들었다. 예전에 에크하르트한테 들은 대로, 연구 이야기를 꺼내서 이번에도 잔소리를 피해 봐야겠다.

"리카르다, 힐쉬르 선생님께서 맡겨주신 자료도 페르디난드 님께 전해드리고 싶어요. 종이와 잉크도 추가로 준비해 주세요."

"이미 준비해뒀습니다."

역시 리카르다라니까. 빈틈이 없다. 식사 때 화제는 연구 얘기로 하자. 페르디난드도 연구에 굶주려 있던 것 같으니까, 그게 제일 좋을 거야.

"그리고 문에서 가장 가까운 이쪽이 측근들이 쉴 곳입니다."

짐을 넣어두기 위한 나무 상자와 이불은 준비돼 있지만, 페르디난드가 쉬기 위한 공간과 비교하면 많이 간소하다. 다른 영지 사람이 쉬는 곳인데, 이래도 되는 걸까.

"기사인 에크하르트 님이나 멋대로 여기저기 얼쩡거릴 유스톡스는 밖에서도 잘 수 있고, 아렌스바흐에서 동행할 측근들은 신경이 예민해져서 도저히 잠들지 못하겠죠."

에렌페스트 사람이라면 간단히 드나들 수 있는 기숙사 다과회실에서 뻔뻔하게 잠들 수 있는 다른 영지 사람은 없을 거라고, 리카르다가 그렇게 말해줬다. 페르디난드 님께는 믿을 수 있는 사람들이 있는 고향이지만, 아렌스바흐 사람들한테는 아니니까.

"그러니까 측근들이 쉴 곳은 크게 신경 쓰지 않아도 됩니다. 오히려 아침 식사를 마친 뒤에는 다른 영지 분들이 졸업생을 마중 나올 테니까, 이쪽은 이동하기 쉽게 하는 것과 생활감을 드러내지 않는 쪽을 우선했습니다."

페르디난드가 디트린데를 맞이하러 가는 것과 같은 이유로 에렌페스트에 오는 다른 영지 사람들이 있으니까. 페르디난드 일행이 아침 식사를 마치면 바로 손님을 맞이할 수 있도록 정돈해야 한다.

"여러모로 생각해줬군요. 고마워요, 리카르다. 다른 시종들에게도 고맙다고 전해주세요."

"알겠습니다."

일단 준비가 돼 있는 걸 확인하고, 나는 다목적 홀로 돌아갔다.

"로제마인 님, 평안하신지요."

졸업생의 보호자들이 속속 전이진을 통해 도착할 시간이 됐다. 화려한 의상을 입고, 학생 가족들은 기숙사를 그냥 지나쳐서 대항전이 열리는 경기장 쪽으로 갔다. 매년 봤던 광경이라고 생각하면서 보고 있는데, 전이진에서 나온 사람들 중에 코르넬리우스과 안게리카, 하르트무트가 보였다. 세 사람 모두 다른 학생 가족들처럼 정장 차림이었다.

"로제마인 님, 안녕하십니까."

"세 사람이 귀족원에는 어떻게 왔나요?"

"약혼자의 활약을 보러 왔습니다. 그리고 저는 클라리사의 가족에게 다시 한 번 상황이 달라졌다는 보고를 하고 용서를 받아야만 합니다."

신관장이 됐다는 이유로 약혼을 취소한다는 말을 들을 가능성이 크겠지. 나 때문인가, 라고 생각하고 있었더니 하르트무트가 "로제마인 님이 신경 쓰실 일이 아닙니다"라고 말하면서 웃었다.

"로제마인 님이 행하는 봉납식에 첸트가 참가하셨던 것, 제사를 재검토한 일을 생각해보면 강경하게 반대하지는 않을 것 같습니다. 그리고 반대하더라도 클라리사라면 혼자서라도 에렌페스트에 올 테니까요. 그런 대응까지 포함해서 의논이 필요한 겁니다."

"······그렇다면 정말로 의논이 필요하겠네요."

나는 클라리사의 기세를 떠올리면서 피식 웃었다. 저돌적으로 에렌페스트에 쳐들어올 것 같으니까, 먼저 대책을 마련할 필요가 있겠지.

"코르넬리우스 오라버니도 약혼자를 응원하러 오셨나요? 레오노레의 활약을 보러?"

나는 놀리는 것처럼 웃으면서 코르넬리우스 쪽을 봤다. 약혼자를 응원하러 왔다면 오늘은 호위기사를 대하는 태도가 아니라 가족을 대하는 태도로 대응해도 되겠지.

"그런 명분으로 주위 사람들에게 섞일 수 있는 호위를 늘리라는, 그런 지시를 받았다. 오늘은 로제마인과 함께 레오노레의 활약을 지켜

볼 생각이다."

오빠로서의 코르넬리우스의 말을 듣고, 나는 조금 기뻤다. 올해 레오노레가 얼마나 열심히 했는지 잔뜩 가르쳐줘야겠다.

"두 사람은 약혼자가 있으니 이해할 수 있지만, 안게리카는 귀족원에 약혼자가 없지 않던가요?"

"트라우고트가 약혼자에 걸맞은 힘을 몸에 지녔는지 확인하러 왔습니다. 강해지지 않았다면, 저는 보니파티우스 님과 약혼하게 됩니다만……."

안게리카는 살짝 슬퍼하는 투로 그렇게 말했다. 제3자의 시선을 생각한다면 이미 고령인 보니파티우스가 안게리카를 신부로 맞이하는 것보다는 트라우고트 쪽이 나이가 맞겠지. 하지만 안게리카의 기준에서 중요한 건 강함이다. 트라우고트는 도저히 보니파티우스를 당해내지 못한다.

"……그런 명분으로 신들의 이름을 외우는 공부에서 도망친 겁니다, 안게리카는."

코르넬리우스가 질렸다는 얼굴로 어깨를 으쓱거리면서 그렇게 말했다. 잠깐이라도 공부에서 도망치고 싶은 안게리카와, 아무래도 손자 또래를 아내로 맞이하는 일을 회피하고 싶은 보니파티우스의 이해가 멋지게 일치한 것 같다.

"안게리카, 신들의 가호를 얻는 건 자신이 강해지기 위한 일이에요. 하다못해…… 최고신과 다섯 대신, 그리고 가호를 받고 싶은 신의 이름만이라도 정확히 기억하도록 하세요."

"그 정도라면 열심히 하겠습니다."

조금이나마 의욕이 생겼나 보다. 요스브레너의 뤼라디가 발아의 여신에게 계속 기도를 해서 가호를 얻었으니까. 일단 가호를 얻고 싶은 신의 이름을 정확히 기억하고 기도를 바치는 것부터 시작해야 한다.

"그러고 보니 다무엘은 대기 당번인가요?"

대기하고 있던 호위기사 중에 다무엘만 안 보인다. 전이진으로 이동할 수 있는 인원이 세 명까지니까 나중에 오는 거냐고 물어봤더니, 코르넬리우스가 고개를 저었다.

"마력 감지가 특기다 보니, 구 베로니카 파벌의 움직임을 감시하는데 적합하다는 이유도 있기는 합니다만, 무엇보다 다무엘에게는 귀족원으로 오기 위한 명분이 없었습니다."

"제가 귀족원에 재학 중인 연인이라도 만드는 게 좋다고 조언했습니다만, 그런 건 당연히 무리라고 탄식했습니다."

"하르트무트, 그렇게 상쾌한 미소를 지으면서 다무엘을 놀리는 짓은 그만두세요! 연인도 없고 결혼도 못 하는 다무엘한테 약혼자의 활약을 보러 간다고 자랑하고, 가고 싶으면 연인을 만들라는 소리를 하다니, 정말 너무해요!"

나는 히익! 하고 깜짝 놀랐다. 그런 소리를 했다면 다무엘의 유리 같은 마음이 산산이 부서지지 않았을까. 다무엘이 상급 귀족인 하르트무트한테 뭐라고 하지도 못하고 혼자 탄식하는 모습이 눈에 보였다. 내가 한마디 했더니 하르트무트는 반성하는 기색이라고는 전혀 없이, 살짝 웃으면서 날 봤다.

"저는 다무엘이 그런 기분을 맛보면 어떻게든 될 것 같다고 생각해서 그렇게 조언했습니다. 처음부터 다무엘에게 연인이 생길 리가 없다고 단정하고 계신 로제마인 님 쪽이 더 심한 게 아니십니까?"

"아?!"

……듣고 보니 그런 것도 같다. 미안해 다무엘. 나, 하르트무트 말대로 처음부터 단정 짓고 있었다. 다무엘도 마음만 먹으면 할 수 있다고, 그렇게 믿어줬어야 했는데. 주인 실격이다.

앞으로는 다무엘을 믿어주자. 마음만 먹으면 연인도 생기고 결혼도 할 수 있을 거야.

그런 생각을 하고 있는데, 누가 뒤쪽에서 내 머리를 살짝 찔렀다.

"문제아, 오늘은 얌전히 있었지?"

뒤를 돌아보니 질베스타가 날 내려다보고 있었다. 눈 밑에 다크 서클이 있고 뺨이 살짝 그을려 있었다. 안색도 그다지 좋지 않네. 숙청 뒤처리가 정말 힘든가 보다.

"양아버님, 오랜만에 뵙습니다. ……많이 피곤해 보이시네요."

"누구 때문에 그럴 것 같아? 에렌페스트로 돌아가면 한바탕 잔소리를 해주마."

볼을 찌른 손가락을 빙글빙글 돌리면서 하는 말을 듣고, 나는 숨이 턱 막히는 기분이 들었다. 아무래도 엄청나게 큰 날벼락이 떨어질 것 같다.

"저기, 피로 회복을 위해 페르디난드 님의 회복약을 드릴까요?"

"너, 날 완전 해치워버릴 생각이지?"

나름대로 생각해서 한 말인데, 험악한 눈으로 날 노려봤다.

"그 정도로 맛이 끔찍한 약을 드릴 생각은 없습니다. 먹기 편한 약입니다. 봉납식에서 배포하기 위해 준비한 약이 아직 남아 있어서……."

"지금 회복약을 먹으면 잠이 올 것 같으니 됐다. 준비가 다 됐으면 가자."

내 어깨를 살짝 두드렸고, 나는 나도 모르게 주위를 둘러봤다. 기사단 기사들은 전이진이 있는 방에 도착했지만, 플로렌치아는 안 보였다. 그리고 질베스타의 호위를 맡은 기사도 칼스테드가 아니었다.

"양아버님, 양어머님과 아버님은 어찌 되셨나요? 모습이 안 보이시는데……."

"영지 대항전에 잔뜩 몰려가서 사람이 줄어들면 구 베로니카 파벌에 뭔가 움직임이 생길 수도 있으니, 칼스테드와 보니파티우스는 남아 있도록 했다. ……플로렌치아는 너처럼 영지 대항전 도중에 쓰러질 것 같은 안색이었기에, 오늘은 누워서 쉬도록 했지."

"예?! 괘, 괜찮으신가요?!"

항상 온화한 미소를 짓고 있던 플로렌치아가 그렇게까지 안색이 나빠진 모습은 본 적이 없는데. 나도 모르게 큰 소리를 냈더니 질베스타가 "쉬는 수밖에 없다"라고 말하면서 고개를 저었다.

"다른 영지와 할 일이 많고, 부담이 큰 영지 대항전에는 결석하도록 한다. ……내일 아침, 일단 상황을 보러 돌아가서, 괜찮아 보이면 졸업식에는 참석하도록 할 생각이다. 앉아서 보기만 하면 되는 졸업식이라면 괜찮을지도 모르니까."

손님들이 끊임없이 찾아오고, 그 손님들 대응에 종일 시달린다는 건 작년에 이미 경험했으니까. 올해는 봉납식을 경험한 영지 쪽 손님들 방문이 늘어날 거라고 예상되니까. 아무래도 몸이 안 좋은 상태로 할 수 있는 일이 아니겠지.

"올해는 너와 내가 같이 사교를 맡고, 빌프리트와 샤를로테를 같이 보낼 생각이다. 계속해서 문제를 일으켰으니 말이다. 대체 어떤 손님이 올지 생각만 해도 골치가 아프구나."

"······죄송합니다."

나는 서둘러 준비를 마치고서 내 측근들과 질베스타, 그리고 질베스타를 지키는 기사분들과 함께 영지 대항전이 열리는 곳으로 갔다. 중간에 사람들이 공동 연구와 디터를 위해 얼마나 열심히 노력했는지 얘기하고, 오늘 사교에 대해 의논을 하기도 했다.

"망토와 브로치를 확인하겠다."

영지 대항전 회장 입구에는 검은 망토를 걸친 중앙 기사단 사람이 여러 명 있었고, 드나드는 사람들의 망토와 브로치를 확인하고 있었다. 작년에 강습했던 테러리스트들이 베르케슈토크의 마석 브로치를 이용해서 귀족원에 침입한 탓이라고 한다.

나는 영주인 질베스타와 같이 있었던 덕분에 간단한 확인만 받고 바로 안으로 들어갔다.

회장 안에도 중앙 기사단이 여기저기 배치된 게, 분위기가 작년보다 훨씬 살벌하다. 검은 망토를 걸친 기사들이 눈을 번득이고 있는 경계태세 때문에 불편해 보이는 표정을 짓고 있는 사람들도 많다. 누군가가 베르케슈토크의 주추 마석을 발견하거나, 첸트가 구르트리스하이트를 발견할 때까지는 이 불안정한 상태가 계속 이어질 거다.

"로제마인, 에렌페스트의 자리는 어디냐?"

"밝은 황토색 망토가 잔뜩 모인 곳일 거예요. 저는 양아버님 일행이 도착하실 때까지 기숙사에 있으라고 해서, 회장에는 한 번도 와보지 못했습니다."

게다가 키도 작아서 기사들에게 둘러싸이면 주위가 하나도 안 보인다. 질베스타는 "그렇군. 네 나름대로 안전을 위한 대책은 마련하고 있었구나"라고, 약간 만족했다는 것처럼 말하면서 걸어갔다.

"그건 제가 아니라 빌프리트 오라버니를 칭찬해 주세요. 저는 준비에 관여할 생각이었습니다."

"……너는 좀 더 자신의 안전에 신경을 써라."

여러 색의 망토들이 펄럭이는 속을 지나 에렌페스트의 자리에 도착했더니, 이미 준비가 갖춰져 있었다.

"아우브, 로제마인 님. 이쪽으로 오시지요."

브륀힐데가 자리로 안내해줬다. 거기서 질베스타와 플로렌치아가 결석한다는 얘기, 오늘의 대응 방법에 관해 얘기했다.

"사교 자리에도 못 나가시다니, 양어머님은 괜찮으신가요?"

"내일은 나갈 수 있을지도 모른다. 크게 걱정할 필요는 없지만, 오늘 사교에 실패하면 플로렌치아가 신경 쓰게 될 거다. 정신 바짝 차려라."

"네."

빌프리트와 샤를로테가 같이 앉고, 나는 질베스타와 같이 앉았다. 질베스타는 내 다리를 두드릴 수 있는 위치에 의자를 두고, "내가 다리를 두드리면 입을 다물어라"라고 말했다.

우리 뒤에는 에렌페스트의 기사들이 줄지어 섰다. 하르트무트와 코르넬리우스와 안게리카는 학생 관계자 같은 차림새로 우리 근처에 있었다.

"아무래도 단켈페르거가 제일 먼저 온 것 같군요. 이쪽을 보면서, 당장이라도 달려들 것 같은 상태로 보입니다."

주위를 둘러보고 있던 코르넬리우스가 경계하는 것 같은 얼굴로 말했다. 대각선 앞쪽이라고 할까, 경기장을 사이에 두고 맞은편에 단켈페르거의 자리가 있어서 관찰하기는 편하니까. 시력을 강화하는 것처럼 집중해서 보니, 다른 영지와의 경계선 위에 아우브 단켈페르거와 기사들이 보였다. 그리고 한넬로레가 아우브의 파란 망토를 잡고서 말리고 있었다.

……한넬로레 님, 참 힘들어 보인다. 나, 단켈페르거 쪽 사람이 아니라서 정말 다행이다.

그런 두 사람 곁으로 날씬한 여성이 다가가서 뭐라고 말했나 싶더니, 아우브는 성큼성큼 테이블로 돌아갔다. 날씬한 여성은 아마도 첫째 부인이겠지. 테이블에는 레스티라우트도 앉아 있고, 그 옆에는 어디서 본 적이 있는 머리 장식을 달고 있는 여성이 보였다. 약혼자려나.

"저분이 페르디난드 님일까요? 아렌스바흐의 망토 속에 에렌페스트의 색이 보입니다."

하르트무트의 말을 듣고, 단켈페르거 옆에 있는 아렌스바흐 쪽으로 시선을 옮겼다. 연보랏빛 망토들 사이에 밝은 황토색 망토가 멈춰 서 있었다. 페르디난드, 유스톡스, 에크하르트 세 사람이다. 몸을 앞으로 내밀고 싶은 기분을 참으면서, 세 사람의 움직임을 주시했다.

연구를 전시하고 있는 곳에서 스밀 인형을 든 라이문트가 뭔가를 열심히 설명하고 있고, 페르디난드가 관자놀이를 손가락으로 누르고 있는 모습이 보인다. 유스톡스가 웃음을 참으려는 것처럼 손으로 입을 가리고 있고. 아무래도 스밀 인형이 꽤나 잘 먹힌 것 같다. 나도 라이문트랑 같이 페르디난드한테 설명해주고 싶었지만, 경기장을 사이에 두고 반대편에 있는 아렌스바흐 쪽 자리는 너무 머니까.

"페르디난드 님은 이쪽으로 오시지 않으려나요?"

"인사하러 오기는 하겠지. 저쪽에서 이미 집무에 관여하고 있고, 올해는 약혼을 선전할 필요도 있으니까."

내가 중얼거렸더니 질베스타가 대답했다. 인사하러 온다면 하이스 히체의 망토를 건넬 기회도 있을 것 같다. 리카르다가 준비한 나무 상 자를 보고, 내 얼굴에 미소가 지어졌다.

"그럼, 지금부터 디터를 행한다! 호출한 영지부터 아래로!"

영지 대항전은 루펜의 디터 개시 선언과 동시에 시작된다. 제1위인 클라센부르크의 선언이 있고, 제일 먼저 디터를 할 영지를 호출한다.

그리고 동시에 단켈페르거의 제1군이 움직이기 시작한 게 보였다. 반대쪽이라서 크게 돌아야 이쪽까지 올 수 있는데, 선두에서 우아하 게 걷고 있는 사람은 첫째 부인이고, 조금 빠른 걸음으로 걷고 있는 한 넬로레가 동행하고 있다.

……어라? 아우브 단켈페르거는?

당장이라도 뛰쳐나갈 것 같던 아우브는 아무래도 레스티라우트와 같이 자리에 남아 있기로 한 것 같다. 여전히 제자리에 앉아 있는 걸 보면.

……또 디터를 하라고 하면 곤란해서, 려나?

내가 고개를 갸웃거리는 사이에, 견습 시종들이 단켈페르거의 내방 에 대비해서 준비를 시작했고, 질베스타가 바로잡았다.

"멍하니 있지 마라, 로제마인. 온다. ……이쪽이 바라는 것은 단켈 페르거가 너에 대한 구혼을 포기하는 것과 한넬로레 님의 결혼을 거 절하는 것, 틀림없지?"

"네!"

에렌페스트 쪽에서는 더이상 귀찮은 일은 사양하고 싶으니까, 단켈 페르거가 약혼 취소를 종용하지 않으면 그걸로 좋다, 라는 의견은 이미 보고서나 편지로 조정해뒀다.

"빌프리트, 샤를로테. 이쪽에서는 단켈페르거를 비롯한 상위 영지를 상대하겠다. 너희는 그 밖의 손님들을 부탁한다."

질베스타가 말했더니 빌프리트와 샤를로테가 고개를 크게 끄덕였다. 하르트무트가 문관들과 함께 종이와 잉크를 확인했고, 코르넬리우스와 안게리카는 호위하기 쉬운 위치로 이동했다.

# 단켈페르거와의 사교

"평안하신지요, 아우브 에렌페스트."

단켈페르거의 첫째 부인이 미소를 지으며 우리 앞에 와서 섰다. 한넬로레와 똑같은 빨간 눈동자가 미소 짓는 모양을 짓고 있지만, 그 눈이 이쪽을 빤히 관찰하고 있다는 걸 알 수 있다. 디터, 디터만 외쳐대는 아우브 단켈페르거하고는 전혀 다른 무서움이 느껴진다.

"평안하신지요, 단켈페르거 제1 부인 지크린데 님."

긴장해서 목이 말라붙는 걸 느끼면서, 나와 질베스타는 일단 일어나서 인사를 하고 손님에게 자리를 권했다. 그리고 지크린데와 한넬로레가 자리에 앉았다.

"인쇄에 관해, 책에 관해, 의식에 관해…… 말씀드리고 싶은 내용은 많지만, 먼저 지난번 디터에 관한 이야기를 하도록 하죠."

양쪽 영지의 장래와 크게 관련된 이야기가 아니겠느냐고 말하고, 지크린데가 미소를 지었다.

"지난 디터에서는 중간에 훼방이 들어오기는 했지만, 심판이 판정을 내리지 않은 이상 디터는 계속되고 있었습니다. 승부가 결정된 것은 한넬로레가 스스로 진 밖으로 나갔기 때문이죠."

지크린데는 조용한 투로 그렇게 말했다. 표정은 온화했지만, 목소리에는 한넬로레의 행동을 나무라는 느낌이 담겨 있어서 나도 모르게 한넬로레 쪽을 봤다. 한넬로레는 몸 둘 곳이 없다는 것처럼 몸을 바짝 움츠리고 고개를 푹 숙이고 있다. 그 모습을 보고, 나는 한넬로레가 피난 왔던 때의 상황을 설명했다.

"한넬로레 님이 스스로 진에서 나가신 것은, 호위기사도 없어서 위험했기 때문입니다."

호위기사가 없는 상태에서, 상공에서 날아오는 공격을 혼자 두려움에 떨면서 견뎌내고 있었다. 너무나 불쌍했다고 호소했지만, 지크린데의 미소에는 변함이 없었다.

"그렇습니다. 공격 마술을 쏘는 적으로부터 보물을 지키기 위해, 기사는 상공으로 향했습니다. 그런데도 불구하고, 한넬로레는 스스로 진 밖으로 나갔습니다. 이것은 지키기 위해 싸우고 있던 기사들에 대한 배신행위가 아닐까요?"

그 공격 마술이 쏟아지는 속에서 혼자 견뎌내라는 건 너무 심한 것 같은데 말이다. 진에서 나와 안전한 곳을 찾는 게 배신이자 책망해야 할 행위라는 주장에는 도저히 공감할 수가 없다.

"……저는 호위기사들에게 지켜지는 것이 영주 후보생이 할 일이라고 배우며 자랐기 때문에, 호위기사가 주위에 없는 것이 직무 유기라고 생각합니다."

"어머나……. 에렌페스트에서는 한넬로레의 행동이 타당했다고 말씀하시는 건가요?"

디터에서의 행동, 그리고 단켈페르거 영주 후보생이라는 기준에서 생각하면 비난받을 행동일 수도 있겠지. 하지만 에렌페스트와 단켈페르거는 다르니까.

내가 반론하려고 했지만, 옆에 있는 질베스타가 나보다 먼저 입을 열었다.

"호위기사는 영주 일족을 지키기 위해 있습니다. 그리고 디터에서 가장 중요한 것은 보물을 지키는 것이지요. 지키지 못한 것은 기사의 책임이 아니겠습니까.”

……그래, 맞아! 호위기사가 없었던 게 잘못이다.

질베스타의 말을 듣고 나는 고개를 크게 끄덕였다. 그리고 그 발언을 들은 지크린데는 잠깐 생각하는 것처럼 시선이 살짝 내려갔다.

“……에렌페스트에서는 그리 생각하신다는 말씀이시군요. 스스로 진 밖으로 나간 한넬로레에게 잘못이 없다고.”

지크린데는 아우브 단켈페르거와 달라서 디터로 확실하게 하자는 말을 하는 게 아니라, 이해했다는 것 같은 목소리로 말했다. 아무래도 대화를 통해서 서로 이해할 수 있을 것 같다. 내가 말이 통한 것 같다고 생각하면서 가슴을 쓸어내리고 있는데, 지크린데가 입술을 웃는 모양으로 만들고서 말했다.

“그렇다면, 이것은 타르크스가 플류트레네의 힘으로 태어나 자랐다 해도, 드레팡아의 인도로 페어퓌레메어에게로 향하는 것 같은 일인지도 모르겠군요.”

아쉽다고도 안심했다고도 해석할 수 있는 한숨을 쉬면서, 지크린데가 그렇게 말했다.

……응? 무슨 뜻이지?

당장은 의미를 이해할 수가 없었다. 일단 타르크스부터 모르겠다. 단켈페르거 특유의 생물인지, 아니면 신화의 뒷이야기에 나오는 마이너한 이야기인지.

……타르크스가 뭐건 간에, 민물에서 태어나 자라고 때가 되면 바다로 간다는 얘기니까, 이걸 바탕으로 추측할 수 있는 의미는…… 성장하면 자기에게 맞는 곳으로 간다는, 그런 얘기인가?

애매한 미소를 지으며 필사적으로 의미를 생각하는 동안, 지크린데는 나와 질베스타를 번갈아 보고 있었다. 그 빨간 눈동자에 사로잡힌 것 같다는 착각에 꿀꺽, 숨을 삼켰다.

"디터에서 결정된 이상, 한넬로레는 에렌페스트로 시집보내도록 하겠습니다. 한넬로레의 페어퓌레메어는 에렌페스트인 것 같으니, 그것이 좋겠지요."

……잠깐만. 한넬로레 님이 에렌페스트로 시집올 필요는 없습니다, 라고 말하기도 전에 결혼하는 게 정해져 버린 거야?!

우리 쪽 희망이나 의견을 말하기도 전에 한넬로레의 결혼으로 완전히 넘어가 버린 것 같은 모양이 돼버렸잖아. 질베스타와 얼굴을 마주 보고, 급하게 입을 열었다.

"저, 본인이 바라고 계신다고 말씀하셨는데, 한넬로레 님은 정말 에렌페스트로 시집오기를 바라고 계신가요? 둘째 부인인데요?"

제2위인 단켈페르거의 영주 후보생이 에렌페스트의 제2 부인이 되는 것은 있을 수 없는 일이겠지. 디터 생각밖에 없는 것 같은 아우브랑 달라서, 지크린데는 말을 하면 알아들을 사람 같으니까. 어느 쪽이 딸한테 좋은 일인지, 잘 생각해줬으면 싶은데 말이다.

"자기 뜻으로 진 밖으로 나갔습니다. 바라지도 않는데 그런 일을 할 리가 없겠죠. 단켈페르거의 영주 후보생이 에렌페스트의 제2 부인이 되는 건 정말 예상치 못한 일이라서, 저희도 곤란한 상황입니다."

마치 한넬로레가 고집을 부린 것처럼 말하는데, 아마도 본인은 에렌페스트로 시집가고 싶다는 말은 단 한마디도 안 했을 거야. 한넬로레의 분위기를 살펴보려고 했지만, 그냥 눈을 감고 고개를 수이고 있을 뿐이다. 하고 싶은 말을 못 하고 참고 있다는 것처럼, 입을 꼭 다물고서.

　……한넬로레 님.

디터 승부를 받아들인 레스티라우트가 반론을 금지했을 때랑 똑같다. 고개를 숙이고서 살짝 떨고 있었다. 이런 아무리 봐도 에렌페스트로 시집가고 싶다고 생각하는 여자아이의 모습이 아니다.

"죄송하게도, 에렌페스트는 이제 겨우 8위까지 올라온 벼락출세한 영지고, 그 지위에 걸맞은 대응도 아직 익히지 못했습니다. 단켈페르거의 영주 후보생을 맞이할 수 있는 영지가 아닙니다."

질베스타가 말하자 지크린데가 미소를 지으며 고개를 끄덕였다.

"그렇지요. 지금의 에렌페스트에 가치가 있다고 한다면 유행과 산업을 낳고, 옛 의식에도 언어에도 뛰어나고, 영주 후보생들이 이렇게나 많은 곳에서 기숙사를 잘 이끌어가고 있는 로제마인 님뿐이겠죠. 아무리 생각해도 단켈페르거의 영주 후보생이 시집가기에 걸맞은 영지라고 할 수는 없습니다."

웃는 얼굴로 긍정하니까 이건 이것대로 화가 난다. 나는 제안했을 뿐이고 실제로 물건을 만드는 건 장인들이고, 기숙사를 이끌거나 사람들 마음을 부추겨서 목표로 향하게 만드는 건 빌프리트가 더 잘 한다. 그리고 사교를 못하는 나를 대신해 샤를로테가 다과회에 나가주니까 기숙사가 뭉칠 수 있는 것이다.

반론하려고 했더니, 질베스타가 다리를 살짝 두드렸다. "가만있어라"라는 신호였다. 나는 불만을 가슴에 담은 채, 어쩔 수 없이 입을 닫았다.

"벼락출세하는 중인 에렌페스트가, 역사와 전통이 있는 단켈페르거의 영주 후보생을 얻고 싶어 하는 마음은 이해하지만, 제2 부인으로서 맞이하고 싶다고 하시는 연유는 대체 무엇일까요?"

그 얘기를 하려면 아렌스바흐와의 문제부터 설명해야 해. 어디서부터 어디까지 말해도 되는지 모르는 나는 할 수 없는 얘기야. 그래서 나는 질베스타한테 응원하는 눈빛을 보냈다.

"에렌페스트의 사정, 이라고밖에 드릴 말씀이 없군요."

"어머나. 하지만 외교를 담당하는 제1 부인은 다른 영지에서 맞이한 아내의 친정 쪽 원조와 그에 따르는 관계를 잘 이용하기 위해 맞이하는 존재고, 자기 영지의 아내는 제2 부인으로서 영지 내부의 귀족들을 규합하기 위해 맞이하는 존재가 아니던가요. 아무리 에렌페스트라고 해도 그 정도는 알고 계시겠죠?"

……그게 단켈페르거의 독자적인 문화가 아니라 전체적으로 그런 거였나?

말이 되는 것 같은 기분도 들기는 하지만, 난 지금까지 그런 얘기를 들어본 적이 없으니까. 입을 꾹 다물고 있는 내 옆에서, 질베스타는 조용히 지크린데를 보고 있다.

"지역에 아무런 연고도 없는 한넬로레를 제2 부인으로 맞이해서 영지 밖의 사교 자리에는 내보내지 않고, 단켈페르거와의 관계를 끊어버리려는 것은 대체 무슨 생각에서 나온 발상일까요? 말씀해주실 수 있겠습니까, 아우브 에렌페스트?"

"상위 영지의 방식과는 다를지도 모르지만, 이쪽에는 이쪽 나름대로 사정이 있습니다."

구 베로니카 파벌을 숙청한 지금, 라이제강과의 사이에서까지 풍파를 일으킬 수는 없으니까.

"예, 그러시겠지요. 하지만 그 정도 외교 상식도 모르고, 받아들이려 하지도 않고, 지위 안정과 향상을 도모하려 하지도 않는 에렌페스트에는 상위 영지의 아내를 맞이해봤자 의미가 없습니다. 이래봬도 제 딸은 아끼니까요. 몇 대인가 전의 차기 영주 예정이었던 영주 후보생과 결혼한 아렌스바흐의 공주 같은 불행이, 제 딸에게도 찾아오는 일은 피하고 싶습니다."

대영지의 공주를 맞이했으면서도 차기 영주를 상급 귀족으로 떨어트리고, 순위를 올려주지도 않고, 아렌스바흐와의 관계를 깊이 만들어가지도 않고, 영지 내부의 귀족들을 억누르지도 못했던 당시 아우브의 무능함을, 지크린데가 에둘러서 비난했다.

"상위 영지로서의 행동을 영지 귀족 전체가 몸에 익히려면 세대가 바뀔 정도의 세월이 필요합니다. 아렌스바흐의 사람을 맞이한 뒤로 수십 년이 지났는데, 에렌페스트는 어떻게 달라지셨는지요?"

아렌스바흐 사람인 가브리엘레에게 휘둘린 에렌페스트가 얼마나 고생했는지는 생각하지도 않고, 지크린데는 어디까지나 대영지의 관점에서 말하고 있다. 대영지의 시점이나 생각을 조금이나마 알게 되기는 했지만, 그래도 짜증은 계속 커져만 갔다.

"이렇게 로제마인 님을 얻고, 몇 년 사이에 순위가 크게 달라졌습니다. 하지만 제 눈에는 에렌페스트가 달라진 것처럼 보이지 않습니다."

그 뒤에는 레스티라우트가 지적했던 것과 비슷한 내용을 품위 있게, 빙 돌려서 말했다. 빌프리트와 똑같은 표정으로, 질베스타는 지크린데의 비난을 가만히 듣고 있었고, 귀족 언어를 바로 이해하지 못하는 탓에 나는 반 정도 그냥 흘려들었지만, 안 좋은 기분이 서서히 쌓여갔다.

……이걸 가만히 듣고 있는 게 귀족의 사교라는 거야?

"아우브 에렌페스트. 앞으로는 어찌하실 생각이십니까? 이젠 알고 계실 텐데요? 로제마인 님이 에렌페스트에는 과분하다는 걸, 말이죠."

질베스타가 다리를 두드려서 참고 가만히 듣고 있지만, 내가 에렌페스트에 과분한지 아닌지를 남이 판단하지 말아줬으면 좋겠다.

"게두르리히는 메스티오노라를 지키기 위해서 그 손을 놨고, 슈첼리아에게 맡겼습니다. 거리낌 없이 활약할 수 있는 곳으로 옮기는 것이 본인을 위해서도 주위를 위해서도 좋은 일이 아닐까, 그리 생각합니다."

지크린데는 친절해 보이는 얼굴로 상냥하게 말했지만, 내용은 '날 풀어줘라'라는 것이었다. 엄청나게 불쾌한 기분이 가슴을 가득 채웠다. 질베스타가 "바보 같군"이라고 중얼거리면서 나를 슬쩍 봤다.

"단켈페르거가 슈첼리아라고, 그리 말씀하시는 것입니까?"

"예, 메스티오노라와 에렌페스트를 지키는 방패가 되겠습니다. 한넬로레도 시집갈 테니."

나는 이런 압력이 질베스타를 덮치는 걸 피하기 위해서 디터 승부를 받아들였던 게 아닐까. 게다가 어느 사이엔가 단켈페르거가 날 지켜주는 얘기가 된 이유는 대체 뭐지.

솜으로 목을 조르는 것처럼 우아한 말투와 빙 돌리는 말로 상대의 행동을 비난하면서 자기가 원하는 방향으로 이야기를 이끌어가는 지크린데에게 반론하고 싶어서 미칠 지경이다.

"저기, 양아버님. 목에 감기는 솜은 가위로 단번에 잘라버리는 쪽이 후련할 것 같지 않으신가요?"

후후후, 하고 웃으면서 질베스타 쪽을 봤더니, 눈이 살짝 휘둥그레진 질베스타가 일단 한 번 눈을 감은 뒤에, 포기했다는 것처럼 손을 흔들었다.

"마음대로 해라. 뒷일은 내가 맡겠다."

질베스타의 허락을 맡고, 나는 지크린데의 빨간 눈동자를 똑바로 바라봤다. 귀족답게 우아한 자세와 미소는 잊지 않았다.

"지크린데 님은 에렌페스트와 단켈페르거가 어떠한 약속하에 승부를 겨뤘는지, 알고 계십니까?"

"물론, 들어 알고 있습니다."

내 반론을 간파하려는 것처럼, 지크린데의 눈이 날카로워졌다.

"그렇다면, 어째서 신성한 디터에서 승부가 났는데, 에렌페스트에 압력을 가하고 계시는지요? 에렌페스트가 이기면 약혼 취소에 관한 압력을 가하지 않겠다는 레스티라우트 님의 말씀을 믿고서 디터를 했습니다. 패자는 조용히 해주시죠."

지금까지의 빙 둘러 말하는 귀족 언어 말투를 싹둑 잘라버리고, 나는 빙긋 미소를 지었다. 너무 직설적이라서 대체 무슨 말을 들었는지 모르겠다는 얼굴로, 지크린데가 날 쳐다보고 있다.

"로제마인 님⋯⋯."

계속 고개를 숙이고 있던 한넬로레도 깜짝 놀라서 눈을 깜박이며 고개를 들었다. 그리고는 멍한 표정으로 지크린데와 나를 번갈아 쳐다봤다.

"플류트레네의 치유와 룽슈멜의 치유가 다른 것처럼, 제삼자가 봤을 때 좋은 환경과 당사자가 만족할 수 있는 환경은 다른 법입니다. 변함없는 평온을 바라는 이에게 글류클리테트의 가호는 필요 없다고, 제 스승도 그리 말씀하셨습니다."

페르디난드 때처럼 쓸데없는 참견은 하지 말라고 했더니, 처음으로 지크린데의 안색이 달라졌다.

"……에렌페스트는 대체 무엇을 위해 한넬로레를 원하는 것인지요?"

"그저 귀찮은 디터 승부를 피하고 싶었을 뿐입니다. 한넬로레 님을 제2 부인으로 맞이하겠다고 말한다면, 아무래도 레스티라우트 님 혼자서는 결정하지 못할 거라고 생각했죠. 아우브와 상담해야 할 테니 시간을 조금이나마 벌거나 디터 자체를 회피할 수 있지 않을까, 그렇게 생각했습니다. 결과적으로 레스티라우트 님이 독단적으로 받아들이고 말았지만요."

알고 계시죠? 라고 내가 물었더니, 지크린데는 미소를 지우고 나와 한넬로레를 번갈아 쳐다봤다.

"한넬로레가 필요해서 디터의 대상이 된 것이 아니라는, 그런 말인가요?"

"예. 한넬로레 님이 에렌페스트로 와주셨으면 하는 건, 너무나 실례되는 짓이 아닌가요. 처음부터 이쪽이 이기면 그 조건은 파기할 예정이었습니다. 한넬로레 님이 바라는 곳과 결혼하실 수 있도록, 미력하나마 도와드릴 생각이었죠."

"……처음부터, 라고 하셨습니까?"

레스티라우트와 빌프리트가 디터의 자세한 사항을 정하던 때, 나는 한넬로레와 에렌페스트가 이겼을 경우의 이야기를 하고 있었는데, 혹시 그 얘기는 못 들은 걸까. 고개를 갸웃거리는 내 옆에서 질베스타가 훗, 하고 웃었다. 적의 약점을 찾아내고, 거기를 공격하려는 전사의 웃음이다.

"조금 전에 아렌스바흐의 예를 들어서 말씀하신 것처럼, 에렌페스트에서는 아직 대영지의 공주를 받아들일 태세가 갖춰지지 않았습니다. 예쁜 따님의 행복을 바라신다면, 저희의 제안을 쾌히 받아들여 주시지요."

한넬로레가 시집온다는 이야기는 없었던 일로 하자고, 질베스타가 제안했다. 그렇게 에렌페스트의 태세를 비난했잖아. 딸이 시집갈 필요가 없어졌다고 아주 기뻐하겠지.

하지만 지크린데는 잠시 생각에 잠겼다. 굳이 시집올 필요 없다고 했는데, 당장 받아들이지 않는 이유를 모르겠다.

"그렇다면, 한넬로레 본인이 에렌페스트에 시집가는 것을 바랄 때에는 어찌하실 생각이십니까? 상식에 따라 한넬로레를 제1 부인으로 받아들이실 겁니까? 아니면 끝까지 비상식적으로 대응하실 생각이십니까?"

"정말 죄송합니다만, 에렌페스트는 아직 상위 영지의 방식에 익숙하지 않아서……."

질베스타가 빙긋 웃었다. 비상식적이라고 하거나 말거나, 지금 우선할 일은 숙청 때문에 혼란해진 에렌페스트를 평정하는 일이니까. 귀족들이 난리를 칠 것 같은 귀찮은 일은 필요 없다.

"끝까지 제2 부인이라는 말씀이십니까……."

"어머님, 승자는 에렌페스트입니다."

뭔가 더 말하려는 지크린데의 소매를, 한넬로레가 떨리는 손으로 붙잡았다. 손만 떨리는 게 아니다. 온몸을 바들바들 떨고 있다. 하지만 그 눈에는 결의가 넘쳐나는 강한 빛이 깃들었고, 그런 눈으로 자기 어머니를 바라보고 있다.

"이 이상, 에렌페스트에 폐를 끼치는 일은 그만두시지요."

"한넬로레?"

한넬로레가 천천히, 저쪽 테이블에서 다른 영지의 귀족을 대응하고 있는 빌프리트 쪽으로 시선을 옮겼다. 부드러운 표정이다. 살짝 가늘어진 부드러운 눈빛과 살짝 벌어져서 웃는 모양이 된 저 입술에, 왠지 사랑하는 마음이 담긴 것처럼 보이는 건 내 착각일까.

"저는, 싸우는 곳에서 누군가가 저를 지켜준다고 말해준 것이 처음이었습니다. 강요당하는 것이 아니라 선택지를 준비한 것도 처음이었습니다. 그러니까, 저는, 정말로 에렌페스트로 시집가도 좋다고 생각했습니다."

한넬로레는 그렇게 말하고서 한 번 눈을 감았다가 떴고, 그리고는 지크린데를 똑바로 쳐다봤다. 맞서야 할 상대를 찾아냈다는 강한 눈빛에서는, 조금 전의 부드러운 표정은 찾아볼 수 없었다.

"하지만, 에렌페스트에서는 대영지 영주 후보생을 받아들일 토양이 없다고 하셨습니다. 받아들일 태세가 갖춰지지 않았다고……. 그렇다면 그저 폐만 되지 않겠습니까. 억지로 승부를 걸어놓고, 패자가 승자에게 더 폐를 끼치겠다는 것인가요? 하다못해 승자의 바람을 이뤄드려야 하는 게 아닐까요?"

한넬로레의 말에 지크린데가 난처하다는 표정을 지었다. 계산했던 것과 다르다고 할까, 예상치 못한 일 때문에 당혹스러워하는 얼굴이다.

"한넬로레, 너……."

"어머님, 상대가 바라지 않는 일을 강요하는 것은 아름답지 않습니다. 주위에 이익을 나눠주고, 그것을 통해 자신의 바람을 이루는 데 도움이 되도록 하는 것이 단켈페르거의 여자가 아니던가요? 이번 교섭

에서 어머님은 이익을 나눠주지 않으셨습니다. 일단 물러나서, 에렌페스트의 이익을 아는 것부터 다시 시작하도록 하죠."

그렇게 말하면서 미소짓는 한넬로레는 틀림없는 단켈페르거의 여자였다. 나는 그 자리에서 손뼉을 치고 싶을 정도로 감탄했지만, 지크린데는 그렇지 않은 것 같다. 이마에 손을 얹고서 한넬로레를 살짝 노려본 뒤에, 질베스타와 날 쳐다보면서 말했다.

"당신의 의견에 대략 동의하기는 합니다만, 많은 부분에서 차이가 있는 것도 같군요. 그 차이에 관해 확인하도록 할까 합니다."

……의견이 어긋나? 대영지와 에렌페스트의 상식 차이라는 이야기가?

나와 질베스타는 제대로 이해하지 못한 채, 계속 말하라고 했다.

"제게 올라온 디터에 관한 보고에서는, 단켈페르거가 승리한 경우에는 아우브 에렌페스트와 협의하고, 약혼이 취소된 경우에는 로제마인 님을 단켈페르거의 제1 부인으로 맞이한다. 단켈페르거가 패배한 경우에는 한넬로레를 에렌페스트의 제2부인으로 보낸다고 되어 있었습니다."

"그렇습니다."

내가 고개를 끄덕였더니, 지크린데가 갑자기 의아하다는 얼굴로 뒤를 돌아봤다. 뒤에서 대기하고 있던 문관으로 보이는 남성이 한 걸음 앞으로 나와서 테이블 위에 종이 한 장을 펼쳐놓고, 다시 물러났다. 그것은 단켈페르거로 보냈던 보고서 같고, 거기에는 디터의 조건이 적혀 있었다.

"조금 전에 로제마인 님은 에렌페스트가 이긴 경우에, 처음부터 한넬로레를 맞이한다는 조건을 취소할 생각이었다고 말씀하셨는데, 그건 대체 언제 정해진 것인가요? 여기에는 기재되지 않았습니다만."

"디터 이야기가 정해진 때였습니다. 한넬로레 님과 이야기했을 때, 제가 제안했었죠?"

내가 한넬로레에게 동의를 구했더니, 한넬로레가 고개를 끄덕끄덕했다.

"오라버니가 멋대로 벌인 일에 대해 사죄했을 때, 로제마인 님께서 제안해주셨습니다."

레스티라우트와 빌프리트가 디터에 대해 자세한 사항을 정하고 있을 때, 한넬로레와 나는 도청 방지 마술구를 써서 차를 마시며 이야기를 나눴다. 조건을 정했을 때의 흐름을 기억하는 한에서 말했더니, 지크린데가 전부 알았다는 것 같은 표정이 됐다.

"같은 날 같은 방 안에서 있었던 일인 것 같지만, 도청 방지 마술구를 사용했다면 다른 이에게는 이야기가 들리지 않았겠죠. 둘이서 의논한 내용에 대해서 신고는 했습니까?"

둘만의 비밀 이야기를 멋대로 공적인 이야기로 만든 건 아닌가 의심했고, 나는 당황해서 질베스타 쪽을 봤다.

"저는 그 날 저녁 식사 때에 빌프리트 오라버니께 보고했고, 에렌페스트 쪽에도 연락했습니다. 그렇죠, 양아버님?"

"그래, 상세한 경위가 적힌 보고서가 들어왔었지."

내 결백이 증명됐다고 가슴을 쓸어내리고 있었더니, 한넬로레도 "저녁 식사 자리에서 오라버니께 말씀드렸습니다"라고 당당하게 말했다.

"한넬로레, 저녁 식사 자리면 이미 늦은 게 아닌가요? 어째서 그 자리에서 바로 레스티라우트에게 신고하지 않았습니까? 상세한 내용이다 결정된 뒤에 그런 말을 해봤자, 이미 서명까지 마친 조건을 마음대로 바꿀 수는 없는데 말입니다."

"예? 서명이요?"

나는 '이기면 한넬로레의 결혼은 없는 거로 하자'라고 빌프리트에게 보고해서 허락을 받았고, 한넬로레도 기뻐하면서 고개를 끄덕였으니까 얘기가 다 된 거라고 생각했다. 하지만 그건, 조건을 정하는 자리에서 의논한 일은 아니었다.

한넬로레는 레스티라우트에게 내 말을 보고하기는 했지만, 이미 이야기가 다 끝나고 레스티라우트와 빌프리트가 합의한다는 서명까지 마친 이후였으니까, 정식으로 결정한 내용은 아니라고 판단한 것 같다.

"결혼이 걸린 디터에서는 반드시 이런 계약서를 작성합니다. 디터가 끝난 뒤에 최초의 조건이 바뀌는 일이 없도록."

"그건 단켈페르거에 대한 보고서가 아니라 계약서인가요?"

깜짝 놀라서 자세히 봤더니 분명히 빌프리트의 서명이 들어가 있었다. 예산을 받기 위해서도 계약서가 필요하다. 질베스타가 그 계약서를 보고는 복잡한 표정을 지었다.

"세세한 조건을 정했다는 것까지는 알고 있었지만, 계약서를 주고받았다는 보고는 못 들었는데."

"빌프리트 오라버니가 저에게도 말해주지 않았어요."

우리가 빌프리트 쪽을 흘끗흘끗 봤다. 중요한 일을 보고하지 않았다고 눈살을 찌푸리고 있었더니, 한넬로레가 "어쩌면 빌프리트 님은 계약서라고 인식 못 하신 걸지도 모르겠군요"라고 중얼거렸다.

"단켈페르거에서는 당연한 일이고, 귀족원의 예산을 사용하기 위해서도 필요한 일이지만, 아우브 에렌페스트도 로제마인 님도 이것을 계약서라고 생각하지는 않으셨죠?"

나랑 질베스타는 얼굴을 한 번 마주 본 뒤에 고개를 끄덕였다. 어디까지나 디터 신청서고 계약서로 보이진 않았다. 만약 레스티라우트한테서 아무런 설명도 못 들었다면, 예산 때문에 필요한 서류일 뿐이지 계약서라고는 생각하지 않았을 가능성이 크다.

"이쪽도 설명이 부족했던 것 같군요."

지크린데가 얼굴을 살짝 찌푸린 뒤에 디터 승부의 조건을 손가락으로 가리켰다.

"여기에 한넬로레를 제2 부인으로 삼는다는 조건이 적혀 있는데, 이걸 취소한다는 내용은 없습니다."

"……이긴 뒤에 아우브 간의 대화를 통해서 제안하면 된다고 생각했어요."

"그건 에렌페스트가 이기면 조건을 멋대로 변경하겠다는 말인가요? 먼저 조건을 정해두는 의미가 없어지지 않습니까."

……그것도 맞는 말이네.

이렇게 엄밀한 계약서까지 작성하면서까지 조건을 정했다는 걸 몰랐지만, 이기면 압력을 가하지 않겠다는 말이 달라져서 화를 냈던 나는, 단켈페르거한테도 똑같은 짓을 요구할 생각이었다. 반성하는 마음 때문에 어깨를 축 늘어트린 나를, 지크린데가 계속해서 몰아붙였다.

"그리고, 로제마인 님은 에렌페스트가 이기면 약혼 취소에 대한 압력을 가하지 않겠다는 레스티라우트의 말을 믿고서 디터를 행했다고 하셨죠? 하지만, 그런 조건도 여기에는 없습니다."

"예, 신부 뺏기 디터는 승패가 결정된 시점에서 바로 결혼을 취소하는 거잖아요? 저는 레스티라우트 님한테 그렇게 들었는데……."

눈을 깜박이면서 물었더니, 지크린데가 이상하다는 것처럼 고개를 갸웃거렸다.

"에렌페스트는 그 조건보다 한넬로레를 제2 부인으로 받아들이는 쪽을 우선했다고 들었습니다. 계약서에도 한넬로레에 관한 건은 있지만, 구혼을 포기한다는 항목은 없군요."

원래 이런 디터에서는 확실하게 포기하는 것이 조건인데, 그 조건을 불복을 제기하고, 한넬로레를 제2 부인으로 받아들이고 싶다는 말은 내가 했다. 그래서 레스티라우트는 포기할 필요가 없어졌다고 인식하고 단켈페르거에 보고한 것 같다.

"……포기한다는 조건을 멋대로 빼버렸다는 이야기는 처음 들었어요."

내가 멍하니 중얼거렸더니 질베스타가 피곤하다는 것처럼 크게 한숨을 내쉬고는 내 머리를 콩, 하고 쥐어박았다.

"네가 다른 조건을 붙였으니, 원래 조건이 지워져도 이상할 것 없다. 지금부터는 세세한 내용을 정하는 때에 다른 행동을 하면서 멋대로 이야기를 이끌어가거나, 조건 인식을 게을리 하지 않도록 주의하거라. 이 계약에 따라, 단켈페르거는 에렌페스트가 구혼을 중지하는 것보다 한넬로레 님을 제2 부인으로 받아들이는 쪽을 우선한다는 인식에 따라 움직이고, 에렌페스트에 이익을 가져다주기 위해 다양한 제안을 했다."

구두 계약보다 계약서가 있는 쪽이 정식 계약이라고 인식하는 건 귀족 세계만이 아니라, 상인들 세계에서도 당연한 일이니까. 계약에 따라서 에렌페스트에 이익을 가져다줬어야 할 제안들이 전부 의미가 없어진 건, 완전히 이쪽 잘못 때문이다.

……아아아아아아! 내가 무슨 짓을!

나는 아까 내가 했던 언동을 떠올리면서 머리를 두 손으로 감쌌다. 단켈페르거의 제1 부인께 엄청나게 실례되는 말을 했다. 할 수만 있다면 지크린데의 기억을 지워버리고 싶을 정도야.

"계약서와 전혀 다른 주장을 하고, 지극히 실례되는 짓을 해서, 정말 죄송합니다."

내가 사죄했더니 질베스타도 따라서 말했다.

"전제조건에 상당히 어긋난 부분이 있었던 것 같습니다. 확인을 게을리 해서, 정말 죄송합니다."

"아닙니다, 그렇게 사죄하실 일은 아닙니다. 에렌페스트가 신부 뺏기 디터에 대해 잘 모르신다는 점도 몰랐던 데다, 설명이 허술하고 감시가 부족했던 등등, 이쪽도 부족한 부분이 컸던 것 같습니다. 저야말로 진심으로 사과드립니다."

왕이 허가한 결혼에 대해 레스티라우트가 억지로 승부를 걸었던 것, 디터에서 걸핏하면 폭주하는 단켈페르거의 남자들을 한넬로레가 제대로 감시하지 않았던 것, 단켈페르거에서 당연한 일들을 전제로 이야기를 진행한데다 조건을 거듭해서 확인하는 등의 설명이 부족했다고, 지크린데가 사과했다.

"한넬로레도 반성하세요. 멋대로 결혼 이야기를 진행해서 낙담한 와중에도 사죄를 잊지 않았던 것은 잘한 일입니다. 하지만 디터 이야기가 나오면 절대로 남성분들에게서 눈을 떼면 안 됩니다. 자신에게 유리하도록 진행하려고 드는 레스티라우트나 많이 흥분한 기사들을 억누르면서 자세한 설명을 하는 것이 당신의 역할이었습니다. 교우관계를 소중히 하고 싶다면 꼭 명심해두세요."

당신도 단켈페르거 여자로서의 자각이 생기기 시작했겠죠? 지크린데가 빙긋 웃으면서 그렇게 말했더니, 한넬로레의 웃는 얼굴이 굳어져 버렸다. "그런 건 무리입니다"라는 목소리가 들려올 것만 같은 표정을 지으면서도, 한넬로레는 "조심하겠습니다"라고 대답하면서 고개를 끄덕였다.

"그럼, 에렌페스트가 이번 디터에서 바란 것들에 대해 정확히 알려주시겠습니까. 한넬로레를 제2 부인으로 바라는 것이 아니라면, 디터의 결과가 절대적이라고 주장하는 아우브가 오기 전에 이야기를 끝내도록 하죠."

단켈페르거 사람들이 모여있는 자리를 보면서 말한 지크린데의 제안에, 질베스타가 자세를 바로잡았다.

"저희로서는 로제마인에 대한 구혼을 포기해주셨으면 합니다. 그것이 가장 큰 바람입니다. 그리고 이건 부탁입니다만, 두 번 다시 에렌페스트에 디터 승부를 요구하지 않아 주셨으면 싶군요. 신부 문제만이 아니라, 어떤 이유에서건."

단켈페르거 쪽에서는 매년 디터 승부를 요구하고 있는데, 에렌페스트 입장에서는 부담이 너무 커서 민폐라고, 질베스타가 귀족 언어로 에둘러서 말했다.

"이번에는 특히 져서는 안 됐기에 마술구와 회복약을 잔뜩 사용했습니다. 그렇게 몇 번이나, 단켈페르거를 상대할 수는 없습니다. 에렌페스트는 많이 부족한 중가 규모 였지니까요."

질베스타의 말에 "매년 디터를 하고 있으니까요. 제 눈에 들어오는 범위라면 말리도록 하겠습니다"라고, 지크린데가 약속해줬다.

"단, 에렌페스트도 바로 승부를 받아들이는 일이 없도록 해주세요. 일단 받아들이면 제가 간섭할 수 없게 돼버리니까요."

지크린데의 말에 의하면, 단켈페르거에서는 매년 보물이 걸린 디터 승부를 받아들이는 에렌페스트에 대해, 디터를 아주 좋아하는 영지라고 인식하고 있다. 루펜도 '허약해서 기사 코스 수강도 못 하는 로제마인 님이지만, 페르디난드 님 만큼이나 보물 뺏기 디터를 좋아한다'라는 보고서를 보냈다.

……하나도 안 정확해!

"로제마인 님은 아우브 에렌페스트가 말씀하신 조건에 불만이 없으십니까?"

"저에게 소중한 것들은 에렌페스트에 있습니다. 그러니까 좋은 조건을 제시해서 마음이 흔들리는 일은 있겠지만, 에렌페스트를 떠나는 일은 없습니다."

내가 확실하게 말했더니, 지크린데의 표정이 살짝 풀어졌다.

"한넬로레, 당신이 아는 범위에서 에렌페스트의 이익이 되는 것은 어떤 물건이 있나요?"

"어머님?"

"디터를 선호하지 않는 영지에 매년 폐를 끼치고 있었지? 앞으로 양쪽 영지가 좋은 관계를 갖기 위해, 약소하나마 사죄의 선물을 준비하는 것이 도리가 아니겠니. 로제마인 님 개인이 아니라 에렌페스트에 대한 사죄란다."

지크린데의 말을 들은 한넬로레는 잠깐 생각한 뒤에 탁, 하고 손뼉을 쳤다.

"오라버니의 그림을 드리는 건 어떨까요? 그, 디터 이야기의 삽화를 로제마인 님도 빌프리트 님도 원하셨습니다. 하지만 오라버니가 인쇄 과정에서 다른 분의 손이 들어가는 것이 싫다고 하셔서, 그림 이야기는 보류된 상태입니다. 그러니까 마음대로 사용하셔도 좋다는 형태로 선물한다면, 에렌페스트의 인쇄에 공헌할 수 있다고 생각합니다."

한넬로레는 지크린데의 반응을 보면서 설명했다. 자신의 의견을 말해서 받아들여진 적이 없다고 말했던 한넬로레의 빨간 눈동자가, 자랑스러운 기분과 생기가 넘쳐나면서 반짝이고 있었다.

"한넬로레는 이리 말하고 있습니다만, 레스티라우트의 그림이 정말로 에렌페스트에 이익이 되겠습니까?"

미심쩍어하는 것 같은 지크린데와 기대에 가득 찬 한넬로레를 번갈아 보고서, 나는 고개를 크게 끄덕였다.

"됩니다! 디터 이야기 매출에 도움이 되는, 아주 훌륭한 제안이라고 생각해요. 그렇죠, 양아버님."

나는 기대와 기쁨으로 가슴이 벅찼지만, 질베스타는 "바보냐"라고 말하면서 머리에 손을 얹었다.

"……그밖에 더 유익한 것이 있지 않겠느냐. 기왕이면 단켈페르거의 비호라도 부탁하거라."

질베스타의 투덜거리는 소리에 지크린데가 "그러고 보니 단켈페르거의 보물인 방패는 로제마인 님이 부숴버리셨죠"라고 말하며 웃는 얼굴로 넘겨버리고는, 레스티라우트의 그림을 사죄 선물로 주겠다는 쪽으로 이야기를 척척 이끌어가기 시작했다.

"에렌페스트로서는 기쁜 일이지만, 레스티라우트 님의 그림을 본인의 허가도 없이 멋대로 주셔도 괜찮으신가요?"

"자신과 관계된 일을 타인이 멋대로 정해버리는 것이 어떤 기분인지 레스티라우트에게도 가르쳐줄 좋은 기회가 되겠죠. 혼처가 멋대로 정해져 버린 한넬로레에 비하면 한참 부족할 지경입니다. ……그렇군요, 그 그림도 에렌페스트에 드리도록 할까요."

제1 부인은 "기숙사에는 레스티라우트의 역작이 있습니다"라고, 뭔가 꿍꿍이가 있는 사람처럼 피식 웃었다.

……아아, 지크린데 님의 웃는 얼굴에서 페르디난드 님과 똑같은 화난 기색이 느껴진다. 레스티라우트 님, 힘내세요.


디터 승부 이야기가 일단 끝나고, 그 뒤에는 그림을 넘기는 데 대한 계약부터 인쇄 이야기가 오갔다. 역사책이나 디터 이야기를 어느 정도 준비하는지, 어떻게 판매할 예정인지 등을 물었고, 나는 차례로 대답해 나갔다.

"단켈페르거의 책을 인쇄하기 위해, 가능하다면 단켈페르거에서도 인쇄하고 싶으니, 언젠가 인쇄 마술구를 구매할까 생각하고 있습니다."

"아쉽게도 인쇄 마술구는 팔 수 없습니다."

인쇄기는 마술구가 아니니까, 라고 마음속에서 중얼거리고 있었더니 지크린데가 천천히 고개를 끄덕였다.

"알고 있습니다. 레스티라우트의 보고에 위하면, 유출을 막기 위해 인쇄 기술을 밖으로 내보낼 예정이 없다고 하더군요? 그 상태에서 어떤 방법으로 인쇄를 폭넓게 보급하실 생각이신지요?"

보통은 중앙이나 대영지에 팔아서 위에서부터 새로운 기술을 보급해 나가는데, 에렌페스트에서 계속 끌어안고 있는 이유가 궁금한 것 같다. 에렌페스트의 사고방식은 상식으로 가능할 수 없다는 말을 들었는데, 혹시 나 때문일까.

"당분간은 다양한 영지의 원고를 받아 에렌페스트에서 인쇄하기로 했습니다. 그 과정에서 인쇄에 관한 제도가 어느 정도 침투되면, 그 뒤에 널리 보급할 예정입니다"

에렌페스트 귀족들도 아직 잘 모르고 있는데, 인쇄에 관한 권리와 돈의 흐름을 영지 안에 침투시키고, 그것을 다른 영지에도 퍼트리고 싶다고 생각하고 있다.

내 말을 들은 질베스타가 고개를 끄덕였고, 지크린데를 보며 미소를 지었다.

"아직은 언제가 될지 확실히 말할 수 없지만, 다른 영지로 내보낼 때가 오면 단켈페르거에 제일 먼저 말씀드리겠다는 약속은 할 수 있습니다."

"그러시군요. 기대하도록 하겠습니다. 그리고, 이쪽이 궁금한 것은 페르네스티네 이야기에 관한 것입니다만…… 1권을 읽어보니 로제마인 님이 페르네스티네의 모델이고, 에렌페스트에서 괴롭힘을 당하고 계신 것처럼 보이더군요."

진짜 모델이 누구인지 알고 있는 질베스타는, 심각해 보이는 표정의 지크린데 앞에서 웃음이 나오지 않도록 은근슬쩍 손으로 입을 가리고서 계속 말하라고 했다.

"귀족원에서 이야기를 모으고 책을 빌려주기 시작한 것도 로제마인 님이시라고 알고 있기에, 이야기 속에 숨겨서 구원을 바라는 로제마인 님의 목소리가 들리는 것처럼 느껴졌습니다. 영주회의에서 들려오는 에렌페스트에 관한 소문은 좋은 것이 거의 없습니다. 페르디난드 님을 구출하려고 폭주했던 단켈페르거가, 이번에는 로제마인 님을 구출하기 위해 같은 과오를 저지르지 않도록 고삐를 단단히 쥐어야만 합니다."

……그건 정말 고마운 얘기이긴 한데…….

아무래도 이 자리에서 '페르네스티네의 모델은 제가 아니라 페르디난드 님인데요'라고 말할 수도 없고, '페르디난드가 왕명으로 아렌스바흐에 가게 돼서 비탄에 잠겨 있던 엘비라가 원고에 격정을 터트린 결과거든요'라는 말은 더더욱 할 수가 없었다.

"2권을 읽으면 그런 감상은 사라지실 거라고 생각합니다. 다른 영지에 빌려드릴 때는 1, 2권을 동시에 빌려드리도록 해야겠군요. 친절한 충고, 정말 감사합니다."

"1권이 중간에 끝나버려서 아쉬웠는데, 그렇게 하시면 기뻐하시는 분도 많겠죠. 정말이지, 다음 이야기가 너무나 궁금합니다."

한넬로레가 얼마나 기대했는지 말하면서, 에렌페스트의 책을 칭찬해줬다. 하지만 잘 생각해보니 페르네스티네 이야기가 3권에서 끝나는 이야기라는 말을 안 한 것도 같은데. 2권을 기대하는 한넬로레에게 조용한 목소리로 말했다.

"저, 한넬로레 님. 사실 페르네스티네 이야기는 3권이 끝입니다."

"세상에……."

뺨에 손을 얹고, 한넬로레가 절망한 표정을 지었다.

# 아렌스바흐와의 사교

바로 다음 부분을 읽고 싶지만 차라리 끝날 때까지 기다리는 게 좋을지 심각하게 고민하기 시작한 한넬로레 옆에서, 단켈페르거의 제1부인은 질베스타와 책 판매 방법에 대해 이야기를 하고 있다.

……예전에 영지 대항전이 영주회의의 전초전이라고 들은 적이 있는데, 영주회의에서도 이런 느낌으로 얘기하는 걸까?

주위에 있는 문관들을 슬쩍 보면서 그런 생각을 하고 있는데, 경쾌한 목소리가 끼어 들어왔다.

"즐겁게 대화하시는 중에 죄송합니다만, 인사만이라도 드려도 괜찮을까요."

페르디난드와 디트린데가 왔다. 페르네스티네의 모델이 등장하자 질베스타의 입가가 움찔, 하고 움직였다. 평소 같았으면 페르디난드가 "무슨 꿍꿍이가 있는 거지?"라고 말했겠지만, 오늘은 아무 말도 없이 웃는 얼굴로 디트린데의 반걸음 뒤에 서 있었다.

……안색, 진짜 안 좋다!

페르디난드의 안색이 너무 안 좋은데, 잠이 부족한 얼굴이다. 억지로 웃는 표정을 지어도 숨기지 못할 정도로. 온화해 보이는 가짜 웃음이 화난 것처럼 보이기도 하는 건, 디트린데가 기분을 상하게 하는 짓이라도 했기 때문일까.

"약혼자와 같이 인사하기 위해 모든 영지에 들러야 하거든요. 제가 너무 바쁘고 또 바빠서…… 단켈페르거의 제1 부인도 이쪽에 계시다니, 정말 다행이네요."

……아아, 페르디난드 님의 미소가 더 짙어졌다.

디트린데는 나와 질베스타만이 아니라, 단켈페르거의 두 사람과도 말하기 시작했다. 공동 연구에 관한 이야기다.

"단켈페르거와 에렌페스트의 공동 연구도 상당히 흥미로워서 많은 사람이 모여 있는 것 같습니다만, 페르디난드 님의 제자에 의한 아렌스바흐의 연구도 훌륭하답니다. 꼭 한 번 와서 봐주세요."

디트린데가 공동 연구를 어필하는 모습을 슬쩍 본 뒤에, 페르디난드가 나와 질베스타 쪽으로 다가왔다. 나는 질베스타한테 잠깐 실례하겠다는 말을 한 뒤에 자리에서 일어나, 최대한 우아하게 보이려고 노력하면서 빠른 걸음으로 페르디난드 쪽으로 다가갔다.

"페르디난드 님, 오랜만…… 에베으이아!"

재회와 동시에 볼을 꽈악, 하고 꼬집는 이유를 모르겠다. 오랜만에 느껴보는 아픔에 눈물이 찔끔 나오려는 걸 참으면서 올려다봤더니, 페르디난드의 얼굴에서 억지 미소가 사라져 있었다. 얼어붙을 것처럼 차가운 눈빛으로 날 노려 보는 페르디난드의 미간에는 선명한 주름이 새겨져 있었다.

……왜 화가 난 거야?! 나, 아직 화낼 것 같은 보고는 안 했는데?!

"그대에게 하고 싶은 말이 산더미처럼 많지만, 여기서는 자제하도록 하겠다."

"그럼 볼을 꼬집는 것도 자제해 주세요."

"흐음. 앞으로는 고려하도록 하지."

내가 뚱해서 "고려하는 게 아니라 실행해 주세요"라고 말하면서 째려봤더니 페르디난드는 흥, 하고 콧방귀를 뀌었다. 틀림없이 다음에도 꼬집을 것 같다.

"단켈페르거가 이쪽에 있는 것을 봤기에 이렇게 왔다. 그 망토는 가지고 있나?"

"물론이죠."

내가 고개를 돌려서 리카르다 쪽을 봤더니, 바로 파란 망토를 꺼내 줬다. 페르디난드는 그걸 받더니, 지크린데 뒤에 대기하고 있는 사람 쪽으로 걸어갔다.

"하이스히체를 불러주겠나?"

기사 중에 한 사람이 올도난츠를 보내자, 바로 하이스히체가 이쪽으로 달려왔다. 디터를 하는 게 아닌데도 살짝 흥분했고 엄청나게 기뻐 보이는 얼굴이었다.

"페르디난드 님, 약혼 축하드립니다. 신전을 나오셨다는 말을 듣고 제가 다 기뻐졌습니다. 제가 제안해서 첸트께 부탁드렸습니다."

······제일 쓸데없는 짓을 한 사람이다!

나는 약혼을 축하하는 하이스히체를 향해, 마음속에서 타오르는 분노가 겉으로 드러나지 않도록 조심하면서, 미소를 지었다. 나만 그런 게 아니야. 페르디난드도 아주 부드러운 가짜 미소다.

"그래, 단켈페르거를 비롯한 많은 이들이 더할 나위 없는 환경을 얻을 수 있도록 협력했다고 들었네. 자네들의 분투 덕분에 나는 베로니카 님의 손녀인 디트린데 님과 연을 맺게 됐다. 도저히 말로 다 표현할 길이 없을 정도로 기쁘군."

"어머나, 페르디난드 님도 참. 저를 그렇게까지 칭찬해 주시다니."

쑥스러워하는 얼굴이 된 디트린데에게, 주위에 있는 사람들이 축하의 말을 건넸다. 그런 와중에, 하이스히체 혼자만 얼굴이 새파래졌다.

······아, 알고 있구나. 베로니카 님이 페르디난드 님을 괴롭혔던 일을.

한 사람만 반응이 다르다는 걸 알아차리고, 나는 하이스히체를 주시했다. 페르디난드의 성격을 생각해봐도 자기 입으로 괴롭힘 당했다는 말을 하지는 않았겠지. 유스톡스나 에크하르트, 아니면 힐쉬르 같은 주변 사람들한테 들었을지도 모른다. 최소한 그 사람은 에렌페스트에서도 일부 사람들밖에 모르는 정보를 얻을 수 있을 만큼 가까운 사람일 테다.

"지금 나는 아렌스바흐에서 디트린데 님을 도와드려야 하는 처지이기에, 앞으로 그대와 디터를 할 수 없게 됐다. 언제까지고 기다리게 할 수는 없으니, 이건 돌려주겠다."

페르디난드는 상냥하게 웃는 얼굴을 유지한 채로, 파란 망토를 하이스히체의 손에 쥐여줬다.

"이것은······."

하이스히체는 자기 손으로 돌아온 파란 망토와 페르디난드를 멍한 표정으로 번갈아 가며 쳐다봤다. 신전에 들어갈 때도 돌려주지 않았던 망토를 굳이 지금에 와서 돌려주는 의미를 알아차렸겠지.

"잘 됐군. 소중한 망토가 돌아와서."

"부인도 꽤나 기뻐하겠지."

단켈페르거의 기사들이 하이스히체의 어깨를 두드리며 웃었다. 뒤쪽에서 어깨를 두드리고 있는 기사들한테는, 핏기가 싹 가셔버린 하이스히체의 얼굴이 안 보이겠지. 주위 사람들의 "잘 됐다"라는 말을 듣고 얼굴이 완전히 굳어진 하이스히체에게, 페르디난드가 훗, 하고 웃어 보였다.

"오랫동안 빼앗긴 채로 있던 망토가 돌아오지 않았나. 좀 더 기뻐하는 것이 어떤가, 하이스히체?"

웃는 얼굴과 반대로 엄청나게 차가운 목소리가, 마치 "약혼 축하할 때처럼 좋아하란 말이다"라고 말하는 것처럼 들렸다. 차가운 목소리의 주인을 일단 한 번 쳐다본 하이스히체는, 고개를 숙인 채 망토를 세게 움켜쥐고는 어색한 미소를 지었다.

"설마 이 망토가 돌아오리라고는 생각도 못 했습니다. 아내도 기뻐하겠지요."

의도치 않게 자신을 최악의 상황으로 몰아넣는 일을 도와줬다는 걸 깨달은 하이스히체와, 사죄조차 용납하지 않고 기뻐하라고 강요하는 페르디난드 사이에 끼어든 사람이 있었다.

"어머나, 그렇게 소중한 망토를 어째서 페르디난드 님이 가지고 계셨던 건가요?"

긴박한 분위기를 전혀 파악하지 못한 것 같은 디트린데가, 흥미롭다는 것처럼 눈을 반짝이며 하이스히체를 봤다. 그랬더니 주위에 있는 기사들이 앞다투어 그 일의 발단에 관해 얘기하기 시작했다.

"……그렇게 해서, 하이스히체는 귀족원 시절부터 망토를 돌려받기 위해 계속 도전했습니다."

"어머나! 부인 되실 분의 망토를 빼앗다니, 정말 너무하네요! 저는 페르디난드 님이 그렇게 냉혹하신 분인 줄은 몰랐어요."

"아니, 그게, 페르디난드 님은 돌려주겠다고 말씀하셨지만, 하이스히체가, 디터에서 이길 때까지는 안 받겠다고 해서 말이죠."

놀리는 투로 말하는 기사들의 이야기를 진심으로 받아들이고서 약혼자에게 따지기 시작한 디트린데를 보고, 기사들 쪽이 깜짝 놀라서 서로 얼굴을 마주 바라봤다. 아마도 그 사람들 사이에서는 웃기는 이야기의 중의 하나였겠지. 하지만 디터의 계기를 만들기 위해서 약혼자의 망토를 다른 사람에게 맡기는 건, 보통은 이해하지 못 하는 일이다.

"그래도, 마음을 담아서 수를 놓은 망토를 빼앗기다니……."

"괜찮습니다. 단켈페르거 사나이는 몇 번이고 도전하니까요."

뭐가 괜찮은지는 모르겠지만, 기사들이 디트린데에게 디터의 로망에 대해 뜨거운 말투로 설명하기 시작했다. 페르디난드는 약혼자를 기사들에게 맡겨두고는 은근슬쩍 한 발짝 뒤로 물러나더니, 조용히 등을 돌렸다.

그대로 테이블 쪽으로 돌아오더니, 질베스타에게 "시끄럽게 해서 미안하군"이라고 사죄한 뒤에 단켈페르거의 제1 부인과 한넬로레에게 인사를 했다.

"페르디난드 님, 이쪽으로 앉으시지요."

디트린데가 이야기에 빠져 있는 모습을 본 브륀힐데가 지시를 내리자 바로 페르디난드의 자리가 준비됐고, 차와 과자가 나왔다. 동시에 질베스타의 차와 과자도 새로 바꿔줬는데, 질베스타는 그것을 한 입씩 입에 넣었다.

"아, 에렌페스트의 맛이군."

차를 한 모금 마신 페르디난드가 진심 어린 목소리로 그렇게 말했다. 아렌스바흐에서는 일상적으로 마시는 차도 종류가 다른가 보다. 페르디난드가 가장 좋아하는 찻잎이 들어간 카트르 카르도 준비했지만, 그건 바로 측근들에게 내려줬다.

"유스톡스, 에크하르트. 오랜만에 고향의 맛이다. 그대들도 맛보도록.”

“정말 감사합니다.”

페르디난드로서는 아직 안심할 수 있는 에렌페스트의 공간 안에 있는 사이에, 두 사람에게 잠깐이나마 휴식을 주려는 의미도 있겠지. 유스톡스와 에크하르트가 접시를 받아들고 조금 뒤로 물러났다. 아렌스바흐에서 같이 온 호위기사들을 등 뒤에 세워놓은 페르디난드는, 천천히 차를 마시면서 지크린데 쪽으로 시선을 보냈다.

“조금 전에 에렌페스트와의 공동 연구를 보고 왔습니다만, 단켈페르거에 그렇게 오래된 의식이 아직도 남아 있다는데 놀랐습니다. 이번 연구에서 축복을 얻는 데 성공한 것에 대해, 참으로 훌륭하다고 생각합니다.”

오래된 의식 자체는 알고 있었지만, 귀족원에서 루펜이 가르치고 있다는 건 모르고 있는 것 같은 페르디난드의 말을 듣고, 나는 고개를 갸웃거렸다.

“페르디난드 님은 단켈페르거의 의식에 대해 모르셨나요? 그때도 루펜 선생님은 계셨죠?”

페르디난드가 간결하게 “모른다”라고 말하며 고개를 저었더니, 한넬로레가 가르쳐줬다.

“저도 이번 연구 과정에서 처음으로 알게 됐는데, 기사 코스 선생님 한 분이 퇴임하시고 루펜 선생님이 교편을 잡게 되면서 가르쳐주셨다는 것 같아요.”

“젊은 세대라면 어느 영지에서나 알고 있는 춤 같더군요. 견학하는 손님은 성인이 된 기사들에게도 가르쳐서 마수 사냥을 조금이나마 편하게 해주고 싶다고, 그런 이야기를 나누고 계셨습니다. 단켈페르거의 영향력이 더 강해지는 것은 아닐까요."

페르디난드가 그렇게 말했더니, 질베스타도 고개를 크게 끄덕였다.

"에렌페스트에서도 내년 겨울의 주인 토벌까지는 어떻게든 배우고 싶습니다."

질베스타의 말에 의하면, 우리한테서 정보가 들어온 뒤에 시험해 봤지만, 올해는 축복을 얻는 데 성공하지 못했나보다. 주력 기사들 태반이 춤을 배우는 것부터 시작해야 해서 당장 축복을 얻을 수는 없다.

"단켈페르거 기숙사에서도 의식 성공률은 80% 정도입니다. 영지의 성인들은 대부분 성공하게 됐죠. 의식의 성공률이 봉납하는 마력의 양에 따라 달라지는 건 아닌지, 라고 생각하고 있습니다."

지크린데의 말에 의하면, 귀족원에서 얻은 정보를 이용해서 영지에서도 축복을 얻기 위한 의식을 치르고 있다. 그때마다 디터가 벌어졌고, 효율적으로 봉납하려면 신구를 얻는 게 좋을 것 같다고 해서, 아우브를 비롯한 기사들이 잔뜩 신전으로 몰려간 탓에 상당히 큰일이 났다.

"그것참, 신전 쪽의 마음고생이 심했겠군요. 그렇지 않은가, 로제마인? 그때라면 마침 봉납식 시기였을 텐데?"

페르디난드의 말에, 나는 내가 단켈페르거의 신전장이라면······ 하고 생각해봤다. 지금까지 귀족들이 전혀 신경도 쓰지 않았던 신전, 그것도 봉납식이 한창인 시기에 '신구를 내놔라'라면서 아우브를 비롯한 기사들이 잔뜩 몰려왔다. 심장이 마비돼서 저 높은 곳으로 가는 계단을 올라가게 돼도 이상하지 않을 거야.

"정말이지, 그때는 이 무슨 엄청난 일을, 이라고 생각하면서 로제마인 님을 원망하고 싶은 심정이었습니다."

……미안해요. 정말로 미안해요. 그럴 생각은 없었어요.

조금 먼 곳을 보고 있는 지크린데와 여기 없는 단켈페르거의 신전 장에게 마음속으로 열심히 사과하고 있는데, 페르디난드가 날 노려 봤다.

"로제마인을 원망한다는 것이 무슨 뜻이지?"

"힉……. 저기, 그건……."

"단켈페르거가 멋대로 폭주했을 뿐이고 로제마인 님은 아무런 잘 못도 없습니다."

나도 모르게 완전히 굳어져 버린 나 대신 잘 수습해줘서 "역시 한넬 로레 님이야!"라고 감동할 수 있었던 건 아주 짧은, 한순간뿐이었다.

"축복을 얻을 수 있게 된 것은 로제마인 님의 공적입니다. 단켈페르 거에서 형식적인 일이 되어버렸던 의식을 로제마인 님이 따라하시고 라이젠샤프트의 창으로 마력을 봉납한 순간, 축복의 빛의 기둥이 생 겨났습니다. 그때 강력한 축복을 얻었기 때문에, 단켈페르거는 의식 을 부활시키려고 몸이 달아 있습니다."

……끄아아아아아! 한넬로레 님, 그만! 페르디난드 님의 눈이 무 서워!

"호오? 편지에는 그렇게까지 상세하게 적혀 있지 않았었는데, 로제 마인이 크게 활약했었군요."

"예. 로제마인 님이 하셨던 에렌페스트의 봉납식도 정말 훌륭했어 요. 첸트도 기뻐하셨답니다."

……제발. 정말, 진짜로 그만해.

봉납식에 관해서는 혼나지 않으려고 무난한 부분만 적었었는데, 저 녁 식사 전에 혼날 것 같은 요소가 늘어나는 건 정말 곤란하단 말이다.

"페, 페르디난드 님! 모든 영지에 인사하러 가셔야 하니 매우 바쁘시죠?! 더 붙잡아 두는 건 죄송……."

"걱정하지마라 로제마인. 디트린데 님이 움직이지 않는 한은 어떻게든 시간을 낼 수 있다. 그보다, 나는 그대가 대체 뭘 했는지를 알고 싶군. 편지만 가지고는 알 수 없는 부분도 많았으니까."

숨기는 일이 잔뜩 있는 것 같다고, 눈이 그렇게 말해주고 있다. 질베스타와 한넬로레한테서 이야기를 들으려고 하는 페르디난드 때문에 몸에서 핏기가 싹 가시는 기분이 들었다. 질베스타한테는 상세한 보고서를 제출했고, 한넬로레는 사고 칠 때 거의 같이 있었으니까.

……큰일 났다. 누가 좀 도와줘!

"이쪽은 무슨 이야기를 하고 계셨나요?"

기사들과의 이야기가 일단락됐는지, 디트린데가 테이블 쪽으로 왔다. 한넬로레가 생긋 미소를 지으면서 "공동 연구 이야기였습니다"라고 대답했더니, 짙은 녹색 눈동자가 반짝 빛났다.

"아렌스바흐의 연구는 페르디난드 님의 제자들에 의한 것이고, 도서관의 마술구를 얼마나 적은 마력으로 움직일 수 있을지에 착안하면서 시작했습니다. 정변 이후에 중급 귀족 솔랑쥬 선생님 혼자서는 불가능했던 마술구를 유지하기 위한 연구고, 자료 보존이라는 관점에서 왕족분들도 상당히 주목하고 계신답니다."

……그거, 내가 쓴 보고서 그대로잖아. 게다가 '개인이 도서관을 소유하기 위해서는 상당히 유익하고 없어서는 안 될 연구'라는, 가장 중요한 부분이 빠져 있는데 말이다.

"정말 죄송합니다만, 디트린데 님. 저희가 이야기하던 것은 단켈페르거와 에렌페스트의 공동 연구에 대한 것이었습니다."

지크린데가 아렌스바흐의 연구에 대해서는 딱히 물어보지도 않았고 화제로 삼지도 않았다고 지적했더니, 디트린데는 "어머나!" 소리를 내면서 눈이 휘둥그레졌다.

　"아렌스바흐의 연구에 관해 설명해주시지 않으면 곤란하답니다, 페르디난드 님."

　……예?

　얼빠진 표정을 지은 사람들의 주목하는 속에서, 인사하러 다니느라 바쁘다던 디트린데는 에렌페스트의 견습 시종들에게 자리를 준비하라고 하더니, 아렌스바흐의 연구를 자랑하기 시작했다.

　"그래서, 목소리를 녹음하는 마술구도 있는데, 저는, 아렌스바흐의 연구 덕분에 뜨거운 사랑 이야기를 듣고 있답니다. 호호호……."

　뜨거운 사랑을 말하는 건 스밀 인형이잖아요, 라고 마음속에서나 한마디 하는 나랑 다르게, 지크린데는 확실하게 소리 내서 말했다.

　"아렌스바흐의 연구가 아니라, 에렌페스트와의 공동 연구라고 말씀하셔야 하지 않으실까요? 그다지 좋게 들리지 않는군요."

　"어머나, 제 약혼자인 페르디난드 님의 제자에 의한 연구니까, 아렌스바흐의 연구나 마찬가지랍니다."

　지크린데의 웃는 얼굴에 뭐라 말로 표현할 수 없는 곤혹스러운 기운이 섞였다. 나를 슬쩍 보는 눈이 '연구 성과를 빼앗긴 건 아닌가?'라고 묻고 있었다. 단켈페르거와는 확실하게 교섭했으면서 대체 뭘 하는 거냐, 라고 생각하는 걸까. 여기서 아렌스바흐한테 한 방 먹었다는 것처럼 보여서는 안 돼. 나는 지크린데한테 빙긋 웃어 보였다.

　"아렌스바흐와 에렌페스트의 공동 연구가 어떤 것인지, 부디 직접 확인해주세요. 제 견습 시종과 견습 기사들이 열심히 했답니다."

"……견습 문관도 아니고? 공동 연구인데 말이죠?"

지크린데가 한층 더 곤혹스럽고 이해할 수 없는 표정을 지었다. 영지 대항전에서 전시하는 연구는 견습 문관들이 하는 것이 당연한 일인데, 마술구를 귀여운 인형으로 만든 건 리젤레타고, 사랑의 말을 녹음한 건 라우렌츠니까, 거짓말은 하나도 안 했다.

"귀여운 스밀 인형이 에렌페스트의 표식입니다."

"맞아요, 로제마인 님의 말씀을 듣고 생각이 났네요. 페르디난드 님께 부탁드리려고 생각했었는데."

탁, 하고 손뼉을 친 디트린데가 '페르디난드 님'한테 말을 걸었다. 나와 지크린데에게 디트린데의 자랑을 들어주는 역할을 떠넘기고, 질베스타와 한넬로레한테 이것저것 캐묻기 시작하려는 때에 디트린데가 부르자, 페르디난드는 억지로 웃으면서 "무슨 일이지?"라고 말하며 고개를 갸웃거렸다.

"조금 전에도 말씀드린 것처럼, 저는, 그 스밀이 갖고 싶어요. 라이문트도 페르디난드 님도, 로제마인 님 것이라고 하셨잖아요? 그러니까, 쾌히 양도해주실 수 있도록 부탁해주세요. 제 부탁, 들어주실 거죠?"

사랑의 말을 속삭이는 스밀이 갖고 싶어서 일단 라이문트와 페르디난드한테 부탁했다가 거절당한 것 같다. 페르디난드는 물론이고, 그 자리에 있는 모든 사람이 눈을 반짝이면서 디트린데를 주목했다.

"에렌페스트가 준비한 전시물, 말씀이시죠?"

지크린데가 의아하다는 것처럼 물어봤고, 나는 오해하지 않도록 확실하게 고개를 끄덕였다. 그건 전시를 마친 뒤에 레티치아에게 선물하기 위한 스밀이니까, 갖고 싶다고 하면 곤란한데 말이다.

"정말 죄송합니다만, 그것은 보내드릴 곳이 정해져 있습니다."

"그렇다면 그분과 교섭하겠어요. 어느 분께 양도하시기로 하셨나요?"

절대로 물러나지 않겠다는 자세를 보인 디트린데에게, 한넬로레가 쭈뼛쭈뼛 말을 걸었다.

"저, 디트린데 님. 스밀 인형이라면, 본인의 시종에게 만들게 하시면 되지 않을까요?"

"설마 아렌스바흐의 시종 중에 인형을 만들 수 있는 이가 없다는…… 그런 이야기는 아니시겠죠?"

지크린데의 추가 공격에 디트린데가 팩, 하고 고개를 돌리고는 턱을 치켜들었다.

"보통 인형이라면 그리 하겠죠. 하지만, 그건 전시품이라는 것만 봐도 알 수 있겠지만, 마술구랍니다. 설계도와 권리를, 로제마인 님이 차기 아우브인 저보다 먼저, 라이문트에게서 빼앗으셨습니다. 공동 연구라는 이유로 제게 상담도 하지 않고. 정말 곤란하군요."

"연구자로부터 매입은 본인과 직접 하는 것이지, 차기 아우브의 허가는 물론이고 현 아우브의 허가도 필요 없는 일이 아니던가요. 저는 라이문트에게 제대로 대금을 지불해서 사들였지, 빼앗은 게 아닙니다."

나는 바로 반론했다. 부정하지 않으면 디트린데의 주장이 맞는 말이 돼버리니까. 지크린데의 표정은 아주 미묘해졌고, 천천히 주위의 반응을 둘러본 페르디난드가 얼핏 보면 달콤해 보이는 미소를 지었다.

"디트린데 님. 보낼 곳이 정해진 물건을 그렇게 조르시면 주위 사람들이 난처해집니다."

분위기 좀 파악해가면서 고집을 피우라는 말인데, 디트린데한테만은 통하지 않은 것 같다. 디트린데가 불만이라는 얼굴로 페르디난드를 노려봤다.

"페르디난드 님, 제가 갖고 싶다고 말하고 있지 않나요. 약혼자라면 그 정도 바람은 이뤄주셔야 하지 않을까요."

"……마술구를 손에 넣고 싶다는 말씀이시라면, 제가 아렌스바흐에 공방을 얻은 뒤에 만들어드리겠다고 약속하겠습니다. 로제마인. 미안하지만 공방을 얻으면 설계도를 보내줬으면 싶다."

……마술구를 만들 테니까 공방을 달라는 말인가요.

떼쓰는 디트린데한테 대답하는 척, 자신의 숨겨진 밤 경 공방을 손에 넣으려는 페르디난드의 의도를 눈치채고, 나도 웃는 얼굴로 지원해줬다.

"페르디난드 님이 공방을 얻으시면 꼭 연락을 주세요. 바로 편지로 설계도를 보내드리겠습니다."

"어머나, 약혼자께서 직접 만들어주시겠다니, 멋지네요. 정말 잘 됐어요."

한넬로레가 미소를 지으면서 잘 수습해줬는데, 디트린데는 기뻐하는 표정을 짓기는커녕 고개를 좌우로 저었다.

"페르디난드 님이 공방을 얻는 것은 성결식 이후의 일이 아닌가요. 아직 한참 남았어요. 저는, 다른 누군가가 손에 넣기 전에, 지금 당장 갖고 싶어요. 로제마인 님은 설계도를 갖고 계시니까 다시 만들면 되겠죠?"

원만하게 수습되려고 하던 분위기가 다시 엉망이 돼버리자 페르디난드는 관자놀이를 가볍게 두드리면서 한숨을 쉬었고, 지크린데와 한넬로레가 불편하다는 얼굴로 서로 마주 봤다.

"디트린데 님은 항상 이런 식으로 에렌페스트에 요구를 하셨나요?"

"당연한 일이 아닌가요. 저는, 아렌스바흐의 차기 아우브니까요."

지크린데가 이마에 손을 얹고 말았다. 그 모습을 본 페르디난드가 한쪽 눈썹을 살짝 들어 올리면서 미소를 지었고, 질베스타도 살짝 어깨를 으쓱거렸다. 그러는 중에, 리젤레타가 내 뒤에서 웅크리고 앉더니 나한테만 들리는 목소리로 말했다.

"로제마인 님, 전시 중인 스밀을 디트린데 님께 드리는 게 어떨까요? 제가, 다시 만들겠습니다."

"리젤레타……."

"페르디난드 님이 난처해하시는 모습을 보는 것도 괴로우시죠?"

나는 고개를 끄덕였다. 나 혼자서는 쉽사리 만들 수가 없지만, 리젤레테가 만들어준다면 페르디난드가 난처한 표정을 짓게 하는 것보다는 스밀을 주는 쪽이 차라리 나을 테니까.

"영지 대항전이 끝나면 드리도록 하겠습니다. 말씀하신 대로, 다른 분께 보낼 것은 새로 만들도록 하죠."

"어머나, 정말 기쁘군요."

디트린데가 화색이 감도는 목소리를 내며 기뻐했고, 페르디난드는 "미안하구나, 로제마인"이라면서 나한테 사과했다.

"페르디난드 님은 신경 쓰지 마세요. 제 시종은 정말 재주가 좋으니까, 또 새로운 걸 만들어 줄 거예요."

"하지만……."

페르디난드가 이런 표정을 짓게 하려던 게 아닌데, 마음대로 안 된다. 어떻게 해야 좋을지 생각하고 있는데, 한넬로레가 빙긋 미소를 지었다.

"저는 아직 못 봤지만, 그 스밀이 에렌페스트의 새로운 유행이 될지도 모르겠네요."

분위기를 풀어주려고 하는 한넬로레의 말에 지크린데가 미소를 지으며 고개를 끄덕이더니, 스밀에서 머리 장식 쪽으로 화제를 바꿨다.

"그럴 수도 있겠군요. 에렌페스트의 유행이라고 하면 머리 장식인데, 디트린데 님은 사용하지 않으시나요? 레스티라우트가 주문한 머리 장식도 오늘 아침에 봤습니다만, 정말 훌륭하더군요."

"물론 페르디난드 님께서 선물해 주셨답니다. 여러분께는 내일 졸업식에서 보여드리겠습니다. 오늘 사용하게 되면 놀라움이 줄어들겠죠? 내일을 기대해주세요."

아니…… 놀라게 하지 않아도 될 것 같다.

"저는, 차기 아우브로서 창피하지 않은 차림새로 졸업식에 참가할 거랍니다."

디트린데가 자랑스럽게 가슴을 활짝 편 그때, 올도난츠가 날아왔다. 여러 사람이 있어서 누구에게 온 올도난츠인지 알 수가 없어서, 자리에 앉아 있던 사람들이 손을 살짝 앞으로 내밀었다. 그랬더니 하얀 새는 내 손 위에 올라섰다.

"로제마인 님, 이게 대체 어떻게 된 일이죠?! 이런 말이 들어 있다니, 전 그런 보고를 받은 적이 없습니다! 에렌페스트는 아렌스바흐를 속일 생각이로군요!"

머리끝까지 화가 난 프라우렘의 커다란 목소리가 세 번이나 울렸다. 귀를 막고서 들으면 딱 적당한 성량이다. 소리는 들리지만 무슨 말을 하는 건지, 잘 이해가 안 된다.

"자네는 무슨 보고를 게을리 했나?"

"프라우렘 선생님께는 전부 보고 했을 텐데…… 무슨 일이 일어난 걸까요?"

"저, 로제마인 님. 발언을 허락해주실 수 있으십니까?"

리젤레타에게 허가했더니, 아렌스바흐 쪽을 한번 보고서 말했다.

"저, 어쩌면, 말입니다만…… 스밀의 마지막 말 때문이 아닐까요? 뮤리엘라가 오늘 아침에 전시를 위해서 선생님께 가지고 갔는데, 프라우렘 선생님이 처음 한두 마디만 듣고 끝까지 확인하지 않았을지도 모릅니다."

"마지막에 뭐가 있다는 건가? 나는 오늘 아침에 라이문트의 설명을 듣고서 상당히 바보…… 독특한 말을 불어넣었구나, 라고 생각하면서 머리를 감쌌었는데……."

사랑의 말을 줄줄이 늘어놓는 스밀 인형이라는 설명을 듣고, 페르디난드는 처음 한 마디에서 포기했다. 다 해서 열 종류가 있다는 설명을 듣고는, 남자 목소리로 말하는 사랑의 말을 끝까지 듣기 위해서 마력을 더 쓰고 싶지도 않았던 것 같다.

"그 사랑의 말은 귀족원 사랑 이야기에서 발췌한 것들입니다. 그러니까, 마지막에는 귀족원 사랑 이야기를 비롯한 에렌페스트의 책 선전을 넣었습니다."

"책 선전?"

내가 직접 녹음한 선전 문구를 말했더니, "아렌스바흐의 전시품에서 그런 선전이 나오다니……."라고 말하고는, 디트린데가 쌍심지를 돋우고서 자리에서 벌떡 일어났다.

"저는 이만 실례하겠습니다! 다른 영지에도 인사하러 가야만 하니까요! 가시죠, 페르디난드 님."

왜 끝까지 확인하지 않았을까? 라고 생각하면서, 화를 내며 걸어가기 시작한 디트린데의 뒷모습을 보고 있었더니, 페르디난드가 '큭'하는 작은 웃음소리를 흘리면서 자리에서 일어났다.

"그렇게 아렌스바흐의 연구라고 가슴을 활짝 펴고 자랑하던 것에서 에렌페스트의 책 선전이 나왔단 말인가. 정말이지 너는……. 정말로 무슨 짓을 저지를지 예측할 수가 없군."

페르디난드가 걸어가기 시작하면서, "아주 잘 했다"라고 말하며 내 머리에 살짝 손을 얹었다.

# 왕족과의 사교

순간적인 발상으로 책 선전을 넣었을 뿐이니까 그야말로 우연히 듣게 된 '아주 잘 했다'지만, 어쨌거나 칭찬은 칭찬이니까.

……아주 잘 했다, 였다. 우흐흥.

마지막에 살짝 웃었던 페르디난드의 표정과 내 머리에 살짝 올려놨던 손의 감촉을 떠올리면서 기쁨에 잠겨 있는데, 한넬로레가 날 보면서 이상하다는 얼굴로 자기 뺨에 손을 댔다.

"로제마인 님은 꽤나 기쁘신 것 같네요."

"맞아요. 아주 잘 했다는 말을 들었으니까요. 페르디난드 님은 기숙사생 전원이 이론 첫날 합격을 달성한다든지, 단 한 번도 성적이 떨어지지 않고 가장 빠른 속도로 강의를 마치는 정도의 성과를 이루지 않으면 아주 잘 했다고 칭찬해 주지 않아요. 아렌스바흐로 가버리셔서 이제 편지로밖에 칭찬받을 방법이 없다고 생각했었는데, 정말 기쁘네요."

나는 '그거 잘 됐군요'라는 흐뭇한 느낌의 반응을 기대했는데, 지크린데와 한넬로레는 굳은 얼굴이 돼버렸다.

"왜 그러시죠?"

"……아닙니다. 상당히 엄한 지도라서 놀랐을 따름입니다."

지크린데가 곤란하다는 것처럼 웃으면서, 간신히 말을 짜내는 것처럼 그렇게 말했다. 어제오늘 일이 아니라서 이젠 감각이 완전히 마비돼버렸지만, 페르디난드의 지도는 '아주 잘 했다'가 아니라 '아주 엄격한'이었던 것 같다.

아…… 어쩌면 내가 또 괴롭힘 당할 거라고 생각한 걸까?!

"저, 저기, 이상하게 들릴지도 모르겠지만, 익숙해지면 괜찮아요. 아렌스바흐로 가기 전에는 이별을 아쉬워해서 그랬는지, 과제를 마칠 때마다 제가 읽어본 적 없는 새로운 책을 읽게 해주셨거든요. 사실 페르디난드 님은 아주 상냥한 분이세요."

……조금 엄하긴 하지만, 무섭지는 않아.

내가 열심히 페르디난드가 상냥하다는 걸 어필하고 있었더니 질베스타가 큭큭, 하고 웃으면서 손을 살짝 흔들었다.

"그 읽어본 적 없는 책을 읽는 것이 다음 과제니까, 그걸 상이라고 생각하는 로제마인이 아니라면 페르디난드의 지도를 쉽게 따라갈 수가 없겠지."

……뭐라고?! 실기 과제가 끝나면 '내일까지 읽지 않으면 다음 과제가 시작된다'라는 말과 함께 책을 줬기에 페르디난드 님이 주는 상이라고 생각했는데! 설마 그게 과제였던 거야?!

처음으로 알게 된 충격적인 사실 때문에 눈이 휘둥그레져 있는데, 검은 망토 집단이 이쪽으로 다가오는 게 보였다. 선두에 있는 사람은 아나스타지우스다. 작년에는 같이 있었던 에그란티느가 안 보이는 건, 교사로서 할 일이 있기 때문일까. 좀 아쉽다.

"어머나, 왕족이 오셨군요. 인사를 마쳤으니 저희는 이만 실례하겠습니다."

지크린데와 한넬로레가 일어났고, 왕족에게 자리를 양보하려고 했다. 그랬더니 아나스타지우스가 슥, 하고 손을 들었다.

"잠깐. 단켈페르거의 제1 부인에게도 얘기할 것이 있다."

인사를 했지만 물러나는 것을 허락하지 않아서, 단켈페르거에서 온 두 사람은 다시 자리에 앉고 말았다. 둥근 테이블에서 아나스타지우스의 오른쪽에 질베스타, 왼쪽에 지크린데 그리고 내 왼쪽에 질베스타, 오른쪽에 한넬로레가 앉았다.

"로제마인, 미안하지만 그 바람의 방패를 칠 수 있나? 그 상태에서 범위 지정 도청 방지 마술구를 사용하겠다. 자네들은 물러나도록."

아나스타지우스가 자기 시종들에게 마술구를 준비시키는 한편, 나는 슈첼리아의 방패를 쳤다. 딱히 해를 끼칠 생각이나 적개심이 없어서 그랬겠지. 근처에 있는 사람 중에 방패가 튕겨낸 사람은 아무도 없었다. 그래도 차나 과자 준비를 마친 시종들은 물론이고 호위기사도 도청 방지 마술구 밖으로 나가라고, 아나스타지우스가 말했다.

"호위기사도 물리시는 겁니까?"

"……그래. 그대들이라면 이유를 알겠지."

지난번 디터에 난입했던 중앙 기사단 얘기겠지. 보고가 제대로 들어갔는지, 지크린데도 질베스타도 고개를 끄덕이고서 측근들을 물렸다. 측근들이 전부 나간 걸 보고, 지크린데가 제일 먼저 입을 열었다.

"꽤나 엄중하십니다만, 무슨 이야기인지요?"

"먼저 그대들에게 하는 고언이다. 나는 몇 번이나 주의하라고 경고했다고 생각하는데, 개선되는 모습이 전혀 보이지 않는다. 보호자를 불러내야 할지 말아야 할지 고민하면서 영지 대항전을 기다리고 있었다. 앞서 클라센부르크와 이야기를 마쳤을 때 그대들이 같이 있는 모습이 보였기에, 이보다 좋은 기회는 없을 거라 생각해서 여기로 왔다."

……그러니까, 한마디로, 문제아의 보호자 호출이라는 거야? 아,

그러고 보니까 작년에는 타니스베팔렌 소동 때문에 보호자 호출이 있었고, 양아버님이 아니라 페르디난드 님이 왔었지. 왠지 그립다.

작년 일이 머나먼 옛날 일 같다는 생각이 들어서 그리운 기분에 잠기면서 주위를 둘러봤더니, 질베스타도 지크린데도 한넬로레도 지금부터 시작될 왕족의 고언을 앞두고, 얼굴이 굳어지고 온몸이 긴장돼 있었다. 주위의 긴박감 때문에, 싫어도 내가 엉뚱한 생각을 했다는 걸 알아차리게 됐다. 나도 서둘러 얌전한 표정을 지었다.

"아무래도 그대들 또한 알고 있겠지만, 단켈페르거와 에렌페스트가 문제를 너무 많이 일으키고 있다. 아무리 귀족원이 아이들의 성장을 위해 부모가 간섭을 자제하는 곳이라고 해도, 좀 더 어떻게 안 되겠나? 특히 로제마인과 한넬로레, 그대들이 입학한 뒤로 매년 문제가 발생하고, 매년 규모가 확대되고 있지 않은가."

우리가 입학하기 전에는 단켈페르거와 에렌페스트 사이에 다툼이 없었고, 복수의 영지를 끌어들이는 싸움도 없었다. 게다가 에렌페스트가 단숨에 순위를 올리지도 않았기 때문에, 중소 영지의 관계가 지금처럼 삐걱대지도 않았다.

"아나스타지우스 왕자님, 질문을 드려도 되겠습니까?"

"뭔가?"

회색 눈동자가 말을 자르지 말라고 말하는 것처럼 노려봤지만, 일단 허가는 받았다.

"단켈페르거와 에렌페스트 사이의 싸움이라는 건 디터를 말씀하시는 건가요?"

"달리 뭐가 있나?"

"그 이유로 저희를 꾸중하신다면 수긍할 수 없습니다."

내가 그렇게 말했더니 질베스타가 "로제마인, 왕족에게 반론하지 마라"라고 말하면서 서둘러 날 말리려고 했다. 안색이 확 달라진 질베스타와 눈을 마주치면서, 나는 고개를 저었다.

"양아버님, 상대가 왕족이건 상위 영지건, 이쪽이 할 말을 일단 주장하지 않으면 상대에게 전해질 리가 없지 않겠습니까. 무슨 말을 들어도 가만히 입을 다물고 있는 탓에 괜한 오해를 사고, 안 좋은 소문이 퍼지고, 그게 진실인 것처럼 되어버립니다. 멋대로 해석하기 전에 주장하는 게 중요하다고 생각하고, 이래 봬도 일단은 상대를 가렸다고 생각합니다."

내가 자리에 앉아 있는 사람들을 둘러보면서 그렇게 말했더니, "상대를 가렸다는 게, 왕족과 단켈페르거란 말이냐?!"라고, 질베스타가 비명 같은 소리를 질렀다.

"예. 아나스타지우스 왕자님은 직접 의견을 주고받지 않고 타인을 통한 탓에 에그란티느 님과 마음을 통하지 못했던 경험이 있으시고, 단켈페르거의 제1 부인과는 조금 전에 정보와 전제조건 공유의 소중함을 같이 이해하지 않으셨던가요."

아무리 그래도 아무한테나 이렇게까지 하는 건 아니다. 질베스타하고는 기준이 다를 수도 있겠지만, 내 나름대로 말을 해도 괜찮을 것 같은 사람을 고른 거야. 기준이 잘못됐을 가능성이 있다는 건 부정하지 않지만.

"로제마인. 그대의 말에도 일리가 있을지도 모르지만, 좀 더 에렌페스트의 처지를 생각하도록 하거라."

"예? 하지만, 아나스타지우스 왕자님이 굳이 측근들을 물리신 건 솔직한 의견을 듣고 싶기 때문이 아니신가요? 처지를 생각해서 입을 꾹 다물고 있기를 바라셨다면 이런 자리를 준비할 필요도 없을 테니까요."

나는 도청 방지 마술구로 구별된 공간과 슈첼리아의 방패를 가리켰다. 아나스타지우스는 엄청나게 골치가 아프다는 표정을 지으면서, 동정심이 가득 찬 눈으로 질베스타를 쳐다봤다.

"아우브 에렌페스트. 그대의 심정은 뼈저리게 이해한다. 허나, 로제마인이 말한 것처럼 내가 바라는 것은 솔직한 의견이다. 그리고 로제마인. 야단맞는 것을 수긍할 수 없다는 말이 무슨 뜻이지?"

"저와 한넬로레 님은 디터를 하고 싶다고 말한 적도, 생각한 적도 없습니다. 그렇죠, 한넬로레 님?"

내가 동의를 구했더니, 한넬로레는 깜짝 놀란 뒤에 "예. 저는, 디터를 바란 적이 없습니다"라고 말하고서 몇 번이나 고개를 끄덕였다.

"1학년 때는 아나스타지우스 왕자님이 잘 아시겠죠? 슈바르츠와 바이스의 관리자를 둘러싸고 레스티라우트 님이 갑자기 덮쳐왔습니다. 그랬더니 루펜 선생님이 디터로 결정하면 된다고 말씀하시지 않았습니까."

2학년 때에는 아우브 단켈페르거가 원인이었다. 영지 대항전에서 단켈페르거의 역사책 인쇄 권리를 갖고 싶으면 디터를 하라고 닦달했고, 페르디난드와 하이스히체가 일대일 승부를 겨루게 됐다. 인쇄 권리는 갖고 싶었지만, 나로서는 가능한 대화로 어떻게든 하고 싶었는데.

3년째에는 왕의 허가를 받은 약혼을 취소하라고, 레스티라우트가 승부를 걸어왔다. 승부를 받아들이지 않으면 아우브에게 상위 대영지로서 압력을 가하겠다고 협박당해서 이런 꼴이 됐다.

"저도 한넬로레 님도 기본적으로 말려들었을 뿐입니다. 꾸짖으시려면 상위 영지라는 입장을 이용해서 거절하지 못하는 에렌페스트에 디터를 걸어대는 단켈페르거의 남성분들을 직접 꾸짖어주세요."

아나스타지우스가 말로 이루 표현할 수 없는 얼굴로 단켈페르거의 제1 부인을 보면서 "다음부터는 거절해라"라고 힘없이 말했다.

"예. 지금까지 계속 상위 영지에는 거절하지 말라는 말을 들어왔습니다만, 조금 전에 지크린데 님께서도 디터를 거절해도 좋다고 허락해주셨으니, 에렌페스트는 두 번 다시 디터를 하지 않겠습니다. 안심해 주세요."

내가 가슴을 활짝 펴고서 "자, 왕족의 허가도 받았으니까 이제 괜찮아요 양아버님"이라고 웃는 얼굴로 말하면서 고개를 돌렸더니, 질베스타는 머리를 쥐어뜯으면서 굳어져 있었다. 왕족과 지크린데한테서 '거절 허가'를 받았으니까 기뻐할 줄 알았는데, 왜 머리를 쥐어뜯고 있는 걸까.

"그리고 이건 에렌페스트만이 아니라 하위 영지를 위한 부탁입니다만, 왕족도 강의 이외의 디터를 위해서는, 간단히 훈련장을 빌려주는 허가를 내주지 말아주세요. 허가를 내주기 전에 사정을 듣는 정도의 배려를 보여주지 않으면, 하위 영지는 거절할 수가 없습니다. 사후에 꾸중 섞인 중재를 할 것이 아니라, 사전에 의사를 확인해주시면 정말 큰 도움이 되겠어요."

디터를 하고 싶어서 미칠 지경인 단켈페르거가 자리를 마련하고, 기사 코스에서 가장 큰 권력을 지닌 루펜이 신이 나서 왕족에게 허가를 받으러 가니까. 그렇다 보니 사실은 승부 따위는 하고 싶지도 않은 하위 영지의 의견은 완전히 묻혀버린다.

"아우브 에렌페스트. 로제마인은 이렇게 말하고 있는데, 정말로 하위 영지는 사전에 의사를 확인하는 쪽이 도움이 되나?"

"그건…… 분명히 도움이 됩니다. 의견을 들어주신다고 해도, 상위 영지와의 관계상 솔직하게 말하지 못하고 승부를 받아들일 수밖에 없는 경우도 있겠지요. 하지만 최소한 왕족께서 지켜주신다는 기분은 느낄 수 있을 테고, 의견을 들어주려 하시는 자세만으로도 감사하게 될 것입니다."

아나스타지우스는 "흐음. 참고하겠다"라면서 고개를 끄덕였다. 이걸로 디터의 희생자가 조금이나마 줄어들겠지.

"그리고 디터에 중앙 기사단이 난입한 건 사과한다. 그 기사단은 첸트를 위해, 왕족이 성녀를 얻게 하기 위해서라고 주장하며 멋대로 행동했다. 단, 힐데브란트가 단켈페르거의 구혼 때문에 곤란해 하는 로제마인을 돕고 싶다고 말한 것은 사실이지만, 힐데브란트의 생각을 왕족의 명령이라고 확대해석한 것은 아닌가? 라고 보는 이도 있다. 물론 왕명이 아닌 데다 중소 영지를 끌어들였으니 처벌 대상인 것에는 변함이 없다. 엄벌에 처할 예정이다."

하지만 갑자기 기사들이 세 명이나 그런 폭거를 저지른 이유를 모르겠다고, 아나스타지우스가 한숨을 쉬었다. 중앙 기사단에서도 중추에 있고 왕이 가장 신뢰하는 이들 중에 세 명이라는 것 같으니까, 그 사람들의 폭주 때문에 가장 크게 충격을 받은 사람은 왕이었다.

난입했던 기사들의 화제에, 나는 질베스타와 서로 마주 봤다. 토루크 이야기를 꺼낼 절호의 기회다.

"아나스타지우스 왕자님, 토루크라는 식물을 알고 계십니까?"

"로제마인! 나중에 해라."

질베스타는 단켈페르거의 두 사람이 동석한 것 때문에 그렇게 말했다. 하지만, 나는 고개를 저었다.

"기회는 지금뿐이라고 생각합니다. 중앙 기사단을 신용할 수 없는 상황에서 유르겐슈미트에 큰 변이라도 일어난다면, 단켈페르거의 기사만큼 믿을 수 있는 이들도 없겠죠. 매사를 디터로 해결하려고 하는 건 곤란하지만, 그 힘은 진짜인 데다 다른 영지의 추종을 불허합니다."

작년에 강습 당했을 때의 신속한 대응과 춤을 이용해서 축복을 받을 수 있게 된 걸 보면, 단켈페르거 쪽에서 사정을 알아두는 쪽이 좋을 것이다. 여기 있는 사람은 모든 걸 디터로 해결하려고 드는 아우브가 아니라, 남자들의 뒤처리와 사전 준비 때문에 바쁘게 뛰어다녀야 하는 지크린데니까.

"제가, 토루크에 대해 그리 자세히 아는 건 아니니까, 설명은 양아버님께 부탁드리겠습니다."

에렌페스트의 내부 사정을 어디까지 말해도 되는지 모르니까, 무난한 이유를 대면서 질베스타에게 발언을 넘겼다.

"나는 토루크라는 것을 들어본 적이 없는데, 단켈페르거는 알고 있는가?"

"아니요, 모릅니다. 어떤 식물인지요?"

지크린데와 아나스타지우스 왕자의 시선을 받으며 위 언저리를 손으로 누르고 있던 질베스타가 결심했다는 것처럼 고개를 들었다.

"토루크란, 말린 것을 불에 태워서 사용하면 달착지근한 냄새와 함께 기억의 혼탁, 환각 증상, 도취감을 느끼게 만드는 등의 강한 작용이 있는 위험한 식물이라고 합니다. ……디터에 난입한 뒤에 아나스타지

우스 왕자님께 인사를 올렸을 때, 잡혀 있던 기사에게서 토루크 냄새
가 났다고, 견습 기사 한 명이 보고했습니다. 중앙의 중추에 토루크를
사용하는 자가 있을 가능성이 크다고 생각됩니다."

아나스타지우스도 지크린데도 눈이 휘둥그레졌다.

"토루크에 대해 자세히 말하라, 아우브 에렌페스트!"

기세 좋게 설명을 요구했지만, 질베스타는 천천히 고개를 저었다.

"에렌페스트도 자세히는 모릅니다. 에렌페스트 내에서 다른 영지
와 내통했던 반역자가 밀회 장소에서 사용했고, 반역의 증거가 되는
기억을 잃어버린 적이 있습니다. 이번에 알아차린 견습 기사는 양친
과 함께 그 밀회에 불려갔고, 미성년이라는 이유로 바로 그 자리를 벗
어난 자였습니다. 여름인데도 난로를 피워뒀고 달콤한 냄새가 방안에
충만해 있었다는 그자의 증언과 반역자들의 기억 혼탁 때문에 문관
중의 한 명이 토루크 때문이 아닐까, 라고 생각했습니다."

그렇게 생각한 문관은 나이가 쉰 살이 넘었고, 그 사람이 귀족원에
재학하던 기간에 퇴임했던 약초학 선생님께 배웠다.

"근처에는 없으니까 쓰이는 일은 없겠지만 일단은 기억해두라고,
그렇게 배웠다고 합니다. 원산지도 모르고 에렌페스트에는 존재하지
않는다고도 말했습니다. 그 사람보다 나이가 많은 문관 중에서 특수
한 약초에 관한 강의를 들은 이에게 자세한 이야기를 물어보거나, 중
앙의 방대한 자료에서 찾아보는 것이 좋을 것 같습니다. 에렌페스트
에는 이 이상의 정보는 없습니다."

아나스타지우스는 "그런가"라고 말하면서 고개를 끄덕이고, 눈에
힘을 주고 질베스타를 봤다.

"아우브 에렌페스트. 반역자가 다른 영지와 내통했다고 했는데, 그

영지가 어디인가? 그것이 가장 중요한 정보가 될 것이다."

이 자리에 긴장이 감돌았다. 몇 초 동안 침묵한 뒤에, 질베스타가 입을 열었다.

"……제 누이 게오르기네가 제1 부인으로 군림하는 아렌스바흐입니다."

무거운 침묵이 퍼져나갔다.

"아나스타지우스 왕자님, 제가 전해드릴 수 있는 정보는 이상입니다."

"……협력에 감사한다. 에렌페스트의 공헌은 정말 헤아릴 수 없을 지경이군."

아나스타지우스가 후, 하고 숨을 내쉬었다. 그 뒤에 지난번 봉납식에서 얻은 마력 덕분에 여러 가지 중요한 마술구를 움직일 수 있게 됐다고 가르쳐줬다. 여러 곳에 마력을 쏟아 넣어서, 첸트도 요 며칠 동안은 조금이나마 쉴 수 있었다.

"아버님이 로제마인과 신께 바치는 제사를 소중하게 지켜온 에렌페스트에 감사하셨다. 원한다면 내년에는 순위를 크게 올릴 수도 있을 것 같다만…… 아우브 에렌페스트. 그대는 어찌 생각하는가?"

아나스타지우스는 회색 눈동자로 질베스타를 똑바로 바라봤다. 영주로서 적절한 답을 하는지 아닌지를 간파하려는 것 같은 조용하면서도 엄격한 눈이다. 질베스타는 짙은 초록색 눈으로 왕자를 똑바로 마주 보면서 입을 열었다.

"……영지의 순위는 현재 상태를 유지하는 쪽으로 부탁드리겠습니다. 왕족이나 단켈페르거에서 지적하신 대로, 에렌페스트에는 아직 상위 영지로서 움직이게 할 수 있는 귀족이 거의 없습니다. 에렌페스

트와 약간 거리를 두면서 상위 영지와 어울려온 페르디난드, 그리고 그가 가르친 로제마인과 그 측근들 정도입니다."

순위가 올라가면 상위 영지다운 대응이 필요한데, 지금은 에렌페스트 내부를 정리하는데도 고생하고 있는 상태다 보니, 외교에 힘을 할애할 여유가 전혀 없다.

"에렌페스트의 공헌은, 지난 정변에서 첸트에게 힘을 보태지 않았던 부분을 메운 것으로 처리해주시면 감사하겠습니다."

"……나쁘지 않은 생각이군. 돌아가서 첸트와 상담하겠다."

다음 영주회의에서 순위를 올리는 대신, 앞으로 에렌페스트를 정변에서 이긴 쪽 영지와 똑같이 취급해줬으면 한다는 질베스타의 부탁에, 아나스타지우스가 가볍게 고개를 끄덕여서 승낙했다.

"그리고, 이건 왕족이 하는 의뢰인데, 영주회의 기간에 한넬로레와 로제마인이 매일 도서관에 와줬으면 한다."

그 시기에 왕족이 도서관을 방문할 필요가 있으므로, 열쇠를 관리하는 우리의 협력이 필요하다.

"저는 상관없습니다만, 열쇠 관리를 중앙의 상급 문관으로 변경하는 것이 아닌가요?"

"그럴 생각이었지만, 인제 와서 역모나 해치려는 의지가 있는지 의심할 필요도 없고 영지 회의에도 참여하지 않는 그대들에게 맡기는 것이 가장 좋다는 결론에 도달했다. 부탁해도 되겠나?"

중앙 기사단을 토루크로 조종했을지도 모르니까. 다음에 문관이 똑같은 일을 저지르는 일이 없을 거라고 장담할 수는 없겠지. 내가 "맡겨만 주세요"라고 힘차게 대답해서 받아들였더니, 잠깐 생각에 잠겨 있던 한넬로레도 고개를 끄덕였다.

"저도 자세히 조사하고 싶은 의식이 있고, 로제마인 님처럼 고어를 잘 아는 것은 아니지만, 왕족께 도움이 된다면 기꺼이 협력하도록 하겠습니다."

우리 대답을 듣고, 아나스타지우스가 보호자들 쪽을 봤다. 질베스타와 지크린데는 승낙한다고 고개를 끄덕였다.

"아나스타지우스 왕자님, 저, 서고에 들어가도 되는 거죠?"

그게 제일 중요한 문제다. 내가 두근두근하면서 물어봤더니, 아나스타지우스는 질베스타를 똑바로 보면서 "물론이다"라고 대답하며 고개를 끄덕였다.

"영주회의 기간에는 내가 그대들을 끌어내지 않아도 보호자들이 그 역할을 맡아주겠지."

측근이 들어갈 수 없는 서고에 틀어박혀서 왕자 두 사람에게 폐를 끼친 이야기가 나오자 나는 '히익'하고 놀랐고, 질베스타는 얼굴이 창백해져서 사죄하기 시작했다.

"책 생각밖에 못 하는 바보 같은 딸이 두 왕자님께 정말 큰 수고와 폐를 끼쳤다고 들었습니다. 참으로 죄송할 따름입니다. 제 쪽에서도 가능한 조심하고 있습니다만, 에렌페스트를 지탱해주시는 최고신과 다섯 대신 중 한 분이 빠지신 영향이 너무나도 큽니다. 게두르리히가 빠진 탓에 크게 날뛰고 있는 에이비리베를 달래기 위한 지혜를 내려주시기를, 간절히 바라 마지않는 바입니다."

질베스타가 죽어라 사죄하니까, 아나스타지우스가 엄청나게 씁쓸한 얼굴로 날 보면서 "이 녀석의 고삐를 쥐는 건 페르디난드인가"라고 중얼거렸다.

……응? 무슨 뜻이지?

고개를 갸웃거리는 나와 달리 서로 말이 통한 것 같은 아나스타지우스와 질베스타가, 날 보면서 이마에 손을 얹었다.

"그렇군. 그런 얘기라면 그대의 말도 이해하지만, 그건 인제 와서 어찌하기 힘든 일이다. 먼저 아렌스바흐에 보낸 문관들의 말에 의하면, 그 녀석은 혼자서 상당히 많은 집무를 처리하고 있다. 영지의 상황이 좋아질 날이 가깝다고 좋아하고 있었다. 페르디난드를 빼내서 아렌스바흐가 망하는 건 곤란하다."

아나스타지우스의 말에 의하면, 지금 유일하게 열려 있는 국경문이 아렌스바흐의 바다에 있다. 구르트리스하이트를 잃어버렸기 때문에 다른 국경문을 열지도 못해서, 다른 나라와의 거래는 아렌스바흐가 전부 떠맡고 있다. 반대로 무슨 일이 있더라도 국경문을 닫을 수도 없다.

"다른 나라와 뭔가 문제라도 있나요?"

"……란체나베와 싸움이 벌어질지도 모른다, 라고 생각하고는 있다."

말을 가리는 아나스타지우스의 모습을 보고, 나는 페르디난드가 보낸 편지에 아달지자의 공주가 온다는 정보가 있었던 게 생각났다.

"그대들과는 크게 상관이 없는 일인지도 모르지만……."

하긴, 아달지자의 별궁에 공주가 온다는 것 자체는 나하고도 에렌페스트하고도 관계없는 일이겠지. 하지만 아달지자의 열매인 페르디난드가, 창구 역할을 맡는 아렌스바흐에 있으니까. 완전히 관계가 없다고 할 수는 없다.

"아렌스바흐에는 페르디난드 님이 있습니다. 그러니 에렌페스트도 관계가 없는 건 아닙니다. 무슨 일이 있으면 알려주세요. 제가, 반드시

페르디난드 님을 도우러 가겠습니다."

"그대가 가면 사태가 더 확대될 것 같다는 생각만 든다!"

어째선지 아나스타지우스와 질베스타가 똑같은 말을 했다.

# 다른 영지와의 사교

"그대들에게 말해둘 것은 여기까지다."

이야기를 마친 아나스타지우스는 자리에서 일어나더니 나한테 슈첼리아의 방패를 끄라고 했고, 도청 방지 마술구의 범위 밖으로 나가서 측근들에게 마술구를 회수하라고 말했다.

측근들이 움직였고, 에렌페스트의 시종들이 차를 새로 끓이려고 했지만, 아나스타지우스는 "됐다"라는 말로 제지하고는 질베스타를 쳐다봤다.

"예상했던 것보다 큰 수확이었다. 고맙다. 나는 서둘러 돌아가야만 한다. ……아, 그렇지. 아우브 에렌페스트. 중앙 신전에 의하면, 신께 바치는 제사 도중에 기사가 제단에 올라가는 것은 말도 안 되는 일이고, 신에 대한 엄청난 불경이라고 하더군. 청색 신관이나 무녀를 동행시키라고 말했다. 영주 후보생조차도 파란 의상을 입는 에렌페스트라면 문제없겠지."

아나스타지우스의 말은 호위기사에게 신관복을 입히면 얼마든지 데려갈 수 있다는, 그런 뜻이겠지. 성인이 된 호위기사에게 청색 신관이나 무녀 옷을 입히고 호위를 맡기도록, 이라는 뜻이다.

……내 호위기사들은, 부탁하면 입어주겠지?

나는 의자에서 내려와 슈첼리아의 방패를 해제했다. 마술구 회수를 마치고, 질베스타를 비롯한 사람들과 인사를 마친 아나스타지우스는 망토를 펄럭이면서 바로 다른 곳으로 가버렸다.

"저희도 이만 실례하겠습니다. 꽤나 오랫동안 실례했으니까요."

지크린데는 그런 말로 인사를 대신하고, 한넬로레와 같이 자리를 떴다. 파란 망토 일행이 떠나자, 다음에 찾아온 것은 빨간 망토의 클라센부르크였다.

"아우브 에렌페스트, 괜찮겠습니까?"

"물론입니다 아우브 클라센부르크."

질베스타가 인사를 나눴고, 나도 처음 만난 사람에게 하는 인사를 했다.

"로제마인이라고 합니다. 아우브 클라센부르크, 생명의 신 에이비리베의 엄격한 선별을 받은 귀한 만남에, 축복을 기도하는 것을 허락해주십시오."

"허락합니다. ……단켈페르거와 아나스타지우스 왕자와 이야기하는 사이에 공동 연구를 흥미롭게 봤습니다. 공동 연구라고는 하지만 연구 내용에 큰 차이가 있다는 데 놀랐습니다."

자리에 앉도록 권하고 차와 과자를 준비하는 사이에, 아우브 클라센부르크는 공동 연구에 참여한 견습 문관들에게서 받은 보고에 대해서도 가르쳐줬다.

"진짜 신께 바치는 제사를 경험했다고, 그들이 입을 모아 말했습니다. 모든 이의 기도가 하나가 되고, 마력이 이끌려 나가고, 그러면서 신의 귀색 기둥이 우뚝 서는 광경은 눈시울이 뜨거워질 정도로 감동적이고 훌륭했다고도 하더군요. 주추를 지탱하는 영주 일족, 유르겐슈미트를 지탱하는 왕족에 대한 감사의 뜻이 저절로 이끌려 나오는 충격적인 의식이었다더군요."

참가했던 단켈페르거의 견습 문관들의 의견을 정리해준 클라리사의 보고에서도 비슷한 감상이 있었는데, 클라리사는 항상 너무 거창하게 말하는 버릇이 있어서 반쯤 흘려들었다.

……에렌페스트의 상급 문관들은 마력이 너무 빠져나가서 완전히 맥이 빠졌었고, '저게 신께 바치는 제사로군요'라는 말밖에 안 해서 몰랐었는데 말이다.

빌프리트와 샤를로테가 기원식과 봉납식 때문에 각지를 돌아다닌다는 이야기를 들은 탓일까. 아니면 페슈필을 연주하면서 축복하거나 봉납가무에서 축복을 흘리지 않으려면 어떻게 해야 좋을지 생각하건, 채집 장소를 재생시키거나, 디터 의식에서 빛의 기둥이 팍팍 솟아나는 걸 목격한 탓일까. 에렌페스트에서 참가한 상급 분관들의 감상은 대부분 지금까지의 이야기에 대한 수긍과 공감하는 내용들이었다.

……에렌페스트 학생들이 이상한 쪽으로 축복에 익숙해져 버린 건 내 탓일까.

"내년에도 의식을 행하실 겁니까? 문관 외에도 경험하고 싶다는 의견이 많습니다만……."

"단켈페르거와의 공동 연구를 위해서 행한 일이니, 내년에도 할 예정은 없습니다. 매년 많은 이로부터 귀중한 마력을 받아낼 수는 없으니까요."

"꽤나 효과가 좋은 회복약을 얻으셨다고 들었습니다. 그것이 있다면 협력할 수 있다고 생각합니다. 왕족을 떠받치는 데 도움이 되겠지요."

올해는 디터를 걸어왔고, 자기들 연구에 협력하도록 하기 위해서 마력 회복약도 준비했다. 하지만 연례행사로 삼을 생각은 없다. 의식 준비 때문에 대체 얼마나 많은 독서 시간을 날려버렸는지. 연구를 위한 일도 아닌데, 왜 내가 그렇게 손이 많이 가는 일을 해야 하는 건데. 제발 쓸데없는 일을 하지 말라고, 보호자는 물론이고 왕족한테까지 한 소리 들었단 말이다.

"각지에 있는 신전에서 모아온 마력이 있다면 왕족도 꽤나 기뻐하시겠죠. 제가 의식을 행한 목적 중에는, 각지에 있는 신전의 존재 방식을 재검토했으면 하는 생각도 있습니다. 아우브 클라센부르크께서 이해해 주시니 정말 기쁩니다."

의식을 행하고 싶으면 각자 자기 영지에 신전이 있으니까 마음껏 하세요, 라는 내 말이 통한 것 같다. 아우브 클라센부르크는 눈썹을 살짝 들어 올리고는 질베스타 쪽으로 시선을 보냈다. 아마도 '딸내미를 좀 설득해보시게'라고 눈빛으로 호소했겠지. 질베스타는 약간 일그러진 미소를 지우면서 어흠, 하고 헛기침을 했다.

"이번 의식은 공동 연구. 즉 학생의 행동이기에 저는 기본적으로 참견하지 않았습니다. 그리고 가장 안쪽에 있는 방은 중앙 신전의 관할 구역입니다. 연구를 위해서 한 번 들어가는 정도라면 모를까, 몇 번이고 귀족원에서 의식을 치른다면 왕족과 중앙 신전의 골이 깊어질 가능성이 있습니다. 에그란티느 님이 왕족과 결혼한 지금, 클라센부르크 입장에서도 그다지 환영할 일은 아니라고 생각하지 않으십니까?"

질베스타는 기본적으로 귀족원의 행동에는 부모가 참견하지 않는다는 명분과 중앙 신전과 왕족의 관계 악화를 핑계로 요청을 물리쳤다. 받아들일 생각이 전혀 없다고 깨달은 것 같은 아우브 클라센부르크가 뚱한 얼굴로 다른 화제를 꺼냈다.

"올해 거래한 상인의 보고에 의하면, 에렌페스트에는 신기한 물건들이 꽤 많다고 하더군요. 귀족원에서 유행하고 있는 새로운 책은 멀리 떨어진 기베의 토지에서 만들었다고 하지만, 시내에도 새로운 물건들이 꽤나 많은 것 같다고 합니다만."

상인들이 숙소에서 본 펌프나 승차감이 좋은 마차 이야기가 나왔다. 첫해에는 거의 보급되지 않아서 눈에 띄지 않았을지도 모르지만, 2년 째에는 펌프도 꽤 폭넓게 보급됐으니까, 일 년 사이에 크게 달라진 모습을 보고 상인들도 깜짝 놀랐겠지.

"특히 우물에서 물을 퍼 올리는 펌프가 획기적이라는 것 같더군요. 부디, 클라센부르크에도 도입했으면 싶다는 요청이 있었습니다."

요구를 받은 질베스타가 뒤쪽에 있는 문관 쪽을 돌아봤고, 하르트무트가 한 걸음 앞으로 나서서 질베스타에게 대답했다. 하르트무트는 나와 평민 마을 상인들의 회합에 반드시 참여했기 때문에 평민 마을의 상황도 잘 알고 있다.

"아쉽게도 펌프는 아직 양산할 수 있는 체제가 갖춰지지 않았습니다. 정말 죄송합니다만 당분간은 판매할 예정이 없습니다. 펌프에는 아주 세밀한 부품이 필요한데, 그것을 만들 수 있는 장인이 거의 없습니다."

펌프의 세밀한 부품은 요한이 만들어야만 해서, 아직 양산하기가 힘들다. 무엇보다 다른 영지에 보급하는 것보다 에렌페스트의 평민 마을에 먼저 보급하고 싶다. 마을 남쪽까지 보급한다고 생각하면, 아직 다른 영지에 팔 수는 없다. 하르트무트의 말을 들은 질베스타가 가볍게 고개를 끄덕이고 아우브 클라센부르크에게 대답했다. "흐음" 하고, 아우브가 신음하는 것 같은 소리를 냈다.

"에렌페스트의 장인에게는 힘들어도, 클라센부르크의 장인이라면 가능할지도 모릅니다."

아우브 클라센부르크 뒤에 있는 문관이 자기 주인에게 귀엣말하는 모양으로 말을 걸었다.

"카트르 카르의 레시피를 판매했던 것처럼 펌프의 설계도를 팔아 줬으면 하는데, 그건 가능하겠습니까?"

깊이 생각하는 것처럼 팔짱을 끼고 있는 질베스타의 뒤에 있는 하르트무트가 "어려울지도 모릅니다"라고 말하면서 내 쪽으로 시선을 보냈다.

"에렌페스트에서는 펌프 하나를 만들 때마다 설계자인 로제마인 님과 대장 장인에게 일정한 설계도 사용료를 지불하도록, 대장장이 협회에서 설계도를 관리하고 있습니다. 클라센부르크의 대장장이 협회에 설계도를 파는 건 가능하겠지만, 에렌페스트의 대장장이 협회와 똑같이 관리하지 않는다면 판매할 수 없습니다."

하르트무트는 클라센부르크의 아우브와 문관들을 보면서 빙긋 미소를 지었다.

"클라센부르크의 대장장이 협회에서 관리할 수 있을지 아닐지……. 어려운 일이겠지요. 대영지가 평민에게까지 세세히 신경 쓰는 것은."

……하르트무트! 이미 상인이 꽤 멋대로 일을 저질렀으니까, 클라센부르크는 믿을 수 없다고 하는 말이나 마찬가지잖아! 틀린 말은 아니지만.

"어쨌거나 거래를 성립할 수 있을지 아닐지, 일단 이야기를 나눠봐야겠지요. 자세한 이야기는 영주회의 때 다시 하도록 합시다."

질베스타가 그렇게 말해서 아우브 클라센부르크와의 대화를 끝냈다.

클라센부르크와 이야기가 끝나자마자 다음에는 드레반헬. 그다음에는 하우프레체, 그리고 기렛센마이어의 아우브가 왔다. 계속해서 찾아오는 아우브들은 거래량을 늘려달라고 말했다. "올해는 아직 어려울 것 같습니다"라는 판에 박은 것만 같은 대답을 하는 사이에, 네 점 종이 울리고 점심시간이 됐다.

점심 심사를 하려고 기숙사로 돌아왔을 때는 완전히 녹초가 돼 있었다. 점심 식사하러 갈 때는 기수를 타고 가고 싶다고 질베스타에게 부탁해서, 나는 기수를 타고 기숙사로 돌아왔다.

"피곤해요……."

"상위 영지가 계속해서 찾아오니까. 하지만 너와 하르트무트가 있어서 정말 큰 도움이 됐다."

인쇄업과 새로 판매하기 시작한 책에 관한 정보는 질베스타도 문관들도 가지고 있지만, 상인이 평민 마을에서 봤을 뿐인 펌프와 마차에 대해서는 잘 모르니까. 나는 잘 도와준 하르트무트한테 고맙다고 말했다.

"로제마인 님의 도움이 돼서 기쁠 따름입니다. 그런데, 원래는 아우브의 문관에게 필요한 지식이 아니던가요? 어째서 문관들이 모르는 걸까요?"

"자세히 알고 있는 문관을, 바로 최근에 멀리했기 때문이다."

작은 소리로 말한 대답을 듣고, 그 문관이 숙청에 휘말렸다는 걸 알았다.

"으음. 너한테만 맡길 수는 없으니, 평민 마을의 현재 상황을 알기 위해서 나도 평민 마을에 가봐야 할 것 같지 않은가? 페르디난드가 없어지니 평민 마을의 정보도 들어오질 않는군."

내가 올린 보고나 유스톡스가 모아온 정보를 전해주던 페르디난드는 이제 없다. 질베스타는 스스로 평민 마을의 상황을 알기 위한 연줄을 만들어야만 하는 상황이 됐다.

"평민 마을 시찰은 양아버님이 직접 하실 게 아니라, 문관들에게 제 측근을 대동하게 해서 하는 쪽이 좋을 것 같아요. 시찰하러 간 문관이 평민 마을에서 쓸데없는 짓이라도 한다면, 제가 용서 안 할 거니까요. 그보다도 그레첼을 정비해서 상인들이 들어갈 수 있게 하는 쪽을 우선해야 하지 않을까요?"

"올해는 네 마력이 있으니까 못 할 일은 없겠지. 그렇다면 거래량을 늘려도……."

"안 돼요. 그레첼이 평민 마을을 아름답게 유지할 수 있는지 아닌지는 일 년 정도 상황을 지켜봐야만 알 수 있고, 숙소를 정비하거나 접객 방법을 가르치기도 해야 하니까요. 준비 기간은 반드시 필요해요."

에렌페스트의 평민 마을은 구텐베르크 일행이나 병사들이 시내를 유지하기 위해서 적극적으로 활약해줬다. 하지만 그레첼에는 그런 인맥이 없으니까. 기베한테 맡기는 수밖에 없는데, 기베도 평민 마을에 명령만 했지 상대의 의견을 들으려고 하지를 않았어. 조금은 개선됐을 거라고 생각하고 싶지만, 아우브가 무모한 짓을 하면 틀림없이 기베가 아니라 평민들이 고생하게 될 테니까.

"상업 길드와 플랑탱 상회에 맡긴 것처럼, 그레첼의 상인들에게 맡기면 되겠지."

"양아버님이 그레첼에서 당장 다른 영지의 상인을 맞이하라고 명령하신 건, 왕께서 지금 당장 에렌페스트 성에서 모든 영주를 맞이하고 지금 순위에 걸맞은 완벽한 대접을 하라고 명령한 것과 마찬가지라고요. 말도 안 되는 소리 하지 말라든지, 준비 기간 정도는 필요하다고 한마디 하고 싶지 않으세요?"

지금 에렌페스트에서 많은 영지를 상대로 완벽하게 대답하라는 말도 안 되는 명령에 대해 어떻게 생각하냐고 물었더니, 질베스타는 물론이고 측근들도 입을 꾹 다물어버렸다.

"에렌페스트가 최대한 빨리 변해야 한다는 건 사실이에요. 그레첼에는 준비 기간을 주고, 받아들일 태세를 갖춰가도록 하죠."

일단 일찌감치 그레첼의 평민 마을을 정비하고, 상인들을 받아들일 수 있게 기베 그레첼과 이야기를 해나가기로 했다.

그리고 점심식사 자리에서 질베스타가 빌프리트에게 계약서 이야기를 꺼냈다. 서명할 때 조심하지 않으면 속으니까, 반드시 서명하기 전에 문제가 없는지 문관에게 확인을 받으라고 타일렀다.

"신부 뺏기 디터에서 이쪽이 승리하면 신께 맹세코 손대지 않겠다고 레스티라우트 님이 말씀하셔서, 무조건 결혼 취소를 포기할 거라고 생각했습니다."

"저도 마찬가지였어요, 빌프리트 오라버니."

하지만 귀족원에서 아이들끼리 나눈 구두 약속과 제대로 된 계약서 중에 어느 쪽을 신뢰할지는 말할 필요도 없다. 그러니까 주의해야 하고.

"다시 한 번 조건을 확인하지 않은 것에 대해서는, 다음부터 주의하도록 하겠습니다. 그런데, 그건 계약서가 아니니까 아무런 문제가 없습니다."

"저한테도 얼핏 봐서는 계약서로 보이지 않았지만, 신부 뺏기 디터에서는 필수 계약서라는 것 같던데요?"

디터의 조건과 참가 인원 등이 적한 보고서로만 보였던 종이였지만, 서명이 들어가면 계약서가 돼버린다. 레스티라우트한테 제대로 속아 넘어갔다. 질베스타와 내 말을 듣고 빌프리트와 그 측근들이 서로 얼굴을 마주 보면서 고개를 저었다.

"그럴 리가 없을 텐데. 그건 단켈페르거에서 기숙사 예산을 사용하는 데 필요한 서류고, 기껏해야 단켈페르거 안에서만 효력이 있을 텐데."

레스티라우트가 그렇게 말했던 걸까. 빌프리트는 단켈페르거 내부에서만 통하는 거라고, 고집스레 주장했다.

"빌프리트. 하지만 네가 서명한 시점에서 계약은 성립됐다."

"그런 일은 말도 안 됩니다. 다른 영지인 에렌페스트와는 계약이 성립되지 않을 텐데요. 공식 계약이 되지는 않습니다. ……그래, 네가 나한테 가르쳐줬잖아, 로제마인."

빌프리트가 "나한테 거짓말을 했던 거냐"라고, 뚱한 얼굴로 날 노려보면서 그렇게 말했다. 난 의미를 잘 알 수 없어서 고개를 갸웃거리면서 말했고.

"제가 가르쳐드렸다고요?"

"그래. 정식 계약에는 반드시 양피지 협회의 종이를 사용해야만 한다. 값싼 에렌페스트지를 사용할 수 있는 것은 메모나 보고서뿐이라고. 에렌페스트지로 계약한 것은 정식 계약으로 간주하지 않으니까 조심하라고, 그렇게 말하지 않았나?"

"아!"

나와 질베스타가 동시에 말했고, 얼굴을 마주 봤다.

……그래서, 서명이 있는데도 나와 양아버님은 계약서라고 생각하지 않았던 거야.

얼핏 봐서 보고서처럼 보였던 건, 적혀 있는 내용도 그렇고, 양피지가 아니라 에렌페스트지를 사용했기 때문이었다.

"레스티라우트 님은 예산에 필요한 서류라고 말했고, 나도 일단 확인했다. 그렇지, 이그나츠?"

"예. 정말 이 서류로 예산을 타낼 수 있는지 확인했습니다."

레스티라우트는 문제없다고 대답했다. 그쪽은 에렌페스트보다 유리한 입장으로 계약할 생각이었으니까, 예산을 받아내기 위한 서류라고만 말했겠지. 그리고 빌프리트는 정말 식물지로 예산을 받아낼 수 있는지, 상대방을 걱정하면서 서명했다.

"1학년 때는 에렌페스트만 사용했기 때문에, 도서관에서 이상한 종이를 쓴다는 것처럼 쳐다보는 분들이 많았습니다. 그런데 지금은 단켈페르거에서도 애용하고 있는 건가, 싶어서 기쁘기도 합니다만……."

이그나츠는 그렇게 말하고, 빌프리트의 측근인 자신이 경계심이 부족했다고 살짝 풀이 죽었다. 이그나츠를 보면서, 빌프리트는 걱정하는 표정이 됐다.

"단켈페르거의 견습 문관은 에렌페스트지만 가지고 있었던 것 같은데, 어쩌면 공식 계약에는 사용할 수 없다는 걸 몰랐을 수도 있다."

우리는 자신들의 문관에게 양피지와 에렌페스트지를 전부 가지고 다니게 했다. 언제 양피지가 필요하게 될지 모르니까. 하지만 단켈페르거에서는 식물지만 가지고 있었던 것 같다.

"……양아버님, 양피지 협회와의 알력을 피하고자 값싼 에렌페스트 지는 정식 계약서에서 사용할 수 없다고, 영주회의에서 판매 계약을 맺을 때 그렇게 주의를 주셨죠?"

"그래, 물론이지. 다른 영지의 양피지 협회에도 중요한 일이니까. 하지만, 그쪽이 계약서로 생각하고 그 서류를 내밀었다면, 단켈페르거 쪽은 이해하지 못했을 가능성이 크다."

질베스타의 말을 듣고 고개를 끄덕였다. 어쩌면 거래하는 영지들 모두에게 재차 주의를 줘야 할지도 모르겠다.

"단켈페르거에는 점심시간 중에 올도난츠를 보내도록 하죠."

아무래도 종이의 용도를 잘못 알고 있다고 지적하는 말이, 영지 대항전 행사장에서 큰 소리로 울리면 곤란하겠지.

"서명한 건 나야. 내가 보내겠어."

빌프리트가 이그나츠에게 지시해서 올도난츠를 보내게 했다.

"나도 그렇게까지 생각이 없는 건 아니니까, 좀 믿어라."

"죄송합니다, 빌프리트 오라버니."

조금 지나서 올도난츠가 돌아왔다. "빌프리트 님. 이렇게 알려주셔서 정말 감사합니다. 앞으로 조심하도록 하겠습니다"라는 한넬로레의 목소리 너머에서 "그림을 그리는 데 다 썼다는 게 무슨 말인가요?"라는 지크린데의 목소리가 들려왔다.


계약서에 관한 여러 상식 차이와 언동의 어긋남에 대한 논의가 일단락되자, 나는 공동 연구의 상황에 관해 물었다. 영주 일족은 계속해서 찾아오는 손님들을 상대하기도 바빠서, 도저히 보러 갈 수가 없기 때문이다.

눈을 반짝거리면서 제일 먼저 대답해준 사람은 마리안네였다. 드레반헬과의 공동 연구에서 에렌페스트가 어떻게 연구 발표를 할지, 군돌프가 보러 왔다. 그리고 연구한 내용과 다른 전시품이 있는 걸 보고 깜짝 놀랐다.

"로제마인 님이 제시해주신 안에 따라서 저희가 만들었습니다, 라고 설명했더니 깜짝 놀라셨습니다. 바탕이 되는 아이디어는 같은데, 이렇게까지 마력을 사용하지 않는 것을 만들어낼 줄은 몰랐다면서."

에이폰지 악보에 마석을 문지르면 소리가 나오는 걸 이용해서 곡을 연주하는 마술구를 만든다는 방향성은 똑같지만, 드레반헬과 에렌페스트의 완성품은 전혀 반대 방향이었다.

"그리고 군돌프 선생님도 모르게 이런 일을 해낸 걸 보니 에렌페스트도 조금이나마 성장한 것 같다고 칭찬해 주셨습니다."

연구 내용과 중요한 정보를 흘리지 않고 숨기는 건 연구자로서 당연한 일이라 말하고, 그걸 해내서 자신을 놀라게 하는 데 성공한 것이 정말 훌륭하다고, 성장을 기뻐해 주셨다. 책이 지정된 장소에 정리되는 마술구도, 꼭 자기 연구실에 도입하고 싶다고 하셨나 보다. 이그나츠 쪽은 보러 온 손님들의 반응까지 더해서 보고해줬다.

"군돌프 선생님은 저희 쪽에 오셔서, 그래프에 대해 상당히 많은 질문을 하셨습니다."

필린느는 그렇게 말하면서, 군돌프의 모습을 상상하고 쓸쓸하게 웃었다. 이번 공동 연구에서 사용한 그래프는 그렇게 어려운 게 아니야. 초등학생 수준이라서 보면 바로 알 수 있었겠지. 하지만 지금까지 수치를 시각화한다는 개념이 없던 게 아닌가 싶다. 군돌프는 연구 내용은 제쳐두고 그래프에만 매달렸던 것 같다.

"필린느가 공동 연구, 제가 그래프를 설명했습니다."

로데리히는 군돌프의 상대를 맡아서, 계속 그래프에 관해 설명했던 것 같다. 그러고 있었더니 선생님들이 계속 찾아왔다는 것 같고. 로데리히는 선생님들과 다른 영지의 문관을 상대하며, 자기가 강의하는 것 같은 기분이 들어서 정말 불편했다고 말했다.

"드레반헬의 내년 연구 내용은 그래프를 사용한 것으로 한다고 합니다. 부디 로제마인 님과 같이 연구하고 싶다고, 그렇게 말했답니다."

"로데리히가 설명을 잘 해줘서 정말 다행입니다."

그래프의 종류는 아직 많으니까, 이쪽도 하나하나 공개해보자. 필린느와 로데리히가 공동 연구에 관해 설명하는 동안, 뮤리엘라는 다른 영지의 연구를 보러 다녔던 것 같다.

"단켈페르거의 연구 발표에서는 디터의 마지막 의식을 실제로 보여줬던 것 같습니다. 대부분의 영지 어른들이 디터의 의식을 모르기 때문에 실제로 춤을 춰서 보여주기로 했다고, 클라리사 님께 그렇게 들었습니다."

학생들의 디터가 끝난 뒤에 단켈페르거의 성인 기사들이 실제로 의식을 하고, 속도를 겨루는 디터를 하고, 마지막 마력 봉납까지 보여줬다. 아우브 단켈페르거가 정말 열심히 했다.

"그건 정말 볼만했겠네요."

단켈페르거 학생들의 춤도 훌륭했으니까. 성인 기사들의 춤도 훌륭하겠지.

"아, 그렇지. 저는 요스브레너의 뤼라디 님과 잠시 이야기를 나눴어요. 로제마인 님께 가호를 받은 데 대한 감사 인사를 드리고 싶어 하셨는데, 사교 때문에 바빠서 아쉽다고 하셨습니다."

10위인 요스브레너는 전반에 움직이는 영지 중에서 생각해보면, 최하위라고 해도 과언이 아니겠지. 왕족이나 상위 영지들만 몰려드는 곳에는 도저히 끼어들지 못했던 것 같다.

"제가 가르쳐드린 것도 있기는 하지만, 아렌스바흐에서 스밀 마술구를 끝까지 재생해서 사랑의 말을 즐기셨다는 것 같습니다. 마지막 선전을 듣고서 책이 너무나 갖고 싶어졌다고도 말씀하셨습니다."

어쩌면 뤼라디가 아렌스바흐에서 책 선전 소리가 울리게 했던 걸까. 페르디난드한테 아주 잘했다는 말을 들은 게 생각나서, 나도 "뤼라디 님, 아주 잘 하셨어요"라고 중얼거려봤다.

"하지만 요스브레너는 거래를 하고 있지 않아서 책을 구입할 수 없습니다. 뤼라디 님이 너무나 아쉬워하시기에, 직접 이야기를 써서 책을 만드시는 건 어떨까요? 라고 권해드렸습니다. 이걸로 새로운 책이 늘어날지도 모릅니다."

게다가 뤼라디가 아주 긍정적으로 받아들였다. 나는 웃는 얼굴로 뮤리엘라를 칭찬했다.

"정말 잘했어요, 뮤리엘라."

작가를 늘리는 건 중요한 일이다. 뤼라디는 상급 견습 문관이니까, 엘비라 같은 작가가 돼줄지도 모른다. 새로운 작가의 탄생을 느끼면서, 나는 점심식사를 마쳤다.

# 프뢰벨타크와의 사교

"로제마인 님, 올해는 역시 축복을 받을 수 없는 건가요? 올해도 프라우렘 선생님이 방해할지 모릅니다."

오후에는 디터를 하는 견습 기사들을 대표해서, 레오노레가 한 걸음 앞으로 나서며 그렇게 말했다. 작년에 훈더트타이렌한테 고전하던 모습이 떠올랐고, 동시에 불안해하는 눈으로 애원하는 것처럼 나를 쳐다보는 연습 기사들의 모습이 보였다. 하지만 더 축복해줄 생각은 없으니까. 나는 고개를 저었다.

"축복이 없었던 훈련 중의 모의전에서도 6위였잖아요? 실력만으로도 문제가 없는데, 너무 저한테만 의지하면 여러분의 성장에 도움이 안 됩니다."

레오노레는 "알겠습니다"라고 대답하고는 바로 물러났다. 일단 말은 해봤다는 분위기의 레오노레과 다르게, 코르넬리우스는 "어째서 올해는 축복해주시지 않는 겁니까"라면서 고개를 갸웃거렸다.

"단켈페르거가 축복을 받는다면 이쪽도 축복하는 쪽이 좋을 것 같습니다. 로제마인 님의 축복이 있고 없고에 따라서 차이가 크게 납니다."

"단켈페르거에서는 다 같이 협력해서 자기 힘으로 축복을 얻을 수 있게 됐습니다. 에렌페스트만 언제까지고 제 축복을 바라는 건 곤란합니다."

······그리고, 에렌페스트는 순위를 올리지 않는 쪽으로 방침을 정

한 것 같으니까.

도청 방지 마술구를 사용하는 곳에서 했던 말인 데다 참가자들의 사기와도 관련된 일이니까, 나는 소리 내서 말하지 않고 마음속에서만 그렇게 생각했다.

"오늘 디터 마지막에는 단켈페르거의 성인 기사들이 시연을 한다고 하잖아요? 그걸 보면 다른 영지에서도 따라 할 수 있어요. 모두가 자기 힘으로 얻을 수 있도록 노력하는 방향으로 나아가는 것이니까, 에렌페스트에서도 마찬가지로 열심히 해주셨으면 싶어요. 그러지 않으면 가호를 얻기 위한 연구를 해온 에렌페스트의 견습 기사들이 제일 가호를 못 받게 되는 결과가 나오게 될 가능성도 있으니까요."

왕께서 졸업식 이후에 희망자는 다시 가호의 의식을 치르도록 해주겠다고 약속하셨고, 에렌페스트로 돌아간 뒤에도 다시 치를 수 있다. 하지만 아무리 다시 해봤자 기도와 마력 봉납이 부족하면 의미가 없으니까.

"봉납하는 마력의 양이 성공의 열쇠입니다. 스스로 축복을 받을 수 있게 되세요."

"옛!"

견습 기사들이 힘차게 고개를 끄덕이는 모습을 본 안게리카가 "로제마인 님, 그 의식을 하면 저도 강해질 수 있을까요"라고 중얼거렸다. 다른 사람들이 자기 힘으로 축복을 얻어서 강해지려고 하는 모습을 보고 관심이 간 것 같다.

"축복을 받으면 그때는 강해집니다. 단켈페르거의 의식에서는 여러 신으로부터 축복을 받으니까요. 그리고 몇 번이고, 진지하게 의식을 치르면 신들의 가호를 받기 쉬워집니다. 하지만 가호를 받기 위해서는 신들의 이름을 기억해야 한답니다, 안게리카."

"기억……. 슈팅루크가 대신해줬으면 좋겠군요."

신전에서 공부하는 게 정말 싫은가 보다. 안게리카가 우울한 표정
으로 한숨을 쉬면서 허리에 찬 슈팅루크의 마석을 쓰다듬었다. 여전
히 단검처럼 짧은 칼집이다. 얼핏 봐서는 이게 장검이라는 걸 알 리가
없겠지.

"가호를 많이 얻으면 마력 소비량이 줄어들고, 슈팅루크가 더 성장
할 거예요. 슈팅루크를 다루는 안게리카야말로 신들의 가호를 가능한
많이 받아두는 쪽이 유리하게 싸울 수 있을 텐데……."

"예?! 소비 마력이 줄어든다고 하셨습니까?"

안게리카가 처음 듣는다는 것 같은 얼굴로 날 쳐다봤다. 아무래도
신들의 이름을 다시 외우는 건 연구의 일환일 뿐이고, 자신한테 어떤
이익이 있는지는 하나도 이해하지 못했던 것 같다.

"다무엘이 설명해주지 않았나, 안게리카!"

"어쩌면, 들었을지도 모르겠군요. 저, 지금부터 온 힘을 다해 신들
의 이름을 기억할까 합니다."

"안게리카가 의욕이 생겨서 다행이네요."

"……좀 더 일찍 의욕이 생겼으면 다무엘의 고생이 반쯤은 줄었을
것 같다, 안게리카."

코르넬리우스가 "불쌍하다"라고, 다무엘을 동정하는 말을 했다. 난
코르넬리우스와 하르트무트한테서 다무엘이 얼마나 고생했는지에 대
해 들으면서, 영지 대항전 행사장으로 갔다.


오전에는 기본적으로 상위 영지가 이동하고, 사이 좋은 영지나 좋

은 관계를 맺고 싶은 영지에 가서 인사한다. 하지만 에렌페스트는 오전 중에 한 군데도 못 갔으니까. 이런 상황에서 오후에도 대기만 하면 다른 영지를 보러 갈 수가 없다.

"에렌페스트는 인사하러 가지 않아도 되나요?"

각 영지에서 오후 행사를 준비하는 모습을 둘러보면서 질베스타한 테 물었더니, 질베스타가 눈을 부릅뜨고 날 노려봤다.

"상위 영지로서의 행실을 요구받고 있는 이런 상황에, 하위 영지처럼 오후부터 인사를 다니라고? 오후부터 상위 영지들과 다시금 상담 (商談)을 나누고 싶다는, 그런 얘기냐?"

급하게 도리도리 고개를 저어서 부정했다. 딱히 상위 영지랑 그런 얘기를 하고 싶은 게 아니니까. 하지만, 그냥 다른 영지의 연구나 사교장은 어떤지 구경해보고 싶었을 뿐이다.

"너는 디터를 관전하면서 쉬고 있어라. 이미 왕과 면식이 있는 네가 올해도 표창식에 결석하면 안 되니까."

"하지만, 하위 영지가 인사하러 오잖아요? 쉴 수는 있을까요?"

오전 같은 일이 또 일어나서, 쉴 여유가 없을 것 같은데 말이다.

"……작년의 분위기를 생각해보면 잠깐이나마 디터를 볼 여유도 있을 거라 생각하고 싶지만, 공동 연구 의식이 어떤 영향을 미치는지에 따라 달라질 거라고 본다."

"으윽……."

공동 연구에는 협력자로서 의식 참가자의 이름이 실리는데, 왕족과 같이 이름이 실리는 대규모 연구는 지금까지 없었던 것 같고, 그래서 꽤나 큰 반향이 있었다. 특히 영주 후보생이 없어서 상급 견습 문관이 대리로 참가한 영지에서는, 영주 후보생도 쉽게 얻을 수 없는 영예로 취급하고 있다.

"반대로 슈첼리아의 방패에 저지당한 영지는 꽤나 화를 내거나 원망을 샀을 가능성도 크다. 아무래도 이만큼 경계하는 장소에서 무슨 일을 저지르지는 않을 것 같지만……."

질베스타는 곳곳에서 경계하고 있는 중앙 기사단을 보면서 중얼거렸다. 강습을 경계하는 기사단 앞에서 굳이 난리를 피우면, 작년의 임멜딩크보다 훨씬 엄한 벌을 받겠지.

……2년 연속으로 난리가 일어나면 왕도 무능하다고 생각할 테니까, 중앙 기사단도 필사적일 거야.


"그럼 지금부터 디터 후반전을 재개하겠습니다! 후반전은 조금 독특한 방식으로 전해드립니다. 여러분, 부디 즐겁게 봐주십시오!"

루펜의 목소리로 오후 행사 시작이 선언됐다. 후반전은 작년에 에렌페스트가 훈더트타이렌한테 고생했던 걸 생각해서, 적을 특이하게 설정했다. 특이한 마물과 조우했을 때 어떻게 대처하는지도 중요하다고 하는 게 그 이유다.

"이건 에렌페스트가 상당히 유리하네요. 작년의 훈더트타이렌 때처럼 프라우렘 선생님의 괴롭힘이 있는 경우를 가정해서, 모두들 상당히 열심히 공부했거든요."

"다음부터는 자기 일이라고 생각하며, 자발적으로 마물에 관해 공부하는 영지도 있을까요?"

나는 코르넬리우스의 말을 듣고서 고개를 갸웃거렸다. 단켈페르거라면 하고 있어도 이상하지 않겠지. 그 사람들은 빛의 기둥을 세우는 의식의 성공률을 높이기 위해서 필사적이었으니까.

"아렌스바흐!"

후반전에서 제일 처음 싸우는 건 아렌스바흐고, 힐쉬르가 마수를 소환하는 역할인 것 같다. 힐쉬르가 대체 어떤 마물을 꺼낼지 너무 궁금하다.

"양아버님, 저, 앞쪽에서 보고 와도 괜찮을까요?"

"……그렇게 해라. 중요한 손님이 오면 부를 테니까, 견습 기사들과 같이 보도록 해라."

허가를 받은 나는 내 호위기사들과 같이 디터를 보기 쉬운 위치로 이동했다. 리카르다가 작년처럼 받침대를 준비해줬다. 그 위에 올라 갔더니 작년보다 시점이 높아졌다는 걸 잘 알 수 있었다.

……우와아아, 나, 커졌어!

작년보다 잘 보이는 경기장을 내려다봤더니 연보라색 망토가 개시 위치에서 대기하고, 힐쉬르가 슈타프를 꺼내서 마법진에 마력을 흘려 넣고 있는 모습이 보였다. 마법진이 번쩍 빛나고, 거기서 작은 산 같은 탈크로쉬가 나타났다.

"탈크로쉬?!"

"로제마인 님은 알고 계십니까?"

안게리카가 물었고, 나는 "예, 뭐……."라고 대답하면서 애매하게 고개를 끄덕였다. 유레베의 소재를 회수하다가 조우한 적이 있는 커 다란 개구리다. 소재를 회수했다는 것 자체가 비밀이라서 자세히 말 할 수는 없지만, 탈크로쉬랑 싸워본 적이 있어서 잘 기억하고 있다. 저 것도 공격하면 분열하는 녀석이지. 브리기테와 같이 잡아먹힐 뻔하거 나 작은 개구리가 후두둑 쏟아지던 모습이 생각나서 온몸이 부르르 떨리고 소름이 돋았다.

"작년의 훈더트타이렌과 비슷한 특징을 가지고 있어요."

처음 보는 적을 상대를 앞에 두고, 아렌스바흐의 견습 기사들이 당황하고 있는 게 훤히 보인다. 하지만 이건 속도를 겨루는 디터니까. 꾸물거리면 시간만 계속 흘러가 버린다.

기사들이 마음을 정한 것처럼 견제 공격을 해봤는데, 일정 이상의 공격이 아니면 그냥 튕겨 나오는지, 공격이 잘 먹히지 않는 것처럼 보인다.

"가자!"

"그래!"

이러다간 끝이 없다고 깨달았겠지. 견습 기사 두 명이 검에 마력을 잔뜩 모아서 무지갯빛으로 빛나게 만들었다. 큰 마력을 때려 넣으려는 거겠지. 다른 사람들은 충격에 대비해서 방패를 준비하기 시작했고. 두 사람이 검을 휘둘렀더니, 무지개 같은 복잡한 색의 공격이 날아갔다.

무지갯빛으로 빛나는 마력 두 개가 배배 꼬이면서 탈크로쉬한테 부딪쳤고, 퍼엉! 하는 엄청난 소리가 나더니 주위에 충격을 뿌려대면서 폭발했다.

"됐다!"

"……아직이다! 마법진이 빛나고 있어!"

적을 완전히 쓰러지면 사라지는 마법진이 아직 빛나고 있다. 견습 기사 한 명이 저걸로 끝이 아니라고 주의를 준 순간, 작아진 탈크로쉬가 경기장 안에 쏟아졌다.

"으, 으아아!"

"모조리 쓰러트려!"

견습 기사들이 쏟아지는 작은 탈크로쉬를 우왕좌왕하면서 쓰러트리기 시작했다. 작아진 덕분에 금세 쓰러트릴 수는 있지만, 너무 작아지고 넓은 범위에 흩어진 탓에 찾아내는 것만 해도 큰일이다.

　"작년의 에렌페스트와 완전히 똑같은 상황이군요. ……힐쉬르 선생님 나름의 보복일까요?"

　"훈터트타이렌처럼 건드리기만 해도 다시 합체하는 건 아니고, 제일 작은 크기까지 줄이지 않아도 쓰러트릴 수 있으니까, 상당히 편할 것 같습니다."

　레오노레의 말에 유디트도 고개를 끄덕였다.

　"기왕에 보복하시려면 훈더트타이렌을 그대로 돌려줬으면 좋았을 것 같습니다. 그건 정말 귀찮았으니까요."

　"훈더트타이렌은 아렌스바흐에 서식하니까, 같은 특성을 지녔으면서도 저쪽이 모르는 마수를 불러내셨겠죠."

　마티아스의 말을 듣고서, 다들 "그렇구나"하고 수긍하면서 경기장을 봤다. 탈크로쉬를 전부 쓰러트리려면 시간이 더 걸릴 것 같다. 그런 생각을 하고 있는데 리젤레타가 왔다.

　"로제마인 님, 아우브가 부르십니다. 프뢰벨타크의 영주 부부가 오셨습니다. 사교장으로 돌아가시지요."

　내 호위기사들을 데리고 자리로 돌아가려고 하다가, 하르트무트가 안 보인다는 걸 알았다. 주위를 빙 둘러봐도 없고.

　"어머나? 하르트무트가 안 보이네요?"

　"클라리사의 부모님께 인사드리러 갔습니다."

　내가 디터를 보는 사이에 단켈페르거로 갔나 보다.

　"무사히 클라리사의 부모님을 설득할 수 있을까요?"

"걱정하실 필요 없습니다. 디터는 오전 중에 아나스타지우스 왕자님과 단켈페르거의 제1 부인께서 금지하셨고, 이야기의 중점이 되는 것은 클라리사가 멋대로 에렌페스트로 쳐들어왔을 때의 대처 방법이라는 것 같으니까요."

어떤 방법으로 연락을 할지, 돌려보낼 때는 어떻게 하면 좋을지, 데리러 갔을 때는 어떤 대우가 필요한지 등등, 결혼을 허락받지 못한 경우에 클라리사가 쳐들어올 것을 염두에 둔 일들을 정하고 온다.

"연애감정이 아니라 로제마인 님께 푹 빠진 시점에서, 부모님도 대처하기 곤란하실 것 같습니다."


테이블로 갔더니 질베스타와 같이 프뢰벨타크의 영주 부부가 기다리고 있었다.

"로제마인, 아우브 프뢰벨타크와 콘스탄체 누님이시다."

……이 사람이 콘스탄체 님이구나.

질베스타의 두 번째 누나인 콘스탄체는, 귀족원 사랑 이야기에서 질베스타의 사랑을 중개하는 역할로 활약하고 있다. 그래서 처음 만났지만 사람 됨됨이는 알고 있는 특이한 사람이다. 얼굴은 게오르기네나 디트린데보다 질베스타를 더 많이 닮았다. 흥미롭다는 듯이 날 보고 있는 시선이 즐거워하는 것 같은 느낌인데, 질베스타와 처음 만났던 때가 생각난다. 어쩌면 선대 아우브를 닮은 걸까. 하지만 머리카락이 금색이고 눈동자는 하늘색이라서 질베스타하고도 분위기가 전혀 달라 보인다.

그리고 그 옆에 있는 아우브 프뢰벨타크는, 샤를로테랑 같이 있으면 누가 봐도 부모자식으로 보일 것 같은 얼굴이었다. 한눈에 봐도 상냥해 보이는 얼굴이다. 나는 두 사람 앞에서 한쪽 무릎을 꿇고 처음 만난 사람에 대한 단사를 했다.

"로제마인이라 합니다. 생명의 신 에이비리베의 엄격한 선별을 받은 이 귀한 만남에, 축복을 기도하는 것을 허락해주십시오."

"허락합니다."

인사를 마치고 자리에 앉았더니, 두 사람이 날 보면서 살짝 웃었다.

"매년 영지 대항전에 오고 있습니다만, 이렇게 말을 나누는 것은 처음이군요."

"뤼디거도 로제마인 님과 거의 접촉이 없었다고 아쉬워했습니다. 신전에서나 제사 때 여러모로 이야기를 나누고 싶었다는 것 같더군요."

나도 사촌 모임에 참가할 수 있게 말을 걸어주기도 하고, 신전에 가서 수확을 늘려줬다고 하는 뤼디거의 인상은 나쁘지 않아. 봉납식 때 에렌페스트로 돌아가지 않았다면, 틀림없이 디트린데보다 뤼디거와 더 많이 이야기를 나눴겠지.

"플로렌치아 님이 안 보이시는데, 몸이라도 불편하신가요?"

콘스탄체가 주위를 신경 쓰면서 작은 목소리로 물었다. 아우브 프뢰벨타크는 플로렌치아의 오빠니까, 사교 자리에 동생이 안 보이면 걱정이 되기도 하겠지.

"아직 공표할 수 있는 일은 아닙니다만…… 매형과 누님께는 말씀 드리는 것이 좋을지도 모르겠군요. 실은 회임의 조짐이 있어서 조심하고 있습니다. 상태를 봐서, 내일은 참가할 예정입니다만……."

"에?!"

생각도 못 했던 새로운 정보에 깜짝 놀라서 눈이 휘둥그레졌더니,

질베스타가 "조용히"라고 말하면서 살짝 노려봤다. 귀족은 세례식을 마치기 전에 아이가 태어났다고 알리는 일이 거의 없다. 이런 사교 자리에서 말하는 것도, 원래는 거의 없는 일이겠지. 새로운 동생이 생기는 건 기쁘지만, 이 자리에서 기뻐할 수도 없다. 엉덩이를 살짝 들썩들썩하면서, 나는 쓸데없는 소리를 안 하기 위해서 손으로 입을 막았다.

……동생! 그렇다면 이번에도 아기용 흑백 그림책을 만들어야지! 꼭 해야지!

머릿속에서 아기 생각을 하며 흥분하기 시작한 나와 다르게, 콘스탄체는 질렸다는 것처럼 질베스타를 쳐다봤다.

"이 시기에 회임이라니……. 당신은 정말로 플로렌치아 님 말고 다른 신부를 들이지 않을 생각인가요? 이젠 그런 말을 할 수 있는 나이도 순위도 아니잖아요? 플로렌치아 님만 생각하는 건 좋지만, 주위도 좀 보도록 하세요. 당신은 정말 언제까지고……."

콘스탄체의 말투가 동생을 타이르는 누나 말투가 돼버렸다. 작은 소리로 잔소리를 들은 질베스타가 삐친 것처럼 반론했다.

"딱히 의도해서 그런 건 아닙니다만, 결과적으로 그렇게 됐습니다. 아마 이 또한 제2 부인을 들이지 않아도 된다는 리베스크힐페의 가호에 의한 것이겠죠."

"또 그렇게 멋대로 생각해서……."

콘스탄체가 이마에 손을 짚었더니 아우브 프뢰벨타크가 쓸쓸하게 웃었다.

"영지 순위가 올라가도 플로렌치아를 소중히 여기고 있다는 걸 알아서 안심했습니다."

에렌페스트와 프뢰벨타크의 순위가 점점 벌어지는 와중에 플로렌치아를 나쁘게 취급하는 건 아닐까. 제2 부인과 제3 부인을 들이게 되면 큰일이 나는 건 아닐까. 이 사람은 그렇게 자기 동생 입장을 걱정하고 있었던 것 같다.

"프뢰벨타크에서는 뤼디거 님이 제사에 참여하신다고 들었습니다만, 영지의 상황은 어떻습니까?"

올해 프뢰벨타크는 단켈페르거와의 디터를 보류한 것 같고, 귀족원 봉납식에도 참가하지 않았다. 다른 곳보다 자기 영지에서 하는 신께 바치는 제사에 참여하는 프뢰벨타크의 상황을 듣고 싶어서, 그렇게 질문했다.

"뤼디거가 신전의 제사에 간 뒤로 수확량이 눈에 띄게 늘어서, 다른 영주 후보생이나 측근도 동행하거나 자신의 토지를 조금이나마 비옥하게 하려고 기베가 적극적으로 소성배를 채우기도 하고 있습니다. 단켈페르거와의 공동 연구 덕분에, 제사를 좀 더 효율적으로 할 수 있을 것 같습니다."

"그건 정말 훌륭한 일이네요. 그런데 영주 후보생이 신전에 출입하고 제사에 참여하는 것에 대해 반대하는 분들도 많지 않았나요? 저는 이번에 귀족원에서 의식을 치르면서, 신전이 꽤나 기피 받고 있다는 걸 알았습니다."

내가 그렇게 말했더니 콘스탄체가 "프뢰벨타크에서도 마찬가지였답니다"라고 말하면서 미소를 지었다.

"하지만, 시험해볼 가치가 있는 일은 뭐든 해봐야 하는 상황이었습니다."

아우브 프뢰벨타크가 "뤼디거의 말을 제일 먼저 받아들인 사람은 콘스탄체였습니다"라고 말하면서 미소를 지었다.

"영주 후보생을 신전장이나 신관장에게 맡기고, 제 자식을 신전의 제사에 참여시키고, 에렌페스트의 피를 물려받은 사람은 때때로 놀라운 결단을 하더군요. 계속해서 새로운 일을 하시는 로제마인 님은, 그야말로 에렌페스트의 영주 후보생답다고 생각합니다."

지금 프뢰벨타크에서는 귀족이 드나들 수 있도록, 그리고 영지 사람들이 조금이라도 편해질 수 도록, 신전을 빠르게 개혁하고 있다.

"왕족이 동석해서 제사를 치른 덕분에, 제사에 대한 기피감이 조금이나마 줄어든 것 같습니다. 이 기회에 정변에서 패배한 영지의 귀족들에게 기원식이나 수확제에 참여하는 쪽이 좋다고 가르쳐드리는 것이 좋을지도 모르겠다고 생각하게 됐습니다."

지금까지는 프뢰벨타크가 무슨 말을 해도 들어주지 않았다. 하지만 사람들이 제사에 관심을 가지게 된 지금이라면, 귀를 기울여주는 영지도 있을 거라고, 콘스탄체가 말했다.

"내년에는 영주 후보생이 직할지를 돌아다니며 기원식과 수확제에 참가한 데 따른 수확량 변화에 대해, 프뢰벨타크와 공동 연구를 하시는 건 어떨까요? 2년 동안 연속으로 늘어났으니까, 널리 알릴 가치가 있는 연구라고 봅니다. 어떠신가요, 질베스타?"

지금까지 영주 후보생이 직할지를 돌아다니면서 얻은 데이터는 프뢰벨타크와 에렌페스트밖에 없다. 콘스탄체의 말을 들은 질베스타는 "연구를 하는 건 학생들입니다, 누님"이라고 말하면서 씁쓸하게 웃었다.

"어떠실까요, 로제마인 님?"

하늘색 눈동자에 기대가 가득 차 있다. 영주 후보생이 직할지를 돌아다니며 제사를 해서 수확량이 늘어난 사례가 있다면, 신전의 개혁에 참여하는 영지가 늘어날지도 모른다. 프뢰벨타크와 공동 연구를 하는 건 상관없지만, 솔직히 말하자면 나는 도서관 마술구 쪽에 시간을 들이고 싶은데 말이다.

"저는, 계속 귀족원에 있는 건 올 한해로 끝낼 예정입니다. 그러니까 신전장인 제가 아니라 빌프리트 오라버니나 샤를로테의 문관이 주도해서 하는 쪽이 좋겠죠. 저도 가능한 협력 하도록 하겠습니다."

"그럼 빌프리트 님과 샤를로테 님께 이야기를 드려봐야겠군요. 로제마인 님, 부디 잘 부탁드리겠습니다."

프뢰벨타크 영주 부부는 빌프리트와 샤를로테의 테이블로 갔다. 그 뒷모습을 보면서, 질베스타한테 작은 목소리로 말했다.

"지금까지는 뤼디거 님이 신전에 드나든다는 것을 다른 영지에 말하지 않았나 보네요. 그런데 왕족이 신전의 의식을 재검토한 것과 동시에 자신들만 할 수 있는 연구를 가지고 와서 제안한 걸 보면, 순위가 떨어지기는 했어도 역시 상급 영지였던 곳은 뭔가 다르네요."

"정변 때문에 순위가 떨어지기는 했어도, 아우브 프뢰벨타크는 우수한 사람이었으니까. 수확량이 안정되고 귀족 숫자가 늘어나면 금세 다시 순위가 올라가겠지."

우리야말로 순위가 떨어지지 않도록 귀족의 의식 개혁이 필요하다고, 질베스타가 중얼거렸다.

# 디터와 단켈페르거의 시연

"아우브, 다음이 에렌페스트입니다."

일찌감치 완전 준비를 해야 한다고, 견습 기사들이 부르러 왔다. 우리는 자리에서 일어나, 견습 기사들의 싸움을 보기 위해 앞쪽으로 갔다. 발판 위로 올라갔더니 기렛센마이어의 갈색 망토가 뛰어다니는 모습이 보였다. 어떤 마수랑 싸우고 있나 봤더니 노란색 둥글둥글 몸에 뾰족하게 튀어나온 것들이 달린 마수 다섯이, 경기장 안에서 팔짝팔짝 뛰어다니고 있었다.

질베스타가 경기장을 보면서 "뭐냐, 저건?"이라고 말하며 눈살을 찌푸렸다.

"타우나델…… 이네요."

물고기를 해체했을 때 독으로 범벅이 돼 있어서 먹을 수 없었던 씁쓸한 기억이 있다. 꼬리가 달린 노란색 성게나 가시복처럼 생긴 마어(魔魚)다.

"아무리 봐도 경기장에서는 제대로 공격하지도 못할 텐데. 저런 상대라면 간단하지 않을까?"

"그렇지도 않아요. 온몸에 난 가늘고 긴 독침을 주위로 날려서 공격하니까, 대처 방법을 모르면 정말 위험해요."

내 말을 듣고, 주위에서 디터를 보고 있던 견습 기사들이 고개를 크게 끄덕였다.

"저기 쓰러져 있는 견습 기사들은 제일 처음 공격에 쓰러졌습니다.

바다에서 서식하는 녀석이니까 멀리서 둘러싸고 죽을 때까지 기다릴 수도, 바람의 방패로 둘러싸서 독침을 전부 토해내게 만들 수도 있지만, 전부 시간이 너무 오래 걸리죠."

타우나델을 상대로 고전하고 있는 기렛센마이어를 보며, 견습 기사들의 얼굴에 긴장감이 감돌기 시작했다. 자기들이 모르는 마수가 나오면 정말 곤란하다. 지식 부분을 담당하는 레오노레가 굳어진 얼굴로 경기장을 보고 있었다.

"저희 때에는 뭐가 나올까요? 영지 대항전 디터에서 이렇게까지 긴장하게 될 줄은 몰랐습니다."

레오노레가 살짝 불안하다는 심정을 드러낸 그때, 루펜의 목소리가 울려 퍼졌다.

"기렛센마이어, 종료! 다음은 에렌페스트!"

에렌페스트의 견습 기사들이 기수를 타고 경기장으로 내려갔다. 경기장 안을 한 바퀴 빙 돈 뒤에 밝은 황토색 망토가 제 위치에 가서 섰고, 군돌프가 앞으로 나왔다. 아무래도 올해는 프라우렘이 아닌 것 같다. 아까도 올도난츠를 날려서 완전히 화가 난 목소리로 소리를 질러댔으니까, 그 사람이 담당했다면 틀림없이 귀찮은 마수를 내보냈을 거야.

"올해는 프라우렘 선생님이 아니네요. 조금 안심했습니다."

"아냐, 군돌프 선생님도 안심할 수는 없다. 다양한 마수에 대해 잘 아실 테니까."

"빌프리트 님 말씀이 맞습니다. 공동 연구에서 마목(魔木)으로 마지(魔紙)를 만들 수 있다는 걸 알게 된 뒤에는, 마목에 대한 정보를 조금이라도 더 모으려고 했었습니다."

에렌페스트에는 어떤 마목이 있는지, 군돌프가 이그나츠한테 질문을 잔뜩 했었다. 대답을 제대로 못 했더니 "정말로 연구할 마음이 있기는 한 건가"라고 한심하다는 투로 말했다.

"그나저나 올해는 관전하는 분들이 정말 많군."

빌프리트의 말을 듣고, 나는 관전석을 빙 둘러봤다. 자기 영지 차례도 아닌데 몸을 앞으로 내밀고서 디터를 보고 있는 사람들이 많았다. 단켈페르거는 특히 사람 숫자가 많아서 유난히 눈에 띄고. 대체 어떤 마수가 나올지 모르는 탓일까, 마이너한 마수 때문에 예상치 못한 결과가 속출한 탓인지, 관객들이 작년보다 많이 흥분해 있는 것처럼 보인다.

"성인 기사들도 다른 영지의 그다지 유명하지 않은 마수를 볼 기회는 거의 없습니다. 처음 보는 마수를 어떻게 쓰러트려야 좋을지 생각하느라 잔뜩 흥분했겠죠."

그러는 사이에 군돌프가 슈타프로 마법진을 기동시켰다. 번쩍, 하고 강한 빛을 한 번 내뿜고, 그 빛이 가라앉자 마법진 위에 이파리가 잔뜩 우거진 커다란 나무가 나타났다.

"저건 마목일까요?"

"마목이겠죠. 여기서 보통 나무가 나오면 군돌프 선생님이 비난받습니다."

하지만 난세이브처럼 그 자리에서 움직이는 건 아니었다. 에이폰처럼 소리를 질러대는 것도 아니고. 토론베처럼 주위의 마력을 모조리 빨아들이는 타입도 아닌 것 같다. 생김새도 보통 나무라서, 류엘 나무처럼 한눈에 봐도 판타지 같은 느낌이 아니다.

음…… 이 나무는 무슨 나무냐고 노래를 부르고 싶어지는 나무네.

전혀 움직이지 않아서, 정말 마목이 맞는지 의심하게 될 지경이다.

"처음 보는 마목이네요. 대체 뭘까요?"

재미있는 종이를 만들 수 없을까 시험하기 위해, 기베들에게 에렌페스트에 있는 마목에 관해 물어보고 다닌 적이 있다. 하지만 다른 영지의 마목에 대해서는 잘 모른다. 나는 걱정이 돼서, 견습 기사들 중심에 있는 레오노레를 응시했다. 레오노레는 저게 뭔지 알고 있을까.

"유디트 외에는 전원 토론베를 사냥할 때에 다루는 것과 마찬가지로, 가지를 쳐내기 위한 무기로 변경해 주십시오! 상급 기사는 순서대로 마력을 모아 주시고! 알렉시스는 준비를."

자기 슈타프를 할버드로 변화시키고 마력을 모으기 시작하며 지시를 내리는 레오노레의 목소리에서는 확실한 자신감이 느껴졌다. 아무래도 알고 있는 마목인 것 같다.

"유디트는 신호에 따라서 가장 위력이 강한 마술구를 구미모카에게 날려주세요. 다들 알고 있다시피, 일정 이상 위력의 공격과 동시에 잎사귀 사이에 숨어 있는 가는 가지가 잔뜩 튀어나올 겁니다. 쭉 뻗는 건 겨우 몇 초. 그 사이에 최대한 많이, 가지를 쳐내 주세요. 단, 가지를 직접 건드리면 안 됩니다. 가지 끝에 가시가 있고, 심한 마비를 일으킨다고 합니다."

……구미모카? 그거 고무나무잖아?

토론베 같은 마목인데 에렌페스트 근처에는 없다고, 페르디난드가 가르쳐줬던 것 같다.

"이그나츠, 마리안네, 군돌프 선생님이 저 구미모카를 불러냈다는 건 드레반헬에 서식한다는 뜻일까요? 아니면 그냥 알고만 계실 뿐이

고 다른 곳에 서식하는 걸까요? 소재를 구할 수 있는지 질문을 드리고
싶은데……."

나는 군돌프와 교류한 적이 있는 이그나츠와 마리안네에게 질문해
봤다. 하지만 두 사람도 잘 모르고 있다.

"나중에 군돌프 선생님께 여쭤보겠습니다."

……이게 선생님의 마력으로 만들어낸 시합용 마목이 아니었다면
'소재 회수를 우선하세요!'라고 소리 질렀을 거야. 아으으, 고무가 갖
고 싶어!

고무가 있으면 할 수 있는 일들을 생각하면서 구미모카를 보고 있
었더니, 리젤레타가 내 어깨에 살며시 손을 얹었다.

"로제마인 님, 몸이 너무 앞으로 기울어져 있습니다. 구미모카의 정
보가 탐난다고, 본인도 모르는 사이에 군돌프 선생님을 찾아가지 않
도록 조심하세요."

그러다가 계속 정보를 빼앗길 위험이 있습니다, 라고 주의도 줬다.
하긴, 위험할지도 모르겠다. 하지만 나는 처음 보는 구미모카한테 마
음이 사로잡혀 있었다.

"로제마인 님, 군돌프 선생님께 여쭙기 전에 먼저 레오노레에게 물
어보시도록 하세요. 보자마자 이름과 대처 방법까지 생각났을 정도로
조사했습니다. 서식지 정도는 알고 있겠죠."

"그, 그렇군요."

구미모카를 불러낸 군돌프한테 물어봐야겠다는 생각만 했었는데,
레오노레라면 서식지 정도는 알고 있겠지. 희망이 보였다.

"설령 서식지를 안다고 해도, 다른 영지에만 서식하는 특수한 마목
이면 입수를 포기해주세요. 채집을 위해 여러 명의 기사를 데리고 가

는 것은 무리한 일이니까요."

다른 영지의 기사가 에렌페스트의 소재를 갖고 싶다면서 찾아오면 곤란하겠죠? 코르넬리우스가 그렇게 타일렀다. 나는 단켈페르거의 기사들이 단체로 소재를 찾으러 다니는 모습을 떠올리면서 납득했다. 그런 짓을 하면 정말 곤란하니까.

"그럼, 소재 거래는 어떨까요?"

"로제마인 님의 경우에는 본인이 원하시는 물건을 위해서라면 상대가 뭘 요구해도 받아들일 우려가 있으니까 찬성할 수 없습니다."

내 제안은 코르넬리우스가 매섭게 잘라버렸다. 측근들은 '에렌페스트 안에서 끝낼 수 있는 일이라면 모를까, 다른 영지와 거래를 해야 하니까'라면서 코르넬리우스한테 찬성했다.

······갖고 싶은 걸 위해서라면 수단 방법을 가리지 말아야 한다고 생각하는데 말이다.

주위에서 열심히 타이른 덕분에, 나는 약간 체념하면서 구미모카를 봤다.

경기장에서는 토론베 퇴치 때도 봤던 할버드 모양으로 변화시킨 슈타프를 든 견습 기사들이, 구미모카 주위에 산개해 있었다. 가지가 얼마나 뻗어 나올지 모르니까, 약간 경계하는 느낌으로 거리를 두고 있다. 상급 견습 기사들은 지시받은 대로 마력을 모으고 있어서, 무기들이 무지개 같은 색으로 빛나고 있다.

"저런 공격은 누구나 할 수 있는 건가요?"

"예. 자신이 가진 마력을 무기에 모아서 터트리는 것뿐이니까, 조금만 훈련하면 누구든 할 수 있습니다. 단, 마력량과 속성 숫자에 따라 위력이 완전히 달라지니까, 하급이나 중급 기사에게는 큰 의미가 없습니다. 상급에 가까운 마력량을 지녔다면, 중급 기사 중에서도 가능한 자가 있겠죠."

온몸의 마력을 모아서 터트리는 공격이니까 완전히 쓰러트릴 수 있다고 계산했거나, 회복약이 있고 회복하는 중에 도와줄 사람이 있어야만 쓸 수 있는 기술이라고 한다. 이번에는 봉납식에서 나눠준 회복약 중에 남은 것도 있으니까, 아마 괜찮겠지.

"유디트는 이파리가 우거진 곳에, 상급 기사는 순서대로 줄기 위쪽, 색이 조금 달라진 곳이 있죠? 제가 이름을 부르면 그 부분을 공격하세요!"

"예!"

사람들이 자세를 잡은 걸 보고, 레오노레가 높이 들고 있던 손을 아래로 내렸다.

"유디트!"

"하앗!"

기수에 탄 견습 기사들이 할버드를 휘둘러서, 쭉 뻗어 나온 가느다란 가지를 차례로 베어 나갔다. 하지만 가느다란 가지가 쭉 뻗어 나온 건 겨우 몇 초뿐이었다. 바로 잎사귀 속으로 들어가고, 이번에는 촉수처럼 흔들흔들 꿈틀꿈틀 움직이면서 주위에 있는 견습 기사들을 붙잡으려고 했다. 잎이 잔뜩 우거진 부분에서 촉수가 꿈틀거리면서 나오는 모습이 왠지 해파리 같다.

……가지에 닿으면 마비된다는 건, 한마디로, 나무 해파리! 구미모카는 나무 해파리. 상당히 위험. 좋았어, 기억했다.

"그 가지는 뻗어 나왔을 때만 벨 수 있습니다! 일단 물러나세요! 제가 치겠습니다!"

견습 기사들을 일단 뒤로 물린 레오노레는, 자기가 모으고 있던 마력을 구미모카에게 때려 넣었다. 기합이 들어간 목소리와 함께 크게 휘두른 할버드에서 무지갯빛이 뿜어져 나왔고, 줄기 위쪽에 있는 색이 아주 조금 옅어 보이는 곳을 향해 날아갔다.

착탄과 동시에 구미모카가 버스럭, 하고 잎을 크게 흔들었다. 마치 온 힘을 다한 마력 공격이 소용없었다는 것처럼, 평소처럼 주위에 충격이 찾아오질 않았다. 예상 밖의 일이라서 눈이 휘둥그레져 있는데, 그 직후에 가느다란 가지가 쭉 뻗어 나왔다.

"잘라!"

뻗어 나온 한순간을 놓치지 않고, 할버드를 휘둘러서 위험한 가지를 잘라냈다. 레오노레는 "나탈리에, 마력을 모아!"라고 지시를 내리고는, 회복약을 마시면서 기사들의 움직임을 가만히 지켜봤다.

이대로 마력을 이용한 전력 공격을 계속하려는 걸까. 정말로 효과가 있는 걸까. 걱정하면서 지켜보고 있었지만, 레오노레는 거침없이 지시를 내렸다.

"알렉시스!"

"하아아아아아아아앗!"

레오노레가 지시하자 이번에는 알렉시스가 마력을 때려 넣었다. 상당히 커다란 빛을 날렸는데, 역시 주위에 충격이 울리지 않았다. 뻗어 나온 가느다란 가지를 자르고, 가지가 다시 들어간 걸 보고, 기사들은 재빨리 구미모카한테서 떨어졌다. 그리고는 다음 공격.

"트라우고트, 준비를! 나탈리에!"

지시한 대로 트라우고트가 무기에 마력을 모으기 시작했고, 나탈리에가 마력을 때려 넣었다. 모아놓은 마력량과 속성에 따라서 위력이

달라진다는 코르넬리우스의 말이 무슨 뜻인지 알겠다. 여러 마력이 뒤섞인 복잡한 무지개색도 제각기 색이 다르고, 위력이 전혀 달랐다.

"가늘고 위험한 가지는 거의 잘라낸 것 같지 않나요? 이젠 거의 나오지 않는데."

나탈리에의 공격에는 가지가 거의 뻗어 나오지 않았다고, 안게리카가 중얼거렸다. 몸이 근질거려서 못 견디겠다는 것처럼 보이는데, 안게리카도 참가하고 싶은 건지도 모른다.

"유디트, 비장의 수단으로 잎을 날려버리겠습니다! 전원 거리를 벌려! 마티아스, 마력을!"

"예!"

레오노레의 다음 지시는 마력을 모으고 있던 트라우고트가 아니라 유디트에게 내려졌다. 유디트는 재빨리 마술구를 넣어둔 허리 주머니에서 주먹 크기의 마술구를 꺼내더니, 슬링을 이용해 날려버렸다.

유디트가 던진 마술구가 수북하게 우거진 나뭇잎 속으로 빨려드는 것처럼 날아갔다. 다음 순간, 무지개색 마력을 맞아도 울리지 않았던 수준의 커다란 폭발음이 터져 나왔고, 수많은 잎사귀가 순식간에 타버렸다.

"뭐, 뭐죠, 저건!"

"속도를 겨루는 디터에서 이런 마술구를 사용하는 겁니까?"

코르넬리우스와 안게리카가 깜짝 놀라서 소리를 질렀다. 경기장 안에서도 술렁거리는 소리가 들려왔고. 그러고 보니까, 속도를 겨루는 디터가 된 뒤로 마술구를 사용하는 영지는 거의 없다고, 마티아스가 말해줬던 것도 같은데.

"하르트무트가 단켈페르거와의 디터를 위해 제작한 마술구입니다.

아까우니까 영지 대항전에서 쓰기로 했었는데, 예상보다 엄청난 위력이군요."

"저걸 단켈페르거 상대로 쓸 예정이었다는 얘기에 놀랐어요. 인정사정없네요."

"……정말로 질 것 같을 때 사용할 비장의 수단입니다."

잔뜩 우거져 있던 잎사귀가 완전히 타버려서 없어졌지만, 구미모카는 쓰러지지 않았다. 줄기 위쪽은 불꽃에 휩싸였는데도 하나도 타지 않았는지, 색이 옅은 부분이 그대로 남아 있다.

……대체 얼마나 강한 거야, 구미모카?!

그런 생각을 하고 있는데, 색이 옅은 부분보다 조금 위쪽, 가지가 갈라져 있는 줄기의 꼭대기 부분이 희미하게 빛나기 시작했다. 동시에 가지 일부가 흔들흔들 움직이기 시작하며, 또 촉수 같은 가지를 만들어내려고 했다.

"뻗어 나오기 전에 끝냅니다. 트라우고트, 마티아스는 위에서 공격! 전원, 방패 준비!"

"예!"

레오노레의 지시에 맞춰서 트라우고트와 마티아스가 서로의 움직임을 보며 높이, 높이, 기수를 몰아서 올라갔다. 무지개색으로 빛나는 무기가 그리는 궤적이 정말 아름답다.

"이야아아아아아!"

"하아아아아아아!"

두 사람이 할버드를 휘두르면서 낙하하는 것처럼 달려들었다. 트라우고트와 마티아스, 두 사람의 무지개색 빛이 마치 벼락이라도 되는 것처럼 똑바로, 구미모카를 꿰뚫었다.

착탄하면서 울린 콰광도 아니고 쿠궁도 아닌 소리는, 구미모카가 갈라지면서 내는 뿌득뿌득 소리에 묻혀버렸다.

그 직후, 구미모카와 마법진의 빛이 사라졌다. 하지만 온 힘을 다해서 마력을 때려 넣은 충격은 사라지지 않았다. 방패를 들고 있는 견습 기사들이 필사적으로 충격을 견디고 있는데, "에렌페스트, 종료!"라는 루펜의 목소리가 울렸다.

"잘 했다. 정말 훌륭한 디터였다."

견습 기사들이 경기장에서 돌아오자, 질베스타가 살짝 흥분해서 칭찬해줬다. 마이너한 마수들만 나와서 견습 기사들이 당황하고 시간이 오래 걸리는 와중에, 망설이지도 않고 차례차례 공격을 펼치는 에렌페스트 견습 기사들은 정말 두드러져 보였다.

"이렇게까지 다른 영지의 마물에 정통한 자가 있을 줄은 몰랐다, 레오노레."

"황송합니다. 하지만, 구미모카에 대해 알고 있는 이는 저 하나만이 아닙니다. 누구나 싸울 수 있도록, 그리고 소중한 정보를 물려주기 위해서 견습 기사 모두가 기억해뒀습니다."

레오노레는 자랑스럽다는 것처럼 그렇게 말하면서 견습 기사들을 둘러봤다.

"올해는 제가 지휘하는 입장이었기에 제 활약이 눈에 띄었겠지요. 하지만 누가 지휘를 맡더라도, 에렌페스트의 견습 기사는 구미모카를 쓰러트렸을 것입니다. 앞으로 제가 졸업한 다음 해에도 그다음 해에도, 마물에 관한 지식을 잃어버리는 일은 없습니다."

다 같이 지식을 공유할 수 있도록, 책장에는 레오노레가 알고 있는 마물에 대해 정리해놓은 자료가 있다. 그걸 읽고 기억하면 되니까. 그 지식은 앞으로도 계승될 거라고 말하며, 레오노레는 미소를 지었다.

"나는 아우브로서 그대들의 노력을 자랑스럽게 여긴다."

질베스타의 칭찬하는 말에 고개를 끄덕이며 한 걸음 앞으로 나온 사람은, 칼스테드 대신 질베스타의 호위를 맡은 기사단 상층부 사람이었다.

"그대들의 노력을 보여준 것은 지식만이 아니다. 지시에 따르고, 상급 기사들의 공격으로 튀어나온 가는 가지를 잘라낸 중급과 하급 기사들의 움직임도 참으로 재빠른 것이었고, 연계 또한 훌륭했다. 성인이 되어야 참가할 수 있는 토론베 토벌에, 지금 당장이라도 참가해도 될 정도의 활약이었다고 생각한다. 그대들은 참으로 강해졌다. 계속 그대로 정진하기를 바란다."

"예!"

기사단에서도 칭찬을 받고, 견습 기사들은 기쁘다는 것처럼 얼굴을 마주 보며 웃었다. 힘을 합쳤다. 결과를 냈다. 그런 성취감으로 가득 찬 얼굴이다.

"이 뒤에 견습 기사들은 샤를로테와 로제마인을 지키면서 다른 영지의 디터를 관전해주게. 빌프리트는 이쪽이다."

질베스타는 빌프리트를 불렀고, 우리한테는 디터를 보고 오라는 말을 남기고 사교장으로 돌아갔다. 나는 같이 있지 않아도 되는 걸까, 같은 생각을 하면서 질베스타와 빌프리트가 자기 측근들을 데리고 사교장으로 돌아가는 모습을 보고 있었더니, 샤를로테가 피식 웃었다.

"언니, 그렇게 걱정하는 표정 짓지 않으셔도 괜찮아요. 오라버니가 사교에 익숙해지도록, 그리고 아마도 제 결혼 제안에 대한 대처니

까요."

샤를로테는 그렇게 말하면서 내 손을 잡았고, 받침대 있는 곳으로 유도해줬다. 그리고 측근과 견습 기사들한테 빙 둘러싸인, 정말로 아무도 다가올 수 없을 것 같은 상태가 되었다.

"상위 영지에서 많이 지적했던 것처럼, 지금은 아직 언니 한 사람의 공적으로 순위를 올리고 있을 뿐이에요. 에렌페스트의 내정이 안정될 때까지는 순위가 확정됐다고 할 수 없습니다. 에렌페스트 귀족들의 의식을 개혁하지 않으면, 제 혼처도 정할 수 없어요."

에렌페스트를 상위 영지로 취급해도 되는 걸까, 금세 순위가 떨어질 거라고 생각하는 쪽이 좋을까, 다른 영지들은 아직 결론을 내리지 못했다. 그래서 샤를로테한테 구혼하는 영지들도 상당히 폭이 넓은 것 같다.

"……상당한 의식 개혁이 필요할 거라고 생각하지만, 제가 졸업할 무렵까지는 주위에서도 상위 영지답다고 인정받게 됐으면 좋겠네요."

그렇게 되면 상대를 정하기도 상당히 편해진다고, 샤를로테가 말했다. 서로를 위해서라면 에렌페스트와 어느 정도 수준이 맞는 상대가 좋지만, 지금은 그 수준의 기준을 정할 수 없다.

"저기, 샤를로테. 지금까지 에렌페스트는 그다지 절박하다는 느낌이 없었잖아요. 중립에 서서 정변을 거쳐 온 덕에, 패배해서 크게 기운 영지들과 다르게 큰 변화는 필요 없었어요. 하지만 숙청 때문에 어쩔 수 없이 큰 변화가 일어났겠죠."

구 베로니카 파벌이 숙청되고 처벌받는 사람들이 속출하면서 내정이 큰 혼란에 빠졌을 텐데, 그 큰 혼란을 틈타서 여러 가지를 효율적으로 만들고 의식을 바꿔야만 한다.

"하지만 그런 이야기는 영지에 돌아가서 해도 되겠죠. 지금은 영지 대항전을 즐기도록 해요, 샤를로테."

"예, 언니."

디터에서는 처음 보는 마물들이 차례로 나왔다. 마물에 관해서 공부한 견습 기사들의 정확한 공략 방법 해설을 들으면서 관전하니까, 디터가 정말 재미있었다.

코르넬리우스가 감탄했다는 것처럼 "다들 정말 열심히 공부했군. 레오노레가 가르쳐줬지?"라고 칭찬했고, 레오노레는 수줍게 기뻐했다. 그 모습이 한눈에 봐도 오랜만에 만난 연인 같았고, 다무엘이 없어서 다행이라는 생각도 살짝 들었다.

"그러고 보니까 안게리카는 트라우고트의 성장을 보러 온 거죠? 어떤가요?"

여기에도 사랑 이야기로 발전할 것 같은, 정도가 아니라 어떻게든 발전했으면 좋겠다고, 주위에서 마른 침을 삼키면서 지켜보고 있는 사람이 있다. "하다못해, 코르넬리우스보다 강한 사람이어야"라고 말하는 안게리카의 눈에, 트라우고트는 어떻게 보였을까.

사람들이 주목하는 속에서, 안게리카는 뺨에 손을 얹고서 "⋯⋯보니파티우스 님이 얼마나 강한지 새삼 확인했습니다"라고, 미소를 지으며 말했다. 아무래도 주위에서 기대하는 대로 되어가지는 않을 것 같다.


"이것으로 모든 디터가 끝났습니다. 여기서 단켈페르거 기사들이 의식을 피로할까 합니다."

루펜의 목소리에 맞춰 "오오오오⋯⋯." 하고 함성을 지르며, 단켈페르거의 파란 망토들이 기수를 타고서 일제히 경기장으로 내려갔다. 학생들이 디터를 시작하기 전에 경기장을 한 바퀴 돌았던 것처럼 경기장 안을 빙글 돈 뒤에, 단켈페르거 기사들은 기수를 사라지게 하고서 경기장으로 뛰어내렸다.

아우브 단켈페르거를 중심으로, 기사들이 원형으로 줄지어 섰다. 아주 익숙한 움직임이다. 각자 정확한 위치에 섰다는 것도 알 수 있고. 다른 사람들은 아무도 슈타프를 꺼내지 않았는데, 아우브 단켈페르거 혼자만 오른손에 라이덴샤프트의 창을 쥐고 있다. 단켈페르거 신전에서 빼앗, 이 아니라 빌려왔을 것이다. 봉납식 직후 시기인데도 창끝의 마석이 파란색인데, 아마도 영지 대항전을 위해서 아우브 자신이 직접 마력을 보충했겠지.

창 자루 끝으로 쿵, 소리가 나게 땅바닥을 내리찍고, 아우브가 입을 열었다.

"성인 기사 중에는 귀족원에서 루펜에게 배운 이가 없어서, 의식의 춤을 모르는 이도 많을 것이다. 연구 발표를 보고 듣는다고 해도, 어떠한 효과가 있을지는 모를 것으로 여겨진다. 따라서, 단켈페르거 기사단이 의식을 시연하기로 했다. 오랜 시간 속에서 조금씩 변질되고 잊힐 뻔했던, 진정한 제사와 신구를 보여주도록 하겠다!"

오오, 하는 감탄하는 목소리가 예상보다 큰 소리로 울려서 깜짝 놀라며, 나는 경기장 안을 둘러봤다. 모든 영지가 관심이 있는지, 대부분의 관객이 앞쪽으로 몰려가서 단켈페르거의 의식을 보려 하고 있다.

"원래는 싸움 전날에 의식을 치러서 축복을 받고, 다수의 축복에 몸을 적응시키고, 싸움에 대비해 마력을 회복할 필요가 있다."

축복이 많으면 에렌페스트의 견습 기사들이 자기 몸을 마음대로 다루지 못했던 것 같은 사태에 빠지고, 보통 회복약을 사용해도 바로 회복되지 않으니까.

"허나, 단켈페르거의 기사들은 더이상 그런 시간이 필요 없다. 사전에 몇 번이나 의식을 치러서 축복을 받는 데 필요한 마력량을 대략적으로 계산하고, 의식에 참가하는 인원을 늘려서 한 사람에게 가는 부담을 줄일 수 있게 됐기 때문이다."

회복약이 없어도 시연을 할 수 있도록 미리 조정하고 온 것 같다. 정말 놀라워. 지크린데가 날 원망하려는 기분을 조금이나마 알 것 같다.

"그리고 이것은 신전에서 빌려온 진짜 신구, 라이덴샤프트의 창이다."

아우브 단켈페르거는 그렇게 말하면서 두 손으로 꽉, 라이덴샤프트의 창을 쥐었다. 그리고 그대로 마력을 불어넣었다. 라이덴샤프트의 창 전체가 파란색으로 물들어갔고, 빠직빠직하면서 방전하는 것 같은 빛을 두르기 시작했다.

"뭐, 뭐지, 저건?!"

"신전의 신구가 저렇게 되는 건가?!"

신전에 가본 적도 신구를 직접 본 적도 없는 귀족들이, 파랗게 빛나는 라이덴샤프트의 창을 보고서 놀라는 목소리가 들려왔다.

"싸움에 임하는 우리에게 힘을!"

파랗게 빛나는 창을 쥐고, 아우브 단켈페르거가 울부짖는 것처럼 외쳤다. 그리고 동시에, 슈타프를 꺼낸 기사들이 일제히 "란체!"라고 외치며 창으로 변화시켰다.

노래하면서 창을 돌리고, 창 자루 끝으로 지면을 때렸다. 창을 고쳐

잡고, 마석으로 만든 갑옷 부분과 부딪치면서 나는 금속적인 소리가 박자를 맞추는 것처럼 울리는 것도 전에 봤을 때와 똑같았다. 그런데도 견습들보다 성인들의 의식이 훨씬 익숙해 보인다. 움직임이 척척 맞는 건 물론이고, 용맹한 움직임인데도 흐르는 것처럼 우아한 느낌까지 겸비하고 있다. 그 덕분에 같은 의식인데도 많이 달라 보인다.

"싸워라!"

아우브 단켈페르거가 라이덴샤프트의 창을 높이 들어 올리고, 주위에 있는 기사들도 "오오!" 하고 용맹한 목소리로 외치며 하늘이라도 찌를 것처럼 일제히 창을 높이 들었다.

동시에 파란 빛의 기둥이 펑, 하고 솟아났다. 축복의 빛이 쏟아지고, 일부는 어딘가로 날아갔다.

귀족원에서 의식을 치르면 당연히 일어나는 광경인데, 역시 영지에서는 안 일어나는 현상이겠지. 처음 보는 빛의 기둥 때문에, 단켈페르거 쪽에서도 놀랐다는 목소리가 터져 나왔다. 그리고 에렌페스트의 성인들도 빛의 기둥을 처음 보고는 믿을 수 없다는 표정을 지었다.

"이게, 빛의 기둥인가……."

보고서를 읽었어도, 실제로 보지 않으면 모를 현상이겠지. 어느새 내 뒤쪽에 서 있던 질베스타가 중얼거린 말에, 나와 샤를로테가 고개를 끄덕였다.

"귀족원에서 의식을 치르면 반드시 일어납니다. 정말 신기하죠."

학생 중에도 빛의 기둥을 본 사람은 많지 않았다. 단켈페르거와 에렌페스트 학생 외에는 봉납식 에 참가했던 영주 후보생과 상급 문관 정도니까. 그리고 단켈페르거와 비교적 가까운 기숙사 사람들 정도이려나.

"그렇군. 당연하다는 얼굴로 이러한 현상을 일으킨다면 성녀네 여신의 화신이네 하는 말을 들을 만도 하군."

단켈페르거의 기사들은 루펜이 만들어낸 마물을 격퇴했다. 속도도, 공격력도, 복수의 축복을 받는데도 바로 움직이는 강인함도, 학생들과는 천지 차이다.

마지막에는 한넬로레가 나와서 신들께 승리를 바치는 의식을 치렀고, 그것을 통해 받았던 축복을 신들에게 돌려보냈다. 슈타프를 페어퓌레메어의 지팡이로 변화시키고, 머리 위에서 동그라미를 그리는 것처럼 천천히 돌린다. 쏴아, 쏴아 하는 파도 소리가 나고, 기사들의 몸에서 피어오른 아지랑이 같은 마력이 하나로 모이고, 하늘 저 높은 곳을 향해 올라갔다.

"이상이 단켈페르거에 전해지는 신께 바치는 제사다."

파란빛을 잃은 라이덴샤프트의 창을 손에 든 아우브 단켈페르거의 목소리가 울렸다. 관객석에서는 감탄과 흥분한 목소리가 터져 나왔다.

# 첫 표창식

"이 뒤에는 표창식이 있다. 다섯 점 종이 울리면 학생들은 경기장으로 내려오도록."

단켈페르거의 의식에 흥분해서 술렁대는 관객석에서도 잘 들리도록, 루펜이 목소리를 증폭시키는 마술구를 사용해서 다음에 할 일에 관한 지시를 내렸다.

"정리를 시작해야겠네요."

작년과 마찬가지로 다섯 점 종이 울릴 때까지 짧은 시간 동안 정리를 마쳐야 한다. 견습 문관들은 연구 발표를 위해서 꺼내놨던 소중한 마술구 등을, 견습 시종들은 손님한테 내놨던 다기와 과자를 차례로 치웠다. 다들 바쁘게 움직이는 동안, 나는 잠시 의자에 앉아서 휴식. 디터를 관전하려고 계속 서 있던 탓에, 다리가 많이 아팠으니까.

……그런데, 몸 상태가 괜찮은 걸 보면, 나, 정말 튼튼해졌구나.

데엥~ 데엥~ 하고 다섯 점 종이 울리면 다들 하던 일을 멈추고 표창식을 치르기 위해서 경기장으로 내려가기 시작한다. 다양한 색의 망토가 펄럭이면서 차례차례 기수에서 내리는 모습이 꽤나 장관이다.

"빌프리트 오라버니, 샤를로테. 저희 쪽 사람들의 유도를 부탁드릴게요."

모든 영지의 학생들이 일제히 내려가니까, 너무 혼란스러운 탓에 조금만 잘못해도 사소한 다툼이나 싸움이 벌어지는 경우도 있다. 작년처럼 사람들을 유도해달라고 부탁했더니, 빌프리트가 흔쾌히 받아들어줬다.

"그래. 너는 아버님과 같이 거기 앉아 있어라. 이 뒤에 숙부님의 잔소리가 기다리고 있으니까. 쉬어둘 필요가 있겠지."

"칭찬하는 말이라고 해주세요! ……전, 잔소리 듣기 전에 칭찬부터 받을 거예요!"

굳은 결심은 하고 있지만, 만나자마자 얼굴을 꼬집히는 새로운 기록도 세웠으니까. 빌프리트조차도 잔소리를 들을 게 확실하다고 생각한다면, 뭔가 대책이 필요할 수도 있겠다.

……잔소리를 하려고 입을 연 순간에 콩소메 수프를 페르디난드님의 입에 쑤셔 넣는다든지, 거기에 대항해서 나도 잔소리 스밀이랑 같이 잔소리를 시작하는 건, 어떨까?

생각에 잠겨 있는데, 질베스타가 내 볼을 살짝 찔렀어. 고개를 들어서 질베스타를 봤더니, 뭔가를 떠올리려는 것 같은 표정을 짓고 있었다.

"복잡한 표정 지을 필요 없다, 로제마인."

"양아버지?"

"단상에서 왕께서 내리시는 칭찬의 말을 듣고 오면 그걸로 충분하다. 그걸로 자랑하면 그 녀석은 야단치지 못한다. 너는 이번으로 3년 연속 최우수 학생이지만, 우리 쪽 사정 때문에 표창식은 처음이니까."

질베스타의 말에, 나는 페르디난드의 귀족원 시절 이야기를 떠올렸다. 아버지께 칭찬받을 귀중한 기회가, 최우수를 따냈을 때였다고 말했던 것 같다.

"도가 지나친 경우도 많지만, 그래도 너는 열심히 하고 있다. 오늘 정도는 페르디난드한테 칭찬을 받아도 되겠지. 보고서를 읽지 않아서, 네가 저지른 일들에 대해 자세히 알지는 못할 것이다."

질베스타는 너에게 잔소리하는 건 에렌페스트에 돌아간 다음에 해도 좋을 거라고 했지만, 나는 그 배려 때문에 가슴이 살짝 아파왔다.

"저, 양아버님. 제가, 편지에 이것저것 적어버렸는데, 괜찮을까요?"

"검열해도 괜찮은 내용이었겠지? 네가 먼저 쓸데없는 소리를 하지만 않으면 문제없지 않을까?"

빛나는 잉크로 뒷면에 쓸데없는 소리를 잔뜩 써버린 것 같아요, 라는 소리는 못 했지만, 내가 입을 다문 걸 보고 질베스타가 뭔가를 눈치챈 것 같다.

"그렇군. 그렇다면, 그건 네 책임이다. 제대로 혼나라."

"아으으……."

"그보다, 슬슬 가봐라. 왕의 말씀은 지극히 영광입니다, 라고 대답하면서 받아들이면 된다. 제발 쓸데없는 소리는 하지 마라. 제발. 알겠지?"

몇 번이나 다짐을 받고, 나는 질베스타 곁을 벗어났다. 측근들에게 둘러싸인 채, 기수를 타고 경기장에 내려갔다. 위에서 보면 망토 색 덕분에 내가 어딜 가면 되는지 일목요연하게 알 수 있어서 너무 좋다.

경기장에 내려가서 에렌페스트 사람들이 줄 서 있는 곳으로 갔다. 먼저 내려와 있던 빌프리트랑 샤를로테와 "올해도 에렌페스트에서 성적 우수자가 많이 나오면 좋겠네요" 같은 이야기를 하는 사이에 학생들이 다 모였는지, 왕족이 들어왔다.

주위를 경계하는 검은 망토를 펄럭이는 기사단에게 둘러싸인 채, 날개를 크게 펼친 왕족의 기수가 차례로 내려와서는 단상으로 올라갔다. 왕과 제1 부인. 그리고 지기스발트, 아돌피네, 나엘라헤, 아나스타지우스, 에그란티느가 그 뒤를 이었다.

……이렇게 보니까, 왕족 대부분이 봉납식에 왔었구나.

왕의 아내가 아무도 없기는 했지만, 다음 세대에서는 전원이 봉납식에 참가하지 않을까. 지금 생각해보면, 내가 정말 엄청난 의식을 치렀던 것 같다.

"생명의 신 에이비레베의 엄격한 선별을 받는 겨울, 그대들 또한 엄격한 선별을 받아서 여기에 모였다."

작년처럼 왕의 인사로 표창식이 시작됐다. 소리를 증폭시키는 마술구가 낭랑한 목소리를 경기장에 울려 퍼지게 해줬다. 봉납식 때보다 목소리에 힘이 있다. 기분 탓이 아니라면 정말 기쁜 일이다.

"그럼, 올해 디터에 관한 표창을 하겠습니다. 3위까지는 대표자가 앞으로 나오도록."

중앙의 귀족이겠지. 검은 망토를 걸친 남성이 그렇게 설명하고, 3위까지의 영지를 호명했다.

"1위, 단켈페르거."

스스로 축복을 받을 수 있게 된 데다가 마물 연구도 게을리하지 않았던 단켈페르거가 당당하게 1위였다. 흠잡을 데가 없을 만큼 빨랐으니, 주위에서도 역시 단켈페르거라고 납득하는 분위기였다.

"2위, 클라센부르크."

클라센부르크도 마물 지식이 풍부했는지, 전혀 망설이지 않고 공격으로 이행했다. 역시 오랫동안 쌓아온 지식 덕분이겠지. 게다가 운 좋게도 구미모카처럼 끈질기고 쓰러트리기 힘든 마수가 아니었기에, 상당히 빨리 쓰러트렸다. 클라센부르크는 운이 좋은 것 같다.

"3위, 에렌페스트……. 이상, 앞으로!"

에렌페스트의 이름이 나온 순간, 경기장 안이 술렁거렸다. 모의전에서는 6위였던 에렌페스트가 3위에 올라갔으니까. 그리고 에렌페스트의 역사를 찾아봐도, 지금까지 영지 대항전에서 3위에 올라간 일은 없었다.

"알고 있는 마물이라서 그랬겠지. 에렌페스트와 드레반헬의 연구에서는 마목이 아주 중요했으니까."

"틀림없이 군돌프 선생님께 그런 마물을 불러내 달라고 부탁했을 거야."

앞쪽에서 그런 목소리가 들려왔다. 쿡쿡하고 악의로 가득 찬 웃음소리가 술렁거리는 공기 속으로 퍼져나간다. 매정한 말에 레오노레와 마티아스 등의 얼굴이 굳어져 버렸다.

나는 '그런 사전 교섭이 가능할 정도로 재주가 좋으면, 에렌페스트가 외교를 못 한다는 소리를 들을 리가 없잖아. 디터는 실력이라고요' 라고 반론하고 싶지만, 앞쪽에서 들려온다는 건 상위 영지라는 뜻이다. 그냥 참아야 할지 말해야 좋을지, 고민하고 있는데 또 다른 목소리가 들려왔다.

"어떤 선생님이 어느 영지의 마물을 담당할지는 직전에 정해지는데, 그런 교섭이 가능할 리가 없지 않은가. 자기 영지 견습 기사가 한심했다고 해서 다른 영지를 멸시하는 건 아니라고 생각한다."

"어느 마물이 배정될지는 운에 달린 일이고, 에렌페스트는 작년에도 어려운 마수였다. 에렌페스트의 실력은 아는 사람은 알아볼 수 있는 수준이다."

……맞아! 나도 그렇게 말하고 싶었어.

같이 강의를 듣고 디터를 찬찬히 관전했던 견습 기사들은 구미모카가 쓰러트리기 힘든 상대였다고 알아본 것 같다. 몇몇 영지의 견습 기사들이 지원해준 덕분에, 비난하는 목소리가 금세 잦아들었다.

"……알아주시는 분도 계시는군요."

레오노레가 미소를 짓자, 에렌페스트의 견습 기사들이 기뻐하며 고개를 끄덕였다. 에렌페스트의 견습 기사를 대표해서, 레오노레와 알렉시스가 앞으로 나갔다.

……내가 1학년 때는 연계라고는 구멍투성이라서, 단켈페르거 상대로 정말 끔찍하게 싸웠었는데. 다들, 정말 열심히 했다.

견습 기사들은 당연히 열심히 했다. 하지만 영주 일족의 호위기사를 우선해서 가르치던 보니파티우스와 칼스테드의 분투도 잊으면 안된다. 교육 과정 변화에 따른 기사들의 실력 저하를 위험시하고 단련해준 선생님들이 계셨기에 강해질 수 있었던 거야.

"정말 훌륭하게 싸웠다. 앞으로도 정진하고, 부디 중앙 기사단에 들어오는 것을 생각해줬으면 싶다."

견습 기사들을 칭찬하는 사람은 중앙 기사단장 라오블루트였다. 메달 같은 기념품을 받아서 돌아왔는데, 너무나 맑은 파란색 마석 같다.

"이런 기념품을 받는 것은 처음입니다."

"여러분을 단련시켜주신 할아버님께 보여드리도록 하죠. 틀림없이 기뻐하실 거예요."

"알겠습니다."

술렁거리는 소리가 잦아들고, 다음에는 문관들의 연구 발표에 대한 표창이다. 이쪽도 가장 영향력이 크고 중앙 귀족이 훌륭하다고 여긴 연구에 상을 준다.

"1위, 단켈페르거와 에렌페스트의 의식과 가호의 관계."

"2위, 기렛센마이어의 마력 증폭 마술구."

"3위, 아렌스바흐와 에렌페스트의 마술구의 마력 절약."

대표자는 앞으로, 라는 말을 듣고, 난처해졌다. 둘 다 대표는 나다.

"저기, 빌프리트 오라버니. 단켈페르거 쪽 연구 대표자로 나가주시면 안 될까요? 저는 아렌스바흐와의 공동 연구에 나가야 하거든요."

"아니, 잠깐만 기다려봐라. 단켈페르거와의 공동 연구도 그쪽이 중심이 돼서 하지 않았나. 1위와 3위라면 1위를 우선해서 그쪽에 나가거나, 양쪽 모두 나가거나 둘 중 하나다."

빌프리트에게 '동생의 성과를 빼앗는 것 같아서 싫다'라는 말을 듣고, 나는 어쩔 수 없이 호위기사 레오노레와 함께 앞으로 나갔다.

"에렌페스트의 대표자는 빌프리트 오라버니가 아니라도 괜찮을까요?"

"이쪽 연구를 해주신 분은 로제마인 님이시니까요."

단켈페르거 쪽 대표자는 레스티라우트였다. 어쩌면 낮에 지크린데한테 실컷 혼났는지도 모른다. 무표정한 척을 하고 있지만 분위기가 살짝 어둡고, 나랑 눈을 마주치지 않으려고 하지를 않으니까. 아무리 그래도 끝까지 말을 안 하고 넘어갈 수는 없겠지.

"설마 1위가 될 줄은 몰랐네요, 레스티라우트 님."

"……나는 될 거라고 생각했다"

레스티라우트는 나를 슬쩍 본 뒤에, 한숨 섞인 목소리로 그렇게 말하고는 허리를 살짝 폈다. 그 순간, 어두운 분위기가 흔적도 없이 날아가 버리고 단켈페르거의 영주 후보생다운 분위기를 되찾았다.

"로제마인, 그대는……."

"설마 저희 연구가 3위가 될 줄은 몰랐습니다. 안 그런가요, 로제마인 님?"

"……어? 디트린데 님?"

레스티라우트의 말을 자른 사람은 디트린데였다. 어째서 디트린데
가 환한 얼굴로 대표자로서 앞에 나왔는지 모르겠다. 멍한 표정을 지
으면서, 나는 디트린데 뒤에 있을 라이문트의 모습을 찾아봤다. 하지
만, 라이문트가 보이지 않았다.

"저, 아렌스바흐의 대표는 라이문트가 아닌가요? 그 사람 말고는
연구에 관여한 사람이 하나도 없었던 것 같은데……."

내가 의문을 제기했더니 디트린데가 호호호, 하고 웃어넘겼다.

"라이문트가 앞에 나서는 것을 싫어했습니다. 어쩔 수가 없죠. 그리
고 제 약혼자의 연구니까, 제가 대표로 나서도 문제는 없겠죠."

이 기세에 밀려서, 라이문트가 거절하지 못했던 건 아닐까.

……뭐야! 이럴 때 제대로 얼굴을 알려야지.

다른 사람의 공을 가로채려고 하는 디트린데한테 화를 내면서, 나
는 레스티라우트 옆에 가서 섰다.

"레스티라우트 님, 아까 뭔가 말씀하려고 하셨죠?"

"아니, 됐다."

왕족 옆에 있는 단체 속에서 처음 보는 남성이 앞으로 나왔다. 조금
전에 견습 기사들에게 말했던 사람이 기사단장이었으니까, 저 사람은
아마도 중앙 쪽 문관 대표겠지.

"제1위 단켈페르거, 에렌페스트. 그대들의 연구에서는 쇠퇴했던 제
사를 재검토했고, 덕분에 신들의 가호를 받기 위한 조건이 명확해졌
다. 가호를 받는 데 따라 마력 소비량이 달라진다는 점은 상당히 흥미
로운 것이었다. 왕족이 참가한 것을 보더라도, 앞으로 유르겐슈미트

에게 있어 상당히 중요한 연구가 되리라고 할 수 있을 것이다."

연구의 어떤 점에 감탄했는지 등에 대해 말했다. 가장 크게 평가한 부분은 신들의 가호 숫자에 따라 마력 소비에 변화가 보인다는 부분이었던 것 같다. 앞으로 학생들이 많은 가호를 받을 수 있도록 연구를 계속해줬으면 싶다, 라고 말했다.

……그런데, 계속할 수 있는 연구라는 게 그렇게 흔한가?

"이것으로 오늘 일을 기념한다. 앞으로도 유르겐슈미트를 위해 노력하도록."

레오노레가 받아온 디터 메달이랑 다르게, 이쪽 메달은 옅은 노란색 마석이다. 묵직한 느낌이 손에 느껴진다. 나는 레오노레한테 그 메달을 맡기고, 중앙 문관 대표가 2위인 기렛센마이어한테 말하는 사이에 디트린데 옆으로 가서 섰다.

"제3위 아렌스바흐, 에렌페스트. 그대들이 행한 연구에서는 대량의 마력이 필요한 마술구를 보다 적은 마력으로 움직이는 것이 가능하게 됐다. 지금까지 존재했던 마력 삭감 방법보다 훨씬 뛰어난 부분이 많고, 전시된 마술구 외에 다른 부문에도 많은 응용이 가능한 연구다. 앞으로도 더더욱 개량해주기를 바라고 있다."

중앙 문관들은 마술구 그 자체보다 라이문트의 연구 근저에 있는 마력 절약에 크게 착안하고 있다. 잘 생각해보면 표창을 받은 연구는 하나같이 마술구의 소비 마력을 절약하거나 자신의 마력을 늘리는 것이었다. 지금의 유르겐슈미트에 마력이 얼마나 부족하고 얼마나 중요하게 여기고 있는지를 잘 알 수 있는 판정 기준이다.

메달 두 개를 가지고 돌아왔더니, 다음에는 방문객 숫자와 대응에 관한 표창이 시작됐다. 아쉽게도 이쪽은 수상하지 못했고, 영지 순위

그대로의 결과가 됐다. 클라센부르크가 1위고 단켈페르거가 2위, 드레반헬이 3위.

"올해 에렌페스트는 정말 잘 했다고 생각했는데……."

내가 결과를 듣고서 입술을 삐죽 내밀고 있었던, 브륀힐데가 어쩔 수 없다는 것처럼 고개를 저었다.

"에렌페스트는 대응할 수 있는 시종과 영주 후보생이 너무 적습니다. 아무래도 손님이 기다릴 수밖에 없으니 만족도가 떨어지겠죠. 이쪽에서 상위를 노리는 건 정말 힘들겠습니다."

과자나 많은 유행, 상거래 전초전 등 손님을 끌어들일 요소는 많은데, 대응할 수 있는 사람이 없다. 원래 사람 숫자가 많은 대영지가 아니면 도저히 다 대응할 수 없을 것 같다. "어느 날 갑자기 견습 시종 숫자를 늘릴 수는 없으니까요"라는 브륀힐데의 말을 듣고, 나도 납득하는 수밖에 없었다.

……중간 영지인데도 사람이 너무 적다니까, 에렌페스트는.

귀족의 숫자를 조금이라도 늘릴 방법이 없을지 생각해봐야 하겠다.

영지 대항전의 표창이 끝나고, 이번에는 드디어 귀족원 성적 우수자 표창이다. 지금까지의 표창이 영지에게 주는 상이라면, 이쪽은 개인한테 주는 상이다.

"지금부터 금년도 성적 우수자를 발표하겠다. 호명한 자는 앞으로 나오도록."

그 뒤에 최종 학년부터 성적 우수자를 발표했다. 최종 학년 최우수는 드레반헬의 상급 문관이었다. 영주 후보생이 아니라는 데서 놀라고 있는데, 영주 후보생 코스 최우수자로 디터 이야기의 그림을 그리는 데만 푹 빠져 있는 줄 알았던 레스티라우트의 이름을 불렀다.

……레스티라우트 님은 영주 후보생 최우수가 될 정도로 성적이 좋았구나. 처음 알았네.

그림 그리기에 빠지지 않고 좀 더 열심히 공부했다면 학년 최우수도 꿈이 아니지 않았을까. 그런 생각을 하는 사이에, 레오노레와 알렉시스가 성적 우수자로 이름이 불렸다.

"알렉시스, 잘 했다."

"레오노레, 축하해."

"로제마인 님 덕분입니다."

레오노레와 알렉시스가 사람들의 축하를 받으며 앞으로 나갔다. 그 모습을 지켜보고 있었더니, 그다음으로 5학년의 이름을 부르기 시작했다. 최우수가 불리고, 그다음은 영지 순위별로 이름을 불렀다.

"에렌페스트에서…… 브륀힐데, 나탈리에, 마티아스."

"브륀힐데, 마티아스. 둘 다 축하해."

마티아스는 작년에도 성적 우수자로 뽑혔었지만, 브륀힐데는 이번이 처음이다. 깜짝 놀라서 연갈색 눈이 살짝 휘둥그레진 브륀힐데가, 눈물을 살짝 글썽이면서 미소를 지었다.

"……저, 처음으로 우수자가 됐습니다."

"그래. 브륀힐데는 상위 영지를 상대로 정말 열심히 노력했으니까. 그게 평가받아서 저도 기뻐요."

"황송합니다, 로제마인 님."

기쁜 마음에 볼이 살짝 상기된 채, 브륀힐데가 미소를 지었다. 화사한 느낌이 더 늘어난, 정말 예쁜 미소다.

"우수자, 입니까."

그렇게 중얼거리는 소리가 들려서, 마티아스를 봤다. 브륀힐데와 달리, 마티아스는 우수자가 됐는데도 기뻐하는 것 같지가 않아 보인다. 좀 더 높은 곳을 목표로 삼고 있는 건지도 모르지만, 중급 귀족이 우수자로 뽑히는 일은 거의 없는데. 더 기뻐해도 되지 않을까.

"더 기뻐하고 자랑스러워하세요, 마티아스. 주인인 저는 자랑스러우니까."

내가 그렇게 말했더니 마티아스는 눈을 몇 번 깜박인 뒤에 그 자리에서 한쪽 무릎을 꿇었다. 파란 눈동자로 날 똑바로 쳐다보면서 내 손을 잡더니, 손등에 자기 이마를 댔다. 귀족의 최상급 감사다.

"어? 마티아스, 뭘……."

"로제마인 님이 저희를 구제하시겠다고 생각하시지 않았다면, 이 영예는 없었습니다. 제 영예와 감사를 제 주인께 바칩니다."

……부탁이야, 그만해! 이 감사, 심장에 엄청나게 부담된다고! 그리고 눈에 띄잖아! 엄청나게 눈에 띈단 말이야!

"아, 알았으니까, 마티아스는 빨리 앞으로 가세요. 다들 기다리고 있어요."

나는 급하게 손을 거두고는 마티아스한테 빨리 앞으로 가라고 했다. 브륀힐데와 마티아스와 나탈리에 세 사람이 움직이기 시작했을 때는 4학년을 발표하고 있었다. 라우렌츠와 이그나츠가 우수자로 호명됐다.

"저도 로제마인 님 앞에 무릎 꿇고 감사하고 싶습니다만, 괜찮겠습니까?"

살짝 놀리는 느낌을 담아서 그렇게 말하는 라우렌츠를 살짝 째려보고, 나는 빨리 앞으로 가라고 했다.

"축하하는 뜻으로 저녁 식사에 고기를 곱빼기로 드릴 테니까, 감사는 사람이 적은 곳에서 해주세요."

"알겠습니다."

라우렌츠는 웃음을 참으려는 것처럼 손으로 입을 가리고, 빌프리트한테 축하의 말을 들은 이그나츠와 함께 앞으로 갔다.

"3학년, 최우수. 에렌페스트 영주 후보생 로제마인."

그 뒤에 영주 후보생 최우수, 문관 최우수에서도 내 이름이 나왔다. 같은 이름이 몇 번이나 나오니까 주위에서 "우와"하는 감탄하는 목소리와 함께 "또야"라는 목소리도 섞이기 시작했다. 그대로 우수자도 발표했는데, 이번에는 '에렌페스트의 빌프리트'라는 이름이 나왔다.

"축하합니다. 첫 표창식이군요. 자, 로제마인 님. 앞으로."

나보다도 필린느나 리젤레타가 더 기뻐하는 것처럼 보인다.

"로제마인, 손을."

웃는 얼굴인 측근들의 배웅을 받고 빌프리트의 에스코트를 받으며, 나는 앞으로 나갔다. 주위에서 속삭이는 소리를 듣고서 내가 엄청나게 주목받고 있다는 걸 알았다.

"저 사람이 에렌페스트의……. 봉납식에 왕족을 초대한 영주 후보생인가."

"2년 연속으로 표창식에 결석했던 영주 후보생이지?"

……나, 뭔가 이상한 걸로 주목받는 건가?!

주위에서 저런 목소리가 들려오는 이유가, 성적이 아니라 다른 부분 때문일까. 이렇게 제삼자들이 수군대니까 올해도 결석할 걸 그랬다는 생각이 든다.

"허리를 곧게 펴. 지금부터는 너 혼자니까."

빌프리트는 우수자들이 서 있는 곳에서 발을 멈췄다.

빌프리트가 손을 놓았고, 나는 최대한 우아하게 보이도록 신경 쓰며 걸어서 천천히, 단상으로 올라갔다. 단상에서 둘러보니 아래에 줄지어 있는 학생들도, 위쪽 관객석의 보호자들도 전부 주목하고 있다는 걸 잘 알 수 있었다. 시선이 무겁다고 느끼면서도 고개가 내려가지 않도록 허리를 쭉 펴고, 최대한 미소를 지었다.

……으아아. 긴장된다. 역시 결석할 걸 그랬나 봐.

왕족들이 줄지어 있는 앞을 지나가는데, 에그란티느가 빙긋 미소를 지어줬다. 그 웃는 얼굴에 약간 힘을 받으면서, 나는 왕 앞에 가서 한쪽 무릎을 꿇었다. 무릎을 꿇은 나를 바라보는 왕의 안색이 봉납식 때보다 훨씬 좋아진 것 같은 기분이 든다. 날 보고 있는 눈은 상냥했고, 말을 거는 목소리는 온화하고 상냥했다.

"에렌페스트 영주 후보생 로제마인. 그대는 3년 연속으로 상당히 우수한 성적을 거뒀다. 특히 올해는 단켈페르거, 드레반헬, 아렌스바흐와 공동 연구를 했고, 그 성과로 유르겐슈미트에 많은 공헌을 했다. 그대의 노력과 공헌은 칭찬해 마땅하다."

귀찮은 일만 일으켰다고 혼나는 경우가 더 많았기 때문일까. 왕이 '공헌했다' '도움이 됐다'라고 칭찬해 주시니까, 기쁜 마음 스멀스멀 솟아나는 기분이 들었다. 빈말이 아니라 정말로 그렇게 생각한다는 기분도 전해져 왔다.

……나, 도움이 됐구나.

"첸트께 도움이 되었다니, 크나큰 영광이옵니다."

큰 박수 소리가 울리고, 나는 왕의 허락을 받고 일어났다. 고개를 돌려보니 아래쪽에 줄지어 있는 학생들은 물론이고 관객석에 있는 어른들도 박수를 쳐주고 있었다. 에렌페스트의 관객석에서는 질베스타를 시작으로 기사들과 보호자가 박수를 치고 있었다.

그대로 시선을 빙글, 하고 반대쪽으로 돌렸더니 아렌스바흐의 연보라색 속에 밝은 황토색 망토가 보였다. 자세히 보니 페르디난드와 에크하르트와 유스톡스가 나란히 서서 박수를 치고 있는 것도 보였다.

······아, 양아버님도 페르디난드 님도 정말로 기뻐해 주고 있네.

내 귀족원 성적을 칭찬해 주는 사람들이 이렇게 많이 있다. 이건 지금까지 거의 실감하지 못했던 일이다. 긴장보다 기쁨이 더 커지고, 가슴속 깊은 곳이 따뜻해지고, 왠지 너무나 기쁘고 행복한 기분이 든다.

······그래, 내년에도 열심히 하자.

저절로 그런 생각이 들게 하는 표창식이었다.

# 페르디난드와의 저녁 식사

"식사 보존용 마술구는 이쪽에 두면 될까요? 그러면 왜건이 문제없이 지나갈 수 있습니다."

"그쪽에서 오시는 측근 숫자에 변동사항은 없으시죠?"

영지 대항전에서 돌아온 측근들이 열심히 다과회실을 준비하고 있다. 나는 다과회실을 한 번 둘러보고 고개를 끄덕였다. 준비는 완벽해. 질베스타와 빌프리트도 여기서 같이 페르디난드가 도착하기를 기다리는 중이다.

"학생들은 각자 저녁 식사를 위한 준비를 해야 하니까, 일단 방으로 돌아가세요."

다과회실 준비를 지휘하던 리카르다가 그렇게 말했더니, 학생들은 자기 식사를 위해 방으로 물러갔다. 리카르다 같은 어른 시종과 질베스타의 측근, 그리고 저녁 식사 동안 우리를 호위해줄 기사단 사람만 남았다.

문 너머에서 딸랑, 하는 작은 벨 소리가 울렸다.

"페르디난드 님께서 오셨습니다."

문 앞에서 기다리고 있던 질베스타의 시종이 문을 열어줬다. 유스톡스, 페르디난드, 에크하르트, 그리고 또 한 사람, 처음 보는 사람이 커다란 마술구가 실린 왜건을 밀면서 들어왔다. 저 사람이 아렌스바흐에서 붙여준 측근이겠지.

"잘 돌아오셨습니다, 페르디난드 님."

내가 그렇게 말했더니 페르디난드는 살짝 놀란 것처럼 눈을 깜박인 뒤에, "……그래"하고 대답했다.

"페르디난드 님. 그래, 가 아니라 다녀왔습니다, 라고 해주세요. 인사는 중요하잖아요?"

"……다녀, 왔다."

떨떠름한 얼굴로 주저하는 것처럼 그렇게 말하면서 나한테서 시선을 돌리고, 페르디난드는 질베스타와 빌프리트에게 인사를 시작했다.

"무리한 부탁을 해서 미안하다. 오늘 하룻밤 신세를 지겠다. 유스톡스와 에크하르트는 빌프리트도 알고 있지? 이쪽은 젤기우스. 아렌스바흐에서 날 섬기는 시종이고, 레티치아 님을 모시는 수석 시종의 아들이다."

아렌스바흐의 측근이지만 게오르기네 파벌은 아니라는 뜻이겠지. 나는 젤기우스를 봤다. 청록색 머리카락에 연두색 눈동자를 지녔고 시종답게 온화해 보이는 미소를 짓는 사람이다.

"잘 부탁드립니다."

아렌스바흐에서 온 측근의 소개와 인사를 마치자, 질베스타가 페르디난드에게 자리를 권했다. 나와 빌프리트도 자리에 앉으라고 하면서, 질베스타 자신은 나갈 준비를 시작했다.

"나는 학생들과 저녁 식사를 해야 하기에 일단 자리를 떠야 하는데, 오늘만큼은 로제마인을 너무 야단치지 마라, 페르디난드."

질베스타는 "식사가 끝나면 이리로 돌아오겠다"라는 말을 남기고 바로 다과회실에서 나갔다. 바쁘게 떠나는 질베스타의 뒷모습을 보면서, 페르디난드가 조용히 중얼거렸다.

"나중에 이쪽으로 올 거라면, 굳이 나를 기다리지 않아도 됐을 텐데……."

"시간이 없는 와중에도 만나고 싶어서 그랬겠죠. ……그건 그렇고, 페르디난드 님. 저, 말씀하신 대로 최우수를 차지했어요. 그리고 공동 연구에서도 표창을 받았고요. 자, 칭찬해 주세요."

잔소리 듣기 전에 먼저 칭찬을 듣고 싶다. 그러면 잔소리도 얼마든지 들을 수 있으니까. 질베스타가 최우수를 차지했다고 자랑하면 칭찬해 줄 거라고 가르쳐줬으니까, 나는 가슴을 활짝 펴고 최우수를 자랑해봤다. 그랬더니 찰싹, 하고 이마를 얻어맞았다. 대체 왜.

"왜 때리시는 거죠?!"

"칭찬하기 전에 따져야 할 일과 야단쳐야 할 일들이 잔뜩 있다고 생각한다만?"

그렇게 말하면서 슥, 하고 뻗어온 손이 볼을 꼬집으려고 하는 것 같아서, 나는 서둘러서 두 볼에 손을 대서 꼬집지 못하게 막았다.

"오늘만큼은 야단치지 말라고, 양아버님도 그렇게 말씀하셨잖아요. 야단치는 건 나중에 하고 일단 칭찬해 주세요. 잔소리를 잔뜩 들을 마음의 준비는 돼 있으니까요."

"잔소리에 대한 마음의 준비보다, 애당초 혼날 일을 하지 않는 마음의 자세가 중요할 텐데."

정말이지, 라는 것처럼 고개를 저으며 그렇게 말했고, 나는 뚱해서 입을 삐죽 내밀었다. 이상하다. 최우수라고 자랑했는데, 페르디난드 입에서 칭찬하는 말이 한마디도 안 나오잖아.

"그러니까, 잔소리는 나중에 하고, 일단 칭찬해달라고 했잖아요. 최우수도 칭찬을 안 해주면, 대체 어떻게 해야 칭찬해 줄 거죠?"

내가 불만을 터트렸더니 페르디난드는 "……아주 잘 했다"라고, 억양이라고는 하나도 없는 말투로 칭찬해줬다.

……아냐! 이건 내가 바란 칭찬이 아니라고!

"마음이 하나도 안 담겼잖아요?! 이럴 거라면 영지 대항전의 스밀 인형을……."

"그 일에 대해서는 미안하다 로제마인. 다른 이에게 줄 예정인 마술구를 빼앗는 디트린데를 말리지 못한 것은 내 잘못이다."

그때처럼 칭찬해달라고 호소하려는 말을 자르고 튀어나온 말은 어째선지 사과하는 말이었다. 페르디난드의 씁쓸한 얼굴은 베로니카 이야기를 할 때의 공통된 표정인데, 내 인형을 빼앗은 디트린데한테서 자기 할머니의 모습을 봤다는 걸 여실히 드러내고 있었다.

……으아아, 묘한 트라우마를 건드렸나 봐.

"저기, 페르디난드 님. 저는, 사과를 바라는 게 아니라, 칭찬해 주셨으면 싶어요. 그리고, 그건 페르디난드 님이 사과하실 일이 아니잖아요?"

"허나……."

"무슨 일이 있었어?"

다른 테이블에서 사교를 나누고 있던 빌프리트에게 내가 "대단한 일은 아닌데요"라고 운을 띄우고 사정을 가볍게 설명했다.

"하긴, 숙부님 책임은 아니겠네."

"빌프리트 오라버니도 이렇게 말하고 있으니까, 칭찬도 사죄도 이젠 됐어요. 방을 안내해드리도록 하죠."

계속 사과하려고 드는 페르디난드의 말을 자르고, 나는 자리에서 일어나서 "리카르다가 열심히 해줬어요"라고 말하며 안쪽에 있는 칸막이 병풍 쪽으로 걸어가기 시작했다.

"페르디난드 님이 조금이라도 더 편히 쉴 수 있게 해야 한다고, 공주님이 신경을 많이 쓰셨답니다."

분위기를 밝게 만들려고 그랬겠지. 리카르다가 조용히 웃으면서 설명을 시작했다. 페르디난드한테 보여주기 위해, 동시에 시종들에 대한 설명이기도 했다.

"이쪽에 페르디난드 님이 쉬시기 위한 자리를 준비했습니다. 아무래도 캐노피까지는 무리였지만, 병풍이 있으면 조금이나마 편히 쉬실 수 있겠죠?"

짐을 둘 곳, 일상생활에서 사용하는 마술구 배치 등도 설명했다. 굳이 말하자면 시종들 간의 이야기니까, 나는 페르디난드 님의 소매를 살짝 잡아당기고 장의자를 손가락으로 가리켰다.

"페르디난드 님, 이쪽은 오늘을 위해 에렌페스트에서 가져왔어요."

"완성했나?"

"예. 다른 장의자랑 비교하면 정말 편히 주무실 수 있을 거예요. 한번 앉아보세요."

페르디난드는 흥미롭다는 것처럼 앉아서, 좌판을 손으로 몇 번 눌려보면서 확인하기 시작했다. 앉아 있으니까 얼굴이 가까워졌다. 정면에서 보니 안색이 얼마나 나쁜지가 확실하게 보인다. 만족스러운 목소리로 "아, 이거 좋군"이라고 말하고는 있지만, 약간의 표정 변화로 감출 수 있는 피로가 아닌 것 같다.

······엄청나게 맛없는 약을, 잔뜩 먹었나?

"로제마인. 이 장의자는 뭐야?"

페르디난드의 얼굴을 빤히 쳐다보면서 안색을 살피고 있는데, 매트리스가 깔린 장의자를 처음 본 빌프리트가 작은 목소리로 물었다.

"제가 구텐베르크에게 새로 만들게 한 물건이에요. 페르디난드 님이 주문하셨는데, 장의자가 완성되기 전에 아렌스바흐로 이동하셨거든요."

얼마 전에 완성됐다고 빌프리트한테 설명했더니, 페르디난드가 "궁금하면 만져 봐도 된다"면서, 자랑하는 것처럼 매트리스를 쓰다듬었다. 빌프리트가 호기심이 가득한 눈으로 장의자로 다가갔다. 빌프리트의 측근인 오즈발트도 같이.

"여기서 푹 쉬면 피로가 쌓인 얼굴이 조금이나마 풀리시겠죠. 페르디난드 님이 이렇게까지 피곤한 얼굴이 된 건 정말 오랜만이 아닌가요? 봉납식 때 뵀던 첸트 같은 안색이에요. 아렌스바흐에서 대체 어떻게 살고 계신 거죠?"

내가 그렇게 말했더니 빌프리트가 의아하다는 얼굴로 페르디난드를 봤고, 모르겠다는 것처럼 고개를 갸웃거렸다.

"평소와 그다지 다를 게 없어 보이는데……. 너, 잘도 숙부님의 안색을 알아보는구나."

"빌프리트 오라버니와 페르디난드 님은 얼굴을 마주친 시간이 거의 없으니까 어쩔 수 없어요."

안 그래도 귀족은 감정을 읽히지 않도록 숨기는 법인데, 베로니카에게 들키지 않으려고 노력해온 페르디난드는 감추는 기술이 엄청나게 노련했다. 어지간히 친하지 않으면 절대로 모른다.

빌프리트가 빤히 쳐다봐서 심기가 불편해졌는지, 페르디난드가 얼굴을 살짝 찌푸리고 나한테 손을 뻗었다.

"로제마인, 그대도 결코 좋은 안색이 아니다. 영지 대항전에서 표창식 사이에 전혀 쉬지 않았지? 무리하는 건 아닌가?"

쓸데없는 소리 하지 말라면서 살짝 볼을 꼬집은 뒤에는, 평소대로 건강 검진을 했다. 이마와 손목을 만져서 체온과 맥박을 확인했다. 내 몸에 닿은 손의 감촉이 너무나 반가워서, 나는 살짝 눈을 감았다.

"페르디난드 님 덕분에 많이 튼튼해졌어요. 오늘은 중간에 쓰러지지도 않았잖아요. 최근에는 잠들어버리는 횟수도 줄었고, 잠들더라도 이틀이면 나을 수 있게 됐어요."

"하지만 조금 열이 있다. 영지 대항전에서 돌아온 뒤에 약은 먹었나? 이대로 가면 내일 일에 지장이 생긴다."

목에 닿은 손이 약간 서늘하고 기분 좋다고 느껴지는 게, 어쩌면 열이 조금 있어서 그런 걸까.

"상냥함이 담긴 약을 먹었으니까 괜찮을 것 같은데……."

"그렇다면, 됐다. 정기적으로 운동을 해서 체력을 기르도록 해라. 아직 보조 마술구에 의지하고 있지?"

한바탕 확인을 마친 페르디난드가 손을 뗐다. "최대한 노력할게요"라고 대답하면서 눈을 떴더니, 빌프리트가 깜짝 놀란 얼굴로 날 보고 있었다.

"왜 그러세요, 빌프리트 오라버니?"

"아니, 그냥 조금 놀랐을 뿐이야."

뭐에 놀랐을까, 하고 생각하면서 빌프리트를 봤더니, 손으로 매트리스를 누르고 있었다. 코일이 들어간 매트리스의 촉감에 깜짝 놀랐겠지.

"이런 장의자는 아직 양산까지는 할 수 없고 개량점도 많이 있을 것 같지만, 그래도 꽤 편하죠?"

"응? 으음. 그렇구나……."

빌프리트가 열심히 꾸민 것 같은 웃는 얼굴로 몇 번이나 매트리스를 누르면서, 나와 페르디난드를 번갈아서 봤다.

"왜 그러세요?"

"아니, 아무것도 아니다. 아무것도 아니야. 슬슬 식사 준비를 시작해줘, 오즈발트."

빌프리트가 지시했더니 오즈발트도 이쪽을 신경 쓰면서 움직이기 시작했다. 시종들이 에렌페스트 기숙사에서도 커다란 보존용 마술구를 가지고 왔는데, 이 안에 오늘 저녁 식사와 페르디난드 님이 가지고 가실 음식들이 들어 있다.

참고로 이 보존 마술구는 엘비라한테 부탁해서 빌린 물건이다. '페르디난드 님께 맛있는 음식을 전해드리고 싶다'라는 내 부탁을 흔쾌히 받아들였고, 마차로 신전까지 운반해줬다.

"유스톡스, 보존할 음식을 확인하는 데 시간이 필요할 테니까, 저희가 식사하는 사이에 갔다 오는 게 좋을 거예요."

"감사합니다, 공주님. 에렌페스트의 음식은 페르디난드 님이 식욕이 없다고 하실 때 정말 요긴하게 쓰였습니다. 여기서 보충하리라고는 생각도 못 했는데, 정말 감사합니다."

유스톡스의 말을 들어보면, 죽어라 일만 했던 게 맞다. 페르디난드를 슬쩍 노려봤더니, "어쩔 수 없지 않은가"라고 불만스러운 목소리로 대답했다.

"젤기우스, 급사는 그대에게 부탁한다."

"알겠습니다 페르디난드 님."

그리고 식사가 시작됐다. 오늘은 기본적으로 페르디난드가 좋아하

는 메뉴다. 영지 대항전 때문에 너무 바쁜 기숙사 요리사한테도, 페르디난드를 위한 보존식을 준비하느라 바쁜 성의 요리사한테도, 수고가 많이 드는 더블 콩소메를 만들어달라는 말은 도저히 할 수가 없었다. 그래서 오늘 음식은 신전 요리사가 만들었고, 엘비라의 보존 마술구에 넣어서 성으로 가지고 온 것이다.

"음? 오늘은 타오헨 고기를 썼나?"

숫자가 많지 않아서 기숙사 식사에는 나오지 않았던 타오헨을 보고 빌프리트가 눈이 휘둥그레졌다. 나는 "다른 사람들한테는 비밀이에요"라고 속삭였다. 우리 식사는 신전에서 만든 거니까, 식당에서 다른 사람들이 먹고 있는 것과 다른 메뉴다. 여기엔 조금 진귀하거나 비싼 재료가 듬뿍 들어갔다.

"페르디난드 님은 콩소메와 포메로 찐 타오헨을 좋아하시니까, 라면서 신전 요리사가 오늘 메뉴를 정해줬어요."

페르디난드의 취향에 맞춰서 메뉴와 간을 연구했던 신관장실 전속 요리사들은, 하르트무트를 통한 의뢰에 멋지게 응해서 이 요리를 준비해줬다.

"자기 취향의 맛을 준비해 주는 요리사가 그리우시죠?"

"……그렇구나. 정말 만족했다고 전해주게."

타오헨 포메 찜을 맛보는 페르디난드의 표정이 너무나 온화한 걸 보고, 순수하게 식사를 즐기고 있다는 걸 알 수 있었다. 식사하는 동안의 화제는 주로 영지 대항전에 관한 내용이었고, 빌프리트가 대응했던 다른 영지 손님들 이야기가 중심이었다.

"단켈페르거와의 공동 연구가 꽤 주목받았었지, 내년 공동 연구를 제안하는 영지도 많았어. 거절해도 문제가 없을 것 같은 영지의 제안은 전부 거절해야만 했지."

"호오……. 그런 이야기를 들으니, 내가 재학했던 때보다 에렌페스트의 순위가 올라갔다는 것이 실감이 가는군."

감탄했다는 것 같은 페르디난드의 목소리에 빌프리트가 씁쓸하게 웃었다.

"다음에는 더 이상 순위를 올리지 말라고, 양아버님은 그리 말씀하셨습니다. 지금보다 더 올라가봤자 에렌페스트가 따라가지 못한다면서, 말이죠."

"……자네가 너무 과도하게 해서 그런 것이겠지?"

페르디난드가 찌릿, 하고 노려봐서 나는 "뭐, 그렇겠죠"라고, 일단 긍정했다. 분명히 조금 과했던 부분도 있기는 하니까.

"하지만 올해 공적은 에렌페스트가 승자 조 영지와 똑같은 취급을 받을 수 있는 방향으로 처리해줄 것 같으니까, 순위 자체는 달라지지 않아요. 그리고 원래는 양아버님이 너무 심한 악담을 듣는 데 발끈하셔서, 그만……."

"약간 보복하고 싶어지는 기분은 모르는 게 아니다만, 자네는 그러다가 일을 너무 크게 만들어왔다. 항상 보고, 연락, 상담을 잊지 말라고 말했을 텐데, 하나도 제대로 한 게 없군. 내 말이 틀렸나?"

나는 고개를 살짝 숙이고서 페르디난드의 말을 들었다. 잔소리도 스트레스 발산에 도움이 되는 것 같으니까 말릴 생각은 없지만, 하다못해, 식사는 끝난 다음에 해줬으면 좋겠다.

"숙부님, 로제마인은 왕족과 엮이지 말라고 했는데도 불구하고, 계속 엮이는 일을 벌여왔습니다. 좀 더 제대로 꾸짖어주십시오."

페르디난드가 빌프리트를 노려봤다.

"그대야말로 로제마인을 확실하게 말리도록 해라. 어긋난 짓을 할 때는 야단치거나 유도하면 로제마인도 기억한다. 그리고 질베스타가 나한테 너무 야단치지 말라고 하지 않나."

……뭐라고요?

짜증난다는 얼굴로 그렇게 말한 페르디난드한테 진심으로 놀랐다.

"칭찬도 안 해주고 잔소리만 하는데, 페르디난드 님 나름대로 양아버님의 말씀을 듣고 있었다는 건가요? 그럼 지금까지 했던 잔소리는 대체 뭐였죠?"

"그냥 주의만 좀 줬다. 꾸짖은 건 아니지 않나? 진심으로 꾸짖는다면 이렇게 미적지근한 말로 끝나지 않았다."

페르디난드한테 지금까지 했던 잔소리는 '야단친다'라는 범주에 들어가지 않았다.

"그대도, 빌프리트도…… 얼마든지 꾸짖을 수 있다. 이래봬도 최소한으로 자제하고 있는 것이다."

페르디난드가 너무나 아름다운 미소를 지으며 그렇게 말하자, 나와 빌프리트는 동시에 고개를 도리도리 저었다. 이게 최소한이라니, 최대한이 어떤 건지는 생각하기도 싫다.


잔소리 섞인 식사를 마치고 차를 마실 무렵에는 유스톡스도 보존 마술구에 요리를 다 담았는지, 젤기우스와 급사 역할을 교대했다. 그리고 그때는 나와 빌프리트의 측근들도 식사를 마치고 돌아와 있었다. 대신에 리카르다, 오즈발트, 호위하던 기사단 사람들이 식사하러 일단 물러났다.

"그건 그렇고, 올겨울 사냥은 어떤 상황인가. 무사히 끝났나?"

"사냥은 끝난 것 같아요. 저희는 귀족원에 있어서 자세한 건 모르지만. 나중에 양아버님께 물어보시는 게 좋지 않을까요."

내가 숙청에 관한 질문에 대답하고 있었더니, 빌프리트가 살짝 험악한 표정으로 손을 들었다.

"로제마인, 숙부님은 이미 다른 영지로 가셨다. 에렌페스트의 내정에 대해 함부로 말하면 안 돼."

게오르기네의 정보를 얻기 위해서 아렌스바흐로 갔고, 거기서 에렌페스트를 지키려 하고 있잖아. 정보를 어느 정도 교환하지 않으면 페르디난드도 곤란할 텐데.

"빌프리트 오라버니, 페르디난드 님은……."

"로제마인, 그 정도만 해라."

하지만 내가 그런 설명을 하기 전에, 페르디난드가 젤기우스가 있는 측근용 칸막이 쪽으로 시선을 보냈다.

"빌프리트 말이 맞다. 내게 전하는 정보는 잘 음미해야만 한다. 예전과는 다르니까"

"그건 그렇지만, 공유하는 정보도 중요하다고요."

페르디난드가 아렌스바흐에서 고립되는 건 아닌지 걱정하면서 불만스러운 얼굴이 됐더니, 페르디난드는 어쩔 수 없다는 것처럼 어깨를 으쓱거렸다.

"에렌페스트의 내정에 대해서는 질베스타와 이야기하겠다. 너와는…… 그렇군. 스밀 인형 이야기라도 하자. 그걸 누구한테 줄 생각이었지? 배상이 필요할 텐데?"

"그러니까, 페르디난드 님이 사죄할 필요는 없다고……."

"로제마인 님."

날 말린 사람은 리젤레타였다. 발언 허락을 구한 뒤에, 생긋 미소를 지으면서 작은 소리로 나한테 속삭였다.

"사죄를 받으시는 게 어떨까요? 배상하는 쪽이 페르디난드 님도 마음이 편해지실 테니까, 그렇게 하시는 게 좋을 것 같습니다."

디트린데가 잘못했다고 생각해서 페르디난드한테 사죄를 받을 생각은 없었지만, 그렇게 해서 마음이 편해진다면 사죄를 받아들이는 쪽이 좋겠지.

"하지만, 배상이라고 해도……."

"페르디난드 님께 새로운 녹음 마술구를 만들어달라고 하시는 건 어떨까요? 페르디난드 님께는 속죄가 되고, 로제마인 님께 보내는 말씀을 담아주시면 로제마인 님도 기쁘시겠죠?"

리젤레타는 그렇게 말하고 펄럭, 하고 전이진이 그려진 천을 펼쳤다. 그리고는 거기서 조합 솥과 소재들을 차례로 꺼냈다. 아무래도 조합실에 다른 마법진을 펼쳐놓고, 거기에 솥과 소재들을 준비해놨던 것 같다. 그리고는 순식간에 다과회실 한쪽이 조합 공간으로 변해 갔다.

"아무래도 조합대까지는 준비할 수 없으니까, 이쪽 테이블을 사용해주세요. 페르디난드 님, 이것으로 로제마인 님을 위한 녹음 마술구를 만들어주세요."

조합 공간이 만들어지는 모습을 넋 나간 사람처럼 보고 있던 페르디난드가, 리젤레타의 부탁을 듣고는 재미있다는 것처럼 입꼬리를 끌어 올렸다.

"하긴, 새로운 것을 만들면 배상이 되겠지. 시간이 얼마 없다. 조수를 부탁해도 되겠나, 로제마인?"

"몇 번이나 만들었으니까요. 맡겨만 주세요."

페르디난드가 부리나케 소재들을 집어 들고 조합을 시작했다. 배상이라는 명분이기는 하지만, 조합이 너무 재미있어서 어쩔 수 없다는 분위기다. 어둡고 피곤한 얼굴이었던 페르디난드의 눈에 생기가 돌아오기 시작한 걸 보고, 나는 리젤레타에게 최고로 환하게 웃어 보였다.

"그대들도 돕거나. 견습 문관이라면 조합 준비 정도는 할 수 있겠지."

페르디난드는 나와 빌프리트한테 지시하면서, 우리 측근 견습 문관들에게도 일을 배정했다. 그리고 자신은 테이블 위에서 설계도를 그리기 시작했고. 라이문트한테 보고를 받았으니까, 만드는 방법은 완전히 기억하고 있다.

"자, 로제마인을 위해 만들라고 했는데, 마술구가 몇 개나 필요한가? 원래 선물하려고 했던 것까지 필요하겠지?"

견습 문관 여러 명이 바센으로 조합용 기구들을 씻는 중에 페르디난드가 그렇게 물었고, 나는 으음~ 하고 생각했다.

"원래는 레티치아 님께 드릴 생각이었어요. 페르디난드 님이 너무 엄해서 격려하는 말이라든지, 더는 혼내지 말아 달라 부탁하는 말을 넣을 생각이었고요."

"그래. 그건 정말 필요할지도 모르겠다. 로제마인과 같이 숙부님의 강의를 들었던 때도 생각했지만, 과제도 많고 요구하는 기준도 까다로우니까."

내가 잠들어 있던 2년 동안, 과제를 잔뜩 받았던 것 같은 빌프리트가 견습 문관들과 같이 바센을 쓰면서, 살짝 그윽한 표정을 지었다.

"빌프리트 오라버니도 그렇게 생각하셨죠? 칭찬하는 말은 필수라고 생각해요."

나는 레티치아용 마술구에 녹음하려고 했던 말들의 후보를 줄줄이 늘어놨다. 그걸 듣고 있던 페르디난드가 싫다는 얼굴이 됐고, 유스톡스가 "레티치아 님의 편지로군요"라고 말하면서 살짝 웃었다. 편지 내용을 파악하고 있는 것 같은 유스톡스의 말에 나는 고개를 끄덕였다.

"젤기우스가 레티치아 님의 수석 시종과 관계가 깊으시다면, 새로 만드는 마술구는 젤기우스의 마력으로 등록하는 편이 좋을지도 모르겠군요. 레티치아 님은 양녀가 되기 위해서 가족과 떨어지지 않았나요? 가능하다면 드레반헬에 계신 부모님의 말씀을 녹음해드리고 싶습니다. 가족의 목소리는 무엇보다 큰 격려가 될 테니까요."

"……그렇군. 그렇다면 네 목소리를 넣을 것과 레티치아의 가족 목소리를 넣을 것, 내가 자네에게 줄 것, 예비로 또 하나까지, 네 개 정도를 만들면 충분하겠군."

여기에 맞게 소재를 준비해달라고 종이를 건네주자, 견습 문관들이 소재 양을 재기 시작했다. 나와 페르디난드는 준비해 준 소재를 조합하기 쉽게 다지거나, 속성을 분리하면서 차례차례 준비해나갔다.

"아으, 준비 속도가 엄청나게 다르네요."

"지금까지 조합하면서 이렇게까지 세세하게 준비한 적은 없습니다. 소재의 품질을 맞추는 수준이 너무 높아요."

회복약 만드는 방법을 가르쳐줬을 때 하르트무트는 꽤 무난하게 처리했지만, 필린느와 로데리히는 도무지 도움이 안 됐다. 그리고 그건 이그나츠를 비롯한 상급 견습 문관들도 마찬가지였는데, 페르디난드의 조합을 처음 봐서 그런지 경악한 표정을 짓고 있었다.

"예? 이걸 한 번에 하는 겁니까?"

"그래요. 저는 시간 단축을 위해서 편리하다고 배웠어요. 이렇게 하면 한 번에 소재의 품질을 맞출 수 있다고. ……다 됐어요, 페르디난드 님."

나한테 맡겨진 분량의 소재의 품질을 맞춰서 페르디난드에게 넘겼다. 유스톡스가 똑같은 작업을 하면서 이그나츠와 다른 사람들을 향해 미소를 지어 보였다.

"중요한 건 적응입니다. 여러분은 조합 횟수와 경험이 압도적으로 부족해서 그럴 겁니다."

"저는 회복약을 자작하고 있으니까, 필연적으로 조합 횟수가 늘어나게 됐어요."

유레베 만들기를 포함해서, 나이가 같은 견습 문관들보다 조합 경험이 많을 거야. 그리고 조합을 처음 가르쳐준 사람이 페르디난드라서, 효율적이고 합리적인 말도 안 되는 짓이 많았다는 이유도 있겠지.

"페르디난드 님의 조합은 강의에서 배운 조합과 다르게 효율적으로 조합하기 위해서 여러모로 연구한 결과가 포함되어 있으니까, 보기만 해도 공부가 될 거예요."

이그나츠와 다른 사람들이 진지한 눈으로 보고 있는 앞에서, 페르디난드는 슈타프를 변형시키고는 처음부터 시간 단축 마법진을 사용하면서 조합을 진행했다.

음…… 난 아직 처음부터 시간 단축 마법진을 쓰는 건 못하는데.

조합할 때는 조금씩 변화해가는 소재의 상태를 보면서 다음 소재를 추가해야 하는데, 시간 단축 마법진을 사용하면 그 변화가 순식간에 끝나버린다. 이제 됐나? 하고 생각하는 사이에 적절한 때가 지나버리기 때문에, 실패할 가능성이 엄청나게 커져 버린다. 내가 시간 단축 마법진을 쓸 수 있는 건 소재들을 전부 다 집어넣고, 마력으로 빚기만 하면 되는 때뿐이다.

……아직 한참 더 정진해야지, 안 그러면 페르디난드 님은 못 쫓아가겠다.

소재를 다 집어넣고 마력으로 빚기만 하면 단계가 되자, 페르디난드가 "유스톡스, 시간 단축 마법진을 중복해서 사용해라"라고 중얼거렸다. 견습 문관들이 술렁이는 속에서, 페르디난드 바로 옆에서 대기하고 있던 유스톡스가 "알겠습니다"라고 대답하고는, 조합 솥 위에 시간 단축 마법진을 그리기 시작했다.

시간 단축 마법진을 사용하면 긴 시간 동안 사용하는 마력을 단번에 사용하는 형태가 되기 때문에, 제어하기가 조금 어려워진다. 그런데 그런 마법진을 이중으로 사용하는 건 또 처음 본다. 조합이 어떻게 변화할지 가슴을 두근거리면서 유스톡스가 익숙한 느낌으로 이중으로 마법진을 그리는 모습을 보고 있었더니, 페르디난드가 날 흘끗 보면서 말했다.

"로제마인, 유스톡스가 다 그리면 너도 한 번 더 그리도록."

"삼중으로 사용할 생각인가요? 어라? 그거 괜찮을까요?"

"시간이 없다고 하지 않았나? 너는 내가 못 할 거라고 생각하는 건가?"

"아니요."

페르디난드는 승산이 있는 일에만 손을 쓴다. 그 정도는 알고 있다. 하지만 알고 있어도 놀랄 수밖에 없다. 실제로 조합을 지켜보고 있는 견습 문관들은 뭐가 뭔지 하나도 모르겠다는 것처럼 넋 나간 표정을 짓고 있다. 영주 후보생 코스 예습 때 몇 번인가 규격을 벗어난 조합을 보여준 적이 있는 빌프리트만 "여전히 영문을 모르겠다"라고 말하면서도, 당연한 일을 보는 것 같은 표정을 하고 있었다.

"그럼, 공주님. 부탁드리겠습니다."

멍한 얼굴인 견습 문관들의 시선을 받으며, 나는 유스톡스와 교대해서 슈타프로 시간 단축 마법진을 그려나갔다. 이중으로 쳐놓은 시간 단축 마법진에 맞춰서 마력을 부어 넣다 보니, 페르디난드의 온 신경이 조합 솥과 마법진이 완성되는 순간에 집중돼 있다는 걸 알 수 있었다.

완성된 순간, 페르디난드는 교반봉을 쥔 손에 힘을 꽉 줬다. 시간 단축 마법진을 삼중으로 건 덕분에 순간적으로 마력이 필요할 텐데, 조합 솥의 상황을 보면서 도전적인 미소를 짓고 있는 입가를 보면, 난이도가 올라가는 걸 즐기고 있다.

"……완성됐다."

평범하게 진행하면 하나 만드는 데 종소리 한 번 만큼의 시간이 걸리는 조합인데, 짧은 시간 동안에 네 개 분량의 작업을 단숨에 끝내버린 페르디난드는 성취감이 가득한 얼굴로 마술구를 꺼냈다. 만족스러워 보여서 다행이네.

"정리를 부탁한다. 아무래도 조합 기구를 이대로 방치해둘 수는 없으니까."

전이진을 사용해서 가져온 조합 세트는 다시 전이진을 사용해서 조합실로 돌려보내야 한다.

"조합실에 전이진을 준비해뒀습니다. 누가, 그쪽에 가서 받아주시겠어요?"

리젤레타가 보내기 위한 전이진을 펼치고, 바셴으로 세척한 조합 기구를 전이진 위에 올려놓기 시작했다. 척척 정리를 시작한 시종들의 모습을 본 견습 문관 일부가 헉, 하는 표정을 짓고는 기구를 받기 위해 조합실로 갔다.

"조합 기구 정리는 견습 문관들이 하겠습니다."

"알겠어요. 잘 부탁드릴게요."

남은 견습 문관들이 리젤레타한테서 조합 기구를 받아들고, 바셴해서 전이진 위에 올려놨다. 전이진이 빛날 때마다 위에 놓아둔 기구와 소재들이 사라지는 게 아주 조금 재미있다.

견습 문관들이 열심히 정리하는 모습을 잠시 보고 있던 페르디난드는, 다 치운 테이블 앞에 앉아서 한숨 돌렸다. 그랬더니 조합하는 동안 식사를 마친 것 같은 젤기우스가 바로 차를 타기 시작했다. 나와 빌프리트도 페르디난드처럼 자리에 앉았더니 각자의 시종들이 차를 가져다줬다.

"설마 이렇게 짧은 시간에 마술구를 네 개나 만들 줄은 생각도 못했어요."

나는 테이블 위에 놓인 녹음 마술구를 본 뒤에, 페르디난드를 보면서 미소를 지었다.

"그럼, 페르디난드 님. 녹음 마술구를 만들었으니 네 개 분의 설계도 사용료를 지불해 주세요."

"내가 설계도를 기억하고 있었기에, 네 설계도를 사용하지 않았다만."

"하지만 제가 사들인 설계도인 데다가 라이문트를 위해서, 미래에 활약할 연구자의 이익 확보를 위해서라도 필요하다고요."

솔직히 말해서 페르디난드가 만들어줬다는 의식 쪽이 더 크니까 돈은 안 받아도 된다. 하지만 라이문트한테 '자신의 연구가 돈이 될수록 훌륭한 것이다'라는 걸 이해하게 해주기 위해서는 필요한 돈이고, 지적 재산권을 알리는 것도 중요한 일이니까. 내가 인세처럼 널리 퍼트리고 싶다고 생각하는 지적 재산권에 대해 말했더니, 페르디난드는 "네 생각은 여전히 뜬금없구나"라고 말하면서, 유스톡스한테 시켜서 돈을 내줬다.

"인쇄 협회나 대장장이 협회에서는 꽤 잘 지키고 있는 것 같지만, 마술구 특허료에 관해서는 귀족에게도 강제력을 지니는 기관을 설치해야 할 필요가 있을지도 모르겠네요."

"거기에 관해서는, 귀족에게서 원고를 매수하고 책 판매량에 따라 인세를 지불하는 방식이 정착된 뒤에 연구자에 대한 일도 생각하도록 해라. 일단 성공한 방식을 도입하는 방향으로 가는 쪽이 다른 사람들도 받아들이기 쉬울 테니. 한 번에 너무 많은 것을 하려고 들지 마라. 네 나쁜 버릇이다."

내가 개인적으로 사들인 설계도의 특허료를 지불하는 형태로 연구자에게 그런 방식이 있다는 걸 알리거나, 팔린 책의 인세를 확실하게 지불하는 실적을 쌓아가는 게 중요하다고, 페르디난드는 그렇게 말한 것이다.

……하긴, 꾸준한 노력이 필요하겠다.


정리를 마친 견습 문관들이 다과회실로 돌아왔다. 하나같이 "대단한 조합을 봤다" "어떻게 하면 될까"라고, 살짝 흥분해서 말하고 있었다. 페르디난드는 그들의 질문에 웃는 얼굴로 대답하고 있는데, 왠지 엄청나게 피곤한 것처럼 보였다. 성취감도 드는 기분 좋은 피로를 넘어서, 지금까지 쌓여 있던 피로가 단숨에 밀려온 건 아닐까.

"이 뒤에 양아버님과 이야기도 하셔야 하죠? 치유가 필요하진 않으신가요?"

"……있으면 좋겠군."

그 말을 듣고, 나는 다과회실 안을 둘러봤다. 페르디난드는 물론이고 유스톡스도 에크하르트도 피로가 쌓인 얼굴이다. 젤기우스도 조금 피곤한 얼굴이고, 갑자기 시작한 조합에 휘둘린 측근들도 그럭저럭 피곤하겠지.

나는 자리에서 일어나서는 슈타프를 꺼내서 "슈트레이트콜벤"이라고 주문을 외웠다. 플류트레네의 지팡이로 변화시키고는, 다과회실에 있는 모든 사람들에게 치유를 걸었다.

"뭔가, 이건……."

기껏 치유를 걸어줬는데, 어째선지 페르디난드가 더 골치가 아파졌다는 것 같은 얼굴로 관자놀이를 손가락으로 눌렀다.

"……어라? 혹시 효과가 없었나요?"

"규격을 벗어난 수준으로 능숙해졌다. 겨우 계절 한 번이 지났는데, 어째서 그렇게까지……."

"예? 예에?"

그렇게 골치가 아플 정도의 일인가. 항상 하던 걸 하는 기분이었던 나는, 페르디난드가 대체 뭣 때문에 관자놀이를 누르고 있는지 모르겠다. 손가락으로 테이블을 톡톡 두드리면서 "앉아봐라"라고 말하는 모습에서 잔소리가 시작될 조짐이 보인다.

나는 플류트레네이 지팡이를 치우고는 의자에 앉는 척하면서, 내 의자를 아주 조금 페르디난드한테서 멀리 떼어놨다.

"자, 로제마인. 치유를 사용하는 데 어째서 굳이 플류트레네의 지팡이를 꺼냈지?"

"한 번에 여러 사람한테 사용하려면 그게 편리하니까요. 반지일 때는 한 사람 한 사람 따로따로 걸어야 하잖아요? 하지만 플류트레네의 지팡이를 사용하면 여러 사람한테도 단번에 걸어줄 수 있어요. 귀족원에서 했던 봉납식 때도 큰 도움이 됐었죠."

그렇게 설명했더니 페르디난드가 깊은 한숨을 내쉬었다. 빌프리트가 "로제마인, 쓸데없는 소리는……."이라고 말했지만, 나는 빙긋 웃었다.

"이건 영지 내부 사정이 아니잖아요, 빌프리트 오라버니. 봉납식에 참가한 사람이라면 누구나 다 알고 있는 일이니까요."

"그건 그런데……. 넌 뭐든지 다 말해버릴 것 같아서 조마조마하단 말이다."

빌프리트의 말을 들으며, 나는 모두가 알고 있는 일인 동시에 페르디난드의 잔소리를 회피할 수 있을 것 같은 장비를 말했다.

"페르디난드 님이 안 계신 동안 저도 성장했어요. 슈타프로 신구를 동시에 두 개까지 만들 수 있게 됐거든요."

"……잘못 적은 것이나 해석을 잘못한 게 아니었단 말인가."

검열을 받아도 괜찮도록 귀족적인 말 돌리기를 최대한 활용해서 적은 편지의 내용이, 페르디난드한테 명확하게 전해지지 않았던 것 같다.

"기사들이 검과 방패를 만드는 것과 마찬가지예요. 왕족분들도 그렇게 이해하셨고요. 저도 언젠가는 페르디난드 님처럼 방패를 여러 개 만들 수 있게 될 테니까, 기대해주세요."

내 포부를 말하며 미소를 지었더니, 페르디난드가 두통을 참으려는 것처럼 눈을 꽉 감았다.

"전혀 다르지 않은가."

"뭐가 다른가요?"

"아니, 됐다. 인제 와서, 이 자리에서 무슨 말을 해봤자 소용없다. 나는 다른 영지의 인간이 될 테니까. 뒷일은 에렌페스트에서 어떻게든 하는 수밖에 없겠지."

페르디난드가 손을 파닥파닥 흔들었더니 빌프리트가 깜짝 놀란 표정이 됐다.

"그러고 보니까, 봉납식에서 페르디난드 님이 가르쳐주신 마력만 크게 회복하는 회복약을 나눠줬는데, 가치가 상당히 큰 것 같습니다. 왕족분들도 깜짝 놀라셨습니다."

"……그게 어쨌다는 건가?"

이젠 말할 기력도 없다는 것 같은 얼굴로, 페르디난드가 날 쳐다봤다.

"디트린데 님이 무슨 일을 저질러서 노여움을 샀을 때 연좌를 피한 다든지, 페르디난드 님의 공헌 덕분에 비싸게 팔릴 것 같다고 생각했기에 보고 드렸습니다. 비장의 수단으로 온존해두면 좋겠죠."

그렇게 말했더니, 페르디난드는 눈에 힘을 더 주면서 날 쳐다봤다.

"로제마인, 그대는 그녀가 뭔가 일을 저지를 거라고 생각하는 거지? 사전에 막을 수 있다면 가르쳐다오."

"빌프리트 오라버니, 머리 장식과 반짝반짝 봉납가무는 내정에 해당되지 않는 거죠?"

"음…… 그렇겠지."

나는 일단 빌프리트에게 동의를 구한 뒤에 디트린데가 내일 졸업식에서 왕족보다 호화로운 머리 장식을 할 가능성이 크다는 것과, 마석을 빛나게 하는 일루미네이션 봉납가무를 출 가능성이 있다는 걸 설명했다.

"왕족에 대한 불경을 넘어가 줄 수는 없지. 머리 장식은 억지로라도 못 하도록 하겠다. 그런데 그, 반짝반짝 봉납가무라는 건 뭔가?"

"가호를 얻는 의식을 마친 직후의 마력을 제어하지 못하는 때에, 로제마인이 봉납가무 연습을 하다가 마석을 빛나게 만들었던 것이 발단입니다."

빌프리트가 설명했고, 나는 급하게 입을 열었다.

"하지만, 축복은 날아가지 않았어요. 마석이 빛나는 데서 끝낼 수 있었다고요. 이건 칭찬받을 수 있는 조건이죠?"

페르디난드는 한번 슬쩍 보기만 하고 끝냈고, 빌프리트는 '어째서 칭찬받을 거라고 생각했는지 모르겠다'라는 것처럼 고개를 젓고서 계속 말했다.

"봉납가무 연습에서는 로제마인이 너무나 눈에 띄었기 때문에, 디트린데 님도 성인식 봉납가무에서 따라 해 보고 싶다고, 다과회에서 말씀하셨습니다."

"로제마인, 그대는 정말……."

"저, 저 때문이 아니라고요! 연습할 때는 어쩔 수 없는 일이었는데, 빌프리트 오라버니가, 마석의 질을 낮추면 간단히 빛나게 할 수 있지 않을까, 라고 조언했다고요."

조언에 따라 나한테 맞춘 마석을 준비해서 연습했다고 하면, 나보다 빌프리트의 책임이 더 커지겠지. 내가 고자질했더니, 페르디난드가 빌프리트를 노려봤다.

"꽤나 쓸데없는 짓을 저지른 것 같구나."

페르디난드가 빌프리트를 야단치기 시작하자, 브륀힐데가 내 어깨를 살며시 두드렸다.

"로제마인 님, 이제 곧 일곱 점 종이 울립니다. 레티치아 님께 드릴 마술구를 젤기우스 님께 맡기시려면 빨리 하셔야 할 것 같습니다."

완성된 녹음 마술구에서 생각이 완전히 벗어난 게 너무나 걱정된다고, 브륀힐데가 속삭였다. 빌프리트를 잔소리에서 구해주기 위해서라도 마침 잘되었다. 나는 페르디난드의 소맷자락을 살짝 잡아당겼다.

"페르디난드 님, 이 마술구 중에 하나를 젤기우스에게 맡기면, 레티치아 님의 가족분께 격려의 말을 부탁드릴 수 있을까요?"

내가 페르디난드의 측근인 젤기우스에게 직접 부탁할 수는 없다. 페르디난드는 빌프리트에게 잔소리하던 걸 멈추고 젤기우스 쪽으로 시선을 옮겼다.

"어떤가, 젤기우스? 레티치아 님의 양친과 연락이 가능한가?"

"가능합니다. 제가 드레반헬에서 자랐으니까요."

젤기우스는 드레반헬에서 자랐고, 레티치아가 아렌스바흐에 양녀로 갈 때 부모와 동행해서 드레반헬에 아는 사람도 많다.

"그럼 이 마술구는 젤기우스의 마력으로 등록하죠. 괜찮으시다면 제 격려의 말도 전해주실 수 있을까요?"

"물론입니다. 로제마인 님의 배려, 반드시 레티치아 공주님께 전해드리겠습니다."

젤기우스는 연두색 눈동자가 보이는 눈을 살짝 가늘게 뜨며 상냥한 미소를 지었다. 나는 테이블 위에 놓여 있던 마술구를 페르디난드를 통해 젤기우스에게 건넸고, 젤기우스에게 사용 방법을 가르쳐줬다.

그리고 그 마술구에 내가 레티치아에게 보내는 말을 등록했다. '레티치아 님은 정말 열심히 하고 계십니다'랑 '페르디난드 님, 너무 엄하게 말씀하시면 안 돼요'하고 '가끔씩은 잘 했다고 칭찬도 해주세요' 세 가지를.

"그대는 대체 뭘 넣은 건가?"

"레티치아 님이 이 마술구를 꺼냈을 때는 꼭 칭찬해 주세요. 저한테 했던 것처럼 딱딱하게 말씀하시면 안 돼요."

페르디난드가 노려봤지만 겁먹지 않고 그렇게 대답하고, 젤기우스한테 뒷일을 부탁했다.

"스밀 인형을 만들려면 시간이 걸리니까, 그건 레티치아 님의 시종께 부탁해주세요."

"젤기우스, 지금 드레반헬로 올도난츠를 보내는 건 어떻겠나? 가능하다면 내일 바로 녹음할 수 있으면 제일 좋겠는데……."

"감사합니다. 그럼, 잠시 실례하겠습니다."

젤기우스가 측근에게 배정된 칸막이 너머로 사라지자, 페르디난드는 약간 싫다는 얼굴로 나머지 세 개의 마석을 바라봤다.

"그래서, 그대에게 선물할 마술구에는 대체 어떤 말을 넣으면 되지?"

"물론 칭찬하는 말로 부탁드릴게요!"

가능하다면 그걸 레서 판다 인형에 넣을 거야. 그런 내 야망을, 리젤레타가 부숴버렸다.

"그렇군요. 하나쯤은 칭찬의 말도 필요하기는 하지만, 로제마인 님이 페르디난드 님께 보내 드리는 말과 같은 것이 필요하다고 생각합니다."

"독서를 그만하시라고 부탁하는 말이라든지, 휴식하시도록 부탁하는 내용 말이군요."

리젤레타 옆에 있는 브륀힐데도 고개를 크게 끄덕이고 있다. 시종들의 제안에 내 측근들은 물론이고 빌프리트까지 "꾸짖는 말이 필요하겠지"라면서 찬성했다.

"꾸짖는 말을 넣는 건 아무 문제없다만……."

"저는 칭찬하는 말을 바라는데요?"

"그딴 건 상관없다. 그보다, 내게 보낼 말이라는 건 뭐지?"

"로제마인 님은 이것을 페르디난드 님께 보낼 준비를 하고 계십니다."

리젤레타가 슥, 하고 남색 스밀 인형을 꺼내서는 내 앞에 살며시 내려놨다. 아마 내 방에 가서 가지고 왔겠지. 시종들의 배려에 가슴이 아파.

"아니에요, 리젤레타. 이건 유스톡스에게 줄 예정이라고요. 페르디난드 님께 드려봤자 상자에 처박아두기만 하고 쓰지도 않을 게 분명하니까요."

나는 테이블 위에 있는 남색 스밀 인형을 집어서 유스톡스한테 내밀었다.

"유스톡스, 페르디난드 님이 너무 일만 하고 말을 안 들으실 때 써주세요."

"어떤 말이 들어 있습니까?"

"유스톡스, 나중에! 나중에 확인하세요!"

온몸에서 핏기가 가시는 기분을 맛보면서 페르디난드 쪽을 슬쩍 봤더니, 페르디난드가 '훗'하고 웃었다.

"끝까지 확인하지 않을 수는 없지 않은가. 영지 대항전처럼 돼버리면 큰일이니까."

"페르디난드 님, 거기 있는 나무 상자에 슈바르츠와 바이스에 관한 연구 자료가 들어 있어요! 그쪽을 확인하도록 하죠! 알았죠?"

"나중에 하겠다. 유스톡스, 재생하게."

주인의 지시에 따라, 유스톡스가 마술구를 재생했다.

"페르디난드 님, 잘 쉬고 계시나요? 일도 쉬엄쉬엄하세요."

"아무리 바빠도 식사를 잘 챙겨 드셔야 힘이 나니까요. 약에 의존하지 말고 식사를 꼭 챙겨 드세요."

"에렌페스트 요리가 다 떨어지면 연락 주세요."

몇 가지 재생했을 때, 페르디난드가 내 볼을 꼬집었다.

"아파요!"

"당연히 아프겠지. 유스톡스, 재생은 이제 됐다. 그건 내가 맡아두도록 하지."

페르디난드 님이 너무나 깔끔한 꾸민 미소를 지으며 유스톡스를 향해 손을 내밀었다. 이대로 두면 틀림없이 봉인돼버릴 거야.

"안 돼요. 안 된다고요. 유스톡스, 페르디난드 님께 드릴 바에는 그냥 저한테 돌려주세요!"

"왜 이리 소란스러운가?"

한심하다는 투로 그렇게 말하면서 질베스타가 들어왔다. 측근과 호위를 위한 기사들이 늘어나면서, 다과회실이 단숨에 좁아진 것 같은 기분이 들었다.

"양아버님! 페르디난드 님이 유스톡스에게 주려고 했던 마술구를 빼앗으려고 하셔요."

"……이게 그 마술구인가? 대체 무슨 말이 들어 있는 거냐?"

질베스타가 유스톡스의 손에 있던 남색 스밀 인형을 가져가서는 마석 부분을 건드렸다. 그리고 거기서 나온 내 잔소리를 듣고 크게 웃은 질베스타가, 스밀을 유스톡스한테 가볍게 던졌다.

"아렌스바흐에서 로제마인의 잔소리를 들려주겠다고 위협하기만 해도 페르디난드가 하던 일을 멈추겠지. 가져가도록."

"감사합니다, 아우브 에렌페스트."

유스톡스가 재미있다는 것처럼 웃으면서 남색 스밀을 측근들 짐 놓는 곳으로 가져갔다.

"그건 그렇고, 지금부터는 어른들 시간이다. 너희는 이만 방으로 돌아가라."

질베스타의 시종들이 술자리 준비를 시작했더니, 다기가 놓여 있던 테이블을 순식간에 깔끔하게 치워버리고 술병과 잔이 놓여갔다. 질베스타가 손을 파닥파닥 흔들면서 나가라고 재촉했고, 나와 빌프리트는 취침 인사를 하고는 다과회실을 뒤로했다.

……결국, 페르디난드 님한테 칭찬은 못 받았다. 완전히 실망하고 시무룩해졌다.

# 이별과 성인식

영지 대항전 다음날은 성인식과 졸업식이다. 두 점 종이 울리기 조금 전에 그레티아가 깨우러 왔다.

"로제마인 님, 일어나 주세요."

"그레티아가 깨우러 오다니 별일이네요. 리카르다한테 무슨 일이라도 있나요."

나는 이불 속에서 꾸물꾸물 몸을 돌리고는 그레티아를 보면서 말했다.

"조금 이른 시간입니다만, 두 점 종 때부터 페르디난드 님과 같이 조식을 하시라는, 아우브의 연락이 있었습니다. 리카르다는 다과회실에서 조식을 준비하고 있습니다."

그레티아의 말을 듣고 나는 벌떡 일어났다. 아침 식사를 마친 뒤에 다과회실을 치우려면 바쁘니까, 원래는 식사를 같이할 수 없다고 했었는데.

"페르디난드 님은 아우브와 술을 드시고, 여러 이야기를 나눈 뒤에 다시 연구자료에 손을 대셨다고 합니다. 로제마인 님께서 조식을 권하며 깨워주셨으면 하시는 것 같습니다."

일찌감치 깨워서 페르디난드가 제시간에 나갈 수 있게 하라고, 질베스타가 명령했다. 영주 후보생 세 명의 측근이 동행하면 다과회실 정리도 빨리 끝날 거라는 계산도 했겠지.

……야호! 양아버님, 고마워요!

그레티아와 브륀힐데의 도움을 받으며, 나는 서둘러서 옷을 갈아입기 시작했다. 지금, 방에 리젤레타와 레오노레가 안 보이는 건, 두 점종에 맞춰서 아침 식사를 하러 갔기 때문이겠지. 졸업생은 부모님이 오시기 전에 아침 식사를 하고 몸을 씻어야 하니까.

"졸업생은 준비가 힘드니까요."

안게리카가 너무 준비를 안 해서 리젤레타와 부모님까지 셋이 달라붙어서 준비하게 했던 2년 전을 떠올리며 쿡쿡 웃고, 나는 올도난츠를 꺼냈다.

"안녕히 주무셨습니까, 페르디난드 님. 준비됐으니 지금부터 아침 식사를 하러 다과회실로 가겠습니다."

방에서 나와 보니 샤를로테도 준비를 마치고 나와 있었다. 계단을 내려갔더니 빌프리트도 있었고. 다 같이 다과회실로 갔더니, 준비하고 있던 시종들이 맞이해줬다. 다과회실에 만들어놨던 측근들 공간은 이미 사라졌고, 장의자는 지금부터 졸업생을 맞이하러 온 사람들이 앉을 수 있게 다르게 배치돼 있었다. 짐을 놔두기 위한 나무 상자는 아무래도 페르디난드의 공간으로 옮겨놨는지, 보이지 않았다.

"벌써 많이 치워놨네요."

"예. 이쪽에 조식을 준비해뒀습니다. 자, 공주님은 이쪽으로 오시죠. 당신들은 식당에서 조식을 마치고 오세요."

다과회실까지 동행한 미성년 측근들은 식당으로 가고, 우리 영주 후보생들은 리카르다의 안내를 받아서 테이블로 갔어. 우리 목소리가 들렸겠지. 페르디난드도 칸막이 옆으로 돌아서 나왔다. 복장은 단정하지만 잠이 모자란다는 얼굴이다.

"안녕히 주무셨습니까, 페르디난드 님."

"그래, 잘 잤나."

"왠지 잠이 덜 깨신 것 같은 목소리인데, 연구 자료를 너무 많이 보셨나요?"

2년 전에 힐쉬르와 밤새도록 연구 이야기를 했던 때 같은 얼굴이다. 멍한 페르디난드는 정말 보기 드문데.

"……그것도 있지만, 그 장의자가 예상했던 것보다 자기 좋았다."

"페르디난드 님이 잘 주무셨다니, 일부러 여기까지 가지고 온 보람이 있네요. 봄에 짐을 옮길 때 같이 보내드릴까요?"

갑자기 연락을 받고 아렌스바흐로 갔기 때문에, 페르디난드는 말 그대로 당장 필요한 생활필수품과 최소한의 결혼 축하 선물들만 들고 갔었다. 계절이 바뀐 뒤에 사용할 생활용품과 이번 겨울에 각지 가족들이 보내온 선물들은 아직 에렌페스트에 있고.

"지금은 아직 객실에 있으니 필요 없다."

"봄이 되고, 성결식이 끝난 뒤에 얘긴데요?"

"……내 방이 생기면, 그때 생각하도록 하자."

한참 앞일까지 생각하는 페르디난드치고는 애매한 대답이지만, 생각해보면 자기 방이 생기기 전에는 저걸 받아도 곤란하겠지. 내가 "필요하면 연락 주세요"라고 대답했더니, 페르디난드는 고개를 끄덕이면서 자리에 앉았다. 그리고는 손짓으로 날 불렀다.

"로제마인, 이쪽으로. 열은 내렸나?"

"오늘 아침은 몸 상태가 좋은 것 같은데요……."

나는 얌전히 페르디난드 앞에 가서 섰다. 열과 맥박을 재는 페르디난드의 모습을 보고 샤를로테가 깜짝 놀라서 "언니, 몸이 안 좋으신가요?"라고 말했다.

"영지 대항전 때문에 피곤해서 열이 조금 났을 뿐이에요. 약도 챙겨 먹었고, 오늘 아침에는 열도 내려갔으니까요."

"시끄럽다 로제마인. 입 다물어라. 맥을 재기 힘들다."

"죄송합니다."

평소처럼 진찰을 마치고, "열은 내려갔지만 너무 무리하지는 마라"라는 말을 듣고서 나도 자리에 앉았다.

"최근에는 언니가 자리에 눕는 일도 많이 줄어들어서, 몸이 안 좋아졌을 거라고는 생각도 못 했어요."

"처음 표창식에 참가해서 감탄한 탓이겠죠. 어제 저녁 식사는 어땠나요, 샤를로테? 양아버님이 이쪽 방에 오시자마자 어른들 시간이라면서 저희를 내보내서, 어땠는지 여쭤보지도 못했거든요."

아침 식사를 먹으면서, 우리는 참가하지 않았던 식당 쪽 저녁 식사에 대해 샤를로테에게 물어봤다. 우수자를 다수 배출한 덕분에 학생들이 많이 들떠 있었고, 즐거운 저녁 식사였다.

"그러고 보니까, 저희가 잠든 뒤에 페르디난드 님은 양아버님과 어떤 이야기를 나누셨나요? 오랜만에 술잔을 나누셨으니, 즐겁게 얘기하셨겠죠?"

나는 페르디난드한테 말을 돌려봤지만, 페르디난드는 잠깐 생각하는 것처럼 눈을 감은 뒤에 "나중에 질베스타한테 들으면 된다"라고만 말하고, 자세한 얘기는 안 해줬다.

아침 식사를 마치고 테이블 위를 치운 뒤에, 유스톡스가 테이블에다 뭔가 이것저것 늘어놓기 시작했다. 녹음 마술구가 두 개, 그리고 가죽 주머니가 하나. 페르디난드가 마술구 하나를 스윽, 하고 내 앞으로 밀었다.

"이쪽이 녹음 마술구다. 네 시종의 요망에 따라 주의하라는 말들을 잔뜩 넣어뒀다."

"페르디난드 님, 제 요망은 어떻게 됐나요?"

"글쎄······."

"너무해요."

볼이 통통 부어서, 나는 페르디난드가 준 마술구를 재생해봤다. 페르디난드가 말한 대로 처음부터 "식사시간이다. 뭘 하고 있는지는 모르겠지만 당장 그만두도록"이라는 잔소리가 나왔다.

······다른 건 뭐가 있을까?

"로제마인, 이 자리에서 하지 말고 하다못해 방에 가서 듣도록 해라. 같은 방에서 내 목소리가 들리니 묘한 기분이군."

얼굴을 찌푸린 페르디난드가 날 말렸다. 이 자리에서 전부 듣고 싶었지만 시키는 대로 하지 않으면 빼앗아버릴 것 같으니까 내 방에 가서 들어야지. 그리고 마력을 차단하는 가죽 주머니도 받았다. 열어봤더니 또 하나의 마술구와 종이가 들어 있었다.

"그대는 어젯밤 젤기우스의 마력을 등록한 마력을 불어넣었으니, 이게 남았겠지? 나는 이 연구를 더 진행하고 싶다. 이 마술구를 여기 적힌 대로 사용해보고 결과를 알려줬으면 한다. 결과는 편지로 보내도 좋다."

원래 공동 연구이기도 했으니까, 연구를 계속하겠다고 하면 거절할 방법이 없다. 나는 "알겠습니다"라고 대답하면서 가죽 주머니를 받았다.

"그리고 예비로 남겨둔 몫은 내가 가져가도 되겠나? 다음 겨울까지 여러모로 사용 방법을 생각하고 싶군."

"페르디난드 님이 만들고 대가를 지급하신 물건이잖아요. 당연히 괜찮죠."

질베스타의 명령대로 페르디난드를 깨워서 같이 아침 식사를 했다. 우리 일은 끝났다. 이 뒤에 페르디난드는 정장으로 갈아입고 디트린데를 마중하러 간다. 우리는 옷 갈아입고 방을 치우는 데 방해가 되니까 다목적 홀로 이동해야 한다.

"로제마인, 리카르다. 두 사람이 이 방을 마련해줬다고 질베스타에게 들었다. 하룻밤을 정말 편하게 보냈다. 예를 표한다."

페르디난드가 굳이 예를 표한다는 말을 할 정도로 잘 쉬었다는 걸 알 수 있었다. 리카르다랑 같이 어떻게 해야 편히 쉴 수 있을지 생각했던 걸 인정받은 거다. 어젯밤에 칭찬을 못 받았던 탓인지 유난히 기쁘다. 기쁘면서, 또 떨어져야만 하는 작별 인사라는 실감이 들어서, 정말 쓸쓸했다.

"그럴 때는, 그냥 고맙다고 말해주세요."

쓸쓸한 기분을 조금이라도 떨쳐내기 위해서 농담을 했다. 평소처럼 빈정대는 웃음이나 말로 흘려넘길 줄 알았는데, 페르디난드는 지금까지 거의 본 적이 없는 상냥한 미소를 지어 보였다.

"……고맙다 로제마인, 리카르다."

그렇게만 말하고, 정말로 시간이 없는지 페르디난드는 재빨리 칸막이 뒤로 사라져버렸다. 너무나 듣기 힘든 페르디난드의 솔직한 고맙다는 말에 눈시울이 촉촉해진 건 나뿐만이 아닌 것 같다. 리카르다도 눈시울이 촉촉해져서 우리한테 말을 걸었다.

"자, 다목적 홀로 가세요. 페르디난드 님은 옷을 갈아입으셔야 하니

까요."

현관 홀에 강당으로 준비하러 가는 학생들이 모여 있는 게 보인다. 내가 그 사람들 사이에 합류하려고 했더니, 빌프리트가 날 막았다.

"너는 리카르다가 말한 대로 다목적 홀에서 대기하고 있어. 어제 영지 대항전에서도 몸이 안 좋아졌었는데, 벌써부터 열심히 움직이면 올해도 중간에 나가게 될 테니까. 디트린데 님 상대를 맡으실 숙부님도 네가 갑자기 사라지면 걱정하시겠지."

반론할 여지가 없다. 나는 올해도 준비는 다른 사람들에게 맡기고, 다목적 홀에서 견습 호위기사인 유디트와 같이 대기하기로 했다. 거기 있었더니 졸업생 보호자분들이 오셨다. 레오노레와 리젤레타의 부모님은 인사를 하고는 각자 자기 자식 방으로 가셨다.

보호자의 파도가 지나가고, 다음에 찾아온 건 졸업생을 에스코트하는 사람들이다. 깔끔하게 정장을 차려입은 코르넬리우스와 하르트무트가 "안녕하십니까 로제마인 님"이라고 말하며 나타났다.

"코르넬리우스 오라버니, 레오노레의 부모님은 조금 전에 막 도착하셨으니까, 준비하는데 시간이 좀 더 걸릴 것 같습니다. 하르트무트는 일찌감치 클라리사를 맞이하러 가주세요. 귀족원 사랑 이야기에 의하면, 기다리는 시간에는 너무나도 불안하다고 하니까요."

지금까지의 기세를 생각해보면, 맞이하러 가지 않으면 클라리사가 알아서 이쪽으로 올 것 같지만, 여자애를 너무 불안하게 만들면 안 되니까.

"결혼 허가는 받으셨죠?"

"여러 사정을 생각한 결과, 그게 제일 무난하리라는 대답을 받았으니까.”

……그걸 결혼 허가라고 해도 되는 걸까.

주위 사람들이 납득했다면 그걸로 됐지만, 정말 괜찮은 건지 아주 조금 걱정이 된다. 하르트무트와 이야기하고 있는데, 성에서 본 적이 있는 빌프리트의 측근이 다가왔다.

“로제마인 님, 잠시 인사를 올리게 해주십시오.”

그렇게 말한 사람은 리젤레타의 상대인 토르스텐이다. 빌프리트의 문관이라고 이름만 들어봤는데, 얼굴과 이름이 일치하지 않아서 전혀 실감이 가지 않았다. 온화하고 차분해 보이는 분위기의 사람이다. 아마도 리젤레타하고 파장이 잘 맞겠지.

“부디 리젤레타를 잘 부탁드립니다.”

“알겠습니다.”

토르스텐과 인사를 끝냈을 무렵에는 영주 부부가 도착했다. 일단 에렌페스트로 돌아갔던 것 같은 질베스타가, 안색이 약간 파래진 플로렌치아를 데리고 왔다. 아무리 봐도 몸이 안 좋아 보인다. 질베스타는 사랑하는 아내를 배려해서 의자에 앉게 했다.

“정말 감사합니다, 질베스타 님.”

“양어머님, 몸은 좀 어떠신가요?”

“전이진 탓에 살짝 멀미가 난 것 같습니다.”

“그래서 에렌페스트에서 쉬라고 하지 않았나.”

“학생들에게는 평생에 한 번뿐인 졸업식이 아닌가요. 제 고집이 과하다는 건 알고 있지만, 그래도 축하해주고 싶은 마음을 어쩔 수가 없었습니다.”

두 사람 사이에서 몇 번이나 오갔으리라는 걸 알 수 있는 대화를 하고 있는데, 이런 모습을 보면 질베스타가 플로렌치아를 정말로 좋아한다는 걸 잘 알 수 있다.

"공주님, 강당으로 가시지요. 보호자가 입장하기 전에 들어가 있지 않으면 눈에 띌 겁니다."

"양아버님과 양어머님은 어떻게 하시겠어요?"

"플로렌치아를 최대한 쉬게 하겠다. 너는 안 그래도 걸음이 느리니까 먼저 가거라."

손을 휙휙 저으면서 쫓아냈고, 나는 리카르다랑 유디트와 함께 강당으로 이동했다.


작년처럼 벽을 치워서, 강당에는 마치 콜로세움 같은 계단식 관람석이 만들어져 있었다. 강당 중심에는 봉납가무 검무를 위한 하얀 원기둥 모양 무대가 설치돼 있고, 그 안쪽에 제단이 보인다. 작년처럼 관람석으로 가려는 나를 리카르다가 말렸다.

"공주님, 올해는 몸 상태가 좋으시잖아요. 영주 일족 자리로 가시죠."

작년에 있었던 보호자석과 다르게, 무대와 아주 가까운 곳이다. 여기라면 봉납가무도 잘 보이겠지. 샤를로테가 "언니는 이쪽으로 오세요"라면서 손짓했고, 나는 자리에 앉았다.

"양아버님과 양어머님은 오셨나요?"

"예. 그런데 어머님이 전이진 멀미가 나셔서 최대한 쉬다가 오신다는 것 같아요."

"그렇게 좋지 않으신가. 걱정이네요."

질베스타가, 플로렌치아가 회임했을 가능성이 크다는 얘기는 아직 주위에 알려선 안 된다고 했다. 다른 영지들의 아우브가 잔뜩 있고 제 2 부인 문제 같은 귀찮은 문제가 많이 있기 때문에, 에렌페스트로 돌아간 뒤에 알릴 예정이라고 한다.

졸업생 입장이 시작하기 직전에 질베스타와 플로렌치아가 왔다. 뭔가 약을 먹었는지 쉬었더니 좋아졌는지, 아니면 감정과 몸 상태를 겉으로 드러내지 않는 귀족의 습성인지, 플로렌치아는 평소처럼 미소를 지으며 자리에 앉았다.

"양어머님, 너무 무리하지는 마세요."

"그건 당신에게도 해야 할 말이겠지요, 로제마인?"

플로렌치아가 살짝 소리 내서 웃었을 때, 강당 문이 열렸다. 그 문으로 졸업생이 입장하고, 무대 위에 줄지어 섰다. 그중에 유난히 눈길을 끌고 주위 사람들을 술렁이게 만든 존재가 있었다.

의기양양해 보이는 미소를 지으며 입장한 디트린데의 머리카락이 보란 듯이 부풀어 있었다. 주위 사람을 깜짝 놀라게 할 정도로 엄청난 일이 일어났는데, 옆에서 걷고 있는 페르디난드의 가짜 미소가 공허해 보이는 건 기분 탓이겠지.

……으아아아아! 페르디난드 님, 설득 실패했어요?!

아마도 디트린데는 장식을 잔뜩 달고 싶다고 생각했을 거다. 마리 앙투아네트처럼 머리카락 자체를 상당히 높이 부풀려 올렸다. 원래 머리색이 호화로운 금발인데, 그걸 높이 부풀렸더니 더 호화로워졌다. 거기에 빨간색에 가까운 색조의 에렌페스트 머리 장식을 세 개 꽂았고, 그 주위에 보란 듯이 레이스와 리본을 달아서 꾸몄다.

아니…… 어떤 의미에선 정말 대단해. 설마 유르겐슈미트에서 저런 머리 모양을 보게 될 줄은 몰랐다.

자세히 보니 에렌페스트의 머리 장식은 전부 사용한 게 아니었다. 아마도 꽃 장식을 너무 많이 달면 왕족에 대한 불경이 된다고 주위에서 설득했겠지. 그래서 꽃을 줄이고 다른 장식을 쓰기로 한 게 틀림없다.

……에렌페스트 머리 장식은 왕족의 장식에 맞춰서 줄였잖아? 그래도 리본이나 레이스로 그렇게까지 꾸미면 꽃 숫자는 아무 상관도 없을 것 같은데 말이다. 무엇보다, 그 머리로 봉납가무를 출 수 있겠어?

나도 모르게 아렌스바흐 영주 일족이 앉아 있는 자리를 봤다. 게오르기네가 새침한 얼굴로 앉아 있다. 딸의 기행을 말리지도 않은 걸까.

말렸으면…… 이 상태로 입장할 리가 없잖아. 게오르기네 님은 대체 무슨 생각으로 디트린데가 멋대로 굴게 놔두는 걸까?

나는 아주 불안한 기분이 들었지만, 엄청나게 주목받고 있는 디트린데 본인은 정말 만족스러운 것 같다. 무대 위로 에스코트를 마치면 졸업생이 아닌 사람은 정해진 자리로 이동해야 하는데, 페르디난드는 이미 엄청 지쳐 보인다.

그리고 중앙 신전 신관장이 진행하는 성인식이 끝나면 졸업생들의 음악 봉납을 한다. 나는 졸업생들이 나오기 전에 출발했기 때문에 레오노레와 리젤레타의 멋진 모습을 보지 못했다. 게다가 저 충격적인 머리 모양에 시선을 완전히 사로잡혔다. 디트린데가 음악 봉납을 위해서 무대에서 내려오는 이 시간이 유일한 기회다.

"리젤레타는 어디 있죠? 디트린데 님한테만 눈이 가서 찾을 수가 없네요."

"언니 기분이 정말 이해가 되네요. 저도 제 측근들을 찾을 수가 없어요.”

　사람들이 많은 곳을 둘러보면 부풀려 올린 머리가 제일 먼저 눈에
들어오고 만다. 얌전한 차림인 리젤레타가 어디 있는지 도무지 알 수
가 없다. 노래하는 사람들 속에 있을 테니까 필사적으로 찾아봤다. 디
트린데가 없어졌을 뿐인데, 정말 찾기 쉬워진 것 같다.

　“찾았어요. 리젤레타.”

　옅은 크림색 의상을 입었고, 모아서 올린 머리카락에 같은 색의 머
리 장식이 흔들리고 있다. 리젤레타는 항상 조심스럽고 다른 사람보
다 한 걸음 뒤로 물러나 있는 느낌이다. 그런 탓인지 미인이라는 게 눈
에 띄지 않는데, 오늘은 정말 예쁘게 보인다.

　……뮤리엘라의 이야기에 의하면, 다른 영지 학생들한테도 인기가
많다고 했었지.

　간신히 리젤레타를 발견했다. 내가 가슴을 쓸어내리고 있는데 음악
이 끝났다. 음악을 담당한 사람들은 무대에서 내려갔고, 무대를 둘러
싸는 형태로 이동했다. 그 사람들 속에 레오노레가 있다. 여성의 숫자
가 적은 덕분에 레오노레는 금세 알 수 있었다. 붉은 보라색 같은 포도
색 머리카락에 하얀색과 빨간색 꽃이 보인다. 겨울 출생이라서 그런
걸까.

　기사들이 슈타프로 만든 검을 들었다. 이것을 신호로 음악이 흐르
기 시작하고, 검이 소리에 맞춰 빛을 반사하며 번쩍거린다. 힘차고 날
카로운 검의 움직임 속에 여성스러운 움직임이 보인다. 레오노레의
검무는 흐르는 것처럼 우아하고, 날카로운 검을 쥐고 있는데도 왠지
부드럽게 느껴진다.

　“레오노레는 정말 아름답네요.”

"그래, 훌륭하군. 하지만 알렉시스도 뒤지지 않는다."

빌프리트가 자기 측근을 자랑하면서 웃었다.

누가 더 대단한지 이야기하는 사이에 검무도 끝났다.

"다음은 봉납가무인가. ……저 머리로 춤을 출 수 있겠나?"

질베스타가 중얼거린 말이 여기 있는 사람들의 말을 대변했다고 생각한다. 하늘하늘한 봉납가무 의상을 입은 디트린데를 여기 있는 모든 사람이 주목하고 있었다.

# 디트린데의 봉납가무

사람들의 시선을 한 몸에 받으면서, 빛의 여신 의상을 입은 디트린데가 어둠의 신 의상을 입은 레스티라우트를 향해 조용히 다가갔다. 봉납가무 무대에 올라가기 위해 디트린데를 에스코트해야 하는 레스티라우트가 엄청나게 싫다는 표정으로 디트린데의 얼굴을 봤다.

"그대는 그렇게 꾸미고서 춤출 수 있겠나?"

사람들의 걱정과 불안을 대표해서 노골적으로 물어본 레스티라우트에게, 나는 마음속에서 박수를 쳤다. 이 자리에서 그걸 직설적으로 물어볼 수 있는 레스티라우트는 용사다. 하지만 용사가 질문한 의도는 디트린데에게 전해지지 않았다.

"예, 물론 춤출 수 있죠. 제가, 엄청나게 연습했으니까요."

디트린데는 자신의 무거워 보이는 머리가 아니라 두 손을 보면서 그렇게 말했다.

······레스티라우트 님은 머리 장식 얘기를 한 것 같은데 말이다. 어딜 보는 걸까? ······팔에 뭐가 달렸나? 아, 혹시, 마석?

머리에 화려한 장석만 있는 게 아니라, 빛나게 하기 위한 마석까지 제대로 준비했나 보다. 준비 만전 상태인 디트린데를 보고 나는 놀라움을 감추지 못했다. 대체 무슨 수를 써서 그 페르디난드한테서 도망친 걸까.

내가 그런 생각을 하는 사이에, 영주 후보생들은 긴 소매를 하늘하늘 흔들면서 무대로 올라갔다. 빛의 여신을 에스코트하는 건 어둠의 신인데, 레스티라우트는 최대한 디트린데를 안 보려고 하고 있다. 아예 얼굴이 정면을 보는 게 아니라 살짝 옆으로 돌아가 있을 정도로.

……아까 페르디난드 님이랑 똑같은 표정이네. 힘내요, 레스티라우트 님!

무대 위에서 영주 후보생들이 각자 정해진 위치에 서고, 한쪽 무릎을 꿇어서 무대에 손을 댔다. 그랬을 뿐인데 디트린데의 무거워 보이는 머리가 흔들렸다. 머리카락이 무너지는 건 아닌지, 내가 다 조마조마하다.

"이 몸은 세상을 창조하신 신들께 기도와 감사를 바치는 자."

레스티라우트의 목소리가 들려온 순간, 그때까지 순백색이었던 봉납가무 무대에 올해도 마법진이 나타났다. 다른 사람들한테는 안 보이는 것 같아서, 나는 입을 꾹 다문 채 무대를 봤다.

음악이 흐르기 시작하고, 무대 위에 있는 사람들이 천천히 일어났다. 사뿐한 움직임으로 손을 들어 올리니까 하늘하늘한 소매가 흔들린다. 봉납가무가 시작됐다.

……아, 정말로 빛나게 할 생각이었네.

봉납가무가 시작되자마자 디트린데가 몸에 달고 있는 마석이 살짝 빛났다. 온몸 여기저기에 마석을 숨겨두고 있다. 작은 빛이 손목에서, 머리카락에서, 드문드문 빛나고 있다. 혼자만 빛나고 있어서 확실하게 눈길을 끌었다. 하지만 춤 자체는 그렇게 잘 추는 건 아니다. 역시 머리가 무거운 건지, 빙글 돌 때마다 축이 흔들리는 게 너무나 신경 쓰인다.

"오오, 빛의 여신이 빛나고 있군. 로제마인이 연습할 때도 저런 느낌이었나?"

질베스타가 작은 소리로 그렇게 물었다. 샤를로테가 애매한 미소를 지으면서 고개를 저었다.

"언니하고는 몸에 달고 있는 마석의 질이 달라요. 많은 부적에다가 무지개색 마석 머리 장식이 빛났으니까, 저런 작은 빛이 아니라 훨씬 화려한 빛이었어요. 하지만 사정을 알고 있는 저는 아름답다는 생각보다, 언제 축복이 새어 나올지 조마조마했었죠."

샤를로테의 말을 듣고 나는 식은땀이 뿜어져 나오는 걸 느꼈다. 그때는 축복이 흘러나오지 않게 하느라 필사적이었기 때문에, 내가 어떤 상태였는지도 전혀 몰랐으니까.

"저기…… 제가, 지금 저 디트린데 님보다 더 눈에 띄었나요?"

"같이 춤추던 제가 신경 쓰여서 저도 모르게 춤을 멈추고 시선을 돌릴 정도의 빛이었으니까. 훨씬 눈에 띄었겠죠."

……안돼에에에에! 디트린데 님보다 눈에 띄었다니, 나, 주위 사람들한테 얼마나 눈에 띄고 싶어 하는 사람처럼 보였을까?

마음속에서 절규하는 내 시야 속에서 디트린데의 빛이 사라졌다. 빛이 들어왔던 건 겨우 몇 초뿐이었고, 갑자기 빛이 사라졌다. 사라진 걸 알아차린 것 같은 디트린데가 눈썹을 아주 살짝 찌푸렸고 몇 초 뒤에 다시 빛이 들어왔다. 그리고 몇 초 지나니까 또 사라지고. 계속 반복됐다.

반짝반짝 깜박이는 빛에 자꾸만 시선이 간다. 처음에는 눈에 띄려고 깜박이는 줄 알았다. 하지만 자세히 보니 꺼질 때마다 디트린데가 얼굴을 조금 찌푸리고 그러면 다시 켜졌다. 눈에 띄려고 깜박이는 건 아닌 것 같다.

……어떻게 깜박이는 걸까? ……응? 저거, 마력?

디트린데 주위에서 살랑살랑 흔들리는 마력이 보인 것 같았다. 마력을 대량으로 내뿜을 때 나오는 옅은 색으로 흔들리는 마력이 마법진으로 빨려 들어가는 것처럼 보인다. 하지만 이게 마법진이 눈에 보이는 나한테만 보이는 건지 아닌지를 모르겠다. 나도 모르게 페르디난드 쪽을 봤다. 그랬더니 그 얼굴에는 억지로 지은 미소는 보이지 않았고, 미간에는 주름이 새겨져 있었다.

"제 눈에는 디트린데 님한테서 마력이 흘러나오고 있는 것처럼 보이는데……."

기분 탓일까, 라고 중얼거린 플로렌치아의 말에 샤를로테도 고개를 끄덕였다.

"저도 보여요. 처음에는 잘못 본 건가 싶었는데, 점점 진해지는 것 같지 않은가요?"

아무래도 흔들리는 마력이 보이는 건 나 하나만이 아닌 것 같다. 그렇게 생각한 무렵에는 다른 사람들도 알아차리기 시작했는지, 관객석이 "마력을 상당히 방출하고 있는 게 아닌가?"라는 소리로 술렁이기 시작했다.

"이봐, 로제마인. 괜찮은 거냐? 저렇게 마력을 방출해도……."

"로제마인도 저렇게 된 적이 있었는데, 어떨 것 같아?"

질베스타와 빌프리트가 그렇게 물었지만, 난 모르겠다. 넘쳐나려는 마력을 필사적으로 억눌렀는데도 결과적으로는 새어 나왔다든지, 너무 감정적인 위압 상태에서 마력이 넘쳐난 적은 있어도, 마석을 빛나게 하려고 마력을 내보낸 적은 없으니까.

"저는 온몸에 달고 있는 마석을 빛나게 하려고 마력을 방출한 적이 없어서, 지금 디트린데 님이 어떤 상태인지 정확히 알 수는 없어요. 하지만 저는 온몸에서 마력을 방출하면, 약을 먹고 며칠 동안 누워 있어야 할 정도로 몸에 부담이 가요."

나는 지극히 진지하게 대답했는데, 질베스타는 질렸다는 표정으로 날 쳐다봤다.

"밖에서 조금만 돌아다녀도 며칠 동안 누워 있어야 하는 네 허약함을 생각해보면, 얼마나 부담이 되는지 참고도 안 되는구나."

"……보통 사람이 마력을 방출할 때 얼마나 부담이 되는지는 저도 몰라요."

봉납식에서 마력이 빨려 나간 사람들은 하나같이 축 늘어졌다는 것 같고, 하르덴첼에서 봄을 부르는 의식을 했을 때 강제로 마력을 빼앗긴 여성 중에는 의식을 잃은 사람도 있었다. 그걸 생각해봐도 부담이 없는 건 아니겠지.

"하지만 영주 후보생인 데다 차기 아우브라면 마력 공급에도 익숙할 테니까, 큰 부담은 아닐 것 같아요. 괜찮겠죠."

내가 그렇게 말한 순간, 주위에서 "아!" "위험해!"라는 말들이 터져 나왔다. 디트린데가 비틀, 하고 크게 흔들리더니, 몸 전체가 옆에서 춤추고 있던 어둠의 신 쪽으로 기울었다.

……하나도 안 괜찮았네!

비틀거린 디트린데를 보고 크게 놀라면서, 나는 무대 위를 주시했다. 모든 것이 느린 동작처럼 보이는 감각 속에서, 높이 묶어 올린 머리카락에서 빨간 꽃 장식 하나가 빠져서 떨어졌다.

"뭐야?!"

최대한 디트린데를 안 보려고 했기 때문인지도 모른다. 춤에 집중했던 탓일 수도 있고. 어쩌면 팔을 크게 뻗고서 돌고 있던 탓에 긴 소매가 사각(死角)을 만들었던 건지도 모른다. 단켈페르거의 영주 후보생으로서 많이 단련한 레스티라우트치고는, 디트린데의 몸이 자기 쪽으로 기우는 걸 알아차리는 게 조금 늦었다.

"어?!"

눈이 휘둥그레진 채로 회전하던 중인 레스티라우트에게 부딪친 순간, 비틀거리던 디트린데가 세차게 튕겨 나갔다. 그리고는 그대로, 바람의 여신 역할을 맡은 영주 후보생을 덮치면서 쓰러졌다. 디트린데의 머리 장식이 빠지고, 높이 묶어 올렸던 머리카락이 무너지기 시작했다.

"피해!"

"위험해!"

관객석에서 소리가 터져 나오는 속에서, 갑자기 덮쳐진 바람의 여신 역할 졸업생이 "꺄악!"하고 비명을 질렀고, 의상 소매를 크게 펼치면서 디트린데한테 떠밀려 넘어지는 모양으로 엉덩방아를 찧었다.

완전히 엎어진 디트린데의 손이 무대에 닿은 순간, 무대의 마법진이 빛났다. 시간은 겨우 몇 초.

"지금, 무대에 마법진이 보였다."

빛난 순간만, 다른 사람들한테도 마법진이 보인 것 같았다. 겨우 몇 초뿐이었지만 사람들 눈에 새겨지기에는 충분한 시간이었던 것 같다. 처음 보는 마법진이 무대 위에 나타난 것 때문에 주위가 소란스러워지기 시작했다.

"어째서, 저런 곳에 마법진이⋯⋯?"

"저건 대체 뭐지?"

주위의 목소리를 듣고, 페르디난드가 관자놀이를 손가락으로 누르고 있다는 걸 알았다. 눈이 마주친 순간, 페르디난드는 뭔가를 생각하는 표정을 지으면서 집게손가락을 입술에 댔다.

……아무 말도 하지 말라는, 그런 얘기겠지?

"정숙하십시오! 봉납가무는 아직 끝나지 않았습니다!"

"신께 바치는 제사를 중단할 수는 없소."

중앙 신전 신전장과 신관장이 소란스러워진 관객석과 무슨 일이 일어났는지 모르겠다는 것처럼 무대를 올려다보고 있는 졸업생들을 향해 큰 소리로 말했다. 하지만 디트린데는 완전히 정신을 잃었는지, 바람의 여신을 덮치며 엎어진 채로 꼼짝도 하지 않았다. 그 상태인 무대에서 봉납가무를 계속할 수 있을 리가 없다.

"디트린데 님을 저대로 둘 수는 없지. 가자."

페르디난드가 자리에서 일어났고, 아렌스바흐의 귀족들에게 말을 걸면서 무대로 올라갔다. 퍼뜩 정신이 들었다는 것처럼, 아렌스바흐 사람들도 움직이기 시작했다.

"그대는 디트린데 님을 무대에서 내려드리고, 시종들에게 봉납가무 의상을 벗기도록 전해라. 그대들은 머리 장식을 서둘러 회수하고."

측근 한 사람이 무대 위에 엎드려 있는 디트린데를 안아 들어서 운반하고, 다른 사람은 떨어진 머리 장식을 회수했다. 페르디난드는 실려 가는 디트린데를 흘끗 본 뒤에, 엉덩방아를 찧은 바람의 여신 역할 학생 앞에서 한쪽 무릎을 꿇고 정중히 사죄했다.

"디트린데 님이 갑자기 의식을 잃는 사태에 말려드신 일에 대해 진심으로 사죄합니다. 그렇게 쓰러지셨으니 지금도 곳곳이 많이 아프시겠죠. 제가 그대를 치유해드리는 것을 허락해주시겠습니까?"

"……허락합니다."

페르디난드는 말려들어서 쓰러진 바람의 여신 역할 학생에게 룽슈멜의 치유를 걸어주고, 잡고 일어날 수 있도록 손을 내밀었다. 바람의 역할 학생을 일어나게 한 뒤에 더 이상 아픈 곳이 없다는 걸 확인하고, 페르디난드는 무대에서 내려왔다.

무대 아래에서는 시종들이 디트린데가 입고 있던 빛의 여신 의상을 벗기고 있었다. 그 의상을 중앙 신전 사람에게 건네라고 지시한 뒤에, 게오르기네가 페르디난드에게 디트린데와 함께 있어 주라고 지시해서 두 사람은 강당 밖으로 나갔다.

"봉납가무를 다시 진행하겠다."

디트린데가 입고 있던 빛의 여신 의상이 중앙 신전 사람의 손을 거쳐, 예비 후보였던 영주 후보생에게 갔다. 후보였던 영주 후보생은 서둘러 준비를 마치고 무대 위로 올라갔다. 중앙 신전 신전장의 지시하에 다시 봉납가무를 시작했다.

"이 몸은 세상을 창조하신 신들께 기도와 감사를 바치는 자."

관객석이 여전히 술렁이는 상태에서, 봉납가무 다시 시작됐다. 이번에는 누군가가 빛나는 일도, 마법진이 빛나는 일도 없었다. 무난하게 끝나고, 점심때를 알리는 네 점 종이 강당에 울렸다.


"입장부터 퇴장까지 디트린데 님 때문에 깜짝 놀랐군."

높이 묶어 올린 머리 모양에 반짝반짝 깜박이는 마석, 갑자기 비틀거리더니 다른 사람을 덮치면서 요란하게 쓰러지고, 정체불명의 마법진을 빛나게 했다. 틀림없이, 올해 졸업식에서 제일 눈에 띄고 화제가될 일이겠지. 에렌페스트의 점심식사 화제도 디트린데와 아주 잠깐 무대 위에 나타났던 마법진 이야기뿐이었다.

"그런 곳에 마법진이 있다는 건 처음 알았습니다."

"저희, 졸업생한테는 보이지 않았습니다만……."

레오노레와 리젤레타가 그렇게 말하면서 얼굴을 마주 봤다. 무대 아래쪽에서 대기하고 있던 졸업생들에게는 빛나는 마법진이 보이지 않았던 것 같다. 그런 졸업생들에게, 계단 모양 객석에서 보고 있던 학생들이 어떤 봉납가무였는지 말하기 시작했다.

"그런데 로제마인, 샤를로테. 그건 하르덴첼의 마법진과 닮지 않았어? 그러니까, 마법진은 발동하지 않고 사라져버렸지만, 하얀 무대 위에 갑자기 나타나거나, 작동하는 데 뭔가 조건이 있는 것처럼 보이는 것도 닮았다는 생각이 드는데."

빌프리트의 말에 나와 샤를로테는 고개를 끄덕였다. 마법진의 문양이나 기호는 다르지만, 하얀 무대에 감춰진 마법진이라는 범주에서 본다면 분명히 많이 닮았다.

"로제마인, 너는 그 마법진을 본 기억이 있나? 봉납가무도 신께 바치는 제사니까, 뭔가 알고 있을 것 같다만?"

날 떠보려는 것 같은 눈으로 보고 있는 질베스타의 질문에, 고개를 도리도리 저었다.

"저는 모릅니다. 에렌페스트에서 하는 제사에는 봉납가무가 없으니까요. 중앙신전에서만 하는 것이겠죠."

"그렇군……."

질베스타가 아직 의심하는 것만 같은 눈으로 날 보고 있는데, 올도난츠가 날아왔다. 슬슬 끝날 때가 되기는 했지만, 이런 점심시간에 올도난츠가 날아오는 건 정말 드문 일이다. 그렇게 생각하고 있는데, 올도난츠가 내 앞에 내려서서 부리를 열었다.

"로제마인 님, 에그란티느입니다. 점심식사 시간에 죄송합니다. 지금부터 다과회실로 사람을 보내겠습니다. 편지를 받아주시겠습니까?"

느릿한 목소리였지만 식사시간에 올도난츠를 보내는 것도, 졸업식 당일에 다과회실로 사람을 보내는 것도 보통은 있을 수 없는 일이다. 어지간히 큰일이 난 게 틀림없다.

"양아버님."

"답장을 보내고 다과회실에서 대기한다. 가자."

나는 올도난츠로 '알겠습니다'라고 답장을 보내고는 서둘러서 점심식사를 마쳤다. 다과회실로 가는 건 영주 일족 전원이다. 다과회실에서 식후 차를 마시면서, 사자가 도착하기를 기다렸다.

"측근들은 물러가라. 왕족의 긴급 의뢰다. 사람을 물리는 쪽이 좋겠지."

질베스타의 말에 호위기사만 몇 명을 남기고 측근들이 물러갔다. 그 모습을 보면서, 질베스타가 걱정된다는 얼굴로 플로렌치아를 봤다.

"사자가 가져올 소식이 그다지 좋은 것은 아니겠지. 플로렌치아도 방에서 쉬는 쪽이 좋지 않을까?"

"지금 알게 되건 나중에 알게 되건 받는 충격은 똑같지 않겠습니까. 저는 에렌페스트의 제1 부인으로서 이 자리에 있습니다."

플로렌치아의 말에 질베스타가 어쩔 수 없다는 것처럼 고개를 끄덕였다.

"대체 무슨 이야기일까요?"

"당연히 그 마법진에 관한 질문이겠지. 긴급이지만 올도난츠로 알릴 수도 없는 용건이라면 그것밖에 없다."

질베스타의 말을 듣고 나는 살짝 한숨을 쉬었다. 그거라면 페르디난드에게 물어보지 않는 한, 나는 아무 대답도 할 수 없다.


긴장된 분위기가 가득한 다과회실에 '딸랑'하고 작은 종소리가 울렸다. 아나스타지우스의 수석 시종인 오스빈이 사자로서 찾아왔다. 이미 측근이 사람들을 물린 상황에 대해 감사의 말을 하고, 질베스타에게 범위 지정 도청 방지 마술구 사용 허가를 요청했다.

"상관없습니다, 호위기사는 범위 밖으로 나가도록."

오스빈은 범위 지정 마술구를 작동시키고는 편지 한 통을 내밀었다.

"로제마인 님, 이쪽은 아나스타지우스 왕자님이 보내신 편지입니다. 매우 번거로우시겠지만, 여기에 대한 답장을 받아오라는 명을 받았습니다."

부스럭, 하고 열어서 편지를 읽었다. 아나스타지우스의 수석 시종이 사자로 올 정도니까, 큰일이 났다는 건 알고 있었다. 그랬는데도, 예상 밖의 내용에 머리가 어지러워졌다.

아무래도 중앙 신전의 신전장과 신관장이 점심 식사 때, 봉납가무 때 나타났던 마법진은 차기 첸트를 선별하기 위한 마법진이고, 지금 차기 첸트에 가장 가까운 인물이 디트린데라고 말했다.

……우와, 디트린데 님이 차기 아우브도 아니고 차기 첸트?

봉납가무 무대에 그런 마법진이 있다는 걸 왕족 중에 아무도 몰랐다는 사실과 지기스발트, 아나스타지우스, 에그란티느의 봉납가무에서는 마법진이 빛나지 않았다는 이유로, 중앙 신전은 구르트리스하이트가 없는 지금의 왕족이 아니라, 정식으로 첸트를 선출할 날이 가까울지도 모른다고 주장하고 있다.

묘한 소문이 돌기 전에 그 마법진이 차기 첸트를 선출하는 것인지 아닌지, 정말로 디트린데가 차기 첸트에 가장 가까운 사람인지 아닌지, 조금이라도 많은 정보를 모으고 싶다. 정말로 디트린데가 구르트리스하이트를 가진 첸트가 된다면, 트라오크발은 왕좌를 양보할 생각이라는 내용이 적혀 있다.

……디트린데 님이 첸트?! 뭐야 그 미래?! 무서워!

신전의 제사나 마법진에 대해 잘 아는 나라면 중앙 신전의 말이 옳은지 아닌지 알 수 있지 않을까. 신전 관계자가 오후부터 열리는 졸업식에 출석하는 시간에 아나스타지우스의 별궁에서 이야기를 듣고 싶다는 부탁이었다. 형식은 부탁이지만, 날짜와 시간이 지정된 왕족의 부탁이면 실질적으로 소환 명령이다.

"참으로 가슴 아픈 일입니다만, 왕족이 신전의 제사에 대해 문의할 상대가 중앙 신전을 제외하면 로제마인 님밖에 없는 실정입니다."

그렇게 말하는 오스빈의 얼굴이 평소처럼 온화하게 웃는 얼굴로 보였지만, 목소리에 미묘하게 초조한 기운이 섞여 있었다. 하긴, 성인식에서 사람 놀라게 만들 정도로 부풀린 머리카락을 하고 등장했던 아렌스바흐의 차기 아우브가, 차기 첸트에 가장 가까운 사람이라고 하면 초조해질 만도 하지.

그런데…… 이런 일은, 난 감당 못 해! 페르디난드 님!

"봉납가무는 중앙 신전의 제사다. 그래서 그대는 아무것도 모르고. 그렇지, 로제마인?"

아까 그렇게 말했지, 라면서 날 쳐다보는 질베스타에게 몇 번이나 고개를 끄덕였다. 난 아무것도 모르는 걸로 돼 있다. 질베스타가 오스빈 쪽을 보면서 말했다.

"왕족께서 부르신 이상, 로제마인을 보낼 생각입니다. 하지만, 지금은 아렌스바흐에 있는 페르디난드에게 질문하는 쪽이 더 많은 정보를 얻을 수 있을지도 모릅니다. 지금이라면 봉납가무에서 쓰러진 디트린데 님의 용태를 묻는다는 구실도 있습니다."

사태가 사태인 만큼, 여기서 왕족의 초대를 거절할 수는 없다. 질베스타는 나 하나만이 아니라 페르디난드를 부르라고 했다. 그리고 오스빈이 바로 고개를 끄덕였다.

"신전의 제사에 대해서는 페르디난드 님이 잘 알고 계실 가능성이 있을 것 같습니다. 디트린데 님의 용태를 묻기 위해 부르는 건 어떤가, 하고 에렌페스트로부터 제안을 받았습니다."

에그란티느를 향해 올도난츠를 날렸다. 오스빈의 옆얼굴에는 말로 표현할 수 없는 초조한 기운이 드리우고 있다.

"귀중한 제안 감사합니다, 아우브 에렌페스트."

오스빈은 범위 지정 마술구를 회수하고는 빠른 걸음으로 돌아갔다.


다과회실에 남은 사람은 에렌페스트 영주 일족뿐이다. 누구 얼굴이건 상당히 곤란하다는 얼굴이 돼 있다.

"설마 그 마법진이 차기 첸트를 선정하는 마법진이었을 줄이야……."

"빌프리트, 함부로 말하지 마라. 아직 확실하게 정해진 건 아니니까. 아무리 생각해도 말도 안 되는 일이지만, 페르디난드의 대답을 듣고 오도록 해라, 로제마인."

"예."

아렌스바흐는 에렌페스트의 이웃이고, 페르디난드가 약혼자로서 가 있는 영지다. 앞으로 디트린데가 어떤 취급을 받을지는 에렌페스트에도 큰 영향을 줄 테고. 조금이라도 많은 정보가 필요해.

"왕족이 졸업식 동안에 사정을 알고 싶다고 생각한다면, 다른 사람들은 가능한 평범하게 지내는 쪽이 좋겠지. 로제마인은 예년대로 몸이 안 좋은 것으로 해두겠다. 로제마인과 같이 가는 건 리카르다…… 그리고 서둘러서 칼스테드를 부르겠다."

질베스타와 영주 일족은 아무렇지도 않은 얼굴로 졸업식에 갔고, 나는 졸업식이 시작된 뒤에 에렌페스트에서 올 칼스테드와 같이 아나스타지우스의 별궁에 가기로 했다.

"일단 페르디난드를 불러서 네게 가장 적합한 보호자를 붙여주기로 했다. 기본적으로는 페르디난드에게 떠넘기고, 너는 이야기를 듣는 데만 집중하도록."

질베스타가 그렇게 말했고, 나는 고개를 끄덕였다.

# 에그란티느와의 대화

"갑자기 불러서 미안해요."

인사를 마치고, 나는 권하는 대로 장의자에 앉았다. 바로 오스빈이 범위 지정 도청 방지 마술구를 준비하기 시작했기 때문에, 호위기사인 칼스테드가 걱정된다는 것처럼 날 쳐다보면서 리카르다와 함께 나한테서 떨어졌다.

에그란티느는 측근들을 물린 상태에서 내 정면에 있는 장의자에 앉았고, 날 똑바로 바라봤다. 지금은 아나스타지우스도 졸업식에 출석했기 때문에, 이야기 상대는 에그란티느 한사람뿐인 것 같다.

"로제마인 님, 시간이 없습니다. 솔직히 여쭤도 될까요?"

번거롭고 묘한 은어를 사용해서 곡해하거나 잘못 이해하는 쪽이 곤란하니까. 내가 귀족 언어 해석을 잘 한다고 할 수도 없고. 솔직하게 말해주는 쪽이 훨씬 편하니까 "물론이죠"라고 대답하면서 고개를 끄덕였다.

점심 식사 때, 중앙 신전 신전장과 신관장이 그 마법진은 첸트를 선출하기 위한 것이라고 말하면서 그 자리가 소란스러워졌다. 지금까지 계속 고생해왔던 트라오크발이 구르트리스하이트를 차지해야 한다는 오래된 측근들도 있지만, 오늘 그 상태를 보고 디트린데가 첸트가 되는 걸 불안해하는 사람들이 나왔다. 게다가 이 모든 게 에렌페스트의 로제마인을 마음대로 조종하지 못하게 된 탓에, 이번에는 디트린데를 조종하려고 하는 페르디난드의 음모라고 주장하는 사람도 있었다나

보다.

"많은 의견이 나왔지만, 트라오크발 님은 유르겐슈미트를 다스리려면 구르트리스하이트가 필수라는 것과, 정말로 디트린데 님이 구르트리스하이트를 얻은 경우에는 빼앗을 생각이 없고 옥좌를 넘길 생각이라고, 그렇게 말씀하셨습니다."

"어째서 디트린데 님에게는 옥좌를 넘기고, 혐의가 있는 페르디난드 님은 아렌스바흐로 보내게 된 걸까요?"

구르트리스하이트를 가진 사람에게 옥좌를 양보할 생각이라면, 페르디난드에게 이상한 혐의를 씌워서 아렌스바흐로 쫓아낸 이유를 모르겠다. 페르디난드가 구르트리스하이트를 얻을 때까지 기다렸다가 옥좌를 양보하는 선택지도 있었을 텐데.

"그건 영지의 차이라고, 저로서는 그렇게 설명해 드릴 수밖에 없습니다. 에렌페스트는 공헌을 인정받아서, 다음 영주 회의 이후에는 정변에 가세한 영지와 동등하게 취급받게 됩니다. 하지만 당시에는 중립의 중간 영지였습니다. 정변에 가세했던 대영지 아렌스바흐의 영지 후보생이 구르트리스하이트를 얻은 경우와는 대응이 달라지게 되는 것이죠."

페르디난드가 구르트리스하이트를 얻어서 첸트가 된다고 해도, 편을 들어줄 영지가 얼마나 될지는 모를 일이다. 첸트를 지지한다는 의미에서 봤을 때 에렌페스트는 순위, 중앙에 있는 귀족의 숫자, 영지의 대응이나 태도를 생각해보면 부적격이었다. 그리고 페르디난드가 얻은 구르트리스하이트를 빼앗으려는 자가 나타날 가능성이 커서 유르겐슈미트가 다시 혼란에 빠질 것이라고, 에그란티느가 말했다.

"따지고 보면 정변도, 당시의 제2 왕자가 구르트리스하이트를 계승

한 것에 불만을 품으셨던 제1 왕자가 구르트리스하이트를 빼앗으려고 습격한 것에서부터 시작되었다고 하니까요."

하지만 제2 왕자를 살해했어도 구르트리스하이트가 제1 왕자의 손에 들어오지는 않았던 것 같다. 같은 어머니에게서 태어난 형제인 제3 왕자가 차지한 것은 아닐까, 라고 의심해서 싸움을 걸었다.

"왕족은 구르트리스하이트를 둘러싼 일 때문에 가족과 친한 분들을 잔뜩 잃었습니다. 그래서 싸움은 가능한 피하고 싶습니다. 디트린데 님이 구르트리스하이트를 손에 넣은 경우, 그러니까, 불안 요소는 많습니다. 하지만 다양한 지식을 지닌 페르디난드 님이 남편으로서 지원해주신다면, 첸트로서의 집무도 가능하지 않을까 하고, 트라오크발 님은 그렇게 생각하시는 것 같습니다."

……그건 제발 그만둬. 페르디난드 님의 눈이 죽은 생선처럼 돼버렸다가 원래대로 돌아오지 않을 것 같으니까.

"단, 중앙 신전의 말이 사실인지 아닌지를 모르겠습니다. 서둘러 그 마법진에 관한 정보를 모을 필요가 있습니다. ……로제마인 님, 중앙 신전의 말이 사실일까요?"

에그란티느의 연보라색 눈동자가 나를 똑바로 봤다. 거짓말을 하거나 대충 넘기려고 하는 걸 꿰뚫어 보려고 하는 눈을 보면서, 나는 귀족답게 꾸민 미소를 지어 보였다.

"정말 죄송합니다 에그란티느 님. 성인식에서의 봉납가무는 귀족원에서만 행하는 제사고, 에렌페스트에서는 하지 않습니다."

"……로제마인 님도 모르시는 건가요."

아쉽다는 것처럼 한숨을 내쉬는 모습을 보고, 숨기고 있다는 것 때문에 아주 조금 가슴이 아파왔다. 하지만 거짓말은 하지 않았다. '왕이 되기를 바라는 자'라는 성전의 글귀를 생각해보면, 그런 관계의 마법 진일 거라고 예상할 수 있다. 하지만 정확한 내용을 모르고, 조사해보지도 않았으면서 아무렇게나 말할 수도 없으니까.

"하지만, 귀족원 지하 서고에 다양한 의식에 관한 자료가 있었습니다. 그것을 읽은 적이 있는 페르디난드 님이라면 뭔가 알고 계실지도 모릅니다."

그렇게 말했을 때, "아렌스바흐로부터 페르디난드 님이 도착하셨습니다"라는 오스빈의 목소리가 들려왔다. 이야기를 일단 멈추고, 도청 방지 마술구 범위 밖으로 나간 에그란티느가 페르디난드와 인사를 나눴다. 측근들을 물리고 페르디난드 혼자면 마술구 범위 안으로 들어왔다.

동행한 유스톡스와 에크하르트가 내 호위를 맡은 칼스테드 옆에 섰다. 칼스테드와 에크하르트, 리카르다와 유스톡스까지 부모자식이 두 쌍이네.

……아마 몰래 정보를 교환하겠지. 질베스타가 칼스테드에게 작게 접은 종이를 들려 보냈고, 리카르다도 뭔가 준비를 했었으니까.

그런 생각을 하면서 주위의 움직임을 보고 있었더니, 페르디난드는 '어째서 그대가 여기 있지?'라고 말하는 것 같은 얼굴로 날 쳐다봤다.

"페르디난드 님, 로제마인 님 옆에 앉아주시겠습니까?"

"실례하겠습니다."

"디트린데 님의 상태는 어떠십니까? 원래 몸 상태가 좋지 않으셨나요?"

"아닙니다. 봉납가무에서 마력이 고갈되면서 의식을 잃은 것 같습니다. 회복약을 먹였으니 곧 회복되겠지요. 성인식에서의 봉납가무라는 중요한 자리를, 아렌스바흐의 영주 후보생이 어지럽힌 것에 대해 진심으로 사죄드립니다."

기발한 머리 모양, 반짝이는 봉납가무, 쓰러져서 의식불명, 영문 모를 마법진의 기동……. 주위를 깜짝 놀라게 만드는 일들이 너무 많이 일어난 것에 대해 페르디난드가 사과했다.

"최대한 말리려고 했습니다만, 말을 듣지 않았습니다. 제 힘이 부족했을 따름입니다."

페르디난드는 사과하면서, 바로 오늘 아침에 가지고 간 녹음 마술구를 꺼내서 재생하기 시작했다. 머리 장식을 다섯 개나 단 데 대해 지적하고, 왕족의 체면도 생각하라고 타이르는 페르디난드의 목소리에 디트린데가 "머리 장식을 줄이면 되겠죠"라고 퉁명스레 대답했다.

"설마 머리 장식을 줄이고 다른 장식을 추가하리라고는 생각도 못했습니다."

"페르디난드 님은 아침부터 정말 힘드셨네요."

나도 모르게 그렇게 말했더니, 에그란티느도 씁쓸하게 웃었다.

"디트린데 님의 여러 행동보다 큰일이 일어났으니, 그 일에 대해서는 굳이 나무랄 필요도 없을 것 같습니다. 안심하세요."

그 말을 들은 페르디난드는 아주 조금 긴장을 풀었고, 대신에 미간에 힘을 줬다.

"그런 못난 모습을 보인 디트린데 님께 왕족으로부터 급한 사자가 왔으니, 크게 꾸지람을 들을 거라 생각했습니다만……. 용태를 묻는다는 것은 구실이고, 로제마인에 관한 용건입니까?"

"디트린데 님에 관한 용건이 틀림없습니다. 점심 식사 때에 중앙 신관이 발언한 말에 의해 혼란 상태에 빠져서, 조금이라도 더 정보가 필요합니다. 아우브 에렌페스트와 로제마인 님으로부터 페르디난드 님이 신전의 제사에 정통하시다고 들었으니까요."

에그란티느가 미안하다는 것처럼 미소 지었더니, 어째선지 페르디난드가 날 노려봤다. 쓸데없는 일에 날 끌어들였구나, 라고. 얼굴에 쓰여 있었다.

"저는 페르디난드 님이 잘 알고 계세요, 라고 말했을 뿐이에요. 사실이잖아요."

"……대체 무슨 일이 있었는지, 듣도록 하겠습니다."

페르디난드가 체념의 한숨을 쉬었고, 나와 에그란티느는 중앙 신전의 발언을 포함해서 지금까지 있었던 일에 대해 말했다.

"페르디난드 님은 봉납 무대에 나타난 마법진을 알고 계십니까?"

에그란티느의 질문에 페르디난드는 천천히 고개를 끄덕이고, "……알고 있습니다"라는 딱 한 마디만 대답하고 입을 다물었다. 그리고 더 이상 말하려 하지 않았고. 에그란티느가 거듭해서 물었다.

"중앙 신전은 그 마법진이 첸트를 선출하기 위한 것이라 말하고 있습니다만……."

"성전도 제대로 읽지도 못하는 주제에, 중앙 신전의 자들에게 그런 지식이 있었다는 사실에 솔직히 놀라움을 감출 수가 없습니다."

작년 성전 검증 회의에서 중앙 신전 사람들은 성전을 절반도 못 읽었다. 그런 사람들에게 성전 처음에 나타나는 마법진이 보였을 것 같지도 않은데 말이다. 그래도 겨우 몇 초 동안 나타났을 뿐인 마법진이 어떤 용도로 사용되는 것인지는 판별했다. 의외로 잘 알고 있다.

"에렌페스트의 신전에도 회색 신관들이 의식을 준비하기 위한 절차 같은 것이 적혀 있는 목패 자료와 옛 성전 사본 같은 것들이 있으니까요. 중앙 신전에도 신전 도서실이 있고, 마력이 없어도 읽을 수 있는 자료가 있을지도 몰라요."

내가 들어가 본 적 없는 중앙 신전의 도서실을 상상하고 있었더니, 페르디난드가 "그대의 의견이 이의는 없지만, 조용히 하도록"이라면서 노려봤다. 서둘러 입을 다물었더니 에그란티느가 씁쓸하게 미소 지은 뒤에 얼굴을 살짝 찌푸렸다.

"그렇다면 중앙 신전 이들의 말이 옳고, 그 마법진이 차기 첸트를 선출하기 위한 것이라고 봐도 틀림없다는 말씀이시군요?"

"완전히 틀림없다고 할 수는 없습니다. 그런데, 어째서 그런 것을 저희에게 물으시는 겁니까?"

페르디난드의 말에 에그란티느는 "부끄럽게도, 왕족 중에는 신께 바치는 제사에 대해 소상히 아는 이가 없습니다"라고, 한 손을 뺨에 대면서 그렇게 말했다. 중앙 신전과 거리를 둔 상태인 데다, 왕족에게는 중앙 신전의 발언을 부정할 소재가 없다고 말했다.

"로제마인 님은 귀족원에서 봉납식을 행한 덕분에, 왕족으로부터 진짜 제사를 행하는 신전장으로서 신뢰받고 계십니다. 그래서, 이번에도 조언을 구할까, 하고……."

"그것이 아니라, 제가 로제마인을 통해서 전했을 터입니다만. 귀족원 도서관 지하 서고에 왕족과 영주 후보생이 알아둬야 마땅한 자료가 있다고. 그런 정보가 있는데도 어째서 왕족은 지식을 얻지 않은 것입니까? ……설마, 이렇게나 왕족과 접촉했으면서 전하지 않은 건가?"

페르디난드가 매섭게 노려봤고, 나는 고개를 도리도리 저었다.

"전했어요. 왕자 세 분과 같이 지하 서고에 갔었고, 현대어 번역도 도와드렸다고요."

"……내가 그대는 절대로 서고에 들어가면 안 된다고 했을 텐데?"

내 결백을 주장하려고 하다가, 혼날 일을 알아서 폭로해버렸다. 나는 당황해서 "와, 왕족 명령이었다고요! 거절할 수 없었어요!"라고 거듭 말했다. 그건 불가항력이었을 거야.

"고어에 능숙한 로제마인 님께 도움을 부탁드렸습니다. 혼내지 말아주세요."

"로제마인은 책 외에 다른 것은 눈에 들어오지도 않습니다. 그 서고에 들어갈 수 있는 것은 왕족과 일부 영주 후보생뿐. 안에 들어가 버리면 어느 분께 어떤 불경을 저지를지 예측도 할 수 없습니다. 그러니 들어가지 않는 것이 가장 좋습니다."

지기스발트한테 건성으로 대답하고 아나스타지우스한테 끌려 나온 나는, 페르디난드의 말에 반론도 못하고 입을 꾹 다물었다.

"하지만 지기스발트 왕자님도 아나스타지우스 왕자님도 고어를 거의 읽지 못한다고요. 어쩔 수 없잖아요? 저랑 한넬로레 님은 봄의 영주 회의 기간에도 자료 읽는 것을 도와드리기로 돼 있어요."

왕자들이 고어를 거의 못 읽는다는 걸 설명했더니 페르디난드가 얼굴을 찌푸렸다.

"그대가 읽는다는 말인가……. 그렇다면, 갈 길이 멀겠군."

"멀겠다는 게, 무슨 뜻이죠?"

"그대는 항상 책장 왼쪽 위에서부터 순서대로 읽지 않는가? 신전 도서실, 칼스테드의 집 도서실, 성의 도서실, 내 책장, 전부 그랬다. 그 마법진에 관한 자료는 분명 아래쪽에 있었던 것 같으니, 그대가 도달

하려면 상당한 시간이 걸릴 것 같다는 말이다."

……정말로 자료를 전부 보기 위해서 구석부터 읽어 나가긴 했는데, 그런 버릇까지 다 파악하고 있었다니!

"일단 그 서고 안에는 차기 첸트에게 필요한 지식이 잔뜩 있습니다. 신전으로부터 의식에 관한 지식을 얻지 못한다면, 서고의 자료를 읽어보는 것부터 시작하면 좋을 것입니다. 정말로 필요하다고 생각한다면, 고어를 배우는 정도는 할 수 있지 않겠습니까."

"……왕족에게는 그럴 시간이 없습니다."

마력 공급에 쫓겨서 페르디난드와 똑같은 안색이었던 왕의 모습이 생각났다. 정말로 공부할 시간을 내는 것도 엄청나게 힘들겠지.

"로제마인은 고아원 아이들을 살리기 위해 열심히 뛰어다니는 한편으로 신전에서 목패에 적힌 의식에 필요한 기도문을 외우고, 매일같이 성전을 탐독해서 고어를 계절 한두 번 동안에 배웠습니다. 왕족이 바쁘다고는 해도 잠자리에 들 때 침대에 책을 가지고 들어가는 로제마인처럼 고어와 접하면 배울 수 있을 것입니다."

페르디난드의 말에 에그란티느가 이상한 것이라도 보는 눈으로 날봤다. 하긴, 견습 청색 무녀로서 기도문을 외워야만 했던 때는 매일같이 열심히 목패를 봤던 것 같긴 해. 신들의 이름이 길다고 투덜댔던 게 머나먼 옛날 일 같다.

"이번에는 정말로 시간도 정보도 없으신 것 같으니 말씀드립니다만, 자신에게 필요한 자료를 스스로 읽지 않으면 정보가 어떻게 왜곡되었는지도 이해할 수가 없습니다. 고어를 읽는 것은 첸트의 필수 소양이라고 생각합니다. 지혜의 여신 메스티오노라로부터 받은 구르트리스하이트는, 아마도 신전장이 지닌 성전보다 오래된 것입니다."

페르디난드가 지적하자 에그란티느가 헉, 하고 놀란 것처럼 고개를 들었다. 듣고 보니 맞는 말이네. 왕이 되기 위한 방법이 적힌 성전보다, 지혜의 여신에게서 받은 구르트리스하이트가 더 오래된 게 당연하겠지.

"그 마법진은 첸트 후보를 선출하는 것입니다. 하지만 봉납가무로 마법진이 나타나게 만든 디트린데 님이 차기 첸트에 가장 가깝다는 말은 잘못되었습니다."

페르디난드가 마법진에 대해 말하기 시작했다. 나도 그 마법진은 성전에 나타나는 것만 알았기 때문에, 설명에 귀를 기울였다.

"귀족원에서 배운 우수한 왕족과 영주 후보생이 성인식을 할 때, 첸트가 될 만큼의 마력이 있는지 아닌지를 묻는 것이 그 봉납가무 제사입니다."

신들에게 기도를 바치고 봉납가무를 추면서 마력을 봉납하면 마법진이 나타난다. 전속성을 지니고 첸트에 걸맞은 마력량이 있는 자는 빛의 기둥이 나타나게 할 수 있다.

"빛의 기둥을 나타나게 한 자만이 다음 단계로 나아갈 수 있습니다. 작동시키지도 못한 디트린데님께는 후보 자격이 없습니다."

"저도, 아나스타지우스 님도, 마법진을 작동시키지 못했습니다만……."

에그란티느는 그렇게 말하면서 불안하다는 눈으로 페르디난드를 봤다. 왕족 중에 누구도 못 했던 일을 디트린데가 해냈다면, '지금 왕족보다 디트린데 님이 차기 첸트에 가깝다'라는 중앙 신전의 말이 옳다는 뜻이 된다.

"봉납가무에서 신께 기도를 바치고 마력을 봉납하는 것이 무엇보다 중요하겠지요. 디트린데 님은 마석을 빛나게 하기 위해서 마력을 방출하며 춤을 췄습니다. 지금까지 그런 일을 한 사람이 없었기에 마법진이 나타나지 않았을 뿐입니다."

디트린데가 마법진을 빛나게 만든 건 우연이라고, 페르디난드가 말했다.

"왕족이 검증해보시면 되겠죠. 다행이도 에렌페스트와 단켈페르거의 공동 연구를 통해서 속성을 늘리는 방법도 발표되었습니다. 제사와 봉납을 행하고 가호를 얻는 의식을 다시 하면서, 스스로 마법진을 작동시켜보는 것은 어떻겠습니까?"

페르디난드의 말에 에그란티느는 "춤을 추면서 마력을 봉납한다는 건가요"라고 중얼거리면서 날 봤다.

"의식에 대해 잘 알고 계시는 두 분이 협력해주시는 것은 가능할까요? 로제마인 님은 귀족원의 연습에서도 축복을 하려고 하셨었죠?"

에그란티느의 부탁을, 페르디난드는 바로 거절했다.

"더 이상, 저희에게 가해지는 의혹을 늘릴 필요는 없습니다. 기도하는 데 익숙하고 마력이 풍부한 로제마인이라면 디트린데 님보다 간단히 마법진이 나타나게 할 수 있겠지요. 하지만, 그것만으로 차기 첸트가 정해지는 것은 아닙니다. 그저 첸트 후보일 뿐입니다. 중요한 것은 그다음……."

에그란티느가 "그다음?"이라고 작은 소리로 중얼거렸다. 하지만 그 말에는 대답하지 않고, 페르디난드는 내가 마법진을 빛나게 했을 경우에 대한 이야기를 계속했다.

"만약 로제마인이 차기 첸트로 추대된다 해도, 에렌페스트가 첸트를 지원하는 영지로서 부적격하다는 것은 왕족이 제일 잘 알고 계실

겁니다. 그리고 봉납가무를 대대적으로 검증해서 각지의 영주 후보생들에게서 첸트 후보가 속출한다면, 그저 소란 거리만 될 뿐입니다. 봉납가무에 관한 검증은 왕족 측에서 해주십시오."

딱 잘라서 말하는 페르디난드를 보면서, 에그란티느가 할 말을 찾는 것처럼 시선을 살짝 이리저리 돌렸다. 그리고, 약간 주저하는 것처럼 입을 열었다.

"페르디난드 님은 본인이 로제마인 님과 디트린데 님을 통해서 구르스트리스하이트를 찾고, 그것을 이용해서 첸트 자리를 노린다고 주장하는 자들이 있다는 것에 대해 어떻게 생각하시나요?"

"수상하다고 아렌스바흐로 이동시켰더니 디트린데 님이 처음 보는 마법진을 나타나게 했습니다. 기사단장이 그런 말을 할만도 하겠죠."

페르디난드가 태연한 얼굴로 그렇게 대답했다. 그 겉바른 옆얼굴을 보니 짜증이 났다. 여러 가지를 참고 아렌스바흐로 갔는데도 또 충성을 의심받았으니까, 화가 안 날 리가 없는데.

"저는 첸트 주위에 꽤나 바보 같은 소리를 하는 분이 계신다고 생각했습니다. 아우브 아렌스바흐의 제안을 한 번 거절했는데도 불구하고, 페르디난드 님이 아렌스바흐로 갔던 것은 왕명 때문이 아니었나요."

내가 솔직한 생각을 말했더니, 너무 솔직했는지 에그란티느의 눈이 휘둥그레졌다. "아주 편한 대로 잊어버리고 계셨네요"라는 말은 참길 잘 한 것 같다.

"로제마인, 그대는 조용히 있으라고 했을 텐데."

페르디난드가 눈을 매섭게 뜨고 노려봤다. 하지만 나는 입을 다물 생각이 없다.

"조용히 있기만 해선 왕족에게 이쪽의 사정과 생각이 통하지 않아요. 아무렇지도 않은 얼굴로 참으면서 멋대로 원망과 증오를 쌓아가는 것보다는 전부 말해버리는 쪽이 좋다고요. 대화를 통해서 모든 것을 드러내라고 가르쳐주신 건 페르디난드 님이잖아요!"

나도 찌릿하고 노려봤더니, 페르디난드가 "그건 그렇지만, 왕족에게 그러는 것은 불경이다"라면서 다시 날 말리려고 했다.

"부친과의 최후의 약속을 깨게 될지도 모른다고 생각하면서, 페르디난드 님이 왕명을 받아들인 건 이런 의혹을 풀기 위해서였잖아요? 그런데, 왕족이나 그 주위 사람들한테 충성을 의심받으면, 페르디난드 님은 대체 뭐를 위해서 왕명을 받아들인 거죠?"

대답할 말이 궁한지 페르디난드가 일단 입을 다물었다가, "로제마인, 그만하도록. 내 문제는 됐으니까……"라면서 말리려고 들었다.

"좋지 않으니까 말하고 있잖아요. 이쪽 사정을 말하지도 않았는데 고려해줄 리가 있나요. 다른 사람을 통하지 않고 서로가 바라는 것에 대해 말하는 건 중요해요. 안 그런가요, 에그란티느 님?"

내가 물었더니 에그란티느는 고개를 끄덕이고는 "예, 정말 중요하죠"라면서 미소를 지었다.

"페르디난드 님께 사정이 있으시다면 말씀해주세요. 미력하나마 도와드릴 수 있을지도 모릅니다."

진지한 눈빛으로 말하는 에그란티느의 질문에, 페르디난드는 아주 씁쓸한 미소를 지었다.

"저는 결코 구르트리스하이트를 손에 넣을 생각이 없습니다. 유르겐슈미트를 위해 모든 것을 바치는 첸트로서 살아갈 생각이 없기 때문입니다."

"알겠습니다, 알겠어요. 첸트가 되면 집무 때문에 바빠서 연구 시간이 줄어들어서 그렇죠? 저한테 독서 시간이 줄어드는 것과 똑같으니까요."

내가 페르디난드의 의견에 전면적으로 찬성했더니, "그대와 똑같이 취급하지 마라"라고 말하면서 어째선지 엄청나게 짜증난다는 표정을 지었다.

"어? 연구 시간이 줄어드는 것 말고 다른 이유도 있나요?"

"있지만, 이젠 상관없어졌다."

……이젠 상관없어졌다는 건, 한마디로 대단한 이유가 아니라는 뜻이겠지?

나와 페르디난드를 번갈아서 보던 에그란티느가 "로제마인 님께 한 가지 더 여쭙고 싶은 것이 있습니다"라고 말했다.

"내년에도 봉납식을 한다는 공동 연구를 거절당했다고, 아우브 클라센부르크께서 잠시 상담을 하셨습니다만……."

"예. 에렌페스트에 부담이 너무 크거든요."

이번에는 급하게 영지의 봉납식을 마치고 도구를 가져왔다는 이야기, 그 관리자인 신관장의 출입이 당일에만 인정돼서 부담이 상당히 크다는 이야기, 마력 회복약 준비도 힘들었다는 이야기, 내년에는 내가 봉납식을 위해 돌아갈 가능성이 크다는 이야기를 했다.

"클라센부르크는 이 공동 연구에서 뭘 해주실까요?"

"아우브는 거기에 대해 논의하고 싶다고 생각한 것 같습니다. 교섭은 거기서부터 시작해야겠지요? 교섭을 시작하기도 전에 거절당하는 모양이 돼서 곤혹스러워하고 계셨습니다."

"하지만, 귀족원에서 봉납식을 할 테니 신구를 대여하라고, 다른 영지의 신전에 명령할 수는 없어요. 다음 해 수확량에 영향을 미치니까요. 그리고 봉납식 때 설명한 것처럼 마력 회복약은 제 조제법으로 만든 것이 아닙니다."

내 말을 들은 에그란티느가 페르디난드 쪽을 봤다. 누구 조제법인지 바로 짐작한 것 같다. 하지만 페르디난드는 그 시선을 무시했다. 내년이 되면 페르디난드는 성결식을 마치고 아렌스바흐 사람이 된다. 클라센부르크와 에렌페스트의 공동 연구와는 아무런 관계가 없기 때문에 협력할 의미가 없기 때문이겠지.

그리고 클라센부르크와의 공동 연구에서 조제법을 공개하는 것보다 만약의 경우를 위해 비장의 카드로 두는 쪽이 좋다. 디트린데의 뒤처리나 연좌를 피하기 위한 비장의 카드는 아무리 많아도 부족할 테니까.

"물론 왕족께 마력을 조금이나마 제공하고 싶다는 클라센부르크의 마음에는 찬성합니다. 그런데 그것은 귀족원에서 학생이 하는 연구인가요? 봉납식을 한 번만이 아니라 연례행사로 하실 생각이시라면, 하다못해 중앙 신전에서 신구와 신관을 빌릴 수 있고, 클라센부르크의 조제법이라도 좋으니까 마력 회복약을 참가자 숫자만큼 준비해 주시고, 에렌페스트에서는 신전장으로서 의식에 참여하기만 하면 되는 상태가 아니라면, 계속하는 건 힘들 것 같아요."

왕족에 대한 마력 제공 외에 의미도 없는 공동 연구 준비와 뒷정리에 소중한 독서 시간을 빼앗길 수 없다는 생각을 잘 포장해서 말한 것 같다. 내가 한 말이지만 참 잘했다고 생각한 순간, 페르디난드가 못된 아이를 보는 것 같은 눈으로 날 보면서 손가락으로 관자놀이를 톡톡 가볍게 두드렸다.

……응? 뭔가 실패한 것 같은데?

"로제마인 님의 말씀은 잘 알겠습니다. 한 번으로 끝난다면 모를까, 오랫동안 계속하기가 힘든 일은 참으로 많으니까요. 오늘 이야기는 왕족 모두와 아우브 클라센부르크에게 전하도록 하겠습니다."

에그란티느와의 대화는 졸업식이 끝나는 시간보다 조금 일찍 끝났다. 아나스타지우스가 날 불러서 이야기를 해보라고 했는데, 거기에 페르디난드까지 부른 건 에그란티느의 독단이었기 때문이다. 긴급사태고 필요한 일이라서 아나스타지우스도 이해해 주기는 했지만, 질투 때문에 조금 귀찮은 일이 벌어질 것 같다는 기분이 빙 돌리는 말을 통해서 은근슬쩍 전해져왔다.

……아나스타지우스 왕자는 여전히 에이비리베 같다.

# 책 대여와 마음 둘 곳

　인사를 하고, 우리는 서둘러 별궁에서 나왔다. 도청 방지 마술구도 없고 각자의 측근이 있는 이상, 나란히 걷고 있어도 페르디난드와 중요한 이야기 같은 건 할 수가 없다. 그래서 화제가 봉납가무 마법진이 아니라 공동 연구로 한정됐다.

　"그대는 정말로 바보인가? 어째서 아우브와 상담하겠다고 하고는 이야기를 끝내버린 건가?"

　"공동 연구에 관해서는 학생의 영역이니까 딱히 상담은 필요없을 것 같아서요."

　내가 질베스타한테 들은 대로 말했더니, 페르디난드가 "보통은 그렇지만"이라고 하면서 미간에 주름을 새겼다.

　"네 경우에는 학생들의 공동 연구가 아니라, 서로의 아우브에다 왕족까지 끌어들이는 규모의 연구가 되지 않았는가. 게다가 그 정도 안건이면 연례행사가 된다. 네 졸업식은 어쩔 생각인가?"

　"멜키오르가 신전장으로 취임할 테니까, 지금부터 교육하면 괜찮을 것 같아요."

　에렌페스트에는 앞으로 태어날 예정인 아기도 있으니까, 라고 마음속으로 중얼거렸다. 그 아기가 귀족원에 입학할 무렵에는 빌프리트의 아이도 태어나는 건 아닐까. 하르트무트처럼 멜키오르의 측근에게도 신관장을 맡길 예정이니까, 연례행사가 된다고 해도 계속 해나가는 건 가능할 것 같다.

……잠깐, 빌프리트 오라버니 아기는 내가 낳아야 하던가? 음~ 어떻게 되는 거지?

연애와 결혼과 임신과 출산은 우라노 시절에도 경험해보지 못한 미지의 영역이다. 대체 어떻게 될지, 상상도 못 하겠다.

아나스타지우스의 별궁으로 이어지는 문에서 에렌페스트의 문까지 거리는 얼마 안 된다. 조금만 이야기를 하면 금세 도착해버리는 거리다.

"그럼, 페르디난드 님은 몸을 잘 챙기시면서 집무를 해주세요."

"몇 번이나 말하지 않았나. 그대야말로 몸에 신경을 쓰도록. 조금 괜찮아졌다고 방심하면 안 된다."

"예. ……페르디난드 님과 다음에 만나는 건 봄의 성결식 때가 되려나요?"

"글쎄, 어떻게 될지……."

만날 수 있다는 말은 해주지 않고, 페르디난드는 잠시 생각하는 것처럼 중얼거렸다.

"중앙 신전이 귀찮은 말을 할 가능성도 있다. 귀찮은 일에 말려들게 만들지 마라, 라고 진심으로 바라고 있지만, 그대에게는 아무리 말해봤자 소용없겠지."

"으……. 이래봬도 최대한 피하려고 노력하고 있거든요."

나라고 굳이 귀찮은 일에 뛰어들고 싶어서 뛰어드는 게 아니야. 정신을 차려보니 귀찮은 일 한복판에 있을 뿐이지. 하지만 페르디난드는 이해해 주지 않았다. "온 힘을 다해서 뛰어드는 것처럼 보일 뿐이다만"이라고 말하면서 차가운 눈빛으로 날 쳐다봤다.

"주관과 객관의 인식에 차이가 있는 경우가 많으니까요."

"맞는 말이다. 그대는 자신을 객관적으로도 볼 수 있게 되도록."

그런 이야기를 하는 사이에 리카르다가 기숙사 문을 열었다. 나는 기숙사로 들어가기 위해 발을 내디뎠고, 페르디난드는 그대로 문 앞을 지나쳐서 6위인 아렌스바흐의 문으로 향했다. 같은 색 망토를 걸쳤는데도 들어가는 문이 달랐다. 뭔가 이상한 기분이었다.


"하아, 겨우 끝났네. 왕족 별궁 호위는 긴장돼서 어떻게 해도 어깨가 결려. 페르디난드 님이 계셔서 정말 다행이었다."

기숙사로 돌아오자마자 칼스테드가 목과 어깨를 돌리기 시작했다. 도청 방지 마술구로 구별된 속에서 내가 무슨 말을 하는지, 뭘 하고 있는지도 모르는 채 가만히 서 있는 게 꽤나 힘들었던 것 같다.

"호위해주셔서 정말 감사합니다, 아버님. 에렌페스트의 상황은 어떤가요?"

"……그건 에렌페스트로 돌아가서 얘기하는 것이 좋겠지. 귀족원에서는 말해선 안 된다고 정해져 있으니까."

칼스테드는 잠깐 망설이는 모습을 보인 뒤에 그렇게 말하고는, 살짝 주저하면서 내 머리를 쓰다듬었다.

"무슨 일이라도 있으신가요?"

"아니, 3년 연속 최우수였지? 잘 했다. 호위 임무를 수행하는 동안에는 아무래도 말을 걸 수가 없으니까."

에렌페스트로 돌아가면 칭찬할 기회가 없어지니까 이 틈에 칭찬해주신 것 같다.

"아버님께 이렇게 칭찬받는 건 처음인 것 같습니다."

"그랬나? ……그리고, 올해도 아버지가 꽤나 흥분하셨다. 내던져지

거나 꽉 안겨서 다치는 일이 없도록 조심해야만 한다.”

보니파티우스의 마음은 기쁘지만, 폭주하면 정말로 생명의 위기에
빠지니까 경계는 필요하다. 올해도 손을 잡고 걷는 정도는 할 수 있으
면 좋겠는데, 마음대로 될까.

나는 다른 사람들이 졸업식에서 돌아오기 전까지, 칼스테드가 호위
할 수 있도록 다목적 홀의 난로 근처에 있는 의자에 앉아서 페르네스
티네 이야기 2권을 읽었다. 느긋하게 독서를 하면서, 최근에 책을 읽
을 여유가 없었다는 걸 깨달았다. 그 정도로 바빴던 것 같다.

“로제마인, 왔어?”

빌프리트가 돌아오자마자 급하게 다목적 홀로 뛰어 들어왔다. 다른
학생들도 같이 있는데, 졸업생들은 없다. 지금부터 졸업을 축하하는
식사 모임이 있기 때문에.

“무슨 일이신가요, 빌프리트 오라버니?”

“한넬로레 님이 단켈페르거의 책과 레스티라우트 님의 그림을 가
지고 다과회실로 오시고 싶다고 부탁하셨다. 네가 귀환하기 전에 건
네고 싶다는 것 같아. 새로운 책도 빌려줬으면 싶다고 하셨는데, 언제
가 좋을까?”

페르네스티네 이야기 2권도 확인했으니까, 빌려줘도 문제는 없겠
지. 무엇보다 단켈페르거에서 빌릴 수 있는 신화의 여담이 나한테는
너무나 기대된다.

“최대한 빨리하는 게 좋을 것 같지만, 아무래도 내일 당장은 안 되
겠죠? 모레로 할까요. 제가 알겠다고 올도난츠를 보낼게요.”

“그래, 너한테 맡기겠어.”

나는 브륀힐데에게 단켈페르거와의 조정을 부탁하고, 뮤리엘라에

게 페르네스티네 이야기 2권을 읽어도 된다는 허가를 내렸다. 영지 대항전과 졸업식을 마치고 다들 기분이 풀어져 있다. 준비하느라 이리저리 뛰어다니던 바쁜 분위기가 없어지고, '올해도 끝났네요'라는 분위기다.

"영주 후보생은 시종 한 명을 데리고 회의실에 모이라는, 아우브의 말씀이십니다."

질베스타의 시종이 그렇게 전했고, 나는 리카르다와 같이 회의실로 갔다. 회의실 호위는 기사단 사람이 하는지 호위기사는 입실이 금지됐다. 아마도 에그란티느와 한 이야기에 관해 물어보려는 거겠지.

플로렌치아는 몸이 안 좋아서 방에 가서 쉬고 있는지 안 보인다. 빌프리트, 샤를로테, 내가 모였을 때 질베스타가 입을 열었다.

"먼저 졸업식에 나가지 못한 로제마인에게 졸업식에서 있었던 일을 보고하겠다. 중앙 신전 신관장이 봉납가무 때 나타난 마법진이 차기 첸트를 선택하기 위한 것이라고 발언한 탓에 큰 소동이 벌어졌다."

자료실에서 마법진의 자료를 본 적은 있어도 실제로 마법진이 있는 장소나 어떤 의식에서 나타나는지에 대한 정보가 없었는지, 정말로 존재했다는 것을 알고 중앙 신전 사람들이 아주 감동했다.

하지만 봉납가무에서 온갖 추태를 보인 디트린데가 차기 첸트에 가장 가깝다는 말을 들은 귀족들은 하나같이 회의적인 눈빛을 보였다. 원래 신전의 말은 잘 믿지 않고 중요하게 여기지 않으니까 어쩔 수 없는 일인지도 모른다.

"이렇게 됐으니 메스티오노라에 의해 정당한 첸트에게 구르트리스하이트가 주어지는 날이 올 것이다, 라고 했다. 로제마인, 페르디난드는 그 마법진에 대해 뭐라고 말했지?"

질베스타도 질렸다는 것 같은 말투로 "그 아이가 차기 첸트라니, 말도 안 된다"라고 말하면서, 페르디난드가 뭐라고 했는지 물었다.

"페르디난드 님은 차기 첸트 후보를 선택하는 마법진이라고 하셨습니다. 하지만 마법진을 작동시키지도 못한 디트린데 님은 첸트 후보가 될 수 없다고 했습니다."

"그렇군. 조금이나마 안심했지만, 그것이 정말로 첸트를 선출하는 것일까……."

그 뒤에 나는 에그란티느와 이야기한 내용을 설명했다. 페르디난드의 충성심이 또다시 의심받았다는 것, 그 오해를 풀려고 했더니 어째선지 페르디난드한테 야단을 맞았다는 이야기도 했다.

"일단 왕족의 양해는 얻었나……. 그건 다행이군."

"그리고 클라센부르크와의 공동 연구에 관해서도 이야기했습니다. 그쪽에서 모든 준비를 갖춰 주신 뒤에 신전장으로 참가하기만 한다면 괜찮습니다, 라고 대답했습니다."

확실하게 교섭해야 한다고 주의를 받았다는 이야기도 추가했다. 질베스타는 아주 복잡한 표정이 되더니 "귀중한 충고로군"이라면서 고개를 끄덕였다.


다음날, 질베스타는 몸이 그다지 좋지 않아 보이는 플로렌치아를 데리고서 바로 에렌페스트로 돌아갔다. 나는 필린느와 다른 사람들과 함께 다른 영지 학생들에게 받은 정보와 원고 분류, 지급한 돈에 관해 확인하고, 그 외에는 독서를 하며 보냈다.

"그럼, 가호를 받기 위한 의식에 다녀오겠습니다."

봉납식에 참가했던 영지의 졸업생은 가호를 받는 의식을 다시 할 수 있어서, 졸업생들이 모여서 강당으로 갔다.

새로운 가호를 받은 사람은, 역시나 축복을 받기 위한 의식 연습을 여러 번 해왔던 견습 기사들이 많았던 것 같다. 레오노레와 알렉시스가 무용의 신 앙리프와 질풍의 여신 슈타이페리제의 가호를 받았다.

"저도 새롭게 룽슈멜의 가호를 받았습니다."

그렇게 보고한 사람은 리젤레타였다. 사람들을 치유하는 나를 보고서, 꼭 가호를 받고 싶다는 마음으로 훈련하는 견습 기사들을 열심히 따라다녔다. 리젤레타가 견습 기사들 사이에서 인기가 좋은 게, 그런 이유 때문인지도 모르겠다.

……아니, 꼭 그것 때문만은 아니지만. 얼굴이 단정하면서 예쁘고, 시종 중에서도 세세한 일을 잘 신경 써주는 배려심 있는 성격이고, 자수나 재봉도 잘 하니까. 여자력, 엄청 높아!

나도 리젤레타를 조금 더 본받아야 하는지 모르겠다고, 아주 조금 생각했다. 하지만 독서 시간을 줄일 생각은 없다. 여자력보다 독서 시간이 더 중요한 게 당연한 일이니까.


그다음 날에는 한넬로레와 서로 책을 빌려주는 날이다. 나는 페르네스티네 이야기 2권을 준비하고, 다과회실에서 기다리고 있었다. 문너머에서 딸랑하고 종소리가 울렸고, 한넬로레가 들어왔다.

"귀환 준비로 바쁠 때 이렇게 시간을 내주셔서 정말 감사합니다. 페르네스티네 이야기 2권이 너무나 궁금해서 말이죠."

"저도 단켈페르거의 책이 궁금했으니까, 이렇게 한넬로레 님과 이야기할 수 있는 시간을 갖게 돼서 정말 기뻐요."

약속한 시각에 한넬로레가 왔고, 인사하는 사이에 견습 문관들이 차례차례 책과 그림을 가지고 들어왔다. 단켈페르거의 두꺼운 책이 두 권, 그리고 레스티라우트의 그림이 꽤 많이 있었다.

"어머나, 두 권이나……?"

"로제마인 님이 잔뜩 빌려주셨으니까, 저도 뭔가 답례를 하고 싶어 서……. 어머님께 허가를 받았습니다. 둘 다 신화 책이에요."

……지크린데 님, 정말 좋은 사람이야!

견습 문관들끼리 책 빌리고 빌려주기를 마친 뒤에, 나는 한넬로레에게 자리에 앉으라고 권했다. 요구르트 무스 타르트를 한 입 먹어 보이고 차를 마시면, 다과회가 시작된다.

"오라버니가 귀족원에서 그린 그림입니다. 이쪽은 에렌페스트에서 마음대로 사용하세요."

나는 견습 문관들을 통해서 건네받은 일러스트를 팔락팔락 넘겨봤다. 디터 이야기 삽화도 어떤 걸 골라야 좋을지 힘들 정도로 많았다. 이건 레스티라우트가 그린 일러스트의 팬인 빌프리트와 작자 로데리히한테 골라달라고 하면 되겠다.

"정말 훌륭한 그림이네요."

디터의 일러스트를 보는 중에 어째선지 내 봉납가무 그림이 나왔다. 양피지는 물론이고 식물지에도 소묘가 잔뜩 그려져 있었다. 팔락팔락 넘기면 빙글 도는 것처럼 보여서, 왠지 애니메이션이 될 것 같다.

"이쪽은 채색한 것입니다."

돌돌 말아놓은 커다란 종이를 펼쳐보니 이것도 봉납가무 그림이었다. 들어 올린 팔과 거기에 맞춰서 하늘하늘 움직이는 소매, 몸이 돌아가는 덕분에 공기를 머금어서 부풀어 오른 치마, 휘날리는 밤하늘 같은 색의 머리카락, 그리고, 빛을 띠고서 복잡하게 빛나는 마석들. 틀림없이 내 그림 같은데, 이거 누구야? 라고 말하고 싶어질 정도로 다른 그림이다. 펼쳐 놓은 그림을 본 측근들이 눈이 휘둥그레져서 살짝 술렁거렸다.

"······저, 한넬로레 님. 이쪽은 봉납가무 연습 때 그림이죠? 레스티라우트 님 눈에는 이렇게 보였던 걸까요?"

조심조심 한넬로레에게 물었다. 마석이 빛나는 모습이 신기했을 뿐이고, 모델은 다른 사람이라고 생각하는 쪽이 좋을 것 같다.

"마석이 빛나는 춤이, 오라버니가 당장이라도 그려두고 싶을 정도로 아름다웠다는 것 같아요. 저는 연습에 집중하는 탓에 못 봤는데, 정말 아쉬웠어요."

우리가 나간 뒤에, 주위 사람들이 수많은 빛에 둘러싸인 정말 훌륭하고 긴장감이 감도는 춤이었다는 이야기를 했다는데, 한넬로레는 거기에 끼어들지 못했다.

"운이 없었나 봐요, 정말 아쉽네요."

나는 "그러시군요"라고 맞장구를 치면서 그림을 돌돌 말았다. 아무리 봐도 내 모습을 그린 그림 같지가 않았고, 레스티라우트가 그렸다고 생각하니까 왠지 좀 쑥스러웠다.

······이건 봉인하는 쪽이 좋을 것 같다. 왠지 모르겠지만.

"혹시 레스티라우트 님이 봉납가무를 그림 주제로 좋아하시나요?"

"글쎄요. 오라버니는 에그란티느 님이 춤추는 그림을 그린 적도 있으니까, 봉납가무가 좋아하는 주제일지도 모르겠네요."

한넬로레의 대답을 듣고서 왠지 안심이 됐다. 내 그림이 이 정도로 예쁘다면, 에그란티느를 모델로 그린 그림은 훨씬 아름다울 테니까.

"에그란티느 님의 봉납가무 그림은 저도 한번 보고 싶네요. 이렇게 아름답게 그려주셔서 정말 감사하다고, 레스티라우트 님께 전해주세요."

그렇게 말했더니 한넬로레는 웃는 얼굴로 "예, 반드시"라고 대답했다.

"봉납가무 하니까, 올해 봉납가무는 정말 큰일이었네요. 빛의 여신이 의식을 잃어버렸으니까요. 어둠의 신 역할을 맡았던 레스티라우트 님도 많이 놀라지 않으셨나요?"

"예, 많이 놀랐어요. 설마 디트린데 님이 자기 쪽으로 쓰러질 줄은 몰랐던 것 같더군요……."

머리카락이 풀어져 버린 성인 여성을 상대로 어떻게 대응해야 좋을지, 레스티라우트는 정말 난처했다. 성인 여성이 머리카락을 내리는 것은 침대에서뿐이다. 내린 상태를 보는 사람은 남편이나 시종뿐. 그런데도 디트린데는 많은 사람이 보는 앞에서 머리카락이 풀어진 데다 의식을 잃고 쓰러져버렸다. 성인 여성으로서 있을 수 있는 추태를 보이는 직접적인 원인이 돼버린 것이다. 부축해서 일으키고 싶지만, 왕명을 받은 약혼자가 보는 앞에서 손을 대도 좋은 건지 고민했다.

"로제마인 님은 그때 무대에 나타난 마법진을 보셨나요? 차기 첸트를 선출하는 것이라고, 중앙 신전 신관장이 그렇게 말했다고 하던데……."

"그 지하 서고에 자세한 자료가 있다는 것 같아요. 한넬로레 님이라면 영주회의 때 조사하시게 되지 않을까요? 왕족도 자료를 필요로 하는 것 같고 말이죠."

페르디난드에게 들었다는 얘기나 왕족에게 질문을 받았다는 얘기는 절대로 입에 담지 않고, 조사할 수는 있다는 부분만 대답했다. 한넬로레는 고개를 끄덕이면서 "영주회의 때는 정말 바빠질 것 같네요"라고 말했다.

"그건 그렇고, 한넬로레 님. 단켈페르거와 레스티라우트 님의 상태는 어떤가요? 영지 대항전 때 투항했던 것 때문에 상당히 책망받으셨다고 들었는데, 너무 걱정되네요."

"저는 괜찮습니다. 오라버니는 그림을 잔뜩 몰수당한 탓에 풀이 많이 죽었고, 어머님께 주의를 받은 기사들이 너무나 조용해져서, 평소보다 지내기 편할 정도예요."

한넬로레가 씁쓸하게 웃으면서 그렇게 말했다. 너무 거창하게 부풀린 부분도 있기는 하겠지만, 한넬로레가 힘들지 않다면 그걸로 됐으니까.

"지금은 영지로 돌아가서 페르네스티네 이야기 2권을 읽는 게 너무 기대돼요. 계속 괴롭힘 당했던 페르네스티네가 왕자와 만나고, 행복을 향해 조금 다가가는 부분에서 1권이 끝났잖아요? 이번에야말로 그녀의 행복한 모습을 볼 수 있을 것 같아서 너무 기쁘네요."

2권의 내용을 기대하는 한넬로레의 웃는 얼굴을 보니 가슴이 아파왔다.

……미안해요 한넬로레 님. 그 책, 사실 제일 행복해진 페르네스티네가 왕자와 갈라지고, 왕명으로 다른 남자와 결혼하게 되는 부분에서 '다음 권에서 계속'이거든요!

하지만 스포일러는 안 해. 기왕이면 직접 즐기는 게 좋으니까.

"귀족원 사랑 이야기도 재미있었으니까, 페르네스티네 이야기도 뒷부분이 기대돼요. 그러고 보니까 로제마인 님은 어떤 남성분께 마음이 끌리셨나요? 샤를로테 님은 불굴의 정신으로 몇 번이고 도전하는 남성분을 훌륭하게 여긴다고, 전에 그렇게 말씀하셨어요. 그런데 로제마인 님이 좋아하는 남성분에 대해서는 들은 적이 없더라고요."

……이런 이야기, 우라노 시절 이후로 처음이네. 왠지 좀 그리운 기분이 든다.

여기서 남자 따위는 관심 없어요, 라고 바보처럼 솔직하게 대답해 버리면 여성 사회에서 배척당해도 할 말이 없다. 이런 대화에는 공감과 비밀 공유가 중요한 법이지.

"로제마인 님은 빌프리트 님을 부모님이 정하신 약혼자라고 하셨죠? 혹시 누군가 마음을 둔 상대나 이상적인 남성분이 계신가요?"

……훗, 나는 우라노 시절에도 원활한 교우관계를 위해서 망상 속 짝사랑 상대를 만들어냈던 여자. 이 정도 화제는 일도 아니다.

옆집에 사는 소꿉친구와 사귀냐는 의심을 받고, 그 여자가 날 이상한 눈으로 보고 캐묻고 따지고 하던 때 크게 활약했던, 망상 속 짝사랑 상대가 등장할 차례다.

이럴 때는 이 자리에 있는 사람이 모르는 존재를 모델로 하는 게 좋다. 어설프게 아는 사람을 모델로 삼아버리면 묘한 오해를 해서 이상한 소문이 나는 경우가 많고, 완전히 망상으로 만들어낸 상대라면 '누구야? 보고 싶다' 같은 소리를 들었을 때 곤란해진다. 최종적으로 '전혀 상대도 안 해주지만'이라고 추가하면 완벽해지지.

……자, 누구로 할까?

귀를 기울이고 있는 측근들을 포함해서, 그다지 모르는 사람이 좋아. 귀족원과 관계된 사람은 안 돼.

음…… 귀족 중에 아는 사람은 빼고, 루츠랑 프랑을 적당히 섞으면 되려나?

"약혼자로 정해진 상대는 빌프리트 오라버니지만, 저도 소중히 여기는 분이 계시답니다. 저희 둘만의 비밀이에요, 한넬로레 님."

내가 소리 죽여 말했더니, 한넬로레의 눈이 살짝 휘둥그레졌다.

"이, 있으시다고요?"

"그래요. 어릴 적…… 세례식 전부터 저를 지탱해주시고, 함께 걸어온 분이 계세요. 풀 죽거나 좌절할 것 같을 때면 항상 도와주셨죠. 지금은, 그러니까, 쉽사리 만날 수 없는 관계가 돼버렸지만, 그래도, 그분과의 약속은 제 마음이 의지할 곳이랍니다. ……여기서만 얘기하는 비밀입니다?"

그렇게 말했더니 한넬로레가 고개를 몇 번이나 끄덕끄덕했다.

"한넬로레 님은 어떤 남성분이 좋다고 생각하시나요?"

"저, 저 말인가요? 그러니까…… 오라버니와 반대되는 분이 좋다고 생각해요. 그러니까, 오라버니는 제 의견을 그다지 들어주지 않으셔서."

한넬로레는 그렇게 말한 뒤에 주위를 둘러보고는 "오라버니한테는 비밀이에요?"라면서 집게손가락을 입술에 댔다. 주위에 있는 측근들이 아주 흐뭇한 뭔가를 보는 눈빛인데, 그 기분은 나도 잘 알아.


이렇게, 나는 우라노 시절의 경험을 살려서 비밀을 공유하는 여자의 사교를 무사히 마치고, 단켈페르거의 책을 두 권 빌리게 됐다.

나…… 오늘 완벽한 것 같은데?

이렇게 해서 귀족원에서의 사교를 마치고, 나는 에렌페스트로 귀환했다.

# 에필로그

졸업식이 끝나면 학생들은 귀족원에서 각자의 영지로 귀환한다. 그것은 어느 영지나 마찬가지다. 아렌스바흐에서도 귀족원의 전이진 방으로 짐들이 차례차례 운반되어갔다.

"디트린데 님, 준비가 됐습니다. 귀환하시지요."

견습 시종 마르티나는 자기 주인에게 말을 걸었다. 하지만 디트린데는 다목적 홀을 보면서 불만이라는 양 눈살을 찌푸렸다.

"전 졸업생이랍니다. 파티에처럼 끝까지 귀족원에서 지내고 싶어요. 졸업식에도 제대로 나가지 못했단 말이에요."

마력이 고갈된 디트린데가 눈을 뜬 건 봉납가무로부터 이틀 뒤였다. 그녀는 눈을 뜨자마자 '로제마인 님한테 속아서 중요한 봉납가무에서 창피를 당했다'라면서 화를 냈다. 바로 중앙 신전장의 말을 전하고는 측근 모두가 '다음 첸트에 가장 가깝답니다', '역시 디트린데 님이세요'라면서 비위를 맞춰줬던 일을, 마르티나는 떠올리고 있었다.

분명히 졸업생에게는 마지막까지 남을 권리가 있다. 하지만 제멋대로 구는 디트린데가 남으면 다른 졸업생들이 불편해지고, 학년이 다른 측근들도 영지로 돌아가지 못한다. 그리고 아우브가 돌아가신 지금, 디트린데에게는 영지를 위해서 해야 하는 일들이 잔뜩 있다. 그런 명분보다 다른 무엇보다, 졸업식도 끝나버린 귀족원에서 더 이상 문제를 일으키지 않았으면 싶었다.

……주인인 디트린데 님이 문제를 일으키면 시종의 평가에도 영향

을 주니까.

어떻게 비위를 맞춰야 할까. 마르티나는 다른 측근들과 눈짓을 주고받았다. '파티에처럼'이라는 말을 들은 견습 문관이 한 걸음 앞으로 나섰다.

"아쉬워하시는 마음은 저도 이해합니다. 하지만 디트린데 님이 남으시게 되면 1학년도 귀족원을 떠나기 힘들어하겠지요. 가능하다면 영지에서 그들을 맞이해주셨으면 합니다."

"디트린데 님이 기다리고 계신다면, 다들 틀림없이 빨리 돌아가고 싶은 기분이 들 겁니다."

파티에를 따라서, 마르티나도 주인을 추어올렸다. 디트린데도 싫지는 않다는 미소를 지으며 움직이기 시작했다.

"뭐, 1학년들이 저를 너무 흠모해서 이동하지 않으면 곤란하겠죠. 어쩔 수 없군요. 뒷일은 잘 부탁해요, 프라우렘 선생님."

측근들은 눈짓을 주고받고, 디트린데의 정신이 다른 곳으로 향하지 않게 주의하면서 수석 시종과 함께 전이진으로 보냈다.


"큰일이 끝났군요."

어떻게든 예정했던 시간에 디트린데를 보내는 데 성공하고, 마르티나는 안도의 한숨을 쉬었다. 영지로 돌아가면 성인 측근들이 맞이해줄 것이다. 자신들의 짐을 정리해서 이동할 때까지의 시간이, 측근들에게는 짧은 휴식이다.

"파티에는 디트린데 님과 나이가 같죠. 하다못해 이 며칠 동안은 푹 쉬도록 하세요. 약혼자와 할 이야기도 있잖아요?"

"마르티나는 5학년이니까, 내년에는 귀족원에서 조용히 시간을 보낼 수 있겠네요. 조금 부러워요."

"하지만 파티에는 측근으로 들어오는 게 늦었고, 약혼자가 정해져
있어서 내년 봄이면 다른 영지로 이동하잖아요? 저는 그쪽이 더 부러
워요."

마르티나는 세례식 직후에 아버지로부터 '게오르기네 님 파벌에 속
하도록'이라는 말을 들어서, 지금까지 마음을 놓을 수 있는 시간이 거
의 없었다. 차기 아우브인 디트린데의 마음에 들었으니, 결혼해서 다
른 영지로 가기도 힘들다.

"그리고 아버님은 영지 안에서 결혼 상대를 찾으라고도 하셨습니
다. 저희 영주 일족의 방계는 아우브를 지지하는 것이 사명이라는 생
각이시겠죠."

"그러고 보니 마르티나의 아버님은 원래 영주 일족이셨죠. 아렌스
바흐에서는 아우브가 교대한 시점에서 다른 차기 아우브 후보는 상급
귀족으로 떨어트리는 것 같은데, 베르케슈토크에서는 그렇지 않았어
요. 영지가 달랐다면 마르티나도 영지 후보생이었을 텐데. 정말 아쉽
네요."

파티에가 말한 것처럼, 마르티나도 누군가를 섬기는 상급 귀족이
아니라 측근을 둘 수 있는 영주 일족이 된 자신의 모습을 상상해본 적
이 있다. 하지만 바로 스스로 안 되겠다고 결론을 내렸다.

"아쉽지 않아요. 저희 어머님은 프뢰벨타크 출신이거든요. 영주 일
족이었다면, 저는 처형 대상이 됐을지도 몰라요."

정변 이후의 숙청에서 패배한 쪽 영지의 영주 일족 상당수가 처형
당했다는 것은 누구나 알고 있는 일이다. 프뢰벨타크에서는 영주 부
부와 차기 영주 부부가 처형됐고, 정치에 거의 관여하지 않았던 제3

부인의 아이가 영주에 취임하라는 명을 받았다. 아렌스바흐에서는 베르케슈토크 출신 제2 부인이 처형되고, 그 아들 두 명은 영주의 탄원 덕분에 간신히 처형은 면했지만, 신분이 상급 귀족으로 강등됐다.

"정변 이후의 숙청 때문에, 아렌스바흐는 남성 영주 후보생이 게오르기네 님의 자제분인 볼프람 님만 남았죠, 아마? 제가 측근이 된 것은 그분이 돌아가시고 디트린데 님이 차기 아우브 후보로 정해진 뒤다 보니 자세히는 모르지만."

파티에는 아렌스바흐가 관리하는 구 베르케슈토크의 상급 귀족이다. 자신의 소속된 영지가 어떻게 취급받을지도 알 수 없는 격동의 시기였다. 그래서 당시 아렌스바흐의 사정에 대해 잘 모른다. 그리고 주인 친오빠의 죽음에 대해 너무 꼬치꼬치 캐물을 수도 없었겠지.

마르티나는 기억을 더듬었다. 숙청 이후에 게오르기네는 볼프람을 중심으로 제1 부인에 반발하는 세력을 규합하기 시작했다. 제2 부인의 파벌을 끌어들이기 위해, 상급 귀족으로 강등된 제2 부인의 아들 블라지우스와 자기 딸 알스테데를 결혼하게 했고, 둘 사이에 태어난 아이를 자기 양자로 삼아서 영주 일족으로 들이겠다고 제안했었다.

"……제가 세례식을 했을 무렵에는 아직 게오르기네 님의 권력도 그리 크지 않았어요. 중립 영지인 에렌페스트 출신이셔서 배경이 약했기 때문에, 유일한 남성 영주 후보생이라고는 해도 볼프람 님이 차기 영주가 될 수 있을지 불안하게 여겼었죠. 제1 부인이 자기 손주를 양자로 삼을 수는 없을지 알아봤을 정도로 영지 내부에서 파벌이 나뉘어 있었으니까요."

"그 정세 때문에 디트린데 님의 측근으로 추천한 건가요? 정말 큰 결심이었네요."

파티에는 놀란 얼굴로 그렇게 말했다. 하지만 큰 결심이 아니었다. 귀족다운 전략이다.

"후후…… 저를 디트린데 님의 측근으로 아우브에게 추천한 것이 아니라, 게오르기네 님 파벌에 들어가도록 명령하신 겁니다. 아버님은 제1 부인 파벌에도 자식을 측근으로 보내두셨죠. 저와 언니가 게오르기네 님의 파벌에 들어갈 수 있었던 것은, 어머님이 프뢰벨타크 출신이었기 때문이에요."

게오르기네의 친언니가 프뢰벨타크로 시집갔고, 그 남편은 아우브가 됐다. 승자 영지 출신 제1 부인 파벌보다 소속되기 쉽다는 점. 먼저 파벌에 들어간 언니 아우렐리아로부터 유력한 정보가 거의 없었다는 점. 볼프람의 제2 부인과 디트린데의 측근이 되기에 마침 좋은 나이였던 점. 그런 여러 이유가 있어서, 마르티나는 게오르기네 파벌에 들어가게 됐다.

"솔직히 말하자면, 언니가 조금 더 처신을 잘 했으면 좋았을 텐데…… 언니는 타인과 접하면서 정보를 얻는 것이 서툴러서 기사가 되는 쪽을 선택했을 정도니까요."

"아우렐리아 님은 항상 굳은 얼굴이고 말수가 적은 분이셨죠. 에렌페스트 기사단장의 아들과 결혼하셨다고 들었는데, 잘 지내고 계시나요?"

아우렐리아는 조금 깐깐해 보이는 얼굴에 눈빛이 사나운, 얼핏 보면 기사에 어울릴 것 같은 얼굴이다. 하지만 성격은 소극적이고 소심. 그래서 일부러 거리를 두고 멀리서 노려보는 것처럼 보이는 경우가 많고, 아버지로부터는 '귀여운 맛이 없다'라는 말을 많이 들었다.

안 그래도 모친이 패배 영주 출신이라는 이유로 주위의 비난도 심했다. 그런 상황에서 외모와 성격 때문에 더 손해를 보는 언니를 반면 교사로 삼아서, 마르티나는 최대한 밝게 행동해왔다. 그렇게 노력한 보람이 있었는지, 그녀는 아버지에게도 게오르기네에게도 디트린데에게도 마음에 들었다.

"게오르기네 님이 제2 부인 파벌을 거두는 것이 진행되고, 이대로 볼프람 님이 차기 아우브가 돼서 사람들이 아렌스바흐가 앞으로 나아간다고 생각하기 시작한 그때, 볼프람 님이 불의의 사고로 돌아가셨습니다."

당연한 일이지만 아렌스바흐에서는 큰 난리가 났었다. 아렌스바흐에 영주 후보생이 디트린데만 남은 것이다. 다른 영지로 시집간 자, 아렌스바흐의 상급 귀족에게 시집가버린 자를 영주 일족으로 되돌릴 수는 없다. 교육이 부족한 디트린데를 차기 아우브로 삼기는 너무나 불안하다.

"그래서 레티치아 님을 드레반헬에서 다시 모셔왔죠? 저도 기억합니다. 권력이 다시 제1 부인에게 돌아간 것처럼 보이면서 구 베르케슈토크를 배려하시는 게오르기네 님을 지지해야 한다고, 주위에서 떠들썩했으니까요."

하지만 제1 부인은 레티치아 님을 불러온 무렵부터 급속하게 쇠약해지더니 돌아가셨다. 그러면서 게오르기네가 아렌스바흐의 제1 부인으로 올라섰다.

"게오르기네 님은 베르케슈토크를 배려해주셨고, 영지 간의 사정 때문에 헤어질 뻔했던 두 쌍의 연인들을 구해주셨잖아요? 그러니까 게오르기네 님을 지지하기 위해서라도, 저는 디트린데 님을 섬겨야겠다고 생각했어요."

파티에의 말에 마르티나는 "그러셨군요"라고 말하며 살짝 미소지었다. 게오르기네가 언니 아우렐리아와 중급 귀족 베티나의 결혼 영지 간의 사정 때문에 헤어질 뻔했던 두 쌍의 연인들을 구해준 일은, 아렌스바흐에서 미담으로 전해지고 있다. 에렌페스트의 정보를 얻기 위해서 보냈다는 사실을 아는 사람은 얼마 없다.

……언니는 기사단장의 아들과 결혼했는데, 베티나 님과 다르게 도움이 안 돼요.

곤란하게도 아우렐리아는 단 한 번도 정보를 보내오지 않았고, 게오르기네가 지시한 귀족과 연줄을 만들지도 않은 채 에렌페스트에 잡혀 있다. 디트린데의 약혼식 때문에 에렌페스트에 갔던 때, 마르티나는 면회조차 거절당했다. 그것이 언니의 뜻에 의한 것인지 기사단장과 영주의 의향에 의한 것인지는 판단할 수 없다. 편지를 보내봤지만, 아우렐리아는 '다들 잘 대해주십니다'라는 무난한 답장조차 돌아오지 않았다.

……언니는 대체 무슨 생각일까? 어디에 있어도 늘 도움이 안 된다니까.

디트린데의 마음에 들어서 곁에 있으라는 명령을 받은 마르티나가, 귀족원에서 다른 영지의 정보를 수집하러 가는 것은 힘들다. 그래서 아우렐리아로부터 에렌페스트의 정보를 얻기를 기대했었는데, 상황은 마음대로 돌아가지 않았다.

"저, 마르티나는 어째서 디트린데 님을 섬기겠다고 생각했나요? 역시 아버님의 명령인가요?"

"아버님이 아니라 게오르기네 님이 거둬주셨기 때문입니다."

세례식을 치른 마르티나는 아버지의 명령대로 게오르기네 파벌에 들어갔고, 주위 사람들에게 붙임성 있게 대하면서 정보를 수집했다. 그런 마르티나가 마음에 들었던 것 같은 게오르기네는 '솔직하고 노력하는 아이는 귀엽군요. 당신, 시종이 되도록 하세요'라면서 디트린데의 견습 시종으로 받아줬다.

……사실은 게오르기네 님이나 볼프람의 측근이 될 수 있도록, 문관이 될 생각이었지만

마르티나는 자기 희망을 말하지 않고 웃는 얼굴로 제안을 받아들였다. 그것이 현명한 삶이라고 생각했기 때문이다. 바로 그날 중에 게오르기네가 소개한 귀족 밑에서 견습 시종 연수가 결정됐다.

게오르기네가 직접 자신을 거뒀다는 사실을 말씀드렸더니, 아버지는 게오르기네의 품속 깊은 곳까지 들어가게 됐다고 칭찬해 주셨다. 하지만 마르티나의 연수가 시작되자마자 그것이 정보 유출을 막고 불만을 말하지 못하게 하려는, 게오르기네의 전략이라는 사실을 알아차린 것 같다. 딸에게서 들어오는 정보가 최소한이 돼버린 것 때문에 짜증을 내고, 적당히 거리를 두는 디트린데의 견습 시종이 됐다는 사실에 불만을 말하고, 지금도 '에렌페스트의 카메발레인 같으니'라면서 험담을 하고 있다.

"저는, 게오르기네 님이 정치적으로 훌륭한 수완을 지닌 분이시라고 생각합니다. 하지만 디트린데 님의 교육은 조금 더 엄하게 해주셨으면 싶었어요."

파티에의 탄식에 동조하면서, 마르티나는 게오르기네를 감쌌다.

"게오르기네 님의 다른 자제분…… 알스테데 님이나 볼프람 님은 평범한 영주 후보생이셨으니까요. 아마도 디트린데 님이 특별한 것이겠죠"

마르티나를 비롯한 측근들의 사명은, 디트린데가 가능한 다른 영지의 귀족들에게 추태를 보이지 않도록 하는 것이었다. 주인으로서 모시는 것처럼 보이면서, 가능한 문제를 일으키지 않도록 하며 졸업시킬 것을 요구받았다. 솔직히 말해서 정보 수집보다 훨씬 어려운 일이라고 생각했다.

"……디트린데 님은 게오르기네 님을 보며 자라셨을 텐데, 어째서 이렇게까지 아무것도 생각하지 않고 살아가시는 걸까요? 정말 너무 신기할 따름입니다."

"그렇게까지 둔감하신 것도, 어떤 의미에서는 행복한 일이라고 생각합니다만."

측근이 아무리 신경을 써도, 디트린데는 멈추지 않았다. 매년 뭔가 쓸데없는 짓을 저질렀다. 특히 골치 아픈 일은 시종이 바로 손을 쓸 수 없는 다과회 등의 사교 자리에서 계속해서 실언하는 점이다.

"올해도 거의 다 끝나서 일을 저지르셨잖아요. 저는 눈앞이 캄캄해지고, 졸업식인데도 자랑스러운 기분을 전혀 맛보지 못했어요."

디트린데는 봉납가무 도중에 의식을 잃고 쓰러지는 전대미문의 추태를 보였다. 점심 식사 자리에서 측근 중에 누구도 입을 열지 못한 탓에, 식당은 너무나 조용했었다.

게다가 오후에 열리는 졸업식에 갈 준비를 해야 하는 시간에 왕족이 보낸 올도난츠가 날아왔다. 디트린데의 상태를 묻기 위해 약혼자 페르디난드를 소환한다는 연락. 그것이 질책이 되리라는 것은 누가 봐도 분명했다.

"중앙 신전 사람들 덕분에 조금 편해졌습니다."

오후의 졸업식에서 상황이 달라졌다. 봉납가무 때 나타난 마법진은 차기 첸트를 선출하는 것이고, 중앙 신전 신전장이 디트린데가 차기 첸트에 가장 가깝다고 말했기 때문이다.

그 뒤에 아렌스바흐에서 졸업식에 관한 화제는, 하나같이 봉납가무 때 나타났던 마법진과 차기 첸트에 관한 이야기가 됐다. 자기 영지의 영주 후보생이 봉납식에서 돌이킬 수 없는 추태를 저지른 것은 화제로 삼을 수 없다. 하지만 왕족도 빛나게 하지 못했던 마법진을 나타나게 한 차기 첸트 후보라면, 졸업식에 참가했던 영지 내부 귀족들도 받아들이기 쉽다. 졸업식이 진행되는 동안 왕족과 이야기하고 돌아온 페르디난드가 말한 '마법진을 작동시키지 못했으니 차기 첸트 후보라고 하기는 힘들다'는 보고는 흘려넘겼다.

"페르디난드 님은 차기 첸트 후보라고 하기 힘들다고 하셨지만, 저희에게는 상관없는 일이죠. 왕족으로부터 질책을 듣지 않았다는 것, 그리고 디트린데 님의 추태를 조금이나마 숨길 수 있게 됐다는 점이 중요하지 않나요."

"그래요, 귀족원에서 문제를 일으키지 않는 것이 중요하죠. 다른 영지 사람들의 눈이 없는 아렌스바흐에서라면, 어떻게든 문제를 무마할 수 있으니까요. 그리고 앞으로 감시나 보좌는 약혼자인 페르디난드 님의 역할이 되겠죠. 짐을 덜었어요."

마르티나와 파티에는 작은 소리로 웃었다. 어쨌거나 디트린데는 졸업했다. 두 사람은 그 사실이 무엇보다 기뻤다.


마르티나가 귀족원에서 돌아온 지 며칠 뒤, 디트린데는 게오르기네의 별궁으로 불려갔다.

"차기 첸트 후보가 된 저의 앞일에 대해 논의하기 위해서라는

군요."

"어머나, 저희가 귀족원에서 지내는 사이에 게오르기네 님은 이사를 마치셨어요. 디트린데 님께서 주추 마술을 물들이는 것을 마칠 때까지는 영주 거주 구역에서 지내실 거라 생각했습니다."

예상보다 꽤나 일찍 이사를 마쳤다는 이야기에 마르티나는 깜짝 놀랐다. 가을 끝 무렵에 아우브가 돌아가셨지만, 디트린데는 귀족원에 가 있었기 때문에 아직 주추를 물들이지 않았다. 그래서 디트린데의 방은 아직 영주 후보생용 별채에 있다.

……지금은 본관에 영주 일족이 아무도 없군요. 괜찮을까요?


"당신들은 물러나도록 하세요."

게오르기네로부터 물러나라는 명령을 받고, 마르티나를 비롯한 시종들은 대기하는 방으로 이동했다. 이동하는 중에 귀족 몇 명과 마주쳤다. 별궁에 낯선 귀족들이 늘어났다.

"게오르기네 님이 새로 들이신 측근일까요?"

"왼손에 의수 마술구를 지닌 남성분이 계셨어요. 또 구 베르케슈토크령 분을 불러들이셨는지도 모르겠네요."

"제 위치에서는 망토에 가려져서 보지 못했지만 의수라니, 정말 별일이군요. 꽤나 심한 상처를 입으셨다가 제때 치유를 못 받으신 걸까요?"

싸우는 것이 일인 기사 중에는 의수나 의족 마술구를 사용하는 사람이 몇 명 있다. 하지만 조금 전에 지나친 사람은 문관처럼 보였다. 문관이 의수 마술구까지 쓰게 되는 경우는 드문 일이지만, 구 베르케슈토크에는 정변 중에 격렬한 싸움에 몸을 던진 사람도 있고, 그 이후의 숙청에 말려든 사람이 있어도 이상한 일은 아니다.

"의수까지 필요한 분을 굳이 불러들일 필요는 없을 것 같습니다
만……."

"어머나, 게오르기네 님이 하신 일에 불만이 있으신가요?"

"그런 이야기가 아니에요. 그저, 앞일을 생각하면 우울해져서 말이
죠. 조금이나마 다른 일의 생각하고 싶을 따름입니다."

마르티나가 불안에 대해 말하자, 사람들이 얼굴을 마주 보며 씁쓸
하게 웃었다. 귀족원에서 문제 행동을 일으키지 않도록, 디트린데에
게는 여러모로 정보가 규제되어 있었다. 하지만 더이상은 숨길 수 없
다. 바로 지금, 게오르기네가 말하고 있을 테니.

잠시 빈 자리를 채우기 위한 아우브라는 점, 페르디난드와 성결식
을 마친 뒤에는 왕명에 따라 레티치아와 양자의 연을 맺는다는 것을
알게 된 디트린데는 상당히 심기가 불편해질 거라고, 마르티나는 그
렇게 예상했다. 그리고 그 화풀이를 가장 크게 받을 대상은 시종이다.
아무리 생각해도 우울한 기분이 든다.

"그러고 보니 디트린데 님은 차기 첸트라고 기뻐하셨잖아요? 사정
이 달라졌는데도 얌전히 임시 아우브를 맡으실까요?"

"하지만 차기 아우브가 없으면 아렌스바흐가 곤란하고, 구르트리
스하이트가 수중에 있는 것도 아니니까요. 디트린데 님이 차기 첸트
가 되는 일은 없겠죠."

다루기 쉬우니까 추어올리고 있을 뿐이지, 여기 있는 사람 중에 정
말로 디트린데가 첸트가 되리라고 생각하는 사람은 아무도 없었다.
오히려 자기 영지의 장래가 더 걱정이다.

"지금 아렌스바흐에 영주 후보생이 디트린데 님과 레티치아 님뿐

인 것이 문제예요."

"디트린데 님과 페르디난드 님이 결혼하신다면, 베네딕타 님과도 양자의 연을 맺으신다는 것 같아요. 그렇게 되면 영주 후보생이 늘어나니까요."

베네딕타는 전 제2 부인의 아들 블라지우스와 게오르기네의 장녀 알스테데 사이에서 태어난 딸이다. 지금은 상급 귀족이지만, 원래는 같은 영주 일족이었던 아이. 영주 후보생이 되기 위한 마력량은 아무 문제가 없다고 여겨진다. 마르티나는 베네닉타의 세례식을 디트린데와 페르디난드를 양친으로 삼아서 치를 계획이라고 들은 적이 있다.

"원래 베네딕타 님은 아우브와 게오르기네 님과 양자의 연을 맺어서 영주 일족으로 들어올 예정이었지만, 아우브가 돌아가셨으니까요."

"이쪽 파벌을 안정시키기 위해서는 레티치아 님 이외의 영주 후보생이 필요하니까…… 모친이 확실치 않은 에렌페스트 출신 페르디난드 님과 그 디트린데 님의 자제분보다는 베네딕타 님 쪽이 안심할 수 있어요. 마력량도 소질도 문제없겠죠."

디트린데는 페르디난드의 마력을 감지할 수 없다고 했다. 아렌스바흐에서 시집간 가브리엘레의 피를 이어받은 게오르기네와 현 영주는 마력량이 많은 것 같지만, 페르디난드는 원래 밑바닥에 가까운 에렌페스트의 영주 일족이다. 디트린데나 마르티나가 감지할 수 없다면, 마력량은 상급 귀족 기준으로도 낮은 편이 아닐까.

마르티나와 시종들이 그런 상상을 하면서 피식피식 웃고 있는데, 귀족원에 가지 않았던 성인 측근이 "어머나" 소리를 내며 이상하다는 얼굴로 손을 입에 댔다.

"페르디난드 님은 예상외로 유능하시답니다. 밀려 있던 집무가 상당히 많이 처리됐다고, 문관들이 기뻐하면서 말했거든요."

"어머나, 그랬나요?"

"물론 사무적인 업무 능력과 마력량은 별개겠지요."

"빨리 그 두 분의 성결식이 끝나서, 마력을 공급할 수 있는 사람의 숫자가 늘어나면 좋겠네요. 어느 기베건 전부 힘든 것 같으니까요."

시시한 잡담이 이어졌지만 딸랑, 하고 호출 종이 울리자 측근들은 바로 자리에서 일어났다. 지금까지 숨겨왔던 정보를 알고서 얼마나 심기가 불편해졌을까. 마르티나는 쭈뼛쭈뼛 게오르기네의 방 분위기를 살폈다. 하지만 예상과 다르게, 거기에는 만족스러워하는 디트린데의 모습이 있었다. 게오르기네도 미소를 짓고 있다. 아무래도 두 사람 사이에서는 만족스러운 이야기가 오간 것 같다.

"그럼, 어머님. 저는 이만 실례하겠습니다."

"그래요. 열심히 하세요."


디트린데는 방으로 돌아가더니 바로 측근들을 불러들였다. 게오르기네와 어떤 이야기를 했고, 디트린데가 앞으로 어떻게 행동할지에 대한 방침을 모르면 측근들도 움직일 수 없다.

"게오르기네 님과 어떤 이야기를 하셨나요, 디트린데 님?"

"중앙 신전 신관장의 발언에 관해서도 이야기하셨겠죠?"

살짝, 차를 마신 디트린데가 후훗하고 웃었다. 짙은 녹색 눈동자를 의기양양하게 빛내면서 측근들을 둘러보더니, 가슴을 활짝 펴고서 선언했다.

"저는, 구르트리스하이트를 찾아서 차기 첸트를 노리겠습니다. 여러분도 협력해주세요."

"……게오르기네 님이 그것을 허가하셨나요?"

마르티나는 눈이 휘둥그레져서, 자기도 모르게 의문을 입에 담았다. 모친과 이야기한 직후에 자신만만하게 말했다. 허가를 받은 게 틀림없겠지. 그래도 차기 첸트를 노리겠다니, 당장은 믿을 수가 없다. 당혹스러워하는 측근들을 둘러보고, 디트린데는 미소를 지으며 고개를 끄덕였다.

"물론이죠, 어머님은 제 결의를 응원해주셨어요. 원하는 것을 손에 넣기 위해 노력하면 된다고. 얼핏 봐선 손이 닿지 않을 것처럼 보여도, 온갖 방법을 다 하면 손에 넣을 가능성이 있다고 하셨어요."

설마 게오르기네가 그런 비현실적인 말을 했을까. 차기 첸트를 노리는 건 상관없지만, 영지에 대해서는 어떻게 생각하고 있는 걸까. 마르티나는 불안하다는 것처럼 측근들과 얼굴을 마주 봤다. 하나같이 회의적인 얼굴이다.

"그런데, 그렇게 되면 어느 분이 아우브 아렌스바흐가 될까요? 지금은 아우브가 될 수 있는 영주 후보생이 디트린데 님밖에 안 계시는데……."

"맞아요. 그래서 제가 차기 첸트를 노리는 건 딱 일 년뿐입니다. 그 안에 구르트리스하이트를 찾아내지 못한다면, 저는 차기 아우브가 됩니다."

영주 회의에서 아우브의 죽음을 보고하기 때문에, 사망 시기에 따라서는 주추 마술이 완전히 차기 영주의 마력으로 물들지 않는 경우도 있다. 그리고 디트린데는 귀족원에서 아우브의 죽음에 대해 절대 입 밖에 내서는 안 된다는 말을 들어왔다. 다른 영지 사람이 아우브의 정확한 사망 시기를 모른다면, 디트린데의 영주 취임을 일 년 늦추는 것은 가능하다. 그렇게 부자연스럽지 않은 형태로.

……아마도 '일 년 만입니다'라고 기한을 정해서, 디트린데 님을 포기하게 하려는 게오르기네 님의 생각이 아니실까?

왕족이 몇 년이나 걸려도 찾아내지 못했던 구르트리스하이트를 디트린데가 겨우 일 년 안에 찾아내리라고는 생각하기 힘들다. 일 년만 구르트리스하이트를 찾는 디트린데에게 어울려 주면, 그 뒤에는 문제없이 영주에 취임해주겠다고 말했다. 조금만 생각해보고, 마르티나는 마음을 진정시킬 수 있었다.

……역시 게오르기네 님이셔. 디트린데 님을 조종하는 방법을 잘 알고 계시다니까.

하지만 안심한 것도 잠시뿐이었다. 디트린데가 뭔가를 잠깐 생각하는 것처럼 집게손가락을 턱에 대고 약간 위쪽을 보고 있다. 디트린데가 이렇게 생각할 때는, 대부분의 경우 주변에 민폐를 끼치는 제안이나 명령을 한다. 경험을 통해 그것을 알고 있는 측근들이 긴장했다.

"가능하다면, 그 일 년이라는 유예 기간 동안에 구르트리스하이트를 찾아서 정당한 첸트를 선출해야 하지 않을까, 라는 방향으로 여론을 제 편으로 만들고 싶지만……. 트라오크발 님은 구르트리스하이트를 가지고 계시지 않으니까, 제가 구르트리스하이트를 손에 넣으면 첸트 자리를 넘기실 수밖에 없겠죠?"

항상 생각이 모자라던 주인의 말이라는 걸 믿을 수가 없다. 틀림없이 모친이 조언해준 말일 거라고, 마르티나는 그렇게 추측했다. 아무래도 게오르기네는 정말로 디트린데를 차기 첸트로 만들 생각인 것 같다.

……아렌스바흐의 마력이 적어서 곤궁해진 현재 상황에서 디트린데 님을 말리는 게 아니라 차기 첸트가 되라고 등을 떠미시겠다는 건가요?

마르티나는 게오르기네의 참뜻을 파악할 수가 없다. 왠지 불안한 기분이 발밑에서 기어 올라오는 것 같아서 몸이 부르르 떨린다.

"디트린데 님이 차기 첸트를 노리신다는 것은 이해했습니다. 그런데, 아렌스바흐의 주추에 주입할 마력은 어떻게 하실 겁니까?"

"어머님께서 일단 임시 아우브를 맡으시고, 만약에 일 년이 지나도 구르트리스하이트를 찾아내지 못한다면, 그때는 제가 주추를 물들이겠다는 제안을 했습니다. 하지만 어머님께서는 아우브 아렌스바흐는 되지 않으시겠다고 거절하셨습니다. 참으로 아쉽군요."

디트린데는 한숨을 쉬었지만, 게오르기네가 거절한 건 당연한 일이다. 디트린데는 자기 어머니라서 실감하지 못하는 건지도 모른다. 하지만 한 사람이나마 성인이 된 영주 후보생이 있는데, 에렌페스트 출신인 게오르기네가 임시라고는 해도 아우브 아렌스바흐가 되는 데 찬동하는 귀족은 없겠지.

"어쩔 수 없이, 완전히 물들이지는 않도록 공급의 방에서 마력을 주입하기로 했습니다. 레티치아에게도 도움을 받을 생각입니다."

"아직 귀족원에 입학하시지도 않았는데 마력 공급을?"

디트린데의 말에 측근들이 놀라서 눈이 휘둥그레졌다. 어린 몸에는 부담이 너무 클 텐데.

"어머나? 에렌페스트에서는 세례식을 마친 영주 후보생은 마력 공급 연습을 시킨다고 하더군요. 그러니까 그 아이라고 못 할 리가 없어요."

아주 차가운 얼굴로, 디트린데는 레티치아의 방이 있는 방향을 봤다. "차기 아우브는 저니까요."라면서 레티치아의 존재를 전혀 문제 삼지 않았던 시절과는 전혀 다른 얼굴이다. 적개심을 품은 옆얼굴을 보고, 마르티나는 등줄기가 오싹해지는 기분을 맛봤다.

"레티치아는 왕이나 아버님이 차기 아우브가 되기를 바라고 있을 정도니까요. 그 정도 일은 할 수 있겠죠. 왕이 정말로 아우브 아렌스바흐를 잇게 하려는 건 레티치아고, 저는 왕명으로 임시 아우브가 되라고 하더군요. 너무나 불쾌해요."

……아, 역시 그것도 알았구나.

기분이 좋아 보이는 얼굴로 차기 첸트 얘기만 했지만, 처음에 상상했던 대로 임시 아우브에 관한 이야기도 들은 디트린데는 기분이 상해 있었던 것 같다.

제3 부인의 셋째 자식인 데다 여성이었기 때문에, 디트린데는 부모의 관심을 거의 받지 못한 채로 자랐다. 그리고 지금은 아버지와 레티치아, 어머니와 베네딕타 사이의 임시 아우브가 맡기를 바라고 있다. 디트린데의 능력이 그 지위에 걸맞은지 아닌지는 둘째 치고, 아우브보다 더 높은 첸트에 집착하는 심정은 마르티나도 이해할 수 있었다.

"저희의 마력 공급만으로 아렌스바흐의 마력을 지탱하는 것은 힘드니까, 페르디난드 님께는 신전의 제사를 맡기도록 하겠어요."

"아우브의 배우자가 되실 분을 신전에 보내신다는 말씀인가요?"

"맞아요. 솔직히, 에렌페스트에서는 신전에서 제사를 맡으셨고, 에렌페스트가 그 제사의 유용성을 보여주지 않았던가요."

분명히 올해 귀족원에서 열렸던 봉납식에서, 왕족이 제사의 유용성을 보증했다. 아렌스바흐에는 굳이 신전에 가고자 하는 귀족이 없지만, 지금까지 신전에 있었던 페르디난드라면 딱히 피하지도 않겠지. 마르티나는 고개를 살짝 끄덕였다.

"그런데, 디트린데 님은 괜찮으신가요? 신전에 있었던 더러운 영주 후보생과 결혼하는 건 싫다고 하셨었는데……."

마르티나는 페르디난드와의 약혼이 정해졌을 때 디트린데가 난리를 쳐서 정말 힘들었던 기억을 떠올렸다. 도망칠 수도 없는 왕명으로, 하위 영지의 신전에 있던 영주 일족과의 결혼이 정해진 것이다. 비탄에 잠긴 주인을 필사적으로 달랬다.

하지만 실제로 페르디난드의 모습을, 가까이 대하고, 귀족원 시절에는 최우수라는 훌륭한 성적을 거뒀다는 주위의 이야기를 듣고, 디트린데는 그제야 결혼에 조금이나마 긍정적으로 됐다. 페르디난드가 상냥하게 웃으면서 '디트린데 님을 위해 최대한 노력하겠다'라고 맹세한 것도 그런 생각을 하는 데 도움을 줬겠지. 그 약혼식 때는, 마르티나도 마치 옛날이야기를 직접 보고 있는 것 같은 기분이었다.

……내용물이 어쨌건 간에, 신분과 외모만 좋으면 남성분이 소중히 여겨주는군요. 정말 큰 공부가 됐어요.

"어머나, 제가 차기 첸트가 되면 지금 왕의 명령을 없앨 수 있다고요. 페르디난드 님과 결혼할 필요도 없어지겠죠? 페르디난드 님은 첸트의 배우자로 걸맞지 않아요. 다들 그렇게 생각하잖아요? 첸트가 되지 못했을 때 약혼을 취소해버리면 곤란하니까, 당분간 약혼을 유지할 뿐이에요."

후훗, 디트린데가 웃었다. 기피 받는 신전에 보내고, 마력을 공급시키고, 이용할 대로 이용하고, 자신의 바람이 이루어지면 약혼을 해소할 생각인 것 같다. 너무나도 상식을 벗어나고 제멋대로인 소리를 하고 있다. 하지만 디트린데는 항상 이런 식이고, 뒷일은 전혀 생각하지 않는다. 생각난 것을 그냥 말해버린다. 그걸 잘 알고 있는 마르티나를 비롯한 측근들은 딱히 말리려고 하지도 않았다. 그저 미래에 일어날 귀찮은 일을 생각하고 있을 뿐이었다.

……어차피 구르트리스하이트를 찾지 못하고, 자기가 신전에 가라고 했던 페르디난드 님과 결혼하게 될 것 같은데, 그때는 대체 얼마나 난리를 칠까?

"약혼을 해소하기 위해서라도, 저는 무슨 일이 있어도 일 년 안에 구르트리스하이트를 손에 넣어야만 해요. 물론 구르트리스하이트를 원하는 건 약혼 해소를 위해서만이 아니에요. 저도 아렌스바흐를 생각하지 않는 게 아니랍니다."

디트린데는 그렇게 말하고 빙긋, 미소를 지었다.

"제가 첸트가 되면 왕명에 의해 상급 귀족으로 강등된 블라지우스 님을 영주 일족으로 되돌리고, 언니나 블라지우스 님을 아우브 아렌스바흐 자리에 앉히겠어요."

"그렇게 된다면, 아렌스바흐는 걱정이 없겠군요."

상급 귀족으로 강등돼버린 두 사람을 영주 일족으로 되돌릴 수만 있다면, 지금처럼 디트린데에게 영지의 장래를 맡겨야만 한다는 데서 오는 불안감은 지워버릴 수 있겠지.

……가능하다면, 말이지만.

측근들의 말에 기분이 좋아진 디트린데는 첸트가 된 자신이 어떤 명령을 내릴지에 대해 차례를 말하기 시작했다.

"그리고, 어머님이 원하시는 물건을 바치고, 저는 차기 첸트에 걸맞은 남편을 찾을 겁니다. 저는 말이죠, 설령 첸트가 된다고 해도 트라오크발 님처럼 숙청 따위는 할 생각이 없어요. 지금 왕족도 나름대로 존중할 생각이랍니다. 지기스발트 왕자나 아나스타지우스 왕자를 제 남편으로 삼고, 아돌피네 님과 에그란티느 님에게서 빼앗으면 정말로 즐겁겠죠."

디트린데가 입술 끝을 끌어 올리고 웃었다. 거의 엉뚱한 원망이지만, 귀족원 다과회에서 질책을 받거나 빈정거리는 말을 들었던 것을 아직까지도 마음에 두고 있다.

……디트린데 님이 구르트리스하이트를 손에 넣는 일은 없을 테니까, 망상 정도는 마음대로 하게 두는 게 제일이겠지.

"디트린데 님은 왕자를 자신의 남편으로 삼겠다고 간단히 말씀하시는데, 그렇게 하시면 세상의 평판이 떨어집니다. 특히 아나스타지우스 왕자와 에그란티느 님은 열애 끝에 왕위를 버리고 결혼을 하셨으니까요……."

파티에의 말을 들은 디트린데는 발끈한 것처럼 눈살을 찌푸렸다. 심기가 불편해졌다는 걸 느낀 마르티나는 "그보다, 페르디난드 님이 약혼 해소를 거부하시지 않을까요?"라고 말해서, 바로 다른 화제로 넘겨버렸다.

"첸트가 된 디트린데 님과 약혼이 해소된 탓에 하위 영지의 신전으로 돌아가는 걸 싫어할 것 같습니다만."

"그 부분은 문제없어요. 제 말에 거역하지 못하도록, 페르디난드 님께 이름을 바치게 하도록 할 생각이거든요."

디트린데가 너무나 간단하게 '이름을 바치게 하겠다'라고 말하자 다들 깜짝 놀라서 눈이 휘둥그레졌다. 하지만 측근들은 바로 모른 처했고, 디트린데는 의기양양하게 말했다.

"에렌페스트 같은 하위 영지에서 신전에 있었으니까요. 저를 사랑한다면 이름을 바치는 정도는 할 수 있겠죠. 약혼을 해소한 뒤에 에렌페스트로 돌아간 그 사람이 아렌스바흐의 사정을 술술 말해버리면 곤란해요. 이름을 바치는 건 꼭 필요합니다. 어머님도 그렇게 말씀하셨어요."

……아무리 원하고 바란다 해도, 페르디난드 님이 그 말을 받아들일 리가 없을 것 같은데.

"저는, 페르디난드 님께 이름이 필요하다고 부탁하겠어요. 자리를 마련해주세요."

주인의 고집을 들어주는 것이 측근의 일이다. 마르티나는 뜻을 이뤄주기 위해 움직이기 시작했다.


"페르디난드 님은 저를 사랑하시죠? 그렇다면, 제게 이름을 바쳐주세요."

집무를 보던 중에 마르티나가 준비한 회의실로 불려온 페르디난드는, 갑작스러운 제안을 듣고 깜짝 놀란 얼굴이 됐다. 이건 당연한 일이다. 갑자기 이름을 바치라고 했는데 알았다고 할 사람은 이 세상에 없다.

……이름을 바치는 일은 없겠지만, 페르디난드 님은 대체 어떤 방법으로 디트린데 님의 요망을 물리칠까요.

마르티나를 비롯한 측근들은 흥미롭게 지켜보고 있었다. 시종인 그녀들에게는, 주인의 노여움이 향하는 곳이 많으면 많을수록 좋기 때문이다.

"제 이름을 디트린데 님께? 서로에게 이름을 바치자는 말씀이십니까? 그러고 보니, 진정으로 사랑하는 두 사람이 그렇게 한다는 이야기가 있었죠."

페르디난드는 잠깐 생각하는 것 같더니 그렇게 중얼거렸다. 아마 사랑 이야기의 영향이라도 받았으리라고 해석한 것 같다. 마르티나는 귀족원 다과회에서 에렌페스트의 책에 그런 이야기가 실려 있다는 이야기를 들은 적이 있다.

하지만 디트린데는 '서로에게 이름을 바친다'라는 부분에서 불쾌하다는 것처럼 얼굴을 찌푸렸다. 그녀는 사랑 이야기에 영향을 받은 게 아니다. 좀 더 제멋대로고 말도 안 되는 이유로 이름을 바라고 있다.

"어째서 제가 페르디난드 님께 이름을 바친다는 거죠? 원래는 말이죠, 에렌페스트의 신전에서 구원해준 제게 감사해서, 그쪽이 먼저 제안했어야 한다고 생각합니다만."

진지한 얼굴로 그렇게 말한 디트린데를 보며, 페르디난드는 부드러운 미소를 유지한 채로 천천히 고개를 저었다.

"가능하다면 바람을 이뤄드리고 싶지만, 아쉽게도 지금 제 이름은 제게 있지 않습니다."

······그건, 한마디로, 이미 누군가에게 이름을 바쳤다는 뜻일까요.

너무나도 예상을 벗어난 대답에, 사람들이 크게 술렁거렸다.

"약혼자인 제가 아닌 그 누구에게 이름을 바쳤다는 건가요?"

얼굴이 새빨개져서 큰소리를 지른 디트린데를 보며, 페르디난드가 '훗' 하고 웃었다. 표정은 웃고 있지만 밝은 금색 눈동자는 전혀 웃지 않는 것 같은, 너무나 차가운 웃음이었다.

"제 행동을 속박하기 위해 이름을 바라 여성이, 지금까지 두 명 있습니다. 당신과, 그리고 베로니카 님. ······두 분은 조모와 손녀 관계인

데, 정말 많이 닮으셨군요.”

　행동을 속박하기 위해 타인의 이름을 바라는 건 보통 일이 아니다. 그걸 강렬하게 빈정대고 있는데, 디트린데는 알아차리지 못했다.

　“할머님이라고요?”

　만나본 적도 없는 조모에게 약혼자의 이름을 빼앗겼다는 생각밖에 못했다. 하지만 그런 사람이 디트린데 혼자만은 아니다. 마르티나도 파티에도, 그 자리에 있는 모든 사람이 베로니카가 페르디난드의 이름을 빼앗았다고 생각했다. ‘바랐다’라는 말로 생각의 방향을 유도했으리라고는 생각하지 못했다.

　“어떻게든 되찾아오세요!”

　이름을 바랐는데 거부당한 디트린데는, 이를 뿌득뿌득 갈면서 페르디난드를 노려봤다. 그리고 그 대상은 곤란하다는 것처럼 눈꼬리를 살짝 내렸을 뿐이었다.

　“여기서 집무의 중추를 맡게 된 저는, 더는 함부로 에렌페스트로 돌아갈 수 있는 입장이 아니게 됐습니다. 디트린데 님 혼자만의 뜻으로 저를 귀향시킬 수 있으시다는 말씀이십니까?”

　귀향해서 이쪽의 내정을 말해버리면 곤란하다. 그래서 게오르기네가 이름을 바치게 해서 묶어두라고 했던 것이다. 그러니 이름을 찾아오라고 돌려보낼 수 있을 리가 없다. 페르디난드에게 집무를 맡긴 귀족들은, 영지 대항전 날 밤에 에렌페스트 기숙사의 다과회실에서 묵는 데도 반대했을 정도였다. 귀향 따위는 절대로 허락하지 않겠지. 그리고 아직 정식으로 아우브가 된 것도 아닌 디트린데에게는 아직 그들을 어떻게 할 권력이 없다.

　“제 바람을 듣지 못하겠다니, 정말로 봄을 맞이한 에이비리베로군요."

　대놓고 쓸모없다고 말한 디트린데에게 페르디난드는 미소를 유지한 채 "정말 죄송합니다"라고 받아들였다. 그 태도를 보고 페르디난드가 디트린데의 욕설을 포함해서 자기의 입장을 받아들인 것 같다고, 마르티나를 비롯한 시종들에게는 그렇게 보였다.

　두 사람 사이에 있는 메울 수 없는 골은 그저 더 깊어져 갈 뿐이었다.

영지 대항전에서의 결의

"뤼라디 님. 권속신의 가호를 받으셨다고 들었습니다. 봉납식에 참가한 3학년 중에 새롭게 가호를 받은 분은 뤼라디 님뿐이군요. 축하드립니다."

"감사합니다. 발아의 여신 블루앙파의 가호를 받게 되었습니다. 졸업할 때까지 더 열심히 기도해서 다른 권속신의 가호도 받고 싶습니다."

최종 시험 때까지 발아의 여신 블루앙파와 결연의 여신 리베스크힐페께 기도를 바친 결과, 저는 블루앙파로부터 가호를 받게 되었습니다. 졸업식 이후에도 의식을 다시 할 수 있다고 하니까, 다음은 리베스크힐페의 가호를 받고 싶습니다.

기쁘게도 이 일에 대해 뮤리엘라 님께 보고하고 에렌페스트와 단켈페르거의 공동 연구에 협력했더니, 새로운 귀족원 사랑 이야기를 빌릴 수 있었습니다.

……이것이 바로 블루앙파의 인도로군요!

언니에게 '에렌페스트의 공동 연구에 협력하기 위해서예요'라고 변명하며, 새로 빌려온 귀족원 사랑 이야기를 바로 읽었습니다. 학생의 연구에서 왕족에서 협력을 의뢰할 수 있는 에렌페스트는 평가가 크게 올라갔습니다. 이 틈에 조금이라도 협력하는 태세를 보이는 게 좋을 것이라는 아우브의 지시 하에, 저는 공동 연구 에 전면적으로 협력하게 됐습니다.

새로운 귀족원 사랑 이야기는 뮤리엘라 님께 들었던 것처럼, 시간의 여신이 장난치는 정자에서 어둠의 신이 소매와 망토를 크게 펼쳐서 빛의 여신을 감춰주는 장면이 나오는데, 정말 멋졌어요. 누가 저한테 이렇게 해준다면, 저는 정말 창피해서 도망쳐버릴지도 몰라요.

"뮤리엘라 님, 어떻게 전시하셨는지 너무 궁금해서, 제일 먼저 보러 왔답니다."

영지 대항전에서 제가 제일 먼저 찾아간 곳은 에렌페스트의 연구 발표장입니다. 원래는 가호를 늘리게 된 답례로 아우브 간의 인사를 겸해서, 아우브 요스브레너와 함께 아우브 에렌페스트께 인사하러 갈 예정이었습니다.

하지만 영지 대항전이 시작되자마자 빠른 걸음으로 걸어가기 시작한 파란 망토 집단이 제일 먼저 에렌페스트로 향하는 걸 보고, 요스브레너 정도는 전혀 상대해주지 않으리라는 것을 한눈에 알았습니다. 언니도 '오전 끝 무렵에 다시 한번 상황을 살피는 쪽이 좋을지도 모르겠네요'라며, 에렌페스트로 가는 손님들의 망토를 확인하고는 살짝 어깨를 늘어트렸습니다. 그리고 제게는 상급 견습 문관으로서 각지의 연구를 보고 오라고 했습니다.

"뤼라디 님, 평안하신지요. 부디 잘 봐주세요. 단켈페르거와 같은 내용은 이 부분이고, 여기 봉납식에 관한 부분이 에렌페스트의 독자 연구입니다. 봉납식에 협력해주신 영지와 참가자의 이름은 여기에 있습니다."

……내 이름이 왕족과 같이 실려 있다?!

그래프라는 새로운 수법을 사용한 데도 놀랐지만, 제가 가장 놀란 건 제 이름이 왕족과 같이 적혀 있는 부분이었습니다. 설마 자기 이름이 왕족의 이름과 나란히 적혀 있으리라고 생각한 사람은 아무도 없었겠죠. 이런 영광, 요스브레너의 영주 후보생도 받아본 적이 없을 겁니다.

"그렇게 놀라지 않으셔도 되는데……. 협력자의 이름을 적겠다고,

로제마인 님이 말씀하셨잖아요?"

후훗, 하고 미소 지은 뮤리엘라 님이 갑자기 "아"하고 작은 소리를 내셨습니다. 그 시선이 한 점에 멈춰 있어서, 저도 모르게 고개를 돌렸습니다. 거기에는 아렌스바흐의 디트린데 님과 에렌페스트의 망토를 걸친 남성분이 오고 계셨습니다. 얼굴이 단정한 분이고, 작년 표창식에서 갑자기 나타난 타니스베팔렌을 쓰러트린 분과 닮은 것도 같았습니다.

"디트린데 님과 같이 계신 에렌페스트 분은 어느 분이신가요? 뵌 적은 있지만 성함을 모르네요."

"아우브 에렌페스트의 이복동생이시고, 신전에서 자란 로제마인 님께 여러 가지를 가르치고 이끌어주시는 입장이셨던 페르디난드 님입니다. 디트린데 님과 약혼이 결정돼서, 가을 끝 무렵에 아렌스바흐로 가셨습니다."

저는 영주 회의의 보고회에 참가할 수 있는 입장이 아닙니다. 자세한 사정은 모르지만, 아렌스바흐에 디트린데 님의 약혼자가 왕명으로 결정됐다는 이야기를 언니에게서 들은 것 같은 기분도 듭니다. 그런 생각을 하면서, 그냥 페르디난드 님을 보고 있었습니다.

디트린데 님이 단켈페르거 사람들과 인사를 시작하고, 페르디난드 님은 에렌페스트 사람들에게 인사하러 가시는 걸 알 수 있습니다. 로제마인 님이 눈을 빛내면서 일어나셨습니다.

"아?!"

"어머나!"

페르디난드 님의 로제마인 님의 뺨을 감싸는 것처럼 손을 대자, 로제마인 님의 볼이 빨개졌습니다. 그리고 그 빨개진 볼을 가리려는 것처럼 두 손을 얹고, 촉촉한 눈으로 페르디난드 님을 바라보고 계십니다.

……저, 지금, 틀림없이 블루앙파가 찾아왔다고 느꼈어요.

두 분 모두 저렇게나 가까운 곳에 약혼자가 계신데도 저렇게 접촉을 하시다니, 숨겨진 연심이 있는 게 틀림없어요.

"뮤리엘라 님, 저건……."

"로제마인 님이 뭔가 말을 했다가, 페르디난드 님한테 볼을 꼬집힌 것 같네요."

"필린느 님?!"

대답한 분은 뮤리엘라 님이 아니라 필린느 님이셨습니다. 그분은 흐뭇한 것이라도 보는 표정으로 로제마인 님을 보면서 "신전에서는 자주 볼 수 있는 광경이었으니까요"라고 말하며 살며시 웃었습니다.

필린느 님의 말을 듣고 "그렇군요"라고 고개를 끄덕이면서, 저는 뮤리엘라 님과 시선을 주고받았습니다. 뮤리엘라 님의 녹색 눈동자도 빛나고 있습니다.

"아, 그렇지 뤼라디 님. 아렌스바흐와의 공동 연구는 꼭 한 번 봐주세요. 틀림없이 기뻐하실 거예요."

그렇게 말하면서, 뮤리엘라 님은 눈짓을 하고 아렌스바흐 쪽으로 걸음을 옮기기 시작했습니다. 저는 "뭐가 있는 건가요?"라고 말하며 그 옆에서 따라 걸었습니다.

"아렌스바흐 쪽에서 녹음 마술구를 전시하고 있는데, 로제마인 님이 관여하셨다는 것을 잘 알 수 있도록 마술구를 스밀 인형으로 감싸 봤어요. 그 마술구에는 제가 귀족원 사랑 이야기에서 엄선한 사랑의 말을 녹음해뒀고요."

······잠깐만요! 귀족원 사랑 이야기에서 엄선한 사랑의 말이라고요!

가슴이 크게 뛰는 게 느껴집니다. 영지 대항전에서 발표하는 마술구에 그런 말을 넣다니, 역시 에렌페스트입니다. 다른 영지에서는 도저히 상상도 못하겠죠.

"로제마인 님의 측근 남성분께 협력을 받아서 녹음했어요. 여러 가지를 녹음했으니까, 꼭 전부 들어봐 주세요."

······대체 어떤 사랑의 말이 있는 걸까요?


로제마인 님의 측근이라서 연구 발표장에서 그리 멀리 떨어질 수 없는 뮤리엘라 님은, 중요한 정보만 말하고는 바로 돌아가셨습니다. 즐거운 상상을 하면서, 저는 하위 영지의 장소를 가볍게 돌아보고서 목적지인 아렌스바흐의 장소로 향했습니다.

······저 스밀 인형이군요.

잔뜩 줄지어 있는 마술구들 속에서 가만히 앉아 있는 스밀 인형은 너무나 이색적이고 눈에 띄었습니다. 한눈에 알 수 있어요.

"이쪽은 아렌스바흐로 오신 페르디난드 님과 그 제자인 라이문트의 연구입니다. 부디 한 번 봐주세요."

프라우렘 선생님이 견학하러 온 손님들께 말하고 있습니다. 에렌페스트와 공동 연구일 텐데, 마치 아렌스바흐만의 공적처럼 말하고 있습니다. 신기한 일도 아니지만.

영지 대항전은 타원형 훈련장에서 열립니다. 경기장이 가장 잘 보이는 위치부터 순서대로 영지의 장소가 정해지기 때문에, 1위인 클라센부르크와 2위인 단켈페르거는 경기장을 사이에 두고 마주 보는 위치에 있습니다. 입구에서 봤을 순위 기준으로 짝수와 홀수가 좌우로 나뉘어 있습니다만, 이웃에 두지 않은 쪽이 좋은 영지는 위치를 반대쪽에 둬서 멀리 배치하는 경우도 있습니다.

올해 장소를 기준으로 말하자면 7위인 가우스뷰텔이 3위인 드레반헬. 그리고 9위인 키르슈네라이트와 5위인 하우프레즈 사이에서 연구를 훔쳤네 안 훔쳤네 하는 다툼이 있었기 때문에 이웃에 두는 걸 피했다는 것 같고, 그래서 요스브레너가 하우프레즈 옆에 있습니다.

……대영지와 공동 연구를 하면 공적을 빼앗기는 결과가 일어나는 경우가 많으니까요.

"프라우렘 선생님, 이 연구는 에렌……."

"라이문트, 이쪽 손님은 어느 정도 절약되는지 설명을 원하시는 것 같군요."

중급 귀족이나 하급 귀족일까요, 라이문트라고 불린 견습 문관이 프라우렘 선생님께 의견을 말하려 했지만 흘려버린 것처럼 보입니다.

"……이런 형태로 마력 소비를 최대한 억제하는 것은, 전체적으로 마력이 부족한 요즘 세상에 아주 중요한 연구라고 생각합니다."

거기에 모여 있는 손님들이 견습 문관들에게 질문하면서 연구 내용을 진지하게 보고 있는 모습을 대충 보며, 저는 스밀 인형을 집어 들었습니다. 그리고 뮤리엘라 님께서 가르쳐주신 대로 마석 부분을 만지며 마력을 흘려 넣었습니다.

"아아, 나의 권속이여. 눈과 얼음으로 모든 것을 뒤덮어버리거라. 내 힘이 미치는 한, 게두르리히를 감싸도록 하라. 플류트레네를 조금이라도 멀리 보내다오."

……이 얼마나 멋진 말인가요!

겨울의 귀족원에서만 만남을 이룰 수 있는 연인들이 아주 짧은 시간을 아쉬워하며 만나려 하는 모습을 절절하게 말하고 있는데, 마치 제게 그 말을 해주는 것만 같은 착각에 빠지게 되네요.

"그건 뭔가요?"

"귀족원 사랑 이야기에서 엄선한 사랑의 말이라는 것 같습니다. 이렇게 남성분의 목소리로 들으면 책으로 읽을 때와는 또 다른 정취가 있답니다."

제멋대로 꼴사나운 미소를 지으려 하는 볼을 간신히 말리면서, 저는 마력을 흘려 넣어서 사랑의 말들을 차례로 들었습니다. 엄선한 사랑의 말과 상냥한 목소리 덕분에, 아무렇지도 않은 척 그 자리에 서 있기가 조금 힘들었습니다.

……아아, 당장이라도 뮤리엘라 님과 이야기를 나누고 싶어요!

귀여운 스밀 인형에서 들려오는 사랑의 말에 관심을 가진 여성이 많은지, 제가 사랑의 말들을 계속 듣고 있는 사이에 점점 주위에 여성들이 모이기 시작했습니다.

"이렇게 다양한 사랑의 말로 황홀한 기분을 맛보고 싶은 여성도, 마음에 둔 여성을 사로잡을 멋진 사랑의 말을 찾는 남성도, 귀족원 사랑 이야기가 도와드리겠습니다. 귀족원 사랑 이야기는 여름부터 에렌페스트에서 판매합니다. 손에 땀을 쥐게 하는 디터 이야기, 기사 이야기, 단켈페르거의 역사도 동시에 발매합니다. 기대해주세요."

지금까지 들려온 남성분의 목소리가 아니라 로제마인 님의 어린 느낌이 남아 있는 목소리로 에렌페스트의 책을 선전하는 말이 나오자, 주위에 있는 사람들의 눈이 휘둥그레졌습니다.

"사랑의 말과 책 선전인가요. 재미있게 사용하는 방법을 고안했군요, 에렌페스트는."

"저는 이런 말이 들어 있는 에렌페스트의 책이 읽어보고 싶어졌
어요."

조용히 웃는 여성에게 동의하는 주위 손님들의 말에, 저도 진심으
로 찬동합니다. 저도 에렌페스트의 책을 읽고 싶어서 견딜 수가 없어
요. 요스브레너가 거래할 수 있게 되는 건 아직 한참 먼일이겠죠.

……역시 에렌페스트의 상급 귀족과 결혼할 방법이 있는지 찾아보
는 쪽이 좋을지도 모르겠네요.

마침 지금은 에렌페스트와 공동 연구를 하면서 가호를 늘린 덕분에
제 얼굴과 이름이 알려져 있어요. 이 기회를 놓치면, 금세 저 말고도
가호를 받는 분들이 늘어나겠죠.

……뮤리엘라 님께 여쭤봐야겠어요.

관심을 가진 사람이 늘어났는지, 스밀 인형을 만져보고 싶어 하는
사람과 인형이 되기 이전의 마술구를 열심히 보는 사람이 늘어났습
니다.

"세상에!"

프라우렘 선생님이 눈꼬리를 치켜 올리고서는 어딘가로 갔습니다.
아렌스바흐에서만 전시하고 있어서 에렌페스트의 연구 성과를 도둑
맞은 건 아닌지 걱정했는데, 아무래도 그건 아닌 것 같습니다.

사랑의 말을 전부 듣고서 만족한 저는, 옆에 있는 단켈페르거를 향
해 걸어가기 시작했습니다. 에렌페스트와 공동 연구를 하는 단켈페르
거가 어떤 것을 전시하고 있는지 궁금해졌기 때문입니다.

갑자기 하얀 올도난츠가 조용히 날아오는 모습이 보였습니다. 별생
각 없이 올도난츠가 날아가는 방향을 바라보고 있었더니, 단켈페르거

와 아렌스바흐와 에렌페스트의 대표자가 이야기하고 있는 곳에 도착한 것 같습니다.

갑자기 프라우렘 선생님의 고함 소리가 들려왔습니다. 저는 멀리 떨어져 있어서 어떤 내용을 말하고 계신지는 들리지 않았지만, 날카롭고 큰 소리라는 것만은 잘 알 수 있었습니다. 그 자리에 있는 분들이 얼굴을 찌푸리고 싶어지는 성량이겠죠.

……무슨 일이라도 난 걸까요?

계속 보고 있었더니 연보라색 망토를 걸친 집단이 움직이기 시작했습니다. 디트린데 님께 긴급한 용무인지도 모르겠네요. 약혼자인 페르디난드 님이 자리에서 일어나셨습니다. 그리고는 부드러운 미소와 함께 살며시, 로제마인 님의 머리카락에 손을 대셨습니다.

……아아, 발아의 여신 블루앙파여!

저는, 정말로 블루앙파의 가호를 받았다고 확신했습니다. 바로 지금, 틀림없이, 제 눈앞에서, 블루앙파가 춤추고 있어요.


"뮤리엘라 님. 중요한 이야기가 있습니다만, 잠시 괜찮으실까요?"

저는 에렌페스트의 견습 문관들이 모여 있는 곳으로 가서는, 뮤리엘라 님을 사람이 적은 곳으로 불러냈습니다. 이 흥분을 함께 나눌 상대가 필요했습니다. 지금 당장, 이 뜨거운 감정에 대해 말을 나눌 수 있는 분은 뮤리엘라 님뿐입니다.

"보셨나요?"

"프라우렘 선생님의 올도난츠 때문에 주목을 모은 직후니까요. 못 볼 리가 없겠죠."

어떤 것을, 이라고 말하지 않아도 뮤리엘라 님은 이해해 주셨습니다. 녹색 눈동자를 반짝이면서 주위를 살피고는, 소리를 죽여서 조용히 가르쳐주셨습니다.

"신전에서 자라신 로제마인 님이 응석을 부릴 수 있는 분은 계속 후견인을 맡으셨던 페르디난드 님뿐이라네요. 아마 로제마인 님은 블루앙파가 찾아온 것도 알아차리지 못한 채, 에아바클레렌의 창에 의지하셨던 것이겠죠."

"어머나. 그렇다면 꽃의 여신 에플로레메가 찾아오기를 기다리는 사이에 러펠이 크게 자라버렸고, 그 사실을 알아차리는 것은 수확의 여신 폴스엔테와 이별의 여신 유게라이지가 춤추기 시작한 때로군요."

빙설의 신 슈테이아스트의 공격에, 틀림없이 어둠의 신의 축복을 받았을 로제마인 님의 머리카락이 바람에 흔들리고, 차갑게 젖어버렸겠죠. 생각만 했을 뿐인데 당장이라도 눈물이 흘러나오는 게 아닌가 싶은, 그야말로 가슴이 조여드는 것만 같은 애절한 광경이 아닌가요.

"다른 측근들 말로는, 로제마인 님과 페르디난드 님 사이에 있는 감정은 사랑과 또 다르다는 것 같아요. 그래도 결연의 여신 리베스크힐페의 실을 느끼고 말았고, 올도난츠는 날개를 크게 펼치고, 어쩔 도리가 없이 가슴이 떨려오지 않나요, 뤼라디 님?"

"저도 정말 잘 알겠어요, 뮤리엘라 님! 제가, 틀림없이 블루앙파가 찾아오셨다고 느꼈으니까요."

망상은 어디까지나 자유니까요, 라고 말하며 웃는 뮤리엘라 님께 저는 있는 힘껏 찬동했습니다. 그럴 수만 있다면 로제마인 님의 애절한 첫사랑 이야기를 읽어보고 싶어졌을 정도입니다.

"엘란트라 님이 로제마인 님의 사랑을 이야기로 만들어주시지 않을까요?"

"그분은 귀족원에 재학 중인 학생의 이야기는 책으로 만들지 않으신다는 것 같아요."

그건 아쉽네요. 뮤리엘라 님이나 필린느 님이 재학하시는 동안에 책으로 만들지 않으면, 제가 읽을 수 있게 될 때까지 긴 세월이 걸리겠죠.

"기왕이면 뤼라디 님이 써보시는 건 어떨까요? 기숙사, 영지의 진실을 모르는 뤼라디 님이기에 여러모로 상상하실 수 있을 것 같아요. 그리고 상상하는 부분이 많아지면 어느 분 이야기인지 모르게 되니까요. 재학 중에 책이 될 가능성도 있답니다. 책이 되면 돈 대신에 책을 드릴 수도 있어요."

그건 정말로 가슴 두근거리는 제안이었어요. 원고료 대신 새로운 책을 우선적으로 손에 넣게 되니까요. 요스브레너가 거래하게 될 때까지 기다릴 필요가 없어진다는 얘기잖아요.

"저, 정말로 마음이 동하는 이야기지만, 저는 상급 귀족이니까, 돈이 궁한 중급 귀족이나 하급 귀족 같은 짓을 하면 아버님과 어머님께 꾸중을 듣게 됩니다."

"어머나? 뤼라디 님이 즐기고 계신 귀족원 사랑 이야기는, 지금이야 다른 영지의 이야기를 모아서 엮었지만, 원래는 에렌페스트의 상급 귀족 부인이 중심이 돼서 집필하셨어요."

휘청, 하고 마음이 흔들렸습니다. 에렌페스트에서는 새로운 산업을 널리 알리기 위해 상급 귀족이 솔선해서 책을 쓰고 있습니다.

"저, 정말로 에렌페스트에 시집갈 상대를 알아보는 쪽이 좋을지도 모르겠네요."

"……봄이 되고 생활이 안정되면, 제가 로제마인 님께 여쭤볼까요? 뤼라디 님께 어울리는 상급 귀족을 찾는 건 조금 힘들 수도 있겠지만."

뮤리엘라 님은 결혼 상대를 소개할 수 없다는 것 같지만, 로제마인 님께 여쭤보신다는 것 같습니다. 에렌페스트로 향하는 제 미래가, 활짝 열렸습니다.

"돈을 받는 게 아니라면, 써봐도 좋을지도 모르겠네요."

"원고에는 상응하는 대가를 지불하는 것이 원칙입니다. 뤼라디 님은 돈을 받는 것에 대해 걱정하시는 것 같은데, 원고료나 인세로서 번 돈을 기숙사 비용이나 돈이 부족한 하급 귀족에게 빌려주시는 형태로 사용하면, 꾸중을 듣는 일은 없지 않을까요?"

돈을 그렇게 쓰는 방법은 생각해본 적이 없습니다. 내가 눈이 휘둥그레져 있었더니, 뮤리엘라 님은 에렌페스트의 아우브 일행이 계시는 쪽을 보셨습니다.

"로제마인 님은 부모님을 잃고 곤궁한 학생들에게 학비를 빌려주고 계십니다. 졸업한 뒤에 갚으면 됩니다, 라고 말씀하셨습니다."

그 모습에서 의심할 여지가 없는 존경심이 엿보였습니다. 저와 같은 나이인데, 로제마인 님은 대체 얼마나 대단한 일을 하고 계시는 걸까요. 뭐라고 할까, 도저히 저와 같은 인간이라고 여겨지지 않습니다.

……그러고 보니까, 에그란티느 님도 로제마인 님은 메스티오노라 같군요, 라고 말씀하셨던 것 같은데…….

봉납식에서 에그란티느 님이 하셨던 말씀을 떠올리고, 로제마인 님의 애절한 사랑을 여신의 사랑 이야기로 써봐야겠다는 생각을 떠올렸습니다. 여신의 사랑 이야기라면, 다른 사람이 현실의 이야기라고 알아차리는 일도 없겠죠.

"……뮤리엘라 님, 저, 써보겠습니다. 메스티오노라의 애절한 사랑 이야기."

"기대하겠습니다 뤼라디 님. 꼭, 에렌페스트에서 구입하게 해주세요."

그때는 생각지도 못했습니다. 봉납식에서 농담처럼 말했던 '로제마인=메스티오노라'가 제가 쓴 원고가 책이 될 무렵에 정착 되어있으리라고는.

딸의 의견과 각오

"저희도 실례하겠습니다. 너무 오랫동안 폐를 끼친 것 같군요."

아나스타지우스 왕자님이 가신 뒤에, 저는 에렌페스트에 인사를 하고 한넬로레와 측근들을 데리고 걸음을 옮기기 시작했습니다. 예정과 달리 상당히 오랜 시간을 에렌페스트의 사교장에서 보내고 말았습니다. 서둘러서 단켈페르거의 사교장으로 돌아가야 합니다.

……그나저나 정말 골치가 아프군요.

저는 레스티라우트와 로제마인 님, 한넬로레와 빌프리트 님, 모든 연정을 이루고 에렌페스트에 이익을 가져다줄 상각으로 사교에 임했습니다. 헌데, 실제로 이야기를 들어보니 여러 전제가 전혀 달랐습니다.

골치가 아픈 것은 에렌페스트의 회담 결과만이 아닙니다. 아렌스바흐의 디트린데 님이 오셔서 에렌페스트에 대한 대영지의 의견을 실제로 보여주셨습니다. 그리고 하이스히체와 페르디난드 님의 관계도 이야기를 잘 들어보는 편이 좋을 것 같은 골을 느꼈습니다. 게다가 왕족과의 회담에도 참가하게 되고, 중앙 기사단에서 토루크라는 위험한 식물이 사용되었을 가능성도 시사했습니다.

……다른 영지 분의 말을 있는 그대로 받아들일 수는 없겠지만…….

귀족의 말을 있는 그대로 전부 믿을 수는 없습니다. 특히 지금은 일치하지 않은 정보 때문에 큰일을 당했습니다. 주어진 정보의 진위를 파악하고 싶지만, 희소한 식물의 정보를 어디서 얻을 수 있을까요.

……왕족이 도청 방지 마술구를 사용했을 정도니, 간단히 입 밖에 낼 수 있는 일이 아니겠지요.

단켈페르거의 제1 부인으로서 생각해야만 할 일이 산더미입니다.

하지만 토루크라는 식물의 존재와 위험성을 확인하는 일보다, 가까운 문제부터 해결해 나아가는 수밖에 없습니다.

……지금은 한넬로레의 일이 우선입니다.

"왕족으로부터 얻은 정보를 시급히 영주 일족이 공유하고 논의할 필요가 있습니다. 측근들을 물리고 영주 일족만이 배석해서 점심 식사를 하고 싶으니, 다과회실에 준비를 해주실 수 있을까요?"

저는 걸어가면서 시종 한 명에게 다과회실 준비를 부탁했습니다. 왕족이 도청 방지 마술구를 사용해서 이야기했습니다. 영주 일족끼리만 정보를 공유하는 자리를 준비하게 해도, 측근들은 이상하게 생각하지 않겠죠. 실제로는 영주 일족을 호되게 꾸짖는 모습을 다른 이들에게 보이고 싶지 않다는 이유 때문이지만, 그런 것은 말하지 않으면 모르는 일입니다.

아우브 단켈페르거인 남편과 아들 레스티라우트와 시급히 논의해야 하는 일은, 에렌페스트의 바람과 딸의 장래에 대한 일입니다.

하지만…… 그 전에 이 아이의 진의를 알아 두는 게 좋겠지요…….

"한넬로레, 왕족과 이야기한 내용을 좀 정리하고 싶구나. 이번에 이야기할 동안엔 문관들이 대기하지 않았으니까."

저는 도청 방지 마술구를 딸에게 내밀었습니다. 이렇게 말하면 측근들도 저희가 비밀리에 이야기하는 것에 불신감을 품지 않을 것입니다. 한넬로레도 딱히 의심하지 않았는지, 바로 도청 방지 마술구를 받았습니다.

"단켈페르거의 사교장에 도착할 때까지 끝내야 하니, 천천히 이야기할 여유는 없습니다. 하지만 저는 레스티라우트가 없는 상태에서 당신의 의견을 들어두고 싶습니다. 기숙사에서 보내온 보고서는 레스티라우트에게 상당히 유리한 내용이었던 것 같으니."

한넬로레는 기뻐하는 동시에 듣고 싶지 않아 하는 복잡한 표정으로 고개를 끄덕였습니다. 에렌페스트의 대화에서 시원하게 말했던 것과는 전혀 다른 분위기입니다. 저는 주위에 있는 이들에게 심각한 모습을 보이지 않도록, 중소 영지의 견습 문관들의 전시품 쪽으로 시선을 보내며 물었습니다.

"먼저 루펜이 신부 뺏기 디터와 신부 훔치기 디터를 착각한 것은 어째서일까요?"

신부 뺏기와 신부 훔치기는 크게 다릅니다. 당사자들이 결혼을 바라는데 부모로부터 결혼 허가를 받지 못한 경우가 신부 뺏기 디터. 결혼하고 싶은 생각이 없는 상대를 억지로 차지하는 것이 신부 훔치기 디터입니다. 이번에는 루펜에게 신부 뺏기라고 들었고, 귀족원에서 그것을 증명하는 계약서도 보내왔습니다. 그래서 저희는 레스티라우트와 로제마인 님이 서로를 사모한다고 생각했던 것입니다.

"왕의 허가를 받아서 약혼한 다른 영지의 영주 후보생에 대해 귀족원에서 억지로 신부 훔치기를 행하려 하다니, 사실을 알았다면 루펜이 허가하지 않았겠죠. 그는 서로 사모하고 어떻게든 손을 잡고 싶다고 생각하는 연인들에게 구원의 길을 보여주려 한 것이 아니던가요?"

애당초 신부를 건 디터는 친족간에 행하는 사적인 것이고, 귀족원에서 할 것이 아닙니다. 영지의 어른들에게 간섭할 여지를 주지 않도록, 레스티라우트가 일을 억지로 추진해서 디터를 성립시켰다고 생각하는 쪽이 자연스럽겠지요.

"당신은 어째서 루펜의 착각을 바로잡지 않았나요?"

한넬로레가 루펜의 착각이나 레스티라우트의 폭주에 대한 정보를 영지로 보냈다면, 저희는 의혹을 품고 아들을 추궁했을 것입니다. 최소한 로제마인 님이 단켈페르거로 시집가고 싶어 한다는 전제로 교섭에 임하지는 않았습니다.

"……저도 루펜 선생님이 착각했다는 것을 몰랐습니다. 오라버니는 제가 가능한 디터 준비에 가까이 가지 못하도록 했으니까요……."

레스티라우트가 로제마인 님을 사모하는 것처럼 보이려 했던 것도 디터가 끝날 때까지 알아차리지 못했다고, 한넬로레는 그리 말했습니다. 디터에 난입한 중앙 기사를 붙잡기 위해 찾아온 아나스타지우스 왕자님과의 대화. 그 과정에서 주위가 '신부 뺏기 디터'라고 인식했다는 것을 알았다고 했습니다.

……정말이지 그 아이는…….

"레스티라우트가 루펜과 다른 이들에게 의도적으로 애매하게 설명하건, 영지의 순위를 내세워서 억지 수단을 동원했다는 말이군요."

협력을 요청해야 할 여동생을 배제하다니, 대체 뭘 했던 걸까요. 멋대로 동생의 혼처를 디터 조건으로 삼고, 소외시키고, 아무리 그래도 같은 어미에게서 난 동생인 한넬로레를 너무 무시했습니다.

"그 계약서 건만 봐도 디터를 성립시키는 것을 너무 우선한 나머지, 레스티라우트가 여러 가지를 너무 소홀히 했다는 사실을 잘 알았습니다."

"그러고 보니 에렌페스트가 계약서라고 생각하지 않았던 것은 어째서일까요?"

한넬로레가 의아하다는 것처럼 중얼거린 말에, 저는 살며시 한숨을 쉬었습니다. 단켈페르거에서 나서 자랐으니, 그런 계약서를 보고도 의문을 품지 않았겠지요.

"단켈페르거에서는 흔하디흔한 것이지만, 다른 영지에는 디터 계약서가 없습니다."

특히 신부 뺏기 디터는 친족들 안에서 행하는 사적인 것입니다. 대부분의 경우 계약에는 목패를 사용하고, 디터의 조건과 대표자의 서명이 있으면 계약서가 됩니다. 공적인 형식은 없습니다. 나중에 다툼이 발생했을 때 제삼자가 조건을 확인할 수만 있으면 족합니다.

"하지만, 그렇게 되면 다른 영지와의 계약에서는 통용되지 않습니다. 서로가 양해한 상태라면 문제가 없겠지만, 어느 한쪽이 계약서라고 인식하지도 못한 상태에서는 완전히 설명 부족이 됩니다."

레스티라우트가 신부 뺏기 디터에는 공식적인 형식이 없으니 이걸로 족하다고 생각한 것인지, 상대가 에렌페스트라면 단켈페르거의 방식으로 밀어붙일 수 있다고 생각한 것인지, 아니면 뭔가 달리 이유가 있었던 것인지……. 물어보지 않으면 알 수 없습니다.

"그럼, 다른 영지에서는 어떻게 해서 예산을 신청하나요?"

"어떻게 하려나요? 저도 다른 영지의 사정에 대해서는 잘 모릅니다."

저는 단켈페르거 출신 제1 부인입니다. 원래는 다른 영지에서 다른 분이 시집을 와서 제2 부인이 되어야 했습니다. 하지만 남편이 제1 주인을 맞이할 것을 생각하는 시기에 정변이 일어났습니다. 선대 영주는 남편이 제1 부인을 맞이해서 정변에 깊이 관여하는 것을 꺼려서, 새로운 첸트가 옹립될 때까지 다른 영지와 연을 맺는 것을 금했습니다. 정변은 끝났지만 트라오크발 님은 구르트리스하이트가 없이 왕좌에 앉으셨습니다. 구르트리스하이트가 없는 유르게슈미트의 통치가 어떻게 될지, 상황을 지켜보는 사이에 지금에 이르렀습니다.

"다른 영지보다 우리 영지의 문제를 생각하도록 하죠. 당신은 왜 레스티라우트를 막지 않았습니까?"

"계약서의 어긋남과 루펜 선생님의 착각을 사전에 알았다 해도, 아마도 제 힘으로는 오라버니를 막지 못했을 겁니다. 다과회에서도 야단을 맞았고, 기숙사에서도 모두가 디터를 기뻐하고 그 준비에 달아올라 있었습니다. 제가 싫다고 말해봤자 아무도 들어주지 않았을 테니까요……."

자신의 견습 호위기사들까지 '한넬로레 님은 안심하세요. 반드시 이기겠습니다'라고 말했다는 것 같습니다. 정말로 머리 아픈 사태지만, 단켈페르거 기숙사가 이상하게 달아올라 있었다는 것은 저도 상상할 수 있습니다.

"하긴, 수가 적은 사람들이 말리려 해봤자 소용없었겠지요. 디터 이야기를 들은 성의 인간들도 끔찍한 꼴이었으니."

귀족원에서 로제마인 님과 한넬로레의 혼처를 건 디터를 한다는 소식을 듣고, 성안은 엄청나게 들떠 있었습니다. 귀족원의 디터에 참가하고 싶어서 몸이 근질거리는 기사들이 상당히 짜증났었죠. 저는 공동 연구의 제사를 다른 영지의 기사들에게 시연하는 것이 어떠냐고 제안해서, 남편과 기사들을 훈련장으로 쫓아냈던 일이 생각났습니다. 한숨을 쉰 뒤에, 저는 한넬로레를 가만히 바라봤습니다.

"하지만, 저는, 레스티라우트만이 아니라 당신에게도 불신을 품고 있습니다. 숨기는 것과 의도적으로 얼버무리는 것이 있죠?"

"……예?"

"당신이 에렌페스트로 시집가고 싶다고 생각한 것은 언제 일인가요?"

제가 가볍게 노려봤더니 한넬로레는 뒤를 돌아봤습니다. 에렌페스트의 사교장 쪽으로 시선을 보낸 뒤에, 조용히 고개를 숙였습니다. 입술이 살짝 떨리고 있지만 소리는 내지 못하고 있습니다.

"레스티라우트와 코르둘라로부터 디터 패배 보고를 받았을 때, 저는, 당신이 사실은 에렌페스트로 시집가기를 바랐다고 들었습니다. 예전부터 생각하던 것을 숨기고, 자신의 사랑을 이룰 기회를 최대한 이용했다고, 말이죠."

그래서 주위에 알리지 않았을 뿐이고 레스티라우트와 로제마인 님, 빌프리트 님과 한넬로레가 서로를 사모했기 때문에 일어난 디터라고 판단했습니다. 물론 루펜으로부터 들어온 '신부 뺏기 디터'라는 말이 그 판단을 뒷받침해준 것도 틀림없는 사실입니다.

"오늘 아침에 에렌페스트와의 회담에서 이야기를 들었을 때도, 당신은 그저 고개를 숙이고 애매한 미소만 짓고 있었죠. 보고 내용을 부정하지도 않았습니다."

저는 딸의 반응을, 자신의 영지와 오빠를 패배하게 했다는 떳떳하지 못한 감정 때문이라고 생각했습니다. 하지만, 그렇게 되면 앞서 로제마인 님이 하신 말씀과 맞지 않습니다. 에렌페스트가 승리했을 때는 한넬로레가 바라는 곳과 결혼할 수 있도록 거들겠다고 하셨습니다. 그 조건에 대해 도청 방지 마술구를 사용해 단둘이서 비밀 이야기를 했는데도 불구하고, 한넬로레가 에렌페스트로 시집가는 것이 전제는 아니었습니다.

"어쩌면 로제마인 님이 그 조건을 제시하고 디터가 결정된 시점에서, 당신은 에렌페스트로 시집갈 생각이 없었던 것은 아닌가요? 당신은 언제부터 빌프리트 님께 마음을 품고, 자신의 영지를 패배하게 해서라도 시집가고 싶다고 생각했던 건가요?"

아까 교섭 때와는 전혀 다르게, 한넬로레는 고개를 숙인 채 작은 소리로 대답했습니다.

"……디터에서, 빌프리트 님께서 손을 내밀어주신 때…… 입니다."

"뭐라고요?"

"제 위기를 걱정해주신 빌프리트 님을 따라가고 싶다고……. 에렌페스트로 가고 싶다고 생각했습니다."

한넬로레의 너무나 갑작스러운 심경 변화에 현기증이 났습니다. 설마 디터 중에 적에게 연심을 품고 진에서 나왔으리라고는 상상도 못했습니다.

……심사숙고한 결과도 아닌 충동에 몸을 맡기고 자신의 장래를 망치려 하다니…… 영주 일족 실격이라고도 할 수 있는 추태가 아닙니까.

신부 뺏기 디터에서 상대에게 시집가고 싶어하는 보물로 삼을 때와, 신부 훔치기 디터에서 결혼할 생각이 없는 딸을 보물로 삼을 때는 전략이 크게 달라집니다. 한넬로레는 승부 도중에 그 전제를 뒤집어버린 것입니다.

"그건, 그러니까, 당신과 빌프리트 님이 서로 사모하는 사이가 아니었다는 말인가요?"

"예. ……그저, 그 조건의 계약서에 빌프리트 님의 서명이 있어서, 최소한 싫어하시는 것은 아니고, 결혼에 관해서도 받아들이실 거라고 생각했습니다."

하긴, 그 조건이 적힌 계약서에 차기 영주를 자처한 빌프리트 님의 서명이 있었습니다. 에렌페스트가 대영지의 영주일족을 신부로 맞이하는 데 거부감을 품었다고 생각할 리가 없겠죠.

……빌프리트 님은 대체 무슨 일을 저지르신 걸까요.

아무리 레스티라우트가 요구했다고는 해도, 바라지도 않는 조건이 적힌 계약서에 '차기 영주다'라고 자처하면서 서명을 하다니, 제정신이라고 생각할 수가 없습니다. 너무나 무책임하군요.

"그런 상황에서, 어째서 로제마인 님과의 교섭을 막은 겁니까 당신은 당신이 바라는 곳으로…… 라고 약속했잖아요? 그렇다면 당신의 마음을 고하고, 그 약속을 방패 삼아 부탁했다면, 로제마인 님이 힘을 써주셨으리라고 생각합니다만."

자기주장을 밀어붙이기 위해 단켈페르거와의 디터를 받아들인 소녀입니다. 약속을 방패로 삼으면 한넬로레가 결혼할 수 있도록 힘을 써주셨겠지요.

"그리고, 빌프리트 님도 조금이나마 그럴 마음이 있었기에 디터 중에 당신에게 손을 내밀었겠죠. 그렇다면 대화를 통해서 어떻게든 할 수 있었을 텐데요. 손을 내민 빌프리트 님께도 차기 영주로서 서명한데 대한 책임을 추궁……."

"그만하세요, 어머님!"

한넬로레가 강하게 말했습니다.

"조금 전에도 말씀드린 것처럼, 더는 에렌페스트에 폐를 끼치고 싶지 않습니다. 단켈페르거는 이미 에렌페스트와 로제마인 님께 상당히 폐를 끼쳤습니다."

"그러고 보니, 하이스히체가 페르디난드 님과 에렌페스트에 괜한 짓을 했다고 말씀하셨죠."

자세한 내용에 대해서는 나중에 하이스히체에게 따져야겠군요……. 그런 생각을 하고 있는데, 한넬로레가 고개를 저었습니다.

"하이스히체의 일만이 아닙니다. 어머님께 보낸 보고에서는 생략된 부분도 많습니다. 아버님과 오라버니는 이미 끝난 일이고, 에렌페스트가 불이익을 당한 것은 아니니 쓸데없는 말은 하지 말라고, 항상 그렇게 말씀하셨지만……."

한넬로레는 지금까지 단켈페르거와 에렌페스트 사이에 있었던 일에 대해 말하기 시작했습니다. 제가 없는 곳에서 이루어진 일이기에, 보고에 자세한 내용이 생략되었다는 사실까지 덧붙여서.

"에렌페스트와 단켈페르거의 관계는 제가 1학년 때에 시작되었습니다. 로제마인 님이 도서관 마술구의 주인이 된 것에 대해, 오라버니가 다른 영지를 이끌고 대영지의 권력으로 위협하면서 주인 자리를 넘기라고 요구했다는 것 같습니다. 저는 그 자리를 본 것이 아니지만, 코르둘라의 보고를 듣고 핏기가 가시는 기분을 맛봤던 것은 똑똑히 기억하고 있습니다."

저도 왕족의 유물을 둘러싸고 에렌페스트와 디터를 했다는 사실까지는 알고 있었습니다. 그런데, 발단이 됐던 레스티라우트의 횡포는 상당히 생략된 것 같습니다.

"……그랬는데 정말 잘도, 로제마인 님은 당신의 친구가 되어주셨군요."

"2학년 때 폐를 끼친 것은, 오라버니보다 아버님입니다."

영지 대항전에서 아우브 단켈페르거가 역사서 번역에 트집을 잡아서 디터를 걸었던 경위를 한넬로레가 말했습니다. 하이스히체가 패배하고, 결과적으로 에렌페스트가 불이익을 당한 것은 아니었기에, 경위에 대해 상당히 생략됐던 것 같습니다. 영주 회의의 교섭에서 역사서 출판에 대해서는 상당히 강인한 형태로 에렌페스트가 유리한 입장을 차지했는데, 그 또한 남편의 억지가 원인이었던 것 같습니다.

……잘못한 부분을 얼버무리면서 보고하는 버릇은 핏줄 때문일까요?

"이번 디터의 발단은 오라버니입니다. 다과회에서 심한 말로 빌프리트 님을 모욕하고, 로제마인 님은 에렌페스트에 걸맞지 않다고 도발하고, 아우브 에렌페스트께도 압력을 가하겠다고 협박해서 디터까지 가게 됐습니다."

한넬로레가 본 한에서는 로제마인 님께 단켈페르거로 오는 것에 대한 이점을 말하고, 제1 부인이 되도록 요구했다는 것 같습니다. 적어도 구애의 말이나 마석을 보내는 일은 하지 않았다고 했습니다.

"그리고 루펜 선생님은 어째선지 로제마인 님과 에렌페스트가 디터를 좋아한다고 착각하고 계시는데, 제가 알고 있는 한, 그쪽에서 먼저 디터를 바란 적은 없습니다. 오히려 항상 회피할 방법을 찾고 계셨지요. 이번에 이야기를 듣고 생각했습니다만, 로제마인 님께 디터란 단켈페르거의 요구를 물리치고 자신들의 요구를 받아들이게 하는 수단에 불과한 것 같습니다. 적어도 오라버니네처럼 신성함을 느끼지는 않겠죠."

이렇게 여러 이야기를 듣고 보니, 에렌페스트에 있어 단켈페르거는 너무나 못된 영지입니다. 로제마인 님이 '패자는 조용히 계세요'라고 말씀하신 배경을 잘 알겠습니다.

"이렇게나 폐를 끼쳤습니다. 그리고, 저는, 억지로 결혼해서 상급 귀속으로 신분이 강등되고, 젊은 나이에 목숨을 잃는 대영지의 공주는 되고 싶지 않습니다."

대영지와 교류할 소지가 없는 에렌페스트로 시집가는 것은 걱정거리가 너무 많으니, 한넬로레가 포기하고 결혼 이야기가 계속 흘러갔다고 해도 보통 상태라면 안도하는 감정이 더 컸겠지요.

……하지만, 지금은…….

에렌페스트와의 공동 연구를 통해서 신성시하게 된 디터에서, 한넬로레는 적에 의해 진 밖으로 밀려난 것이 아니라 자신의 이익을 얻기 위해서 진 밖으로 나갔습니다. 함께 싸운 기사들의 분투를 짓밟는 행위입니다.

……아아, 에렌페스트에게는 배신도 뭣도 아니겠군요.

진에서 나온 한넬로레가 아니라 호위기사들의 직무 유기라고 했던 로제마인 님의 말씀을 떠올리며, 저는 살짝 고개를 저었습니다. 자신을 위해서, 기사들이 싸우는 중에, 두려움 때문에 적의 손을 잡고 진 밖으로 나와도 당연하다니, 저는 도저히 이해할 수 없습니다.

예를 들자면 지난 디터에서 레스티라우트의 침입 때문에 호위기사가 방패에서 튕겨 나간 순간, 로제마인 님이 기뻐하며 적의 손을 잡고 진 밖으로 나간 것이나 마찬가지입니다. 지금까지 레스티라우트를 사모하는 모습을 전혀 보이지 않던 로제마인 님이 갑자기 그런 행동을 하셔도, 에렌페스트에서는 정말로 배신당했다고 생각하지는 않을 것 같습니다. 주인을 지키기 위해 무기를 손에 든 것 때문에 방패에 튕겨 나간 호위기사에게 로제마인 님을 혼자 뒀다는 책임을 물을까요.

……근본적인 사고방식이 다르군요.

"당신은 디터의 조건인 제1 부인으로 결혼하는 것을 없었던 일로 하겠다고 단언했습니다. 위험하다면 진에서 나가는 것이 허락되는 에렌페스트라면, 당신이 충동적으로 행동했어도 받아들여 주셨을지도 모릅니다. 하지만, 단켈페르거에서는 허락되지 않습니다."

"……예."

에렌페스트에 더이상 폐를 끼치고 싶지 않다는 한넬로레의 생각 자체는 나쁜 것이 아닙니다. 단켈페르거의 언동 때문에 그쪽에 폐를 끼친 경위를 상세히 알게 됐으니, 그것을 어떻게든 하고 싶다고 생각하는 것은 당연하겠지요.

하지만 '신부가 없다'라는 선택은 단켈페르거와 한넬로레 자신에게 최악입니다. 일단 결혼을 하고, 에렌페스트에 대한 속죄로서 다른 방법을 생각해줬으면 좋지 않았을까 싶습니다.

"자신의 언동이 얼마나 큰 영향을 불러오리라는 것을 각오하고서 입에 담으신 말인가요?"

"……아마도 이해했다고 생각합니다."

제 눈에는 고개를 숙이고 있는 딸의 머리만 보일 뿐이지만, 가슴 앞에서 도청 방지 마술구를 꼭 쥐고 있는 손은 살짝 떨리고 있습니다.

"당신은 디터 중에 적인 빌프리트 님의 손을 잡고 진에서 나갔습니다. 당신의 배신 때문에 단켈페르거는 패배했습니다."

"……예."

"이번에, 당신이 그 배신 때문에 크게 꾸중을 듣지 않은 것은, 영지에서 얻을 이익이 있었기 때문입니다. 디터에 이겨도 져도 에렌페스트와 친척 관계가 되는 것은 변함이 없으니까요."

레스티라우트가 동생에 관한 정보 수집을 게을리 했던 것, 주위에서 자신의 사랑을 이루고 싶은 한넬로레의 깊은 생각이라고 받아들였던 것, 몇 년 뒤에는 결혼해서 영지를 떠난다는 것, 그 혼처에 따라 영지에 이익을 가져오는 존재가 되리라는 것. 다양한 요인들이 겹쳐지면서 한넬로레의 배신 자체는 크게 나무라지 않았습니다. 동생의 사정을 알려 하지 않았던 레스티라우트의 정보 수집 부족이 지적받았고, 비보인 방패를 잃은 책임도 레스티라우트 자신이 졌습니다. 그것으로 끝나야 했습니다.

"하지만 당신은 스스로 결혼하지 않겠다고 선언했습니다. 대체 무엇을 위해 자신의 영지를 패배하게 했나요. 그 행동에 무슨 의미가 있었는지, 주위에서 책망받을 것은 명백한 일입니다."

영지의 귀족들 눈에는 레스티라우트가 차지해야 했던 사랑을 짓밟은 데다, 자신의 사랑과 단켈페르거가 얻을 이익을 포기했다는 것으로 보이겠지요. 이번 패배가 한넬로레의 심사숙고에 의한 것이라 일컬어지는 상태에서, 디터의 모습을 마술구로 찍어뒀습니다. 사실을 고쳐서, 한넬로레가 적에 의해 진에서 쫓겨나 패배했다는 형태로 만들 수는 없습니다.

신부 훔치기 디터를 신부 뺏기 디터라고 거짓말을 해서 일을 벌인 레스티라우트가 아니라, 스스로 진 밖으로 나가서 결혼을 거절하고 영지의 이익을 내던진 한넬로레가 모든 책임을 지게 되겠지요. 영지의 귀족들에게 중요한 것은 경위나 다른 영지에 대한 배려가 아니라, 자기 영지에 가져온 결과뿐이니까요.

"앞으로 자신의 영지를 배신한 당신에 대해, 주위의 비난이 상당히 심해지겠지요. 하지만, 그것은 당신의 행동에 의한 것입니다. 각오해 두세요."

"……예."

고개 숙인 채, 그러면서도 모든 것을 받아들이려는 딸의 모습에 한숨을 금할 수가 없습니다.

"당신은 너무 상냥하다고 할까, 스스로 손해를 보려 하니까요. ……정말 마음대로 안 되는군요."

"어머님?"

가능하다면 시급히 다른 혼처를 찾아서 영지의 귀족들에게 다른 이익을 보여주고, 그것을 통해 비난을 약하게 해주고 싶고, 딸에게는 아무리 힘든 상황이라도 몇 년만 참으면 된다고 말해주고 싶습니다.

……그것도, 자신의 영지를 배신할 만큼의 연심을 품은 딸에게는 괴로운 제안이 되겠지요.

한넬로레가 얼마나 자각하고 있는지는 모르겠지만, 에렌페스트로 시집갈 각오로 자기 영지를 패배하게 했습니다. 그 결혼을 면전에서 거절당했으니 상처 입지 않았을 리가 없습니다.

"단켈페르거의 제1 부인으로서, 저는 당신의 행동과 결의에 이의를 주장하고 규탄해야만 합니다. 동시에, 당신의 어머니로서 당신의 앞날이 너무나 걱정됩니다."

한넬로레가 깜짝 놀란 것처럼 저를 봤습니다. 천천히, 제 말을 되새기는 것처럼 빨간 눈을 반짝이고 있습니다.

"어머님, 저, 선언한 것을 후회하지 않습니다. 하지만…… 그렇군요. 제 측근들은 앞으로 떳떳하게 고개를 들기 힘들어지겠죠. 언젠가, 이번 치욕을 만회할 기회가 있으면 좋겠다고 생각합니다."

뼈아픈 결의를 하는 한넬로레를 보고, 제 가슴 속에는 부글부글 화가 쌓여가고 있습니다. 충동적인 감정에 이끌려서 바보 같은 짓을 한 딸에 대한 화가 아니라, 이런 상황을 만든 아들에 대해서.

"당신의 의견과 각오는 알겠습니다. 그럼, 점심식사 때는 레스티라우트의 말을 찬찬히 들어보도록 하죠. 숨기려 하거나 생략하는 것이 있다면 당신도 지적하세요.”

“제, 제가, 말인가요?”

“당신 말고 누가 있습니까?”

한넬로레는 힉, 하고 놀라서는 도움을 청하는 것처럼 주위를 둘러봤습니다. 하지만 도청 방지 마술구를 쥐고 있어서 대화 내용이 들리지 않는 측근들은 고개를 살짝 갸웃거릴 뿐입니다.

“그렇군요. 작년 영지 대항전에서의 행동에 대해 아우브에게도 이야기를 들어야겠군요. 그런 일들이 이번 에렌페스트와 로제마인 님의 발언에 큰 영향을 줬으리라는 것이 틀림없을 테니.”

대영지의 아우브가 로제마인 님이 번역한 역사서를 방패 삼아 위압적으로 디터를 강요한 과정에서, 에렌페스트의 조건을 뭐든지 받아들였다는 것 같습니다. 레스티라우트만이 아니라, 아우브가 그런 태도를 보인 것이죠. 로제마인 님과 에렌페스트가 이기기만 하면 무슨 말이든 통하리라고 생각한 요인 중의 하나일 것입니다. 그런 경위를 숨기고 있던 남편에게도 잔소리가 필요합니다.

“후후후후후……”

“저, 저저, 저기, 어머님, 제가 고자질했다는 것은 비밀로 해주세요.”

허둥지둥하면서 눈물을 글썽이는 딸을 보며, 저는 살짝 고개를 갸웃거렸습니다.

“켕기는 짓을 한 것은 당신이 아니겠지요. 당신은 단켈페르거의 여자답게, 여유를 가지고 가슴을 활짝 펴고 있으면 됩니다.”

에렌페스트와의 교섭 중에서도 나왔던 ‘단켈페르거의 여자’에 대한 이야기를 하며 딸에게 미소를 지어 보이자, 한넬로레는 고개를 툭 떨궜습니다.

"……저는, 아직 이상적인 단켈페르거의 여자는 되지 못할 것 같습니다."

불신감과 게빈넨

오늘은 영지 대항전에 표창식, 그리고 숙부님과의 저녁 식사까지 예정이 꽉 차 있던, 정말 농밀한 하루였다. 소재 준비부터 세세하게 지시를 내리고, 시간 단축을 3중으로 거는 초인적인 조합의 견학을 마치고, 나는 일곱 점 종이 울릴 무렵이 돼서야 내 방으로 돌아올 수 있었다. 지금부터 몸을 씻고 취침 준비다.

"너희는 물러가도록. 오즈발트만 있으면 된다."

목욕을 마치고, 나는 바로 학생 측근들을 물러가게 했다. 그들은 이제부터 자기 방에서 자기 취침 준비를 해야 한다.

"빌프리트 님은 로제마인 님과 페르디난드 님의 거리감에 대해 어떻게 생각하십니까?"

내 수석 시종인 오즈발트의 질문에 고개를 갸웃거렸다. 조금 전까지 다과회실에서 숙부님을 비롯한 사람들과 저녁 식사를 했다. 그것이 로제마인의 몸 상태를 확인하던 때에 대한 질문이라는 것은 나도 안다. 둘만 있는 상황에서 한 질문에, 나는 잠시 생각하고 대답했다.

"얼굴을 보기만 해도 서로의 몸 상태를 안다는 사실에 놀랐다. 나는 숙부님의 안색이 좋지 않다는 것도 로제마인이 열이 나는 것 같다는 사실도 몰랐으니까."

그리고 나는 로제마인의 유레베 후유증을 신경 썼던 적도 없었다. 깨어나서 벌써 2년 이상 지났다. 그래서 완전히 나았다고 생각했다. 하지만 '아직 마술구에 의지하고 있지?'라고, 숙부님은 말씀하셨다.

"……두 분의 사이가 좋은 것에 대해, 달리 생각해야 할 것이 있지 않습니까? 로제마인 님께 말을 걸었을 때, 빌프리트 님이 상당히 놀란 표정을 지으셨습니다만."

"그래, 아버님과 어머님, 우리를 대할 때와 다른 거리감에 놀랐다."

숙부님의 표정이 풀어진 것을 처음 봤다. 나는 숙부님의 엄한 표정 밖에 본 적이 없었다. 로제마인도 마찬가지였다. 너무나 안심했다는 것처럼 응석 부리는 모습은 처음 봤다. 기숙사에서 친오빠 코르넬리우스와 편하게 접하는 모습을 봤을 때와 똑같은 느낌으로 놀랐다.

"……정말로 그게 전부입니까?"

"네게는 숨길 필요가 없겠지……. 내가 로제마인처럼 누군가에게 응석을 부렸던 것, 할머님이 계시던 시절이 생각났다. 그래서 로제마인이 말을 걸었을 때 뭐라고 대답해야 좋을지 알 수가 없었지. 그 두 사람은 할머님을 싫어했으니까."

조모인 베로니카가 그 두 사람에게 아주 심한 짓을 했다. 그건 알고 있다. 하지만, 그래도 내게는 할머님이 가장 좋은 가족이었고, 그리워하는 마음은 사라지지 않는다. 할머님이 계셨던 시절에는 억압도 과제도 없었고, 자유분방하게 행동하는 것이 허락됐었다. 물론 그대로 있었다면 영주 후보생으로서 문제가 심했으리라는 건 알고 있다. 그래도, 절대로 흔들리지 않는 애정이 나를 감싸주고 있던 시절을 그리워하는 마음은 어떻게 할 수가 없다.

"잠시 기다려주십시오. 그렇다면, 빌프리트 님은 그 두 분이 어울리는 모습을 보고 아무것도 느끼지 못하셨다는 말씀이십니까?"

오즈발트의 목소리와 표정을 보고 내 대답이 예상했던 것과 다르다는 것까지는 알았지만, 어떻게 대답하길 바랐는지 도무지 모르겠다. 나는 왠지 짜증이 났다.

"그러니까, 놀랐다고 몇 번이나 말하지 않았나. 그리고 어울린 게 아니라 진찰이잖아? 숙부님은 로제마인의 주치의다. 지금까지 아무 말도 없었으면서, 갑자기 뭐가 어쨌다는 거지?"

"페르디난드 님은 아렌스바흐로 이동하시면서 주치의가 아니게 됐습니다. 그렇다면, 과도한 행동이겠죠. 서로에게 약혼자가 있는 이들의 거리가 아닙니다. 빌프리트 님도 마력 감지가 발현됐습니다. 조금이나마 신경을 써주십시오."

마력 감지는 10세에서 15세 사이에 일어나는 변화로, 2차 성징 중에 하나다. 마력량이 비슷한 사람을 느낄 수 있게 되는 능력인데, 자손을 남긴다는 의미에서 결혼하기 적합한 상대를 느낄 수 있게 된다.

내게 마력 감지가 발현된 것은 올겨울, 귀족원에 온 뒤의 일이다. 최근에는 많이 익숙해졌지만, 주의의 마력을 느낄 수 있게 되면서 왠지 안절부절못했던 일이 생각났다. 상대의 마력량이 비슷한지 아닌지 알 수 있기에, 왠지 마력이 느껴지면 나도 모르게 주위를 둘러보고는 했다.

"하지만, 로제마인은 아직 발현되지 않았지? 아무것도 느끼지 않는 상대를 신경 쓰라고 해도……."

그 마력을 느끼지 못하는 상대는 대상이 아니다. 마력 차이가 크면 아이가 생기기 힘들어지기 때문에, 마력이 느껴지지 않는 상대와의 결혼은 축복받지 못하는 경우가 많고, 본능적으로 자신의 결혼 상대에서 제외하려고 생각하게 되기 때문이다. 로제마인이나 샤를로테처럼, 아직 마력 감지가 발현되지 않은 아이들을 그런 대상으로 보라고 해도 곤란하다.

"평소 같으면, 마력 감지도 발현되지 않은 아이를 대하는 방법에 그렇게까지 흠잡을 필요는 없다고 생각했습니다. 하지만, 로제마인 님은 이미 귀족원 3학년이고 약혼자도 있는 몸이 아니십니까. 이성과 접촉하는 것에 대해 조금 더 생각하셔야 합니다. 무엇보다, 페르디난드 님이 더 이상 후견인도 주치의도 아니라는 사실을 좀 더 이해하셔야만 합니다."

"하지만……."

마력 감지가 발현하기 이전과 이후를 비교하면 주위에 대한 감각이 크게 달라진다. 자연스레 자신의 결혼 대상으로 적합한지 아닌지를 알 수 있기 때문에, 발현 이전인 아이들이 하는 행동에 그렇게까지 신경 쓰는 사람은 거의 없다. 지금의 로제마인에게 이성과의 거리감에 관해 설명해 봤자 어차피 이해하지도 못할 것이다. 실제로 나는 숙부님과 로제마인의 거리감에 대해 아무 생각도 없었다.

"실감하는 것은 힘들어도, 로제마인 님께서는 약혼자로서의 자각을 가지셔야만 합니다. 그렇지 않으면 앞으로도 에렌페스트의 유행이나 인쇄를 노리는 다른 영지로부터 구혼을 받게 되고, 약혼자인 빌프리트 님이 힘들어지시게 됩니다."

오즈발트가 그렇게 말한 순간, 레스티라우트 님이 했던 말들과 아나스타지우스 왕자님의 질책과 충고가 생각나서 좋지 않은 기분이 들었다. 거기에 오즈발트가 몰아붙이는 것처럼 거듭해서 말했다.

"개인적으로는 빌프리트 님이 계신데도 다른 영지에서 차기 영주감이라는 말을 들을 수 있는 행동은 자제해야 마땅하다고 생각합니다. 그들의 말에 빌프리트 님이 얼마나 힘든 일을 겪으셨는지……. 약혼자인데도 빌프리트 님을 너무 소홀히 여기는 것은 아닐까요."

첸트가 참가한 공동 연구에서 차기 아우브인 내 체면을 세워주는 것이 아니라, 로제마인이 전부 이끌었던 것. 레스티라우트 님의 일러스트를 구입할 때 내 의견을 무시해가면서 로제마인이 주도권을 쥐고 교섭했던 일. 표창식에서는 에렌페스트와 단켈페르거의 공동 연구 대표 자리를 양보해야 했다는 등등, 오즈발트가 예를 들어가며 말했다.

"하지만 인쇄업에 대해 잘 아는 건 로제마인이고, 단켈페르거와의 공동 연구는 로제마인이 시작한 일이다. 내가 앞으로 나설 일이 아니다."

표창식에서 로제마인이 성과를 양보하려고 했을 때 내 쪽에서 '동생의 성과를 빼앗는 것 같아서 싫다'라고 거절했던 일이 생각나서, 그렇게 반론했다. 로제마인이 대단하기는 하지만 그 성과를 빼앗을 생각은 없다. 나는 내 힘으로 어떻게든 하고 싶으니까.

"빌프리트 님은 차기 영주, 영지의 대표자가 되실 입장입니다. 그리고 로제마인 님은 차기 영주를 두고 겨루는 적이 아니라, 원래는 가장 빌프리트 님의 편이 되어야 할 약혼자입니다. 그렇기에 성과를 진상하지 않는 것을, 차기 영주를 노리고 있기 때문이라고 판단해도 어쩔 수 없는 일입니다. 동복동생인 샤를로테 님과 약혼자인 로제마인 님은 빌프리트 님을 위해 성과를 진상해야 마땅합니다."

내가 로제마인의 제안을 거절한 것을 '실패했다'라고 말하는 것 같아서 씁쓸한 기분이 들었다. 그렇게 말하면, 마치 내가 동생들의 성과를 진상 받지 않고는 자기 힘으로 뭔가를 제대로 하지도 못한다는 것처럼 들리지 않는가. 레스티라우트 님이나 아나스타지우스 왕자님이 상처 입힌 긍지에, 오즈발트가 입힌 상처가 더해지는 기분이다.

……내 수석 시종인데, 더 이상 안 좋은 기분이 들게 하지 말라고!

"빌프리트 님, 저는 로제마인 님이 영주의 양녀라는 것이, 솔직히 말해서 불안합니다. 이번 숙청을 계기로 차기 영주가 되기를 바라고 있는지도 모른다고 생각합니다. 적어도 라이제강계 귀족은 그리 바라겠죠. 약혼자의 입장은 그대로, 양자의 연을 해소해서 상급 귀족으로 되돌릴 것을 아우브께 제안하시는 것은 어떠십니까?"

"양자의 연을 해소하는 게 가능할 리가 없다. 그리고 로제마인은 차기 영주가 되지 않는다."

라이제강에 갔을 때, 로제마인 본인이 기베들에게 '될 생각이 없다'라고 선언했다. 레스티라우트 님도 그렇게 말했다. 그런데, 양자의 연을 해소해서까지 영주 일족에서 내보낼 이유를 모르겠다.

"그리고, 로제마인은 허약해서 아우브를 맡을 수 없다. 아버님도……."

"몸 상태는 페르디난드 님의 약으로 개선하셨다고 들었습니다. 그리고, 시간이 지나면 주위의 상황과 사람의 마음은 달라지는 법입니다."

"뭔가 근거라도 있나?"

너무나 집요하게 로제마인을 의심하는 말만 하는 오즈발트를 노려봤다.

"숙청입니다. 그때 아우브와 빌프리트 님을 지지하는 귀족들이 잔뜩 잡혀갔습니다. 너무나 사소한 죄까지 따졌다고 들었습니다. 아우브가 진심으로 이런 상태를 바라셨다고는 생각할 수 없습니다. 아마도 라이제강계 귀족의 압력에……."

로제마인으로 부족해서 아버님에 대한 비판 같은 의견이 나왔을 때, 나는 발끈했다. 에렌페스트에 숨어 있는 위험한 귀족을 배제하는 데 필요한 숙청이었다.

……너도 아버님이 고뇌하며 결단을 내리셨던 모습을 알고 있을 텐데!

오즈발트에 대한 어쩔 도리가 없는 반발이 싹트고, 반론하고 싶은 기분이 커져만 갔다. 동시에, 무슨 말을 해도 이 수석 시종이 구슬리면 넘어가 버릴 것 같아서, 어떻게 말해야 내 짜증과 화를 정확하게 전할 수 있을지를 모르겠다.

"더는 듣고 싶지 않다. 난 자겠다!"

다음날은 성인식과 졸업식. 오전에 있었던 성인식에서 묘한 마법진이 나타나고, 점심 식사 때는 왕족이 보낸 올도난츠가 날아와서 로제마인이 불려갔다. 오후의 졸업식에서는 중앙 신전의 신전장이 '차기 첸트 후보는 디트린데 님이다'라는 폭탄선언을 했고, 그 혼란이 수습되지 않은 채 끝난 전대미문의 졸업식이었다.

"빌프리트 님, 이런 초대장이 도착했습니다. 어떻게 할까요?"

"졸업식이 끝났는데 초대장이라고?"

사교 기간은 물론이고 졸업식까지 끝나서 영주로 귀환하기만 하면 되는 지금 이 시기에 초대장이 오다니, 보통 일이 아니다. 이지도르가 들고 있는 초대장이 왠지 수상하게 여겨진다.

"이쪽은 디터에 난입했던 중소 영지가 중재를 요청하고 있는 것 같습니다. 이쪽은 드레반헬의 오르트빈 님으로부터 게빈넨 초대입니다."

중앙 기사단의 부추김을 받은 중소 영지에는 첸트의 엄벌이 내려지지 않았다. 하지만 대영지이자 디터를 이상하게 신성시하는 단켈페르거의 심증은 상당히 좋지 않았던 것 같다. 그들은 영지 대항전에서 단켈페르거에 사죄하러 갔지만, 매몰차게 쫓아냈다. 그래서 에렌페스트에 중재를 부탁하려는 생각인 것 같다.

"아, 영지 대항전 때는 손님이 많았으니까. 단켈페르거에게 거절당한 뒤에 아버님과 이야기 할 시간도 없었으니까, 영주 회의 전에 한 번 말을 해보고 싶다는 건가⋯⋯."

하지만 아버님은 이미 기숙사에 안 계시다. 어머님의 몸이 좋지 않으셔서 졸업식이 끝나자마자 바로 영지로 돌아가셨다. 그래서 차기 영주인 내게 초대장을 보낸 것 같은데, 내 재량과 결단으로 할 수 있는 일이 아니다.

"아버님이 안 계신 상황에서 이야기할 수 있는 내용이 아니다. 이쪽은 거절해라. 오르트빈의 게빈넨 초대는 뭔가?"

초대장에는 '올해는 공동 연구가 바빠서, 서로 사교에 할애할 시간이 적었다. 올해 마지막 승부를 겨루자'라고 적혀 있었다. 상당히 가슴 뛰는 문구다. 내가 들뜬 기분으로 오르트빈이 보낸 초대장을 보고 있었더니, 오즈발트가 얼굴을 찌푸렸다.

"빌프리트 님, 이 초대를 받아들이실 생각이십니까? 이런 시기에 갑작스러운 제안이면 반드시 다른 생각이 있습니다. 귀찮은 일일 뿐이라고 여겨집니다만⋯⋯."

"항상 상위 영지의 초대를 거절하지 말라고 했던 건 네가 아닌가. 그리고, 로제마인은 한넬로레 님과 다과회를 할 예정이다. 내가 오르트빈과 게빈넨을 해도 문제없겠지."

단켈페르거에서 영지 대항전에서 결정됐다는 그림 거래와 책 대여를 하고 싶다는 제안이 왔고, 로제마인은 다과회 예정이 정해져 있다. 아버님도 승낙하셨다. 즉, 이 시기의 사교가 금지된 것은 아니다. 영지 간의 관계와 크게 관계되는 어려운 이야기는 아버님 없이는 할 수 없지만, 친구와의 게빈넨 정도라면 문제없겠지.

"허나, 빌프리트 님⋯⋯."

"내가 간다고 하지 않았나."

나와 오즈발트와의 관계는 그날 밤부터 삐걱거리고 있다. 왠지 내가 바라지 않는 분위기의 설교 같은 느낌이 거슬려서 솔직하게 받아들일 수 없었다고 할까, 과보호 때문에 되레 무시당하는 기분이었다고 할까, 묘한 반발심이 들고 말았다. 그 탓인지 지금도 불필요하게 반항적인 태도를 보이고 말았다. 마치 어린아이의 생떼 같아서 후회도 되지만, 반항심은 사라지지 않았다.

"오즈발트, 빌프리트 님도 기분을 전환하실 시간이 필요하겠죠. 영지에 돌아가시면 힘든 입장이 됩니다. 친구와의 게빈넨 정도는 허락해주십시오."

끼어든 사람은 내게 이름을 바친 견습 문관 바르톨트다. 그 말에 오즈발트가 어쩔 수 없다는 것처럼 고개를 끄덕이고 물러갔다. 마주하고 있으면 묘한 반발심이 커지기에, 중재해준 덕분에 마음이 놓였다. 이름을 바치고 헌신적으로 섬기고 있는 바르톨트의 존재 덕분에 나는 마음이 든든한 기분이 들었다. 바르톨트야말로 누구보다 나를 신경 써주는 측근이다.


로제마인이 한넬로레 님과 다과회를 하는 날, 나는 드레반헬의 다과회실로 갔다.

"어서 와 빌프리트. 갑작스러운 초대였는데 이렇게 와줘서 기뻐."

"올해는 게빈넨을 할 시간이 거의 없었으니까, 나도 하고 싶다고 생각했어."

맞이해준 오르트빈을 잠시 쳐다봤다. 마력량이 나보다 조금 짙은 것 같기도 하고 흐릿하기도 한 느낌이다. 마력량에 차이가 있다. 영지의 순위나 성적을 생각해봐도, 틀림없이 저쪽이 더 많겠지. 오르트빈을 따라잡을 수 있도록 마력 압축을 더 열심히 해야겠다고 분기하는 마음과, 대영지 드레반헬 영주 후보생의 마력을 느낄 수 있다는 자존심 양쪽이 가슴속에서 솟아났다.

"자, 이쪽으로."

안내받은 자리에 앉아서 게빈넨 말을 교환하고, 말에 마력이 남아 있지는 않은지 부정은 없는지 서로 확인했다. 문제가 없으면 말을 돌려주고, 자기 말을 배치한다.

오르트빈은 말을 배치하면서 시종에게 마실 것을 준비하도록 지시했다. 그리고는 범위 지정 도청 방지 마술구를 작동했다. 측근들을 물린 상태에서 게빈넨이 시작됐다.

"빌프리트는 마력 감지도 발현했으니까, 슬슬 약혼 마석을 만들어야겠지? 로제마인 님이 아직 안 달고 계시던데?"

"약혼 마석? ……으음, 로제마인이 발현된 뒤에 하려고 생각하는데."

식은땀을 흘리면서, 급하게 수습했다. 약혼자에게 보낼 마석이 필요하다는 건 알고 있다. 하지만 약혼한 시기가 너무 어릴 때라서 그런지 주위에서 아무 말도 안 해서 그런지, 내가 그것을 로제마인에게 선물해야 한다는 것은 생각도 못 하고 있었다.

"아, 그 대신에 그 머리 장식인가. 봉납가무 연습 때도 훌륭하게 빛나던데……."

"어? ……아, 그래, 그런 거지."

나에게는 숙부님의 부적인데, 주위에서 무지갯빛 마석이 달린 머리 장식을 약혼 마석을 대신하는 것처럼 여기고 있다는 걸 처음으로 알았다. 이상한 땀이 나온다. 그러니까, 내가 만들어야 하는 약혼 마석은 그 이상이 되어야 한다는 얘기가 아닐까.

……잠깐만. 숙부님의 부적과 비교당한다고?

머리 장식에 달린 전속성의 무지갯빛 마석과, 거기에 새겨진 방어 마법진을 떠올리고 오싹한 기분이 들었다. 천천히, 내 손목에 있는 부적을 만져봤다. 이것도 숙부님이 만드신 물건이다. 손목에 차고 있기만 해도 마음이 든든하다고 생각했던 부적이, 갑자기 무거워진 것 같았다. 내 부적을 벗고, 로제마인에게도 부적을 벗으라고 말하고 싶다는 충동에 사로잡힌 순간, 오즈발트의 설교하는 것 같은 말이 머릿속에 다시 떠올랐다.

'페르디난드 님은 더는 후견인도 주치의도 아니게 되셨습니다. 빌프리트 님도 마력 감지가 발현하셨습니다. 신경 써 주십시오.'

……그렇구나. 나는 그런 걸 신경 써야 했던 거구나.

숙부님의 표정이 부드러웠던 것과 로제마인이 응석 부리는 모습에 놀라서, 할머님께 응석 부리던 시절을 떠올리며 그리운 마음에 잠겨 있을 때가 아니었다. 오랜만에 만나서 응석 부리는 정도는 괜찮지 않을까, 하고 팔자 좋게 보고 있어선 안 되는 일이었다.

"빌프리트, 로제마인 님은 뭐라고 하셨어?"

오르트빈의 목소리에 정신이 퍼뜩 들었다. 지금은 게빈넨 도중이다. 멍하니 있어서는 안 된다. 나는 급하게 슥, 하고 창 말을 움직였다.

"로제마인이 어쨌다고?"

"졸업식 날, 왕족이 로제마인 님께 뭔가를 물었잖아?"

생각지도 못한 말에 나는 살짝 놀라서 눈살을 찌푸렸다. 분명히 에그란티느 님이 물으실 게 있다고 해서 로제마인이 별궁으로 갔다. 하지만 그것은 말해선 안 되는 일이라 했고, 우리 에렌페스트 영주 일족은 매년 그랬던 것처럼 로제마인의 몸이 안 좋았다고, 주위에 그렇게 말했을 텐데.

"어째서 네가 그걸…… 아, 아돌피네 님인가."

오르트빈의 누님인 아돌피네 님은 올해 영지 대항전과 졸업식에 왕족 약혼자 입장으로 출석했었다. 아마도 점심 식사 때 중앙 신전의 발언과 에그란티느 님이 마인에게 확인하겠다고 말했던 자리에도 있었겠지.

"맞아. 하지만 졸업식이 끝나고 기숙사로 돌아왔기 때문에, 누님은 그 이후의 보고를 못 들었어."

……이것이 오르트빈이 게빈넨을 제안한 목적이었나.

이런 시기의 갑작스러운 제안에는 다른 목적이 있다. 나는 오즈발트가 했던 말을 떠올리며 살짝 한숨을 쉬었다. 그 말을 들어야 했다는 후회와 반성이 가슴속에 퍼져나갔다.

"자세한 내용은 영주 회의에서 발표된다고 들었는데……."

"그러면 너무 늦어. 영주 회의의 발표는 성결식이 끝난 뒤야. 디트린데 님이 차기 첸트가 된다면, 지금 왕족을 제거할 가능성이 커지지. 그렇게 된 경우, 지기스발트 왕자님과 결혼하는 누나의 입장은 어떻게 될까? 결혼 전인 지금이라면 아직 손을 쓸 수 있어."

곧 왕족과 결혼할 아돌피네 님의 입장이 상당히 불안정해졌다는 호소에, 내 마음이 흔들렸다. 가족을 걱정하는 오르트빈의 말에 가슴이 아프다.

"왕족의 긴급 호출이다. 영주나 약혼자인 네가 동반했을 테고, 왕족과 관계된 중요한 용건이라면 너도 보고를 받았겠지. 너는 로제마인 님의 약혼자이자 에렌페스트의 차기 영주잖아?"

······동석했던 건 숙부님이다.

영주인 아버님도 차기 영주이자 약혼자인 나도 아닌. 다른 영지로 떠난 숙부님이 불려가셨다. 그 사실에 모든 이가 안도했고, 숙부님께 맡겨두면 안심이라고 생각했었다. 하지만, 잘 생각해보면 다른 영지로 가버린 사람에게 맡기는 건 이상한 일이 아닐까.

······우리가······ 아니, 아버님의 판단이 이상했던 걸까? 오르트빈이 이상한 걸까?

무엇을 어떻게 믿어야 좋을지도 모른 채, 내 목이 씰룩하고 움직였다. 묘한 땀이 나오는 걸 느끼며, 나는 게빈넨의 말을 봤다. 뭐라고 대답해야 좋을지 모르겠다.

도저히 입을 열지 못하는 나를 보고, 오르트빈이 살짝 눈살을 찌푸렸다. 진실을 찾으려는 것처럼 밝은 갈색 눈동자가 가만히 나를 쳐다봤다.

"······너한테 정보를 공유하지 않은 건가? 단켈페르거와의 디터에 승리했다고 들었는데, 혹시 로제마인 님은 단켈페르거로 가기를 바라셨나? 네가 그걸 저지했다면, 중요한 정보를 공유하지 않을 수도 있지만······."

아마 이쪽도 아돌피네 님의 정보겠지. 오르트빈은 디터가 열렸다는 것과 난입자가 있었다는 것 등을 단편적으로 알고 있다. 하지만 아주 일부뿐이다. 나는 제대로 알지도 못하고 말하는 오르트빈을 노려봤다.

"로제마인은 에렌페스트에 있기를 바랐고, 나는 로제마인을 지컸다."

"그런데도 정보를 공유하지 않았다면, 로제마인 님은 약혼자라는 입장을 이용하면서, 너를 제치고 차기 영주가 되기를 바라는 건가?"

오르트빈이 걱정하는 것처럼 말했고, 나는 깜짝 놀랐다. 다른 영지에서도 로제마인이 차기 영주를 바라는 것처럼 보이는 걸까.

"아니면, 로제마인 님이 차기 영주고, 네가 차기 영주의 약혼자라는 입장인가?"

"아니야! 로제마인은 허약하고, 친자식이 아닌 양녀다. 차기 영주로는 걸맞지 않아."

차기 영주에 걸맞은 것은 로제마인이라고 말했던 레스티라우트 님의 말이 머릿속에 떠올랐고, 나는 필사적으로 부정했다. 오르트빈은 이상하다는 것처럼 눈을 깜박이고 고개를 갸웃거렸다.

"양자나 양녀야말로 차기 영주에 걸맞은 게 아닐까? 그 실력을 인정받아서, 아우브가 굳이 양자의 연을 맺었으니까. 에렌페스트에서는 아닌가?"

나는 헉, 하고 놀랐다. 드레반헬에서는 우수한 사람일수록 아우브가 양자의 연을 맺는 경우가 흔하다. 완전한 실력주의라서, 양자나 양녀가 차기 영주가 되는 일도 드물지 않은 것 같고. 그럴 때는 그들의 본가와 가족이 지원해준다고 말했다. 아버님은 로제마인이 시작한 인쇄업을 영지의 새로운 산업으로 삼기 위해서 양자의 연을 맺었다고 하셨고, 라이제강계 귀족이 그것을 지원해주고 있다.

"영주가 될 생각이 없다면, 최우수를 목표로 삼을 이유도 없겠지. 에렌페스트의 영주 후보생이 상위 영지를 누르고 연속으로 최우수를 차지하려면 상당한 노력이 필요하지 않을까."

라이제강계 귀족들의 지원, 3년 연속 최우수. 그리고 숙부님께서 최우수가 되기를 바라는 것은 로제마인뿐이다. 영주의 친아들인 내가 아니라. 그 속에는 대체 어떤 의미가 있는 걸까.

……사실은, 아무도 내가 차기 아우브가 되기를 바라지 않는 건 아닐까.

오즈발트의 충고가 인제 와서 가슴을 후벼팠다.

'성과를 진상하지 않는 것을, 차기 영주를 노리고 있기 때문이라고 판단해도 어쩔 수 없는 일입니다. 동복동생인 샤를로테 님과 약혼자인 로제마인 님은 빌프리트 님을 위해 성과를 진상해야 마땅합니다.'

레스티라우트 님도 오르트빈도 로제마인이 차기 영주가 아닐까 의심하는 것은, 로제마인 자신이 올바르게 행동하지 않는 탓일까.

……오르트빈과 같은 의견이라는 말은, 오즈발트의 우려와 충고가 옳았다는 뜻이다.

대영지 드레반헬의 영주 후보생이 그렇게 말했다. 오르트빈이 틀리지 않았을 것 같다. 아버지와 로제마인보다 옳을 것이다. 즉, 나는 불쾌하게 여기거나 부정하지 말고, 오즈발트의 말에 귀를 기울여야 했다. 들어주기 힘든 충고지만, 하나부터 열까지 나를 걱정하고 생각해서 해준 말이었다. 오즈발트에게 품고 있던 짜증이, 내 가슴 속에서 로제마인에 대한 불신감으로 변화해갔다.

……로제마인은 약혼자인데, 나에 대한 진상이 부족하다. 그리고 숙부님과의 거리감도 좀 더 생각해줘야 한다.

기숙사로 돌아가면 오즈발트에게 사과하고, 좀 더 이야기해볼 필요가 있다. 로제마인에게 뭐가 부족한지, 내가 어떤 부분을 신경 써야 하는지 가르쳐달라고 해야겠다.

"오르트빈, 네 덕분에 중요한 것을 깨달았다."

"빌프리트?"

무슨 말인지 모르겠다는 오르트빈에게, 나는 아주 조금 목소리를 줄여서 말했다.

"답례 대신 가르쳐주지. 발설이 금지된 일이라서 전부 말할 수는 없다. 하지만, 디트린데 님은 차기 첸트가 될 수 없다."

마법진에 대한 자세한 일은 말할 수 없지만, 거기까지만 알면 아돌피네 님이 왕족과 결혼해도 아무 문제가 없다는 정도는 알겠지. 오르트빈은 안도했다는 것처럼 편안한 표정으로 말을 움직였다.

"고마워, 빌프리트. 이제 안심하고 누님을 보낼 수 있겠어."

안심해서 마음이 풀어졌는지 오르트빈이 작은 실수를 했다. 그 틈을 노려서, 나는 귀족원 마지막 게빈넨에서 이길 수 있었다.

# 후기

오랜만에 뵙습니다, 카즈키 미야입니다.

「책벌레의 하극상~ 사서가 되기 위해서라면 뭐든지 할 수 있어~ 제5부 여신의 화신Ⅲ」을 구입해주셔서 감사합니다.

프롤로그는 마티아스 시점. 단켈페르거와의 디터 이후고, 토루크 냄새를 맡아본 적이 있는 마티아스만이 알아차린 사실. 거기에 대해 논의하려고 했는데, 어째선지 브륀힐데와 레오노레 같은 라이제강계 귀족들의 불만을 듣는 꼴이…… (웃음). 파벌 차이에 따른 시점 차이와 자신의 주인에게는 보여주지 않은 그녀들의 속내를 즐겨주시면 감사하겠습니다.

본편은 로제마인이 깨어난 이후. 이 부분에서 측근들과의 대화는 새로 썼습니다. 여자아이들만 나와서 왁자지껄하는 장면은 귀엽다 보니, 쓰면서도 즐겁습니다. 영지 대항전 준비 뒤에는 영지 대항전. 이번에는 질베스타와 함께 여러 영지와의 사교에 임했습니다. 그리고 밤에는 다과회실에서 묵는 페르디난드와 오랜만에 교류입니다. 순식간에 지나간 일이지만 로제마인에게는 즐거운 시간. 다음날은 성인식과 졸업식입니다. 이번 권의 준 주인공이라고도 할 수 있는 디트린데가 눈부신 볼거리, 반짝반짝 봉납가무. 빛나는 디트린데에 의해 나타난 마법진은 대체 어떤 영향을 줄 것인가…….

에필로그는 디트린데의 견습 시종인 마르티나 시점. 아렌스바흐 귀족에서 본 영지의 상황을 써봤습니다. 구 베르케슈토크 귀족도 있는 아렌스바흐에서는, 각자의 사정에 따라서 충성심도 다릅니다.

영지 대항전에서 사교에 매여 있던 로제마인 시점으로는, 학생들 시점의 영지 대항전 모습을 전하기 힘듭니다. 그래서 뤼라디가 본 영지 대항전을 단편으로 넣어봤습니다. 영지 대항전을 둘러본 기분이 드셨다면 기쁘겠습니다.


이번 오리지널 단편은 단켈페르거 제1 부인 지크린데 시점과 빌프리트 시점입니다.

지크린데 시점에서는 영지 대항전에서의 사교를 마치고 자기 영지 사교장으로 돌아가는 어머니와 딸의 대화를 써봤습니다. 단켈페르거와 에렌페스트의 상식 차이, 레스티라우트가 보고한 것과 에렌페스트에서 들은 이야기의 차이, 그리고 한넬로레의 발언에 담긴 진의와 각오.

빌프리트 시점은 페르디난드와 저녁 식사를 한 뒤에서 에렌페스트로 귀환하기 직전까지의 시간축입니다. 베로니카 실각 이후에 키워준 부모라고 할 수 있는 수석 시종 오즈발트에 대한 반항심이 싹트기는 했지만, 그것은 친구인 오르트빈과의 게빈넨 중에 정보를 교환하면서 로제마인에 대한 반항심으로 바뀌어갔습니다. 그것이 앞으로 두 사람의 관계에 어떤 영향을 미치게 될까요.

이번 권에서 시이나 님께 새로 캐릭터 디자인을 부탁드린 것은 지크린데입니다. 다부지고 걸핏하면 폭주하는 남자들에게 잔소리하는 기가 센 모습이 엿보입니다. 실제로 단켈페르거 여자다 보니 '이제는 아들을 못 당해내겠군요'라고 말하면서도, 슈타프의 빛의 띠로 레스티라우트를 꽁꽁 묶어버릴 만큼 강합니다.

신규 캐릭터는 한 사람이지만 이번 권에서 성인이 된 여성, 리젤레타, 레오노레, 디트린데의 새로운 머리 모양을 생각해달라고 부탁드렸습니다. 디트린데는 한 번만 사용하는 봉납가무 머리 모양까지 디자인해 주셨는데……. 뭐랄까, 시이나 님께는 그저 감사할 따름입니다.

자, 가을부터 겨울에 걸쳐서 잔뜩 간행될 예정이라서 공지사항입니다.
○10월 1일 발매…… 코믹스 제2부 4권, 주니어 문고 5권.
코믹스 제2부 4권은 루츠의 가출과 가족회의 부분입니다.
주니어 문고 5권에는 제1부 III권을 수록. 정말 반갑네요.
○10월 1일 10월 발매…… 팬북 5권.
팬북 5권에는 애니메이션 엔드 카드를 전부 수록했습니다. 항상 그랬던 것처럼 오리지널 단편과 Q&A가 잔뜩 들어 있습니다(TO 북스 온라인 스토어 한정 발매).

○11월 14일 발매…… 공식 코믹 앤솔로지 6권.

공식 코믹 앤솔로지가 벌써 6권. 이번에도 많은 호화 작가분들이 참가해서 「책벌레」 세계를 그려주셨습니다.

○12월 10일 발매…… 제5부 Ⅳ.

이번 표지는 영지 대항전&페르디난드와의 저녁 식사 이미지로. 질베스타와 페르디난드와 함께합니다. 개인적으로 남색 스밀 인형을 든 로제마인이 정말 귀엽다고 생각합니다. 리젤레타가 열심히 매달리는 것도 이해가 되네요.

컬러 일러스트는 반짝반짝 봉납가무와 무대에 나타난 마법진 이미지입니다. 디트린데의 높이 올린 머리카락도 재미있게 봐주세요.

시이나 유우 님, 정말 감사합니다.

마지막으로 이 책을 구입해주신 여러분께 최상급의 감사를 바칩니다.

제5부 Ⅳ는 12월 예정입니다. 그쪽에서 다시 뵙겠습니다.

2020년 7월 카즈키 미야

## 의혹

속

로제마인 님

저희를 구제해주려 하셨기에 찾아온 영광 입니다.

이 우수자는 로제마인 님께서

으아~ 왜 이렇게 감사하는 건데?!

짝

이 영예와 감사를 제 주인께 바칩니다.

마티아스 천연계 의혹 부상

아, 알았으니까 빨리 단상으로

마티아스는 천연계야?

사랑의 말 녹음은 안 되면서 이건 돼? 천연계야?

네

## 옆에서도 안 돼

「내 힘이 미치는 한, 게두르리히를 감싸는 것이다」

「아아, 나의 권속이여. 눈과 얼음으로 모든 것을 뒤덮어 버리거라」

「플류트레네를 조금이라도 멀리 보내다오」

왜 그래 마티아스

?

역시 안 돼겠어 난 절대 못 해!

둥

다다다다다다다

# 책벌레의 하극상 [5부] 여신의 화신3

초판 1쇄 발행   2023년 1월 31일

**저자** 카즈키 미야

**발행인** 원종우
**발행처** (주)블루픽

**주소** (13814) 경기도 과천시 뒷골로 26, 2층
**영업부** 02-6447-9000   **편집부** 02-6447-9019   **팩스** 02-6447-9009
**메일** edit@bluepic.kr   **웹** vnovel.kr
**ISBN** 979-11-6769-194-1 04830

Honzukino Gekokujo Shisho ni naru tameni ha Syudan wo Erande Iraremasen
Dai Go-bu Megami no Keshin 3
By Miya Kazuki
Copyright © 2020 by Miya Kazuki
First published in Japan in 2020 by TO BOOKS, Inc.
Korean translation rights arranged with TO BOOKS, Inc.
through Shinwon Agency Co.